ЮРІЙ ДАЦЕНКО

І СТАЛО СВІТЛО...

РОМАН

ХАРКІВ
2022
КСД

УДК 821.161.2
Д21

Дизайнер обкладинки *Владлен Трубчанінов*

ISBN 978-617-12-8924-6 (дод. наклад)

Найдорожчим.
Каті та Вогнику

РОЗДІЛ 1

21 липня 1912 р., неділя
Село Гречинці Летичівського повіту

Того недільного вечора до храму зібралася тьма-тьмуща людей. Чи знудилися за тиждень за сякими-такими розвагами, а чи й справді шукали розради в Бозі, але майдан перед церковцею нагадував ярмарок. Хіба без звичного для такої місцини галасу худоби та птиці, без надривних вигуків перекупок і циганської лайки. А так — було все: і шкодливі дітиська, за ватагами яких курява здіймалася незгірше, як за валкою возів; і переморгування гуртів хлопців і дівчат; і затяті суперечки підтоптаних дядьків, котрі добряче навечерялися перед службою та потребували до задоволення тілесного ще й доброї балачки; і довірливі зітхання молодиць, що звіряли одна одній секрети болячок «по жіночому» та способів їхнього лікування.

Перед церквою вже яблуку ніде було впасти, а люд прибував. Здавалося, йди просто зараз у село, завертай до першої-ліпшої хати й неси, що забажаєш — усі Гречинці зібралися біля храму.

Отець Йосафат, що закуняв був у ризниці, стрепенувся, зачувши гук хвиль людського моря, що ритмічно хлюпали об стіни храму. Якусь мить він оговтувався, силкуючись зрозуміти, що відбувається надворі. Та голова лише віддавала тупим болем у скронях, а горло немилосердно дерло. Годилося би причаститися… Отець Йосафат спрагло ковтнув шорсткий клубок, пригадуючи, чи залишилося вино після вранішньої проскомидії[1], а тоді вирішив, що краще буде спершу з'ясувати джерело незвичного шуму. Хтозна, що коїться за стінами, не дай, Боже, якої біди.

— Добривечір, отче!

Не встиг отець Йосафат рипнути церковними дверима, як утямив, що про вино доведеться забути — правити вечірню напідпитку сьогодні не вдасться. До одвірка прихилилося кілька парубків, котрі безсовісно щирилися просто йому в обличчя. Поблизьким натовпом розлилася насторожена мовчанка, яка, проте, не встояла перед хвилями, що накочувалися зоддалік, і за мить людське море знову вирувало, хлюпотіло та бризкалося навсібіч краплями теревенів.

— Добр... — почав було отець Йосафат, але вчасно схаменувся, прокашлявся й солідним басом, як годиться, прорік. — Мир тобі, отроче Павле. Негоже церкву святу плечем підпирати. Господь Бог і без тебе встановив її рівно.

Парубок випростався, але, як зауважив отець Йосафат, не так уже й прудко, чим заслужив на згадку в проповіді. Добровільна пожертва творить дива, тож якщо отрок Павло буде нинькі смиренним і богобоязливим, обійдеться без гріха.

Утім пожертва мирян, навіть без отрока Павла, сьогодні обіцялася бути щедрою, зважаючи на те, скільки люду товклося на майдані перед храмом. Отець Йосафат аж облизався, проте відразу ж переконав себе, що то не нечистий спокусив його ласитися на гроші, а Святий Дух змусив зволожити вуста перед тим, як...

— Боже благословіння вам, миряни! — священник намагався не скривитися від спалаху болю в скронях.

Юрба загомоніла, заворушилася, а потім потягнулася до церковних дверей, але без поспіху та штовханини. Люди знали, що в невеликому храмі всі не поміістяться, тому на-

---

[1] Перша частина церковної літургії, на якій шляхом священнодійств із хліба й вина готують матеріал для євхаристії. (*Тут і далі прим. авт.*)

перед пропускали найстарших і шанованих: старосту з родиною, хористів, стодволітнього діда Салимона, котрий не проґавив жодної недільної служби, що б не робилося за вікнами його хати. І, звісно, бабу Секлету, котру позаочі прозивали «бабою Секретою», на що вона, загалом, не ображалася — після того, як їй пояснили значення латинського «secretarius»[1].

Баба Секлета, щойно опинившись у притворі, діловито заметушилася, ступила з дороги хористам, а тоді вхопила віника, чим дала змогу отцю Йосафату нарешті гідно ретируватися. До служби залишалася якась дещиця, тож отець намислив, що причаститися таки доведеться, інакше від «трубного гласу» лусне голова. Та й миряни не простять йому заплітання та спотикання, а тоді, чого доброго, вкинуть до скриньки менше, ніж збиралися. «Во славу Божу та на Святий Храм», — подумав отець Йосафат. І тільки так.

— Оксано, підемо після служби до Харишиного ставка, під верби? — «отрок Павло» геть не переймався святістю місця та години, що вже казати про спасіння душі. Та й яке спасіння, коли тобі двадцять років, а надворі буяє літо? Набагато більше зараз його цікавила Оксана — молодша дочка старости, що позирала на парубка з-під темних брів, та при батькові не сміла відповісти нахабному залицяльникові.

— Спершу шмарклі втри, — прогув староста, розмашисто перехрестився та ступив до храму. Оксана смиренно чекала, доки слідом зайде мати та старша сестра з чоловіком. А коли вже й сама занесла ногу над порогом, відчула на руці, вище від ліктя, швидкий доторк.

— То підеш? — хлопець не вгавав, плекаючи надію розговорити неприступну кралю. Але вибрав він не надто зручне місце для розмови, бо наступної миті юрба відтіснила його від дівчини, закрутила справжнім вихором і втягла

---

1 Секретар, помічник, ризничий (*лат.*).

за собою до храму, де вихлюпнула просто під ноги бабі Секлеті. Павло завертівся у пошуках знайомого личка, але всюди намацував поглядом лише хустки або потилиці. В храмі миттю не стало чим дихати: до важкого духу ладану та воску додався ще й людський віддих. Умить зіпрівши, парубок зрозумів, що повинен вшиватися, але ззаду все сунули й сунули люди, тож вибратися з виру здавалося неможливим, достоту, як зі справжньої морської купелі.

Та ось у храмі запала мертва тиша (Павло аж почув, як потріскують ґнотики свічок), а тоді отець Йосафат завів вечірню, і церквою поплили перегукування хорів і священника.

Хтозна, може, десь у Києві, в Лаврі, те звучало велично й тішило Господнє вухо, але тут, незважаючи на святу неділю, змагання отця Йосафата з хористами мало жалюгідний вигляд. Священник раз по раз збивався з дихання й кумедно уривав фрази, наче старі баби, що на весіллях співали пісень і не знаходили достатньо духу, аби як слід вивести останнє слово. Попри те, до співу ніхто не дослухався, вважаючи, що вже сама присутність на вечірні очищає людину від гріхів, а розбиратися в хитросплетіннях «вонмєм» та «якоже» — справа попівська, а не мирська.

Хвилина минала за хвилиною, а Павло дедалі більше потерпав від страшенної задухи. Час неначе розтягнувся старим медом, а парубок уявляв себе тією нещасною бджолою, що невчасно влипла в солодкий трунок і ладналася ось-ось розпрощатися з життям. Так і він — полинув за Оксаною, запрагнув відповіді тут, зараз, і — на тобі. Бракувало ще осоромитися перед людьми, гепнувшись без свідомості.

Хлопець тихцем утирав мокрого лоба та силкувався зіп'ястися навшпиньки, нанюхуючи вгорі бодай краплю свіжого повітря. Але понад людом витав тільки густий аромат ладану, від якого паморочилося в голові. Він уже майже забув про Оксану в своїх спробах протриматися до кінця вечірні на ногах, коли під час чергових «танців» навшпиньки побачив знайому голівку.

Та лише й того, що побачив. До Оксани було не протиснутися — у невеличку церкву напхалося стільки людей, що навіть якби хто й зомлів від важкого сопуха, то однаково залишився би стояти, мимоволі підтримуваний сусідами. Зараз храм більше нагадував присінок до пекла, ніж обитель Господа. Павло завжди думав, що на небесах не повинно бути так спекотно.

— …яко приходяху й поклоняхуся… — краєм вуха Павло чув слова отця Йосафата, не вловлюючи суті. І тільки механічно хрестився, коли храмом пробігав загальний порух, важко соваючи правицею між власними грудьми та чиєюсь спиною. От якби та спина була Оксанина! Але про таку благодать можна було лише мріяти. Як і про ковток повітря.

Павло рахував хвилини, відміряючи час квапливими вдихами. Раніше він ніколи не замислювався, як довго триває служба, а тепер, коли б хто запитав у нього, відповідь знайшов би миттєво — вічність і ще трохи. Принаймні час, за який точно вдасться сконати.

— …і стало світло, і побачив Бог, що добре воно… — Павло навіть не помітив, як отець Йосафат перейшов на українську. Отже, почалася прикінцева частина вечірні, де священник завжди напучував селян, нагадував прописні істини, щоразу відчутно забираючи в бік добровільної пожертви. Та ж, як відомо — «світло» і «люба Господу». А, отже, зовсім незабаром можна буде нарешті забути про задуху та на повні груди хапнути свіжого повітря, напоєного ароматами липневого надвечір'я. Щоб він іще коли дав такого маху — не діждуться від нього. Нехай уже коли постаріє, коли нічого робити буде, тоді, може, й увірує в Господа аж так, що вчащатиме до храму. Зараз же, поки молодий, не переймався Павло питаннями вічності та спасіння. Набагато більше його цікавили вечорниці, розлогі верби понад недвижним плесом Харишиного ставу, а особливо — Оксана. Ох та Оксана… Павло вкотре зіп'явся навшпиньки, немов солдат у строю, що виглядає наближення государя імператора.

Але така близька і водночас далека й недосяжна дівоча голівка була в сто крат дорожча та важливіша йому, аніж якийсь там імператор.

Протяжний спів із хорів скинув Павла з небес на грішну землю — ось нарешті й кінець. Зараз треба буде вчасно вивернутися й добряче вчепитися за куток, аби натовп знову не підхопив попід білі рученьки та не поволік до скриньки на пожертву. Дарувати отцеві Йосафату зайву чарку Павло не збирався. Як, власне, не збирався й вистоювати вечірню службу, але коли вже Господь так учинив, що силою затягнув його до храму, то, певно, щось таки мав на думці щодо парубка. А отже, не можна проґавити даровану Господом нагоду вкотре спробувати переконати Оксану, що вона мусить піти з ним сьогодні під верби. Ніч же яка починається!

Юрба заворушилася, рипнули відчинені бабою Секлетою двері, й люди поволі затупцяли, кожен на своєму місці. Немов розганялися. Та для того, аби набрати потрібну швидкість, треба було кілька хвилин чеберяти ногами, не здвигаючись ані на п'ядь. Павло здивувався — можна просто постояти. Аж ні, люди терпляче тупцяли, наче химерні механічні іграшки, поволі сунучись до скриньки й звідти — до виходу.

Павло знову заметався поглядом по головах, обличчях, хустках, доки не виловив ним ту, через котру останні кілька тижнів не міг спати. Ні, Господь таки не даремно запроторив його в задуху — Оксану відтерли від батька з матір'ю, і дівчина, безпорадно озираючись, разом із людським струмком поволі наближалася до нього.

— Оксано… — Хлопець притьмом присусідився збоку, втягуючи голову в плечі, аби його голену потилицю не уздрів староста й не завадив усій справі. — Я на твою відповідь і досі чекаю.

— Геть так усю службу й чекав? — Оксана всміхнулася, і Павлові потепліло на серці.

— А ти як гадала? Геть-чисто від початку та до кінця тільки-но про це й думав.

— Про що — «про це»? — схилила голову набік дівчина.

Павло поперхнувся відповіддю і мало не полетів шкереберть через поріг, зачарований раптовою лагідністю. Чи то він справді став любим Оксані, чи дівчині замакітрилося в голові від нестерпної задухи і вона не відає, що говорить.

Та де там «не відає»! Павло обережно — самими пучками — торкнувся дівочого ліктя в очікуванні миттєвої відмови, а то й ляпаса, але Оксана рвучко притулилася до нього, обхопила гарячими пальчиками його заніміле долоню й палко зашепотіла на вухо:

— Павлушо, ну ж бо швидше, аби батько з матір'ю не побачили. Швидше надвір, а там із юрбою змішаємося…

— І до… Харишиного?.. — прошамкотів він, ледве ворушачи неслухняним язиком. Від солодкого дівочого подиху на щоці пошерхла, немов попечена морозом, шкіра, а потилицею брали розгін сироти.

— І до Харишиного ставу, — закінчила за хлопця Оксана. — Ніч тепла та зоряна обіцяється.

Павло безтямно підвів голову, немов уже сподівався вгледіти на небі зірки, але надвечір'я ще мінилося ніжними барвами, вряди-годи розбавленими темнішими смужками поодиноких розхристаних хмарок. До справжніх розсипів золотого небесного маку було ще кілька годин, але хто й коли казав, що цілуватися можна лише під зорями?

Хлопець ніяк не міг надихатися вечірньою свіжістю. І геть не тому, що й досі не позбувся церковного запаморочення. Він пив прохолодне повітря уривчастими ковтками та намагався втамувати шалене серце, котре раптом зірвалося на галоп. Марно, адже до лівого боку горнулася та, від якої серце й шаленіло.

— Ну ж бо, за церкву, — мовив він дівчині, — аби біля воріт не запопали.

Оксана мовчки кивнула, і пара пригинцем чкурнула за храм. Там — те знали всі хлопці й дівчата — у паркані зяяла чимала діра, хід крізь яку вів до густих і темних бузинових хащів, з них — до комишуватого ярка, а звідти — на стежку, що поза городами краєм села збігала якраз до Харишиного ставка.

Але зроби вони це на дві хвилини раніше, не гаючись, усе трапилося б достоту так, як бачив Павло у своїх снах. Та в Господа, вочевидь, були для них на цей вечір власні плани.

— Павле! Стривай-но!

Павло смикнувся, почувши знайомий голос, і вкляк… Кликав не абихто, а Семен. Той Семен, з яким він побився об заклад, що не пізніше, як сьогодні ввечері, поцілує Оксану під вербами. І зараз бовкни друзяка перед дівчиною зайве, як вона ображено крутнеться й… Хлопець засичав крізь зуби та розвернувся до Семена, ладнаючись попередити будь-які його слова й одразу ж відшити приятеля.

— Павлушо…

Парубок навіть не зауважив Оксаниного голосу, бо, коли Семен, що поспішав назустріч, раптом зупинився, як укопаний, і вражено витріщився на щось понад його — Павла — головою, втямив, що щось негаразд.

Юрба, яка висипала з церкви, на довгу мить затихла так, що стало чутно, як на селі виють собаки. Без хвостика сотня людей одночасно німувала, туплячись у небо. А тоді наче прорвало греблю — голоси завирували, заплюскотіли, захлюпали, збираючись у височенькі хвилі.

Павло спочатку не зрозумів, що відбувається, та коли Оксана вкотре шарпнула його за рукав, нарешті подивився на дівчину й закам'янів: тепер він добре розгледів чітку смугу світла, що виринала з-за виднокола й сягала майже середини небозводу. Світло не було схоже ні на що, що хлопець стрічав до цього, і від такого усвідомлення волосся на його голові неприємно стовбурчилося, а спиною бігали мерзляки. І якщо від Оксанчиного голосу шкіра бралася приємним морозцем, якого хотілося ще й ще, то зараз тіло стрясав зовсім інший холод — неприємний і чужий.

— Павлушо, що це? — Розгублена Оксана злякано чіплялася за руку. Кількома хвилинами раніше Павло відчув би гарячий трепет від цих доторків, але зараз не знав, як на них реагувати. В голові товклися порожні думки, такі собі оболонки роздумів, що лускали, наче мильні бульбашки, щойно їх торкнешся. Жодного пояснення, жодної відповіді Павло не знаходив.

Тим часом світло яскравішало, а надворі водночас мовби темніло. Світляна річка набувала чіткіших обрисів, і тепер уже ніхто б не наважився сказати, що то йому примарилося — майже через усеньке небо тягся довжелезний яскравий промінь, який щосекунди наливався ще більшим світлом.

— Як гадаєш, Павле? Шо воно таке за їдне? — Семен нечутно наблизився й став поруч. Його погляд не відлипав від світлової смуги. Як і погляди всіх, хто в цей час був на церковному майдані.

— А я знаю?

— Десь від Меджибожа[1] тягнеться ніби…

Павло закрутив головою, орієнтуючись. Семен мав рацію — світло вихоплювалося саме з боку Меджибожа. Одначе що з того здогаду?

— Від Меджибожа, — кивнув він. — Але це нічого не пояснює.

— Вояки мудрують щось, — спробував авторитетно заявити Семен, але голос його тремтів, від чого весь авторитет ішов псові під хвоста.

Павло цікавився технікою і військовою справою, тому Семенів «авторитет» його аж ніяк не вразив. Тим паче, що він дуже сумнівався у причетності до променя військових.

---

[1] Місто на схід від Проскурова.

— Це ж якої потужності прожектор треба… — пролунав іще один голос. Павло обернувся й пополотнів: поряд із ними стояв староста з дружиною. Обоє витріщалися в небо. — Мільйон свічок. Або й більше.

— А струм звідки? — почувся ще чийсь голос.

— А про лямпу ти подумав? — додався ще чийсь.

— Таких лямп не виробляють, — хтось так само, як і Павло, спробував показати авторитет, але сумнів у голосі взяв гору над упевненістю.

— То в нас, може, й не виробляють. А австріяки, кажуть, і не таке зробити здатні.

— Хто каже? Ти хоч раз живого австріяка бачив?

— А навіщо мені його бачити? Я й Бога живого не бачив, але ж до церкви ходжу!

— А в церкві отець Йосафат тобі щоразу говорить «не согріши», а ти горілку п'єш і на чужих жінок задивляєшся.

Юрбою пробігся нервовий сміх. Люди намагалися жартувати, але жарти ці звучали вбого, бо голоси жартівників тремтіли від погано прихованого хвилювання. Ніхто з присутніх не міг пояснити чудернацького видовища насамперед самому собі. А невідоме завжди викликає якщо не страх, то принаймні пересторогу.

— …і узряше чудо Господнє… — від храму долетів голос отця Йосафата. Всі, немов за командою, крутнули головами до священника, наче шукали в того пояснення. Чи хоча би поради.

— Ви впевнені, отче? — у голосі старости звучало неприкрите вагання. — Чи ж являтиме Господь диво отак-о просто посеред?.. — він не закінчив речення і просто махнув рукою в бік світлової доріжки.

— А той, хто сумніватиметься в силі та мудрості Господа Бога нашого… — грізно завів отець Йосафат, проте не встиг завершити, як промінь раптом різко шарпнувся і просто «впав» за видноколо. Неначе незрима рука, яка тримала титанічний ліхтар, опустила його додолу.

— От вам і все диво, — пробурмотів хтось невидимий у юрбі, вочевидь підʼюджуючи священника, але той не зважав на нахабу.

— Восьма і тридцять вісім хвилин… — зачувся ще чийсь голос, у якому Павло впізнав корчмаря Саливона. Той стискав у руці срібну цибулину годинника та пильно вдивлявся в стрілки. — Рівно чверть години світило, хороба.

— Ґа? — голови знову синхронно крутнулися. Тепер обʼєктом загальної уваги став корчмар.

— Кажу, що як тільки цю хоробу побачив, — Саливон тицьнув пальцем у потемніле вечірнє небо, — так одразу по годинника поліз. Хвилини не минуло. Почало воно світити о двадцять третій хвилині по восьмій. Щоб я з цього місця не зійшов! А щезло о восьмій годині й тридцять восьмій хвилині. У мене годинник точний!

Юрбою знову прокотився різноголосий гомін. Усі обговорювали таємничі покази Саливонового годинника та пʼятнадцять хвилин неймовірного світла на вечірньому небі.

— Пʼятнадцять хвилин, — багатозначно зронив Павло. — А немов якась мить промайнула. Не спамʼятався.

І справді — чверть години збігла геть непомітно. Наче щойно він разом з Оксаною випірнув із задушливих нутрощів храму, як виявляється, що вже спливло аж пʼятнадцять хвилин! Чверть години тупцяння на одному місці. Та за цей час вони змогли б дістатися якщо не Харишиного ставка, то першої греблі напевно!

— Ну, повитріщалися та й годі, — прогудів раптом староста. — Оксано, не думай мені чкурнути… Час додому.

— Але ж тату, — судячи з дівочого голосу, Оксана намислила те саме, що й Павло. Кляте світло з неба вкрало в них чверть години, за які вони б ушилися подалі від церкви та батька.

— Не татай! — староста був категоричним, а це означало, що жодні вмовляння не подіють. Залишилося тільки скоритися й чекати на наступну нагоду. Дівчина кинула прощальний сумний погляд на Павла, котрий м'яв у руках кашкета, ніби волів вичавити з нього вчорашній день. Хлопець нишком знизав плечима й усміхнувся кутиками губ, мовляв: якось воно буде. Але Оксана вже відвела погляд. Надворі стрімко темнішало.

Люди розбивалися на купки й поволі розходилися із церковного майдану. І в усіх на язиці крутилося дивне небесне світло. Кожен намагався пояснити його природу й походження, кожен розмірковував про новітню техніку та про можливості її застосування.

— А ти як думаєш, Павлушо? — Семен видобув із кишені жменю насіння та сплюнув перші шкаралупки.

— Га? — юнак стрепенувся, повертаючись до дійсності. — Ти про що?

— Та все про те саме, — Семен мотнув кулаком із насінням у бік крайнеба, звідки нещодавно вихоплювався світловий промінь. До них підступили ще двоє парубків і дехто з дядьків, які, вочевидь, не квапилися після вечірні додому.

— А-а, — відмахнувся Павло. Він і досі не йняв віри, що проґавив щойно таку змогу. Хтозна, коли випаде чергова нагода заговорити з дочкою старости. — Та мені що до того?

— А я все ж так гадаю, що то вояки у Меджибожі якусь таку машинерію зладнали, що в небо світить, — подав голос один із дядьків.

— Точно, — підтакнув йому другий. — Чув я, там у них скоро муштра якась особлива буде. От і зладнали.

— А для чого ж таке знадобиться? — не вгавав Семен.

— Може, аби єропланам у небі видко було.

— Кому?

— Єропланам, темнота! Машини, які по небу літають. Та ж у Меджибожі вояки вже дві такі машини мають!

— Ох, — похлинувся захватом Павло. Він умить забув про невдачу з Оксаною. Ще б пак: у Меджибожі — зовсім поряд — є аж два аероплани!

— Я туди своякові пшеницю возив, — продовжував між тим дядько, — то на власні гочі бачив тії єроплани.

— В небі?

— Нє, на землі стояли, — крекнув дядько, розводячи руками. — Але не про те зараз. А про світло. Кажу вам точно, що то вояки щось таке нове вигадали…

Довгенько ще гомоніли селяни. Перекидалися здогадами про аероплани, військових, небесне світло, австріяків і новітні винаходи. І ніхто не зауважив отця Йосафата, що й досі стояв, притулившись до одвірка храму, не відводив погляду від потемнілого крайнеба на південному заході та стиха шепотів:

— І сказав Бог: «Хай станеться світло!» І сталося світло…[1]

[1] Кн. Буття 1 : 3.

РОЗДІЛ 2

4 серпня 1912 р., неділя
Проскурів

Яків прочинив скрипучі двері та замружився від яскравого вранішнього світла. Такої погожої днини, а тим паче — у неділю, просто гріх було нидіти в чотирьох стінах. Тому, захопивши кавник і відносно свіжу газету, він вибрався на ґанок, аби неквапливо посмакувати ароматним напоєм і просто поніжитися під променями неспекотного поки сонця.

Крихітний дворик перед будинком був зручний уже тим, що вдень, коли сонце підбивалося височенько та немилосердно палило землю, тут залягала приємна тінь від поблизького горіха. Уранці в цьому закутку було надзвичайно приємно зустрічати світанок і поєднувати сонячні ванни зі свіжим повітрям — найкращим доповненням міцної кави.

— Доброго ранку, Якове Соломоновичу! — двірник Славатій підніс над головою засмальцованого капелюха, котрого не скидав ані в будні, ані в свята.

— Доброго й вам, Славатію Мироновичу! — Яків вітався з двірником завжди підкреслено чемно, звертаючись тільки на ім'я та по батькові. Від цього непоказний чоловічок змінювався на виду, розправляв плечі та наче аж трохи вищав. Якову це не вартувало анічогісінько, а ось двірник, пам'ятаючи про таку повагу, щоразу намагався чимось віддячити чемному пожильцеві: то зайвий оберемок дров підкинути взимку, то бляху на даху відремонтувати після першого ж прохання, а не коли вода дзюрчатиме зі стелі, то терпляче прокидатися посеред грозової ночі, щоб відчинити ворота й провести до пана лікаря термінових пацієнтів.

Сам Яків не мав на думці жодного зиску — просто вважав, що кожна професія по-своєму почесна. І зовсім не обов'язково, до прикладу, рятувати людські життя, стоячи за операційним столом. Можна й двірником працювати так, щоб люди тебе шанували та цінували твою працю. Та й, ніде правди діти, Славатій виконував усі свої обов'язки справно, і за дванадцять років, які мешкав у цьому будинку, Яків жодного разу не пожалкував, що обрав саме його.

А поперваx, коли Юшкевич запропонував йому поселитися просто через вулицю від його домівки, Яків зголосився не відразу: господар будинку аж надто прискіпливо розглядав їх із Дарцею, а ще кімнатки виявилися не надто світлими, а двір — прохідним.

Відтоді минуло багато років. Кімнати справді не були надто сонячними, проте товсті стіни чудово зберігали тепло взимку, коли надворі лютувала хурделиця. В дальньому кінці двору за рік виріс іще один будинок, від чого площа дворика трохи зменшилася, зате тепер він став непрохідним і попід вікнами більше не швендяли чужі люди. Та й Дарця вже давно була не з ним. Вони прожили разом трохи більше року, коли дівчина почала згасати і хай як намагався Яків змусити хворобу відступити — пухлина не дала дружині шансу. З того часу він не звертав уваги на жінок, усуціль віддаючись роботі. Дарця була першим і наразі останнім його спілкуванням із прекрасною статтю. Яків погоджувався, що все може трапитися, але поки що жодна з жінок не захопила його так, як колись Дарця. Статус вдівця міцно приклеївся до нього, але він не вбачав у ньому нічого поганого — просто черговий рівень досвіду, якого може набути чоловік.

Так, багато чого змінилося за ці роки. З'явилася сивина в чуприні та вусах, окуляри зайняли своє постійне почесне місце на носі, лікарню перевели до нового — набагато кращого — приміщення, де Яків нарешті розвернувся та налагодив медичну справу, як належало. Большаков подався шукати кращої долі кудись аж до Миколаєва і навіть прислав звідти короткого листа, в якому писав, що хоче відкрити фотографічну студію. Але відтоді від приятеля не було ні слуху ні духу, і Яків уже й не сподівався, що Архип подасть про себе звісточку. Незмінними залишилися тільки візити Юшкевича, який в особі Якова нарешті знайшов цінного співрозмовника, освіченого інтелектуала й затятого матеріаліста, котрий науку ставив понад усе. Це імпонувало Юшкевичу, і чоловіки стали приятелями нерозлийвода.

Не стояла на місці й служба у поліції. За ці роки Яків безліч разів доводив цінність і потрібність медичного експерта в розслідуваннях. І на жаль, з року в рік зростала кількість злочинів у колись спокійному та неквапливому Проскурові. Якщо десять-п'ятнадцять років тому вбивство було таким самим рідкісним явищем, як візит до міста імператора, то цьогоріч поліція вже мала справу з більш ніж півдесятком справ, де фігурували трупи.

Яків мимоволі згадав моторошні події тієї далекої весни, які круто змінили все його життя[1]. І не тільки його. Здавалося, невловимий маніяк змусив стрепенутися все місто і воно більше ніколи не повернулося до свого колишнього напівсонного стану.

Але годі про минуле! Він відігнав похмурі спогади, котрі ще й досі — через понад десять років — дошкуляли йому, всівся на нагрітий сонцем ослін і нарешті пригубив каву.

— Пан Юшкевич учора заходили, справлялися про вас, — знову обізвався двірник.

— Щось переказував? — Яків учора допізна затримався в лікарні й удома був близько півночі.

— Обіцялися сьогодні зайти.

— Не говорив, коли саме?

---

[1] Ідеться про події, описані в романі «Пастка для різника».

У відповідь Славатій лише розвів руками. Щоправда, Яків не планував сьогодні нікуди вибиратися з дому, сподіваючись провести спокійний і неквапливий день. Такі дні, що випадали вкрай рідко, він називав «лінивими». Якщо вони траплялися взимку, то Яків допізна валявся під ковдрою, спостерігаючи, як на підвіконні знадвору росте товста біла накривачка, а за тепла — виносив під старого горіха крісло й тішився приємністю сидіти в затінку, насолоджуючись кавою та книжкою. Або ж провадити довгі бесіди з Юшкевичем, котрий ніколи від таких не відмовлявся. Вони обговорювали все — від архітектури до поезії, хоча, зазвичай, закінчували обов'язково медициною.

Яків відсьорбнув кави і нарешті розгорнув газету, вмощуючи її поряд із кавником на невеликому столику. То було число «Подолія»[1] понад тижневої давнини, але для розваги годилося. Яків не сподівався від газети на щось надзвичайне і просто пробігав сторінки поглядом. Не так читав, як смакував каву, роздивляючись поодинокі нечіткі світлини. Аж ось одна замітка прикувала його увагу вже самою назвою. «Викрадення сільського старости» — писало через усю сторінку, і Яків почав читати, з кожним словом заглиблюючись у текст дедалі більше. А той повідав про справді чудернацькі речі.

Стаття описувала оказію, яка сталася 24 січня[2] зі старостою села Вихилівка Проскурівського повіту. Яків відірвався від газети та спробував пригадати географію повіту, але вже за мить прикипів до наступних рядків.

Як пізніше розповідав проскурівським поліціянтам сам староста, того вечора він повертався від кума із сусіднього села. Шлях пролягав через поблизьке поле, і йому в очі впав дивний апарат, біля якого поралося двійко «панків».

---

[1] Газета, що виходила друком у Кам'янці-Подільському.

[2] Справжні події, описані в газеті, сталися 24 грудня 1912 року. В усьому іншому зміст статті передано точно.

На запитання, чому він назвав помічених людей саме «панками», чоловік зазначив, що вони були незвично вбрані: у строї, що відливали немов металевим блиском. А хто ще в нас стежить за швидкоплинною модою, як не паничі та всілякі різні інші франти? Ось тому й здалися йому ці чоловіки саме «панками». Але йдеться здебільшого навіть не про них, а про машинерію, біля якої ці «панки» поралися. Не надто обізнаний із технічними новинками світу, староста плутався в показах, збивався на відверті бздури, але зрештою, після уточнень головного поліціянта, котрий мав вести справу, погодився, що химерна машинерія могла бути… аеропланом, хоча й дивної конструкції. На запитання, чи бачив староста аероплани до цього і чому конструкцію вважає дивною, чоловік відповісти не спромігся.

На правах сільського старости чоловік підійшов ближче та поцікавився у «панків», що сталося та, передусім, хто вони такі. Але відповіді не отримав — чоловіки продовжували вовтузитися біля апарата, ніби нікого просто не було поруч.

Староста повторив свої запитання, але й цього разу не отримав відповіді. Натомість один із «панків» дивним голосом звернувся до нього: мовляв, хто він сам буде та чого хоче.

У цьому місці слідчий у справі знову перервав оповідь потерпілого, намагаючись з'ясувати, чому голос незнайомця здався йому дивним. Відповідь звучала непевно, чоловік знову довго пригадував подробиці події, але, зрештою, заявив, що голос співрозмовника був без жодного забарвлення, беземоційний і неживий, наче замість живої людини розмовляв бездушний автомат — химерна механічна лялька. Але навіть не це було найцікавішим, адже далі почалося щось просто неймовірне.

Яків забув про каву, захоплений читанням. Літери миготіли у нього перед очима, і на якусь мить світ поза газетою для нього перестав існувати. Були лише друковані рядки, що повідомляли геть безумні речі.

На запитання незнайомця староста чесно повідомив, хто він та звідки, а тоді знову наполіг, аби химерні чоловіки назвалися. Однак і цього разу — вже втретє — відповіді не було. Натомість один із «панків» таким самим «неживим» голосом проказав, що їхній апарат зламався, і запитав, чи не був би староста таким люб'язним, аби залізти до кабіни та допомогти їм з ремонтом.

Не вбачаючи у проханні жодної загрози, оскільки навколо ще стояв білий день, а чоловіки не справляли враження надто дужих розбишак, староста забрався до кабіни.

І вкотре поліціянт перервав оповідача запитанням, чому йому здалося, що небезпеки немає, та який саме вигляд мали незнайомці, котрі «не справляли враження надто дужих розбишак». Відповідь була химерною, як і всі інші до неї. Наблизившись до дивної машинерії, чоловік виявив, що «панки» направду більше схожі на підлітків, а не на дорослих дядьків. Принаймні зростом вони не сягали старості й до плеча, однак обличчя мали аж ніяк не дитячі, що й змусило потерпілого вважати їх дорослими.

Подальші події, зображені в газеті, розвивалися так стрімко, так карколомно, що Яків забув і дихати.

Щойно староста вмостився у кріслі незбагненної машинерії, як та здійнялась у повітря і на шаленій швидкості рвонула в невідомому напрямку. Чоловік узявся кричати, кликати на допомогу, благати невідомих викрадачів змилуватися над ним, але у відповідь не почув нічого. Від благань він перейшов до погроз, сподіваючись вплинути на викрадачів по-іншому. Одначе й це не допомогло. Потерпаючи від страху, староста мало не накоїв біди та не вистрибнув з апарата геть, покладаючись на Боже провидіння. Тільки кволий стан урятував чоловіка від непоправного. Кілька разів він зомлівав, а, повертаючись до свідомості, бачив, що й досі мчить у просторі поміж небом і землею.

Скільки спливло годин від моменту його викрадення, староста не відав. Однак, зважаючи на те, що надворі досі було світло, здогадувався, що сонце ще не сіло, а отже, часу минуло зовсім мало.

Зрештою, машина почала сповільнюватись і за мить різко опустилася на землю знову ж таки посеред поля. Проте поле — це відразу стало зрозуміло — виявилося зовсім інакшим. Куди занесло його лихо, староста й гадки не мав. Він похапцем, тамуючи дрож у колінах, вистрибнув на землю та припустив чимдуж, резонно вважаючи, що краще спершу забратися від лиха подалі, а тоді з'ясовувати, куди його затарабанили підступні австріяцькі шпигуни.

Тут настала черга слідчого вставити в розмову свої репліки. До цього часу староста жодного разу не назвав викрадачів «австріяцькими шпигунами». Тоді чому тепер виникла така дивна впевненість?

І знову потерпілий довго збирався з думками, зрештою підсумувавши: літальний апарат дивної конструкції, химерна одіж, а найважливіше — манера говорити, нібито з іноземним акцентом. А який іще акцент може бути, коли до кордону рукою подати?[1] Ні, лише австріяки здатні готувати якусь капость, аж тут трапився він, і їм довелося терміново змінювати плани.

З реакції поліцейського було видно, що такі висновки здавалися йому не надто переконливими. Та староста, між тим, продовжував.

Зрозумівши, що погоні не чути, він нарешті сповільнив біг і за якийсь час вибрів до людського житла. А коли розпитав місцевих, де опинився, то ледве не гепнувся долу від здивування: бісова машинерія занесла його не далеко, не близько, а до Бара, який від його рідного села відділяло близько п'ятдесяти верст!

Смеркалося, і чоловік не знайшов нічого кращого, як слізно проситися на нічліг, боячись замерзнути в незнайомому місті та ще й без копійки грошей. Допомогла пристойна

---

[1] Кордон з Австро-Угорщиною проходив по річці Збруч.

одіж, за якою, як відомо, стрічають. На волоцюгу він не скидався, тож ту ніч перебув у теплі. На відміну від наступної, яку довелося провести в чиємусь хліві мало не під боком у корови, щоби не задубіти з холоду.

Лише за дві доби після пригоди, виснажений і ледве живий, добрів чоловік до Проскурова, де відразу ж подався до поліції, аби сповістити про власне викрадення. І застерегти від австрійських шпигунів, котрі тільки й чигають, аби схопити чесного християнина та заволокти його понад хмари.

Нічого й казати, що у поліції на таку заяву зреагували неоднозначно. Старосту уважно вислухали, з'ясували подробиці, але справі законного ходу не дали. Бо слідчий уторопав, що за справжніми шпигунами, навіть якби такі й були, давно слід прохолов. А шукати в небі невідомий аероплан, якщо той не вигадка, то взагалі безнадійна справа.

Так і залишилося викрадення старости села історією на папері. Спочатку — у вигляді поліційного протоколу, а згодом — газетної статті. Попри це, варто визнати, що історія таки захоплива. Яків відпив ковток схололої кави та замислився, чи міг староста вигадати все це? Звісно, що міг! Але поставало логічне запитання — навіщо? Для чого дурити поліцію, вигадуючи викрадення, якого не було? Для чого вигадувати химерний апарат, дивних людей і називати їх австрійськими шпигунами? Було в історії чимало загадок...

Яків зловив себе на тому, що починає подумки вибудовувати логічний ланцюжок розслідування справи. Робота у поліції наклала свій відбиток на його життя: тепер кожна загадка підлягала розгадуванню.

У кавнику хлюпало ще достатньо кави, щоби відкинутися на спинку й неквапливо поміркувати. Звісно, всі помисли крутилися навколо щойно прочитаної статті. Найбільш імовірно, староста справді вигадав свою історію з аеропланом. Хоча б з тієї причини, Яків ладен був присягтися, що взимку тільки навіжений дурень підніме в небо літальний апарат.

Яків був палким шанувальником усього нового — і у медичній науці, й у техніці, що стрімко розвивалася. Особливо в техніці. І хоча жодного разу на власні очі не бачив справжнього аероплана, проте начитався про ці надзвичайні апарати предостатньо. Та й сталося все не так уже й давно. Він навіть пам'ятав, як на початку тисяча дев'ятсот четвертого всі газети рябіли статтями про надзвичайну подію, що трапилася в грудні минулого року[1]. Саме тоді один із двох братів Райтів — Орвілл — на дванадцять секунд відірвався від землі на апараті, важчому за повітря.

Увесь світ стояв на вухах. Небо нарешті підкорено! Саме такими заголовками пістрявіли всі без перебільшення газети. І справді, з того доленосного дня розвиток авіації не стояв на місці жодної миті. Вже влітку дев'ятсот дев'ятого талановитий француз Блеріо перетнув на літаку власної конструкції Ла-Манш. Тут уже тривалість польоту не вимірювалася секундами, а відстань — кількома десятками аршин!

Сьогодні ж, і Яків знав це напевне, авіація із забавки перетворилася на необхідність і впевнено відвойовувала в неба висоту.

А зовсім нещодавно до авіаційного поступу приєднався і Проскурів. Щоправда, літаків тут іще не бачили, а ось чималеньке поле, що розкинулося між військовим містечком у Дубовому та хутором Раковим[2], пристосували під допоміжне прикордонне летовище[3].

Яків пригадував, як кілька разів забредав на околицю міста і роздивлявся рівненькі галявини, акуратно розмічені

---

[1] 17 грудня 1903 року в небо піднявся перший в історії людства літак. Пілотували на літаку брати Райти.

[2] Ду́бове — колишнє військове містечко, сьогодні — район м. Хмельницького. Хутір Ра́ковий, Ра́кове — присілок біля Проскурова. Сьогодні — район м. Хмельницького.

[3] На цьому місці згодом постав перший (старий) аеродром міста Проскурова.

кілочками й натягнутими шворками. Зацікавлено спостерігав за смугастим полотняним конусом, який вказував напрям вітру, стежив за зведенням приміщень складів і невеликих ангарів для аеропланів. Утім, ще й донині жодної літальної машини на летовищі не було. Але Яків не сумнівався — чекати зосталося недовго. Адже не варто забувати, що поряд — за Збручем — інша держава. Літаки ж — чудовий засіб для ведення розвідки.

Яків задумався. А, може, не брехав староста? Може, таки зустрів австрійських шпигунів, які вимушено посадили аероплан поблизу села? Але спокою не давав час пригоди. Зимові польоти досі були практично неможливі. Однак, якщо згадати, то донедавна польоти взагалі вважали дивом... Чому б, до прикладу, тим самим австріякам не вдосконалити свої літальні апарати для перельотів узимку?

Скільки не мудруй, а до істини однаково не докопаєшся. Яків відкинув газету і зосередився на каві. Попереду був довгий і неквапливий день, коли не варто забивати голову непотрібними думками, а краще насолоджуватися чудовою погодою, спокоєм і улюбленим напоєм.

Він пригадав події минулого року, коли містом ширилися чутки про дивакуватого графа Емануеля Малинського, який нібито придбав за грубі гроші, отримані в спадок, у Франції аероплан. Там же він, мовляв, навчився керувати химерною машиною, а тепер збирався підкоряти повітряний простір, улаштувавши кілька перельотів над Волинню та Поділлям[1]. Подейкували, що десь у якійсь газеті навіть було розписано за днями та датами черговість тих перельотів, але ніхто тому особливо не вірив, бо, як виявлялося, ніхто на власні очі тих газет не бачив[2]. Усе було звично, як для

---

[1] Ці події не вигадані. Емануель Малинський справді здійснив кілька успішних перельотів на літаку *Farman IV*. Над Проскуровом він з'явився 15 вересня 1911 року.

[2] Ця інформація виходила друком у газеті «Подолянин» у Кам'янці-Подільському.

Проскурова: баєчки переповідали мало не всі (хоч ніхто не відав, звідки у них ноги ростуть) доти, доки ті не перетворилися на потворну незграбу, до якої кожен наступний пліткар додавав щось від себе. Спочатку Малинський із чоловіка став панночкою (вочевидь, з іменем Емануель у проскурівчан асоціювалися лише жінки), а тоді та ненаситна паночка почала літати від міста до міста в пошуках обранця. Незабаром панянка на аероплані зробилася кільканадцятьма літальними машинами, що мчать без жодної зупинки просто навколо світу. Пліткарі відстоювали кожен свою версію, принагідно створювали все нові й нові, але всі сходилися на одному — до Проскурова вся ця катавасія прибуде в середині вересня.

Звісно, що Яків не вірив пащекуванням, але новина про графа-дивака, не спотворена нашаруваннями, його безперечно зацікавила. Знайшлися знайомці, котрі справді тримали в руках те саме число газети, де чорним по білому писалося, що до Проскурова пан Малинський планує прибути п'ятнадцятого вересня. Втім запопадливий автор статті не вказав, та й не міг вказати, де ж саме можна буде спостерігати за знаковою подією та де граф посадить свій диво-апарат. Яків вирішив із раннього ранку п'ятнадцятого стовбичити на даху, аби гарантовано помітити аероплан. Він сподівався, що літальну машину все ж роздивиться, бо на небі не буде хмар, не йтиме дощ абощо. Доля ж розпорядилася по-своєму.

Пізно ввечері чотирнадцятого по Якова на змилених конях пригнав чолов'яга аж із Олешина[1] — треба було терміново їхати до дуже важкої породіллі: жінка народжувала вже майже добу. Яків миттю забув про будь-які плани на завтрашній ранок, про аероплани, дивака-графа та витрішки на даху. Людське життя завжди було для нього найбільшою цінністю, тим паче, коли йшлося про пологи.

---

[1] Село на північному заході від Проскурова. Сьогодні майже впритул прилягає до міста Хмельницького.

Ситуація виявилася надскладною: довелося мати справу з тазовим передлежанням[1] немовляти, що означало — обов'язковий ризик, який у гіршому разі закінчується жертвуванням чиїмось життям заради порятунку іншого.

Наступної доби Яків не пам'ятав. Години, хвилини та секунди злилися для нього в одну довгу й тягучу нитку, і лише коли хрипкий плач немовляти пролунав у кімнаті, коли було накладено останній шов і новонароджений хлопчисько міцно вчепився за материні груди, Яків відчув неймовірну втому, що каменем лягла на плечі.

Спав він довгі дванадцять годин, а прокинувшись, утямив, що надворі вечір шістнадцятого вересня та про всілякі аероплани можна забути.

Славатій потім захлинався, розповідаючи про ажурну конструкцію дивного аероплана, який здався йому більше схожим на повітряного змія, ніж на літальний апарат, здатний підняти в небо людину. Яків же пропустив величеньку частину історії повз вуха: утома та нервове виснаження останньої доби досі брали своє. Щоправда, після захопленого початку двірник примовк і, зрештою, зізнався, що довгоочікувана подія направду була куцою та пожмаканою. Сильний вітер шарпав легким аеропланом, і той, прямуючи на посадку, ледве не черконув крилом землю. Йшла машина низько, тож за польотом не могло спостерігати багато людей. Сам Славатій став випадковим свідком, бо рано-вранці саме їхав підводою по дрова. Загалом уже за кілька днів усі забули і про дивака-графа, і про його політ.

Яків виринав із думок, згадуючи, як за пів року знову зустрівся в лікарні з колишньою породіллею та був неймовірно щасливий потримати на руках тугенького малюка, що

---

[1] Розміщення плода у матці, коли ніжки немовляти знаходяться біля виходу до малого тазу породіллі. В описуваний час — складна, але для майстерного лікаря не критична ситуація.

весело пускав бульбашки та ладнався вхопити дивного дядька за носа.

Чоловік зітхнув, мрійливо всміхнувся, аж тут… уловив вухом незрозумілий шум, невластивий місту. Він одразу вирізнив його з-поміж уже звичних звуків і застиг із чашкою в руках. Галасувало птаство, тонко шелестіло на ледь чутному вітрі листя горіха, Аптекарською торохтіли колеса чергового воза, десь поряд чубилися хлопчиська, але до всього цього домішувався ще один незнайомий звук. Здавалося, наче десь дуже далеко працювала механічна віялка, стрекотання якої нагадувало звук крил гігантської бабки або ж сюрчання коника. Ось тільки звуки цієї невидимої віялки долинали звідкись… згори!

Яків закрутив головою, вишукуючи джерело тих звуків, і здивовано осягнув, що воно рухається. Ба більше — наближається!

— Якове Соломоновичу! — від воріт гупав чобітьми Славатій. На його обличчі переляк мішався із диким захватом. Він німо роззявляв рота, наче не міг дібрати потрібних слів, і тицяв пальцем кудись убік і вгору.

— Що сталося? — Яків блискавично підвівся і відставив чашку. Очікувати можна було на будь-що. Зокрема, й на термінового пацієнта, про прибуття котрого в такий дивний спосіб сповіщав двірник. Але річ начебто була не у пацієнтові.

— Там! — Славатій задихався не так від швидкого бігу, як від хвилювання. — Там… Летить!

— Що? Де? — двірникова тривога передалась і Якову. Він закрутив головою, вдивляючись в ясну ранкову блакить, і нарешті почав розуміти, що ось-ось повинно статися. Думка не встигла сформуватися — її випередив чудернацький апарат, що випірнув з-за дальніх дахів. Яків захлинувся повітрям — аероплан!

— Мерщій! — зі ступора його вивів зойк Славатія. — Драбиною — на дах!

І двірник прожогом кинувся в куток двору, де стояла прихиленою до стіни довга драбина. Яків зметикував, що Славатій має рацію — із плаского даху аероплан мусить бути чудово видно! За пів хвилини чоловіки опинилися на даху, який іще не встиг нагрітися під вранішнім сонцем. І перше, що впало Якову в очі, — це всіяні людом дахи сусідніх будинків!

Хлопчаки видиралися один одному на плечі, наче кілька відвойованих п'ядей від землі давали змогу побачити чудернацьку машину краще, дорослі дядьки прикладали долоні дашком до очей, прикриваючись від сонця. Навіть жінки й ті вдаряли руками об поли чи притискали долоні до щік від зачудування видовищем. І було з чого дивуватися — уперше від часу заснування Проскурова над містом летів справжній аероплан!

Яків прикипів поглядом до невеличкої машини й відчув дивну дрож у всьому тілі — поєднання радісного збудження та нез'ясованої тривоги. Наступної ж миті дикий хлоп'якуватий шал переміг, і Яків уже по-розбійницьки свистів разом із дітиськами, проводжаючи аероплан поглядом. Він несамовито заздрив пілотові та вкладав у свист усю силу легень, наче вірив, що людина в небі зможе почути галас, який зчиняє проскурівський люд на дахах.

А люд і справді шаленів. Летіли догори шапки, зривалися наполохані зграї ворон і голубів, хлопчаки свистіли та верещали від захвату.

— На коло йде? — Славатій не відводив очей від аероплана, неначе боявся, що досить кліпнути, як чудасія зникне, розчиниться в блакиті. Літак таки точно весь час помалу забирав праворуч. Схоже було, що двірник має рацію.

— Побачимо… — замріяно видихнув Яків. На якусь довгу мить він сам став хлопчиком, для якого зникло все навколо, залишилася тільки невелика бабка у високості та стрекотання двигуна химерної машини. Зникли тривоги та проблеми дорослого життя, відступили на задній план спогади, відсунувся у незбагненну далечінь завтрашній день

з його клопотами та турботами. Зараз існувала лише тепла бляха даху, висока блакить неба і диво людської думки — аероплан.

— Кажу вам… — Славатій геть забув про згаслу цигарку в кутику рота. Вочевидь, для нього зараз також не існувало нічого, окрім літальної машини. Як і для більшості містян, які окупували дахи, дерева, балкони, вікна чи й просто стовбичили посеред хідників із задертими в небо головами.

Це міг бути зоряний час для злодіїв, адже витягти гаманця в роззяви, що витріщається на аероплан, — це справа, яку вдалося би прокрутити завиграшки. Та біда в тому, що злодії так само застигали посеред вулиць, зачаровані видовищем. На довгі десять хвилин місто випало з життя, синхронно завмерло, щоб за мить потонути в свисті та галасі.

— Цікаво, це наш чи?.. — Яків пропалював аероплан поглядом, немовби силкувався роздивитися на ньому знаки належності місту, яких, звісно, там бути не могло. Під «наш» Яків мав на увазі належність машини дванадцятому уланському Білгородському полку, що дислокувався на Дубовому. Адже якщо це так, то ангари на летовищі нарешті не порожні. Хтозна, може, літальний апарат там навіть не один?

Яків фанатично захоплювався технікою. В ній він убачав вияв усепереможного людського генія, якого не згоден був проміняти на жодного бога. Велосипеди, потяги, пароплави, автомобілі й ось тепер — аероплан! Коли ж дивовижна машина й справді квартирує в ангарі на летовищі, потрібно за будь-яку ціну добутися туди та спробувати хоча б одним оком глянути на неї, покрутитися поряд, зрештою — торкнутися. Можливо, замість «лінивого дня» влаштувати собі моціон — прогулятися на окраїну Дубового, до летовища? Але поки що так далеко сягати думкою Якову не хотілося. Всі його помисли зараз були там — із пілотом у тісній кабіні.

Славатій казав правду — літак закладав величезне коло над містом на превелику втіху публіки. Знову підлітали догори шапки, знову закладало вуха від свисту та радісного

галалакання, знову хлопчаки дерлися один одному на плечі й вимахували руками в наївному бажанні бути поміченими пілотом. Хтозна, чи бачив той оці зусилля: аероплан зовсім не реагував на пристрасті внизу й незабаром — після повного кола над містом — вирівнявся та почав набирати висоту, віддаляючись на північ, у бік Заріччя.

— Оце й уся забава, — підсумував Славатій, коли літак перетворився на невиразну цятку на горизонті. Він запалив погаслу цигарку й зі смаком затягнувся ядучим димом. — Але ж ловко, шельма, летів!

— Цікаво, яка в нього була швидкість? — Яків і досі вдивлявся в крайнебо, хоча від аероплана там не залишилося й сліду.

— Та, — кинув двірник, — усеньке місто облетіти за кілька хвилин, то добре треба мчати.

— Як ви гадаєте, Славатію Мироновичу, — Яків нарешті обернувся до двірника, — міг то бути, до прикладу… австрійський шпигун?

— Хто? — витріщився Славатій. — Ви оце зараз серйозно, Якове Соломоновичу? Чи на кпини берете?

— Абсолютно серйозно. Міг би це просто зараз бути шпигун з-за кордону?

— А за чим у нас шпигува… — почав був двірник, але відразу ж затнувся.

Яків терпляче чекав на відповідь.

— А й справді… — по хвилі вражено промовив Славатій. — Що ми йому зробимо, навіть якби й знаття, що то австріяк? Шапкою кинемо?

— Ну, теоретично, можна було би підняти у повітря власний аероплан.

— То й що? Підлетіти та скрутити дулю? — Славатій, як на звичайного двірника, говорив розумні речі[1].

---

[1] Перші аероплани не було оснащено зброєю, пілоти могли обмінятися хіба пострілами з револьверів.

— А якщо із землі відкрити вогонь? — не вгавав Яків.

— А якщо він так високо здереться, що ти, мов у мак, стрілятимеш?

Чоловіки перекидалися словами, наче м'ячем, і з кожним кидком Яків дедалі більше переконувався, що історія викрадення нещасного старости могла бути правдою. Якби ворожі шпигуни справді воліли перелетіти на цей бік Збруча, ніхто би цьому не завадив. Максимум, по аероплану почали би стріляти із землі. Але де гарантія, що в небі не свої?

Сумніви були лише стосовно зимового польоту, проте іноземці на те й іноземці, щоб увесь час винаходити щось нове, вдосконалювати машини й механізми, зрештою, вимудрувати спосіб не замерзнути в кабіні на лютому морозі та вітрі.

— Ох, забави-забавами, але час і до праці ставати, — Славатій закректав і поволі посунувся драбиною донизу. — Ич, а нагору злетів, як молодий.

Яків зліз слідом і повернувся до холодної вже кави. Він і досі був під враженням від побаченого. Здавалося, тільки вчора містяни захоплено розглядали на вулицях Проскурова перший автомобіль, а вже сьогодні уздріли нове диво — аероплан. Що буде далі? Куди далі сягне геній людської думки?

— А ось я так вважаю, — від воріт почувся голос сусідки Глафіри Павлівни, що прямувала з базару, — якби Господь бажав, щоб люди літали, то він дав би їм крила.

За мить біля горіха з'явилася сама власниця голосу, за якою дріботів Славатій. Двірник м'яв у руках капелюха, тим часом як жінка моралізаторствувала.

— Якби Господь хотів, щоб ми жили в морі, він дав би нам зябра, як рибам. Але ані зябер, ані крил у нас немає. То для чого пхатися в небо, туди, де нам робити нічого? Я правильно думаю, пане Ровнєр?

— Але ж ви не заперечуєте, що все на світі стається з волі Божої, бо ж говорять: на все воля його?

— Саме так, — кивнула жінка. Її впевнена посмішка трохи зів'яла: Глафіра Павлівна запідозрила, що Яків зараз видасть щось капосне.

— То чому б не припустити, що створення аероплана й було тією Божою волею? А щодо зябер, пані Клявер, то я впевнений, що незабаром людина додумається й до них, як додумалася до підводного човна.

— Ви безбожник та єретик, пане Ровнєр! — вибухнула жінка, крутнулася на місці та заквапилася геть. Славатій усміхався.

Яків же усвідомив, що з «лінивим» днем сьогодні не складеться. Аероплан не лише наробив гармидеру в місті, але начисто знищив спокій в одному конкретно взятому, зазвичай сонному по неділях, дворику на Аптекарській. З усіх дверей його будиночка майже водночас висипали пожильці, вікна відчинилися, собаки загавкали, коти почали нявкати, а діти — хто плакати, хто галасувати. Про неспішне кавування за книжкою в затінку горіха можна було забути. І Яків утвердився в думці, що потрібно використати чудовий день і збуджену появою аероплана рішучість та й прогулятися ген-ген майже за місто — через Дубове до нещодавно облаштованого летовища.

Зараз уже ніхто й не пригадував до пуття, звідки пішла назва Дубового. Зрозуміло, що від дубів, але яких, де вони росли та хто й коли намислив їх спиляти — того не знав ніхто. Подейкували, що на берегах річки Кудрянки, що текла тут у заболоченій низині, розкинувся розкішний дубовий гай, від якого місцевість і взяла свою назву. Але зараз у Дубовому не можна було знайти жодного дуба, не те що гаю. Від нього — якщо він узагалі колись був — не залишилося навіть натяку. Не вдалося би знайти й решток хутора Дубового, про який також згадували в переказах. Чи він злився із забудовою та розчинився в містечку, чи був зруйнований, щоб на його місці звели житло для вояків, а чи й не існувало його взагалі, хіба тільки в чиїхось плітках. Те не було відомо.

Фактично, Дубове було окремим містечком поблизу Проскурова, відділеним від нього залізницею та кількома десятками будинків, що впритул підступали до колії. І дечим це містечко не тільки не поступалося Проскурову, а й перевершувало його. Взяти хоча б водогін, прокладений для потреб військових, розквартированих тут, тоді як проскурівчани продовжували носити воду з колодязів. Велична водонапірна вежа з упізнаваної червоної проскурівської цегли височіла на пагорбі, скидаючись на потужну оборонну споруду чи на маяк, котрий, щоправда, ніколи не світив.

І вода з двох глибоких свердловин, треба визнати, була кришталево чистою та приємною на смак, тож водовози таки частенько пропонували проскурівчанам саме «дубівську» воду.

Позаяк основними «мешканцями» Дубового були дванадцятий уланський Білгородський полк і сорок шостий піхотний Дніпровський полк[1], зараз Яків планував навідатися в «гості» саме до вояків.

За пів години після того, як у небі над містом з'явився аероплан, чоловік бадьоро крокував у напрямку зручної стежки через залізничну колію. Стежина вела просто до Свято-Георгієвської церкви, а далі — у лабіринти вуличок Дубового.

До летовища була добряча година пішки, але Яків нікуди не поспішав. Чудова погода та гарний настрій сприяли приємній прогулянці, а післясмак кави й подарована нею бадьорість перетворювали ту на суцільне задоволення. От би до того задоволення додати ще радість споглядання справжніх аеропланів на летовищі — ціни б не було неділі!

Дзвони Свято-Георгієвської церкви перегукувалися зі дзвонами храму уланського полку. Передзвін лився над містечком, переплітався зі свіжим вітерцем і неспекотним ще сонячним промінням. Яків насолоджувався прогулянкою

---

[1] У цьому полку служив у Проскурові Олександр Купрін.

й укотре подумки дякував невідомому пілотові аероплана за несподіваний політ. Адже якби не він, Яків провів би цілу неділю в кріслі. Це, коли подумати, теж було непогано, але не так, як прогулянка.

Наближаючись до будинків на околиці Дубового, Яків розмірковував, чи побачить аероплани відразу, чи муситиме крутитися поблизу ангарів і розпитувати обслугу на полі. Яким же виявилося його розчарування, коли на летовищі він не помітив не лише машин, а й узагалі жодної живої душі!

Останні кількасот аршин Яків подолав майже бігцем, притримуючи капелюха, але міг і не квапитися — летовище лежало перед ним, наче мертве. Тільки вітерець колихав зелене море трави й бавився смугастим конусом на високій щоглі.

— Стій! Стрілятиму! — Яків шарпнувся від різкого окрику, не зауваживши будку вартового.

— Ох, — він скинув руки вгору та різко зупинився. Потрібна була хвилина, аби перевести подих і пояснити вартовому, куди так розігнався.

— Розчарую вас, пане, — вояк змінив гнів на милість. — То був не наш аероплан.

— А звідки ж він у такому разі? — Яків не надто сподівався на відповідь, але вартовий, вочевидь, потішився несподіваному співрозмовникові.

— Так у Меджибожі ж маневри плануються. Звідти й аероплан.

— З Меджибожа?

— А що? Для машини то не відстань.

— І справді, — погодився Яків, укотре захоплюючись людським творінням, що могло завиграшки подолати понад тридцять верст за мізер часу. Звісно, можливо, що аероплан сідав дорогою, можливо, в роботі двигуна траплялися збої, а пілот упрів і посивів, але Яків не знав цього напевне. З іншого боку, якби машина була несправною чи важкокерованою, не став би пілот ризикувати життям і закладати коло над Проскуровом, а мерщій повернув би назад — до Меджибожа.

— А нам усе лише обіцяють, що машини незабаром будуть, — продовжував вартовий. — Коли ж тому святі бути, ніхто не відає.

— Справді ж бо, від чого це залежить?

— Пілотів немає, — зітхнув солдат. — Для кого ж машини приганяти? Для хлопчаків оно? — він кивнув на двійко хлопців, які зацікавлено роздивлялися чоловіків. Певно, хлоп'ята так само, як і Яків, прийшли побачити аероплани, а запопали тільки знудженого вартового.

Додому Яків повертався замислений. Він намагався уявити, як проходить навчання на пілота і — найважливіше — чи важко це, керувати складною літальною машиною. Напевно, пілоти — то якісь особливі люди, котрі, немов птахи, відчувають повітря нутром, уміють ловити вітер крилом та інстинктивно реагувати на ситуацію. Що ж, зрештою, в кожній справі так. Він також не відразу після закінчення навчання став гарним хірургом. Бували в його практиці й проколи, але, на щастя, минулося без непоправних помилок. І тут — за операційним столом, і там — у небі — досвід вирішує все. Чим довше ти практикуєшся, чим довше відточуєш майстерність, тим упевненіше почуваєшся. Цікаво, чи міг би він — Яків — підняти в небо літак? Зрештою, якщо вміє витягати людей з того світу, буквально складати зі шматків, то зможе підкорити й найскладніший механізм.

Втішений таким висновком, Яків знову перетнув залізничну колію і заглибився в нетрі Проскурова.

Додому він нагодився майже під обід — голодний і бадьорий. Планував нашвидкуруч приготувати яєчню та дати відпочинок ногам, коли біля самих воріт зустрів молодого стрункого вояка із хвацькими вусиками.

— Яків Соломонович Ровнер?

— Саме так.

— У мене для вас пакет.

— Для мене? — Яків щойно зауважив у руках молодика довгастий конверт, запечатаний сургучем. — Від кого?

— Від його превосходительства пана полковника Владислава Ігнатійовича Франковського[1], — відкарбував вояк.

— Ви нічого не наплутали? — Яків округлив очі, не розуміючи, що від нього треба панові командувачу.

— Це неможливо, пане Ровнєр. На пакеті вказане ваше прізвище.

Якусь мить Яків приголомшено витріщався на конверт, а тоді взяв таємниче послання до рук.

— Що тут? — він намагався промацати цупкий конверт, але всередині, вочевидь, не відчувалося нічого, товщого за звичайний папір. Лист? Йому? Від командування уланського полку?

— Не можу знати, пане Ровнєр. Я лише посильний.

Вояк козирнув, збираючись іти, але Яків нарешті позбувся хвилинного заціпеніння.

— Стривайте, юначе… Вибачте, не знаю вашого імені.

— Корнет Казаков[2].

— Пане корнете, ви дуже поспішаєте?

— Узагалі-то ні… — дещо невпевнено протягнув молодик.

— Тоді прошу до мене на каву. Вважайте це моїми бздурами, але мушу прочитати цей лист при свідках. Ви ж не проти?

У відповідь корнет тільки знизав плечима, мовляв, про мене.

Яків пропустив несподіваного гостя у ворота та прилаштувався слідом. Господарювання не зайняло багато часу, тож за чверть години чоловіки вже сиділи під горіхом, насолоджуючись смаком та ароматом свіжозвареної кави.

---

1 На той час командувач 12-го уланського Білгородського полку.

2 Олександр Олександрович Казаков (Козаков) — уродженець Херсонської губернії, льотчик, найбільш результативний ас-винищувач Імператорського військово-повітряного флоту в часи ПСВ, другий льотчик в історії, який пішов на повітряний таран, і перший, хто вижив після нього.

Яків обережно поклав конверт на коліна, наче побоюючись, що з нього вихопиться те, що зруйнує спокій недільного дня та перекроїть усе його життя. А й справді, що знадобилося найвищому командуванню від нього — простого хірурга без звань і титулів? Він подумки перебирав усі свої досягнення та погрішності, чомусь більше акцентуючи увагу саме на останніх. Але військові — то не поліція, щоб карати за провини. Тим паче, якби й було за що карати, то йому, мабуть, сповістили би про це вчора, коли навідувався до поліційної управи із черговим звітом.

Зрештою, сидіти й гадати можна було довго, але нічого путнього з цього однаково не вийшло б. Лише кава вкотре прохолола б. Тому Яків рішуче розірвав конверт, дістав складеного вдвоє цупкого аркуша і почав читати.

Корнет сьорбав гарячу каву і краєм ока спостерігав за обличчям лікаря. На ньому мінилися емоції. Спочатку Яків був зосереджено-серйозним, а тоді різко звів брови на переніссі, очима буквально пропалюючи папір. Після цього, неначе наспіла весна після лютої зими, обличчя раптом розслабилося, вустами ковзнула усмішка, і чоловік нарешті видихнув. Чи принаймні так здалося Казакову.

— Це або неймовірний збіг, — Яків відкинувся на спинку крісла і зробив великий ковток кави, — або я просто не знаю цьому назви.

Він потряс листом у повітрі, наче жартома погрожував комусь там — у небесах. Обличчя його залишалося всміхненим, із чого Казаков зробив висновок, що нічого неприємного в доставленому ним пакеті не виявилося.

— Ви уявляєте, пане Казаков, за сьогодні я вже кілька разів так чи так згадую в розмовах про Меджибіж, навіть плекаю крамольну думку з'їздити туди, аби на власні очі подивитися на аероплани, аж тут… — лікар знову змахнув листом, — мені ледве не наказують туди їхати!

— Наказують?

— Ну, офіційно це звучить так, — Яків підніс лист до очей і відшукав потрібне місце. — Рекомендую Вам відвідати… гм… інструктором із підготовки польових військових фельдшерів… на час військово-польових маневрів у місті Меджибожі… Ось! Вашу відмову буде сприйнято з глибоким розчаруванням. Я чудово розумію, що означає це «глибоке розчарування» та що таке «рекомендація» в устах такого високого чина.

Яків відклав лист, допив каву і продовжив.

— Певно, провидіння справді має на мене якісь особливі плани, коли так наполегливо закликає до Меджибожа. Зізнаюся, я навіть радий, що маю тепер офіційний привід туди навідатися. Крім того, в листі чітко зазначено: «зі збереженням платні та виплатою добових». Тож вважатиму цей візит своєрідними вакаціями.

— У нас зараз теж великі збори, — Казаков відставив чашку. — Маневри обіцяють бути масштабними. Одними з найбільших за останній час.

— Це ж, певно, з того дива й аероплан до нас залетів?

— Ви теж бачили? — обличчям корнета розпливлася ледве не дитяча усмішка.

— Та тут усе місто бачило! Ми з двірником навіть на дах видерлися. Неначе хлопчаки.

— А я просто посеред плацу голову задер. Та й усі, хто був поруч, також! Ех, як же я в той момент хотів опинитися на місті пілота… — у голосі Казакова бринів щирий жаль.

— У мене теж промайнула така думка. Але, якщо відверто, змінювати покликання мені вже трохи пізно. Та й професія мене цілком влаштовує.

— О, пане Ровнєр, — корнет гарячково підхопився, — я впевнений, що зовсім незабаром аероплани стануть таким поширеним у нашому житті явищем, що керувати ними буде такою звичною справою, як керувати, скажімо…

— Велосипедом!

— Я хотів згадати коня, — усміхнувся Казаков. — Але велосипед теж чудово підходить.

— Бачу, ви також захоплюєтеся цим граційним винаходом.

— А як же ним можна не захоплюватися? — в особі Якова корнет знайшов вдячного слухача. — Уявити лишень — людина піднялася у повітря! Ще буквально якихось кілька років тому ми й мріяти не могли, аби протистояти вітрові, підкорювати висоту і відстань…

— Так, на аеростаті володарем вітру не станеш, — погодився Яків. — Радше навпаки.

— Ет, про аеростати я й говорити не хочу, — Казаков презирливо скривився. — Бовтає тобою від кожного подуву вітру. Тільки голова паморочиться.

— А ви підіймалися?

— Було діло, — в голосі корнета не звучав ентузіазм. — У Кам'янці минулого року. В рамках маневрів так само. Тільки й того, що відчув висоту.

— Це вже немало.

— Та де там! Ота мотузка — наче справжня припиначка від корови. Чи ж можна зрівняти з аеропланом? Один порух руки — і ти легко змінюєш курс. Машина слухається тебе в усьому. Ех… — корнет махнув рукою.

— Сподіваюся, у Меджибожі зможете задовольнити вашу цікавість: ми ж опинимося від літаків, так би мовити, на відстані витягнутої руки.

— Знаєте, пане Ровнєр, це моя мрія — стати одним із перших.

— Тобто? — не зрозумів співрозмовника Яків.

— Я хочу подати клопотання про дозвіл вчитися на пілота. Ось після маневрів акурат і писатиму.

— А хіба ж це можливо?

— Цілком! От побачите, я ще піднімуся в небо і стану найкращим пілотом!

Якову подобався ентузіазм молодого корнета. Видно, юнак захопився повітряними машинами не на один день: якщо командування не проігнорує його клопотання, згодом він досягне певних висот[1], хай як би двозначно це й не звучало.

Чоловіки ще довго гомоніли про аероплани, майбутнє військової авіації, як його бачив корнет, що таки знався на військовій справі, та близькі маневри. Прощалися вони вже добрими друзями, взявши один з одного обіцянку неодмінно знайтися у Меджибожі.

1 Олександра Казакова було відряджено до Авіаційного відділу Офіцерської повітроплавної школи 23.01.1914.

РОЗДІЛ 3

8 серпня 1912 р., четвер — 9 серпня 1912 р., п'ятниця
Містечко Меджибіж Летичівського повіту

Меджибіж оглушував, зачаровував, дивував, приголомшував, вражав і бентежив одночасно. І все це з першого погляду, першого подиху та за декілька хвилин.

Із присілка Требуховець перед очима Якова відкрилася вражаюча панорама на фортецю ген-ген за Бугом, але повз вікна екіпажа ще довго тяглися прості сільські хати, аж доки з-за повороту не вигулькнули стіни храму Іоана Богослова. Масивна та міцно вросла в землю, церква нагадувала фортецю в мініатюрі, й лише дзвіниця додавала їй легкості. Утім уже за якусь мить Яків начисто забув про храм: екіпаж під'їхав до мосту, і перед ним постала в усій своїй красі фортеця.

Величне укріплення вкоренилося у невисокий мисок, що виріс на місці злиття Буга й Бужка, що з давніх-давен дало назву містечку[1]. Майже від стін цитаделі розстилалися грузькі заплавні луки, які щовесни, коли на Бузі скресала крига, перетворювалися на широченні річкові розливи. Віддавна містечко, а згодом і фортеця, переходили з рук у руки. Бували тут русичі, литовці, поляки, турки, татари й українці. Стояли під мурами козаки Хмельницького, господарювали в замку Сенявські та Чарторийські, турки будували тут мечеть, а євреї — синагоги. Тут перетиналися шляхи,

[1] Межибоже, Межибіж — місце «межи Богами» (річками Буг, або Бог, і Бужок, або Божок). Перша згадка — 1146 р.

спліталися долі, часи, звичаї та мішалися народи й мови. Тут народжувалася та помирала історія, і тут повсякчас, навіть найлихішої години, буяло різнобарвне життя.

Одразу за мостом візник пригальмував, немовби давав Якову змогу зайву хвилину помилуватися неймовірним видовищем.

— Вам куди саме правити, пане?

— Та, певно, до фортеці, — Яків почухав потилицю. — Здалося б командуванню на очі показатися.

— Тоді поїдемо навколо. Бо попри костьола дуже підйом крутий, не хочу коней мучити.

Яків не звернув уваги на візникові слова, та коли екіпаж на роздоріжжі звернув праворуч до фортечних стін, зрозумів, що вони об'їжджатимуть твердиню вузенькою дорогою, що пролягала просто під самими мурами.

Зблизька фортеця вражала не менше. Грізні стіни наближалися, і ось уже Яків мусив задирати голову, щоби роздивитися їхні зубчасті вершечки. Масивні контрфорси сусідили тут з ажурними цегляними розетками та химерними кам'яними вазами на кутах палацу, а грізні бійниці — зі стрільчастими вікнами. Титанічні півкола донжону вінчала легка башточка під шпильчастим дахом, а потужна вежа біля самих воріт здавалася скелею, обточеною вправними руками майстрів-зодчих.

Твердиня й сьогодні, як сотні років тому, була неприступним оплотом оборони, спроможним протистояти артилерії та штурмам. Тож не дивно, що саме навколо неї зосереджувалися численні військові з'єднання, готові, за потреби, буквально за кілька днів дістатися близького кордону. Зачарований могуттям древніх мурів, Яків забув навіть про аероплани.

Меджибіж вражав галасом та юрбами, повз які ледвеволікся екіпаж. Якщо присілок Требуховець, який виходив на проскурівський тракт, був такою собі тихою пасторальною місциною, то чим ближче до фортеці — епіцентру тутешнього життя, тим більше людей траплялося навколо. Візникові доводилося дедалі частіше смикати за віжки, пропускаючи гурти військових, кінних офіцерів, вантажені підводи, велосипеди та звичайних смертних, яких тут вешталося достобіса.

«Наче у Проскурові біля вокзалу базарного дня», — подумав Яків. Хіба вдома не було стількох дивно вбраних людей, які здалеку впадали в око? Довгі бороди та пейси видавали в них євреїв, а чорні капоти[1], з-під яких виглядали комірці білих сорочок, — справжніх хасидів. Про них Яків чув, але жодного разу не бачив на власні очі, хоча й знав, що у Меджибожі їх безліч.

Усе навколо підказувало про близькість військових маневрів. І неймовірна кількість вояків, що сповнювали містечко брязкотом підків та дзенькотом острогів, і вантажені підводи, які торохтіли бруківкою, і загальна метушня, невластива звичайному часу. Саме повітря, котре змішувалося з димом коминів і ледь вловним кислуватим смородом пороху, здавалося просякнутим очікуванням важливої події.

Одразу ж від фортечних воріт і під'їзного мосту брала початок широка вулиця, обрамлена добротними цегляними будинками на два, а то й три поверхи, що нагадала Якову рідний Проскурів. Він чомусь очікував від Меджибожа звичайної сільської забудови, тож центр містечка його вразив.

Барвисті вивіски яскравіли повсюди. Крамниці закликали приціниться до товару та вибрати, чого душа забажає: від свіжої випічки й модних кальсонів — до кінської упряжі та дьогтю. Поблизька кав'ярня, за столиками якої сиділи панянки, вбрані геть «по-городському», коли не вишуканіше, вабила запахом духмяної кави й чарувала звуками грамофона. Пролопотів босими п'ятами по бруківці хлопчина з оберемком газет, напевно, привезених до Меджибожа звідкись із Кам'янця, аби пани офіцери довідалися, що коїться

---

[1] Сюртук, піджак.

в губернії. З відчинених вікон цирульні долинали тонкі пахощі парфуму та подзенькування ножиць, а біля порога крутилося кілька франтовитих молодиків, які раз по раз підкручували охайні вуса та стріляли поглядами у бік панночок з кав'ярні.

Вулиця тонула в криках, галасі, гейканні візників, іржанні коней, музиці, жіночому сміхові, лайці, скрипінні коліс, цокоті кінських підків, квоктанні курей, шумі листя на деревах і далекому гавкоті собак.

— Точити ножі, ножиці, коси, бритви!

— Останні новини з губернського Кам'янця! Візит генерала-губернатора!

— Куди преш, доробало?! Не видно коней?

— Дозвольте у мадам запитати, що мадам робитиме в неділю по обіді?

— Булки, бублики, коржі, струдлі!

— Миську, стій! Мама казала, як знов тікатимесь до війська, то вона тобі на плецях віника поб'є!

Візник протягнув значно далі за під'їзд до замкового мосту.

— Не велено просто біля мурів спинятися, пане. Вартові ганяють, а воно мені нада? Та й не підете ж ви просто з багажем до начальства. Вам би десь спинитися перше.

Яків розгублено закрутив головою, озираючись: спробуй тут розібратися в такому шарварку. Але щойно він вийшов з екіпажа, як до того запопадливо підскочив вертлявий чоловічок, який узявся спритно допомагати візникові вивантажувати валізи. Був він середнього зросту, з куценькою кущуватою борідкою, що ніяк не хотіла чіплятися підборіддя, та неохайними пейсами, котрі видавали в ньому єврея. Старенький, протертий на ліктях піджак і нечищені чоботи змушували задуматися, куди може завести такий квартировласник, але меткі чорні очі, що просто просвердлювали Якова наскрізь, не залишали сумнівів, що чоловічок — ще той шельма.

— Не переймайтеся, пане, все доставимо у найкращому вигляді.

— Стривайте, шановний, — Яків ледь не схопив чоловічка за рукав, бо той уже завдав одну з валіз на плече. — Але ж я навіть не знаю, куди це все потрібно «доставляти».

— Зате я знаю! — чоловічок приязно всміхнувся Якову, наче малій дитині. — Вам же треба десь квартирувати, бо ви таки прибули через маневри?

— Саме так…

— Ой вей, а в кого для вас буде найкраща квартира на всім Межибожі? Та ще й просто на Замковій?[1]

— В кого?

— У Сімхи Шпацмана! А хто такий Сімха Шпацман?

— Хто?

— Та то ж я! Ну то що, тепер ви таки спокійні за свої чамайдани?

— Тепер таки спокійний, — усміхнувся Яків.

— Тоді бекіцер беріть ноги в руки та паняйте за мною. Тутай зовсім поруч. Ох і квартира ж у вас буде, пане…

— Ровнєр.

Чоловічок різко зупинився і здивовано поглянув на Якова.

— То ви таки зі своїх?

— А це щось змінює?

— Вейзмір, та звісно, що змінює. Ціна за квартиру буде нижчою. Бо буду я останнім поцом, коли зі свого гроші лупитиму.

Яків не стримався й розреготався.

— Не хвилюйтеся, пане Шпацман. Як я зрозумів, моє квартирування оплачуватиме командування, тож збитків ви не зазнаєте.

— Так то шикарна звістка, пане Ровнєр! — обличчя чоловічка розпливлося в усмішці. — Тоді з мене ще й сніданння! І прошу вас тяжко, я для вас просто Сімха.

---

[1] Вулиця Замкова — центральна вулиця містечка.

— Сімха? А ви й справді радісний?[1]

Чоловічок знову різко загальмував і витріщився на Якова ще більшими очима.

— А пан геть зі своїх. На'ть[2] їдиш розуміє…

— Через це будуть ще якісь привілеї? — Яків лукаво прискалив око.

— Нє, пане Ровнєр. Майте совість. Ви й так-таки житимете, наче генерал.

— Дякую, Сімхо. Ти нагодився неймовірно вчасно.

— Так а як же інакше, пане Ровнєр? Тут у нас ґав ловити ніяк не можна. Особливо ниньки[3], коли маневри на носі. Засидишся трохи — і зостанешся без пожильця. Хтось переманить. А пожилець — то копійка. Копійка ж ніколи зайвою не буває, погодьтеся.

Слухаючи таку нехитру філософію, Яків ледве встигав за своїм квартировласником. А той, незважаючи на дві важенькі валізи, спритно лавірував поміж людьми, прослизаючи, неначе вуж, і жодного разу нікого не зачепив навіть ліктем: відчувався величезний досвід у своїй справі — бути уважним, тактовним і чіпким.

— Ви ж у нас уперше, чи вже бували коли?

— Ні, раніше не мав честі, — Яків крутив головою, роззираючись навсібіч і водночас намагаючись не випустити з поля зору поводиря.

— То ви таки море втратили! У нас тут розумній людині завжди є куди себе приткнути. Ви ж, прошу вибачення, ким будете?

— Я лікар. Хірург у Проскурові.

— Хірург! — якби не валізи, Сімха, певно, би вдарив руками об поли. Його здивування та захват здавалися такими щирими, ніби Яків щойно повідомив йому, що він щонайменше

---

1 Сімха — радість (*їдиш*).

2 Навіть (*місцева говірка*).

3 Сьогодні. Тут зі значенням «у ці дні».

пересуває гори чи ж перетворює свинець на золото. — Та вам би в нас ціни не було!

— А що, все аж так погано?

— Та як вам сказати? Є у нас фершал. У місті тобто. І ще кілька — у військах. Але все, що вони можуть, то хіба зуба висмикнути. Це в нас і старий Гіцель уміє. Та й не лише він. А осьо як у нас на тому тижні перепилий корнетик із фортечної стіни зверзився, то до Летичева серед ночі коней гнали, бо наші ескулапи тільки руками розводили.

— Врятували?

— Кого?

— Корнетика.

— Нє, розтрясли дорогою. А були б у нас ви…

— Однак, може, я так само розвів би руками?

— Пане Ровнєр! — цього разу Сімха таки зупинився, гепнув валізами об бруківку та докірливо поглянув на Якова. — Ви мене таки за шлепара[1] маєте? Я ж по обличчях читаю, як ви газету! Думаєте, що я до вас підійшов би, коли ви хоча би на грамульку скидалися на наших коновалів? Не в грошах же річ. Мені втішно, коли пожильці — гарні люди, з якими і поговорити, і від них чогось набратися, і їм щось запропонувати.

— У такому разі я цілком до ваших послуг, Сімхо! Гадаю, що ви й справді просвітите мене трохи про містечко, щоби я не втрапив зопалу в якусь халепу.

— Це ми за милу душу! Куди ж вам треба?

— Ну, насамперед відмітитися в командування, взнати всі деталі мого візиту. А там далі вже й побачимо. Напевно, розвідати, де у вас подають найкращу каву.

— За командування сьогодні забудьте, — Сімха пригальмував біля дверей гарного двоповерхового будинку і віддав валізи меткому хлопчиськові-посильному. Той миттю щез за дверима. — Його превосходительство пан полковник

[1] Нездала людина, простак.

Микола Васильович[1] ще вранці відбули на огляд військ, повернуться лише пізно ввечері, то рекомендую навідатися до нього завтра зранечку. А за каву, то ніхто не робить із нею такого, як Сімочка Розенбліт, оно ось там.

Сімха махнув рукою у бік ошатного закладу з кількома столиками просто на хіднику. З кав'ярні справді линули чудові аромати, а кількість відвідувачів переконувала у винятковості і її самої, і згаданої Сімочки Розенбліт.

— Значить, у мене сьогодні буде цілком вільний день.

— І я вам тяжко раджу провести його з головою. Наше містечко не те щоб дуже велике, але на подивитися для розумної людини в ньому повно! Як бажаєте, то я вам коротенько все обскажу, а ви вже самі вирішуйте, чи воно вам тре̓.

«Коротенько», на думку Сімхи, виявилося двадцятихвилинним описом усіх можливих принад Меджибожа — від борделю пані Розамунди до старого єврейського цвинтаря. По закінченню спонтанної лекції Яків зрозумів, що страшенно зголоднів, адже востаннє встиг щось перехопити ще у Проскурові до сходу сонця. На таке зауваження нового постояльця Сімха крутнувся дзиґою, свиснув усе того самого хлопчака-посильного та відправив його на кухню, наказавши, аби там швиденько приготували гарний обід.

— У нас багато де можна смачно попоїсти, але я наполягатиму, щоб ви пообідали в себе, так би мовити, вдома, — він жестом запросив Якова нарешті пройти до будинку. — Заодно й оціните нашу кухню. Хтозна, може, вона вам таки сподобається більше, і ви надаватимете перевагу саме їй.

Кімната Якову сподобалася. Передусім вабило яскраве сонячне світло, яке щедро лилося з відчиненого вікна. Легкий протяг напинав вітрила фіранок, котрі, на превеликий його подив, були бездоганно чистими. Просто під вікном стояв столик, і Яків одразу ж уявив його накритим до обіду.

---

[1] Трингам Микола Васильович — на той час командувач 12-го гусарського Охтирського полку, що квартирував у Меджибожі.

Сімха мав рацію: тут обід смакуватиме чудово, адже на відміну від двору, де під спекотним серпневим сонцем починала розжарюватися бруківка, у кімнаті панувала приємна прохолода.

Поки готувався обід, Шпацман устиг послати хлопчика до фортеці, аби сповістити чергового офіцера про прибуття Якова та записати його на завтрашній прийом до полковника; устиг прийняти підводу дров, за яку ревно торгувався з продавцем, відстоюючи кожну копійку; встиг залагодити невеличкий конфлікт із постояльцем, котрому не подали вранці свіжий рушник. Клопочучись усім цим, він, утім, не припиняв спілкуватися з Яковом.

За неповні чверть години Яків дізнався від Шпацмана ледь не всі тонкощі економічного, політичного та світського життя Меджибожа і прилеглих сіл — Требуховця та Ставниці. Також почув детальний опис впливу на зростання прибутків містян військових маневрів. Завдяки останнім до невеликого Меджибожа прибувала сила-силенна люду, що мусив десь жити, щось їсти та якось розважатися. Усім цим і опікувалися місцеві. Дехто з них на тих заробітках протримувався чи не цілий рік — до наступних військових навчань.

Звісно, містечко жило не лише з війська, але охтирські гусари справді забезпечували сяким-таким статком більшу частину його мешканців. Тут працьовиті люди з діда-прадіда займалися ремеслами й торгівлею, вирощували збіжжя та городину, тримали пасіки й худобу. І якщо ближче до околиць Меджибіж нагадував звичайне село з його яблуневими та вишневими садками, то центральна частина містечка вражала рівненькими брукованими вулицями, показними кам'яними будівлями й силою-силенною вивісок і яскравих вітрин, у чому Яків переконався сам. На мить йому навіть здалося, що він стоїть не у Меджибожі на Замковій, а у Проскурові чи навіть у самому Кам'янці.

— …пане Ровнєр, ви мене чуєте? — Яків виринув із роздумів і побачив перед собою обличчя Сімхи. — Обід принесуть з хвилини на хвилину. Я ж із вашого дозволу вас покину. Справи. Така пора… Але я завжди поряд… Як тре'…

— Так, звісно. — Яків злегка вклонився запопадливому Шпацману, і той миттю щез, аби за секунду на першому поверсі вже вичитувати комусь геть іншим голосом — сварливим і роздратованим.

За хвилин сорок Яків вийшов надвір, почуваючись цілком задоволеним. Після чудового обіду йому не вистачало тільки одного — такої самої чудової кави. Компенсувати її відсутність не було проблемою: за порадою Шпацмана, Яків знав, куди треба прямувати.

Не доходячи кілька кроків до кав'ярні пані Розенбліт, Яків ковзнув поглядом по одній з вивісок і вражено спинився. Він витріщався на іноземні літери і не міг повірити побаченому: на яскравій блясі чітко писало барвистими літерами: «Швейныя машины компанiи Singer (Зингеръ)».

— Скажіть, — Ровнєр звернувся до чолов'яги, який підпирав одвірок просто під вивіскою, — а це й справді?..

— Справжній «Зінґер»? — з усмішкою закінчив за нього той.

— Саме так.

— Справжній, пане. Просто з Гамерики до Меджибожа.

— Ви мене дурите?

— Та боронь Боже, — чоловік замахав руками, і з його обличчя злетіла усмішка. Тепер він говорив цілком серйозно. — Все чесно. Хоч у нас тут усяке може буть, але ми таки представляємо гамериканську фірму «Зінґер». Є ще представництва в Києві та Старому Костянтинові[1]. А чого пан так дивується? Не вірить у Меджибіж?

— Тепер я всьому повірю, — Яків розвів руками.

— І таки правильно зробите, — чоловік знову всміхнувся. — Я так розумію, що пан геть немісцевий?

---

[1] У Меджибожі (як і в Києві та Старокостянтинові) діяло офіційне представництво американської компанії *Singer*, яка виробляла (й досі виробляє) знамениті швейні машини.

— Правильно розумієте.

— Тоді ласкаво просимо до Меджибожа! — він промовив це так піднесено й урочисто, немовби вітав Якова перед брамою принаймні Рима чи Єрусалима. Утім, якщо подумати, то містечко й справді здавалося мініатюрним поєднанням щонайменше півдесятка міст зі світовими іменами. Яків вирішив не копирсатися в географії, адже просто за кілька кроків від нього звабливо пахла кава, якої вимагав його організм. Тієї миті він навіть не уявляв, скільки ще разів дивуватиме його Меджибіж.

До сутінків тинявся Яків містечком. Забрідав на глухі й покручені вулички, над якими майже змикалися крони старезних дерев. Виходив ними до річки чи до грузьких очеретів, де на нешироких латочках чистої води розкошували гуси й качки. Тут нічого не нагадувало про те, що поряд височіють стіни старовинної фортеці, де метушаться сотні військових, що неподалік пролягають чисті бруковані вулиці, де в яскраво освітлених кав'ярнях гусари залицяються до дам, а кельнери розносять гарячий шоколад.

А вулички зміїлися далі, виводячи його то до старого кіркута[1] зі стертими й похиленими мацевами[2], то до монументального костелу, а то й у глухий кут за старими будинками, звідки доводилося тікати від лютих меджибізьких псів.

Яків убирав містечко очима, ловив його звуки та запахи, смакував, як добірну каву, і насолоджувався кожним кроком. Зненацька він відчув себе своїм у цьому розмаїтті мов, говірок, балачок, мод, фасонів, гусарських чобіт, дамських капелюшків, коней, вусів, тютюнових димів, пейсів, вітрин, підвод та екіпажів. На задвірках свідомості навіть промайнула крамольна думка: а чи не переїхати із Проскурова сюди? Але Яків зупинив себе: не варто вирішувати похапцем. Як-не-як, а він уже не двадцятирічний юнак, для якого зі-

---

[1] Єврейський цвинтар.

[2] Надгробний камінь на єврейському цвинтарі.

братися — лише підперезатися. Утім думка була цікавою, тож її варто було зберегти, аби згодом до неї повернутися…

Уранці Яків заспав. І якби не Шпацман, якого він попрохав збудити себе рівно о сьомій, на прийом до полковника запізнився б. Спізнюватися, тим паче до високого начальства, Яків ненавидів.

Надміру сповнений враженнями, емоціями та страшенно втомлений, чоловік спав міцно, без сновидінь, хоча на новому місці зазвичай так не міг. І це стало ще одним аргументом на користь Меджибожа чи, радше, — Шпацмана, слова якого не розходилися з ділом: кімнатка справді була пречудовою.

Незважаючи на ранню годину, під вікнами вже звучали голоси, лунко цокали бруківкою кінські копита та хтось завзято сварився, смачно пересипаючи добірну лайку їдишем.

Сімха розпорядився щодо сніданку, і незабаром Яків уже ковтав шматки омлету, не відчуваючи, одначе, його смаку. Давалося взнаки хвилювання перед візитом до командування. І хоча Яків давно позбувся будь-якої запопадливості перед вищими чинами, сьогодні був особливий випадок: не щодня йому доводилось зустрічатися з людиною, найшанованішою в усій окрузі. Загалом якщо полковник виявиться звичайним бундючним бовдуром, насолода від перебування у Меджибожі зійде нанівець. Але про найгірший розвиток подій Яків намагався не загадувати. Він тішив себе думкою, що тут, у Меджибожі, зможе нарешті дізнатися побільше про аероплани. Чи й навіть посидіти в одній із цих чудернацьких машин.

Сніданок не ліз у горло. Яків зрештою просто випив кави, а тоді ретельно оглянув себе в дзеркалі та рушив до фортечних воріт.

Біля мурів, біля самих воріт і просто поблизу фортеці мурашилися вояки — і заклопотані справами, і такі, що просто тинялися без діла. До початку маневрів залишалося ще кілька днів, тож вони поспішали насолодитися останніми вільними годинами без цілодобової виснажливої муштри.

Вартовий біля воріт прискіпливо роздивився його папери, навіщось зазирнув у велику зашмуляну книгу, що покоїлася на столику в смугастій вартівні, а тоді, ніби нехотячи, але все ж відчинив перед ним бічну хвіртку.

— Тримайтеся ліворуч, — байдужим голосом мовив він. — Вам у перші двері, а там підкажуть.

Яків проминув хвіртку і на мить зупинився, побачивши фортецю з геть іншого ракурсу. Вона вражала зовні — грізним виглядом, висотою та товщиною мурів, але й зсередини приголомшувала. Просто посеред широкого подвір'я височіла церква, повз яку доріжки вели далі, до палацової частини — найстарішої та найбільш масивної. Просто ліворуч починався спуск до підніжжя міцної прибрамної вежі, а далі вздовж муру тяглася довжелезна будівля зі стрільчастими вікнами — саме туди й скерував Якова вартовий. Загалом фортечне подвір'я здавалося Якову абсолютно захищеним місцем. Чи тому, що за мурами юрмилися та галасували люди, а тут панували пустка й тиша, чи тому, що стіни справді відсікали все зайве, залишаючи тільки високе небо вгорі, звідки очікувати на загрозу було не варто.

Яків згадав нещодавню неділю в Проскурові, пам'ятний політ аероплана й поправився — поки не варто. Не треба бути пророком, щоб визнати: зовсім незабаром аероплани із забавки перетворяться на грізну силу. Геть недалеко той час, коли схильна до постійної деструкції людина припасує до легкокрилої машини зброю і зробить із неба джерело загрози. Недаремно ж аероплан, щойно з'явився та був удосконалений достатньо, аби впевнено триматися в повітрі, став об'єктом пильного зацікавлення військових.

Відчуваючи в грудях легкий холодок — наче знову повернувся в часи студентства — Яків рипнув дверима та відразу ж опинився в галасливому натовпі, який потроху всотувався до високих дверей. По хвилі у передпокої стояли тільки вартовий, кілька селян та Яків. Останній мовчки подав охоронцеві папери.

— Доведеться зачекати, пане Ровнєр, — відповів той, звірившись із записом.

— Мене було запрошено…

— Так, але у нас тут *force majeure*[1], — охоронець кивнув на селян. — Ніяк не могли відмовити в авдієнції.

— А що трапилося, коли не секрет? — Яків звертався до всіх одночасно.

— Та дивна якась оказія, — почав було вартовий, але не встиг продовжити.

— Павло Нечипоренко, — привітався з Яковом за руку юнак, один з трьох селян, що переступали з ноги на ногу в передпокої.

— Яків Ровнєр.

— Ми з Гречинець, — хлопець мотнув головою у непевному напрямку, неначе вказуючи, де саме знаходяться Гречинці.

— Дванадцять верст звідсіля, — уточнив вартовий.

— Староста довго вагалися, чи їхати до його превосходительства пана полковника, але тут така справа, геть-чисто надзвичайної важливості! Можливо, *диверсія*! — вочевидь, незнайоме для нього слово юнак промовив з особливою пошаною.

— Диверсія?

— Та ось не далі, як наприкінці липня, сталося в нас у селі таке диво… — юнак узявся торохтіти охоче, анітрохи не зважаючи на те, що виказує *справу надзвичайної важливості* першому-ліпшому. Йому, видно, просто кортіло поділитися новиною хоч із кимось, коли вже не випав шанс прослизнути до кабінету вищого командування, щоби принаймні слово вставити в розмові із самим паном полковником.

---

[1] Із *франц.* — вища сила. Тут — непередбачувана подія, форс-мажор.

Яків прислухався до гарячкової розповіді спершу неуважно (хлопець завів дуже вже здалеку, ледь не від власного народження, яке, з його слів, було оповите суцільними загадками й таємницями), та чим далі новий знайомець говорив, тим більш цікавими здавалися його слова. А розповідав хлопець про пам'ятні для всього села події тієї неділі, коли над Гречинцями у вечірніх небесах засяяв дивний промінь.

— Ви ж розумієте, що то могли бути *австріяки*? — і знову інтонації, з якими він промовляв останнє слово, вказали на те, що хлопцева уява малювала йому австрійців незбагненними фантастичними істотами — повелителями небесного світла.

Яків раптом пригадав прочитану кілька днів тому газетну статтю про нещасного сільського старосту — з якого там він був села? — котрий також розводився саме про австрійців.

— Отож ми й вирішили, що треба доповісти командуванню, — закінчував тим часом юнак. — А то ще справді скоїться яка халепа…

— Рішення, безумовно, правильне, — встряв у розмову вартовий. — Та чого ж ви зволікали так довго. Майже три тижні минуло.

— Та ж пояснюю вам, що староста вагалися! — скривився хлопець. — Ще й батюшка товче одне й те саме: диво Господнє, диво Господнє… Відмовляв ще нас.

Яків поки що втримувався від будь-яких коментарів. Делегація нарешті таки дісталася до високого командування, яке, напевне, ухвалить якесь рішення. І якщо справа таки виявиться вартою уваги, то рішення це буде швидким і дієвим. Він чомусь не мав сумніву, що нетерплячий хлопчина просто хоче перед кимось похизуватися тим, що бачив, тим, що підслухав із розмов старших, і, зрештою, тим, що додумав сам, а тому марнувати на це час не вважав за доцільне. Зрештою, сам він прибув до Меджибожа геть з іншого приводу.

Юнак продовжував упівголоса спілкуватися з вартовим, в особі якого — на відміну від Якова — зустрів вдячного співрозмовника. Сам же Яків мовчки чекав на прийом.

Селяни затрималися в кабінеті полковника майже на пів години. По тому вихлюпнулися звідти такою самою балакучою юрбою. Предмет розмови Яків не вловив, та й не намагався — його увагу поглинула майбутня зустріч. Тож коли вартовий запросив його заходити, ступив до дверей, майже забувши про хлопця, Гречинці та таємничі промені в небесах.

— Ровнєр Яків Соломонович, — Яків здригнувся від голосу, що називав його полковникові Трингаму, наче на справжньому великосвітському прийомі. — Головний лікар Проскурівської казенної міської лікарні, консультант-спеціаліст із медицини у поліційній управі Проскурова…

— Прошу, пане Ровнєр, — звернувся до нього інший військовий, що сидів за столом, заваленим паперами. Сам полковник Трингам — ставний чоловік у літах із розкішними, загостреними на кінчиках вусами, високий, худорлявий, коротко стрижений і з вилицюватим обличчям — лише ковзнув по ньому поглядом, про щось упівголоса говорячи з іще двома офіцерами. Ординарець, тим часом, квапливо замітав підлогу, добряче затоптану чобітьми селян.

Яків ступив два кроки й застиг посеред кабінету. Як не військовий Яків не перебував під владою пана полковника (хіба просто формальною: Яків добровільно підпорядковувався йому на час військових маневрів), а тому міг не виструнчуватися надміру й не тремтіти від хвилювання, як кожен військовий, нижчий за чином.

— Якове Соломоновичу, — полковник Трингам нарешті звернув на нього увагу і наблизився до власного крісла. — Прошу мене вибачити за затримку, але якби ми залишили цих людей у передпокої, вони просто не дали б нам спокійно працювати.

— Не маю заперечень, ваше превосходительство.

— Дозволяю без формальностей, пане Ровнєр.

Яків мовчки кивнув у відповідь.

— Упевнений, що ви вже побіжно поінформовані, чого ми від вас хочемо на час маневрів, пане Ровнєр, — продовжував полковник. — Детальніше вас ознайомить із суттю справи пан Керм[1], — він помахом руки вказав Якову на свого колегу. Той ступив крок уперед і відрекомендувався. Був він низеньким, міцно збитим і, на перший погляд, зовсім не схожим на лікаря. Якось не в'язалася його фігура з цією професією. Через короткі грубі пальці та майже відсутню шию чоловік радше скидався на борця, аніж на старшого лікаря полку.

— Дуже приємно, колего. Зізнатися, начувані про вас та вашу співпрацю з поліцією. Вашу слава у Проскурові не перебільшують.

— Гадаю, що говорити про славу й буде перебільшенням, — зауважив Яків. Він не любив розводитися про власні справи, а тим паче — заслуги, бо не вважав ні те, ні те героїчними чи гідними похвали.

— Однак вище поліційне керівництво має інше бачення, — всміхнувся полковник. — Адже саме з огляду на рекомендації пана поліцмейстера ми й зацікавилися вами, пане Ровнєр.

— Це справді честь для мене.

— На тому й порішимо та візьмемося до справи.

Добрі три чверті години розмовляли чоловіки про майбутні обов'язки Якова. Так, він повинен був надавати всебічну підтримку молодшому полковому лікареві Карлу Казимировичу Замойському в справі ведення курсів із підготовки польових військових фельдшерів, а певну їхню частину навіть узяти під одноосібний контроль: його знання специфіки оперативного втручання за наявності складних переломів і вогнепальних поранень вартували того.

---

1 Керм Герман Георгійович — старший полковий лікар, колезький радник.

Авдієнція добігала кінця. Під час неї узгодили навіть фінансові питання, які найбільше турбували Шпацмана. З хвилини на хвилину Яків міг бути вільним, коли раптом полковник ошелешив його несподіваним запитанням.

— А ось ви, пане Ровнєр, як гадаєте: можуть австрійці перекидати до нас своїх шпигунів?

Яків відповів не відразу. Кілька секунд він міркував. Зрозуміло, що полковникові не дає спокою бесіда із селянами, про яку Яків дізнався у передпокої.

— Ви маєте на увазі те, про що повідала вам селянська делегація?

— О, то ви в курсі! — всміхнувся Трингам і зиркнув на Керма. Той здивовано звів брови, наче не підозрював, на що натякає полковник. Від Якова не сховалася ця пантоміма.

— Так, я вислухав одного юнака, якому ніяк не вдавалось стриматися, щоби принаймні комусь не розповісти про те, чому став свідком.

— І що ви про це скажете?

— Моїх знань про військову розвідку, а тим паче про шпигунів, недостатньо, щоби скласти правильне враження про цю справу, пане полковнику.

— Але вашого поліційного досвіду мало б вистачити, аби зрозуміти, що справа варта уваги, чи не так?

— Ваша правда, — кивнув Яків. — Та, як на мене, ця справа потребує досконального дослідження, аби робити якісь висновки. Просто розповіді юнака в передпокої для мене особисто недостатньо. Можливо, та й напевне, ви знаєте більше за мене. В такому разі, якщо вас цікавить моя думка, прошу поділитися зі мною інформацією.

Трингам знову глянув на Керма й інших офіцерів. На його вустах блукала легка усмішка.

— Даруйте, пане Ровнєр, — полковник приклав правицю до грудей. — Не сприйміть за насмішку абощо.

— І на гадці не мав, — і собі всміхнувся Яків. Чоловікові полегшало на серці, адже дивні офіцерські переморгування йому справді не подобалися.

— Я просто хотів би дізнатися ваше бачення цієї справи. Не впевнений, що ми оперуємо більшим, як ви, обсягом інформації. Такий-то час, недільний вечір, яскравий промінь світла в напрямку від Меджибожа й у бік села, о такій-то годині опустився й погас. Усе. Погодьтеся, що цього мало, аби щось належно з'ясувати.

— А тим паче однозначно стверджувати, що це справа рук австрійських шпигунів, — продовжив Яків.

— Саме так, — погодився з ним полковник. — Уся ця розповідь здається мені такою неправдоподібною, що я й досі вагаюся, чи взагалі звертати увагу на селянські нісенітниці.

— Крім того, затримка близько трьох тижнів, — подав голос один з офіцерів, який до цього мовчав.

— Правильно, — знову кивнув полковник. — Якби сповістили відразу ж або принаймні наступного дня, то можна було би спробувати, так би мовити, гарячими слідами…

— Таки так, — погодився з офіцерами Яків. — Три тижні — суттєва затримка. За цей час могло не залишитися жодних слідів, жодних зачіпок.

— І знову — правда, — полковник Трингам пройшовся кабінетом, заклавши руки за спину. — Та я не можу ось так узяти й забути про це. Як командувач мушу реагувати на будь-які тривожні звістки. Навіть на нібито нісенітниці. Ще й напередодні маневрів.

— Розумію вас.

— А тому, — правив далі полковник, — зважаючи на те, що цими днями абсолютно все командування, весь офіцерський склад полку задіяні у підготовці, я ухвалив рішення доручити цю справу вам.

— Мені? — Яків не повірив власним вухам.

— Так, вам. Ви маєте чималий досвід роботи у поліції, вільно почуваєтеся в заплутаних справах не лише медичного плану, — Трингам підступив до столу і розшукав серед паперів кілька аркушів, вочевидь із характеристикою на Якова, отриманою із проскурівської поліційної управи. — Ви якнайкращий кандидат на виконання мого особистого доручення.

— Вашого особистого… — Яків усе ще не міг оговтатися.

— Розцінюйте це не тільки як доручення, — голос полковника потеплішав і став більш проникливим, — а й як прохання. Ми сподіваємося на ваш досвід та ваше добре ім'я.

— У такому разі, — Яків зітхнув і розвів руками, — не смію відмовити.

Ровнєр розкусив майстерний хід Трингама — кількома влучними словами, приязною інтонацією та грамотними лестощами завоювати довіру співрозмовника, а тоді дати йому доручення, апелюючи до дружніх взаємин. Бо ж хіба відмовиш приятелеві? Тим паче, коли про послугу просить не абихто, а сам полковник! Звісно, він міг би просто наказати, і Яків мусив би скоритися, незважаючи на цивільний статус. Але Трингам учинив набагато мудріше. Він одним махом налагодив дружні стосунки з Яковом і доручив йому справу вже не як звичайному цивільному, а як приятелеві. Нехай! Зрештою, до маневрів справді залишалося кілька днів, які потрібно було чимось заповнити. То чому б і не з'їздити до недалекого села, ще й коли, зважаючи на подальші запевнення Трингама, всі витрати полк візьме на себе.

Одначе жодних детальних інструкцій полковник давати не збирався. За його словами, він цілком довіряв досвіду та майстерності Якова і був певен, що безпосередньо на місці той докопається до суті справи.

— Тоді вирішено, — Трингам схилився над столом і відзначив щось у своїх паперах. — Вирушати можете просто завтра вранці. Я дам доручення, щоб візник забрав вас о восьмій. Ви зупинилися…

— У пана Шпацмана.

— Гарний вибір, — кивнув Трингам. — Коляска буде на восьму. Сподіваюся, вам вистачить дня, аби закрити це питання. Тоді ми спокійно розпочнемо маневри.

— Покладайтеся на мене.

Яків вийшов з кабінету, переповнений почуттям власної гідності. І хай як скептично він ставився до розповіді юнака спочатку, тепер справді волів якомога детальніше розібратися в усьому та докопатися до істини: що то був за дивовижний світловий промінь і кому та навіщо знадобилося освітлювати вечірній небосхил?

Додому, тобто на квартиру до Сімхи Шпацмана, Яків повернувся ближче до полудня і просто в дверях ледве не буцнувся лобом із юнаком, котрий прямував з будинку.

— Пане Ровнєр!

— Пане Казаков! — Яків почувався приємно враженим. — Ви, часом, не мене шукаєте?

— А ви також тут мешкаєте?

— Зважаючи на ваше *також*, ми з вами сусіди?

— Саме так!

— Що ж, проти такого сусідства я геть не заперечую!

— Мазл тов![1] — пролунало зненацька, і на порозі з'явився Сімха Шпацман. — Пан Казаков прибув менше як чверть години тому. І я як відчував, що не помилюся, коли ваші кімнати таки будуть поряд!

---

[1] У буквальному перекладі з івриту — «щастить, поталанило». Тут вжито зі значенням «вітаю!», «вітання!».

РОЗДІЛ 4

10 серпня 1912 р., субота
Село Гречинці Летичівського повіту

Виїхали рівно о восьмій — за візником можна було звіряти годинника. Ще звечора Казаков, щойно дізнавшись від Якова про полковникове доручення, заявив, що вирушає разом з ним.

— Однаково суботу та неділю доведеться провести за картами. Відправлю командуванню цидулу, що скрутило живіт. А до вечора ми вже обернемося.

Яків радів компанії. Гуртом, як відомо, добре й батька бити. Казаков же був молодиком метикованим і розважливим, а зайва пара очей та ще одна пара вух у його справі не завадять. Може, той помітить чи почує щось таке, що промайне повз увагу Якова? В усякому разі Казаков — гарний співрозмовник, а згаяти час у дорозі за доброю розмовою таки безцінно.

Гречинці виявилися звичайнісіньким селом. Хіба дорога туди була аж надто розтовчена, що неймовірно дратувало візника. Він лаявся та пробував оминути рівчаки узбіччям, але вдавалося не завжди. Як наслідок — неповні дванадцять верст вони волоклися так довго, що за цей час могли би, певно, добратися до Проскурова. На це потрібно буде зважати дорогою назад, аби не повертатися геть поночі.

Домовилися, що спочатку завернуть до старости та за його допомоги спробують зібрати якомога більше свідків минулої події, аби розпитати людей і гуртом, і поодинці.

— Ох, я вже уявляю, які вони бздури плестимуть, — похитав головою Яків.

— Чому така впевненість?

— А в людей, пане Казаков, є така дивна особливість: вони намагаються все в своєму житті прикрасити брехнею. Надто, коли те, про що вони нам розповідатимуть, сталося кілька тижнів тому та з пам'яті дещо вивітрилося. Ось ці вивітрені порожнини наші свідки й заповнюватимуть власними фантазіями. І чого вони лишень не нафантазують!

— Маєте здогади?

— Навіть не уявляю. Але гадаю, що кожен знайде для нас власне пояснення побаченого. Навіть нехай вигадане щойно.

— А ви самі як вважаєте?

— Я поки що втримуюся від якихось висновків чи міркувань. Знаю ж бо історію зі слів надто гарячого юнака. Фактично, це вже одна нафантазована версія. Тож треба послухати ще хоча б кілька, аби спробувати виокремити з усіх історій щось спільне, що, найвірогідніше, буде сякою-такою правдою.

Учора ввечері Яків детально виклав Казакову історію, почуту вранці під кабінетом полковника Трингама. Власне, просто переказав усе, що розповідав йому юнак із Гречинець. І наголосив, що це — суто хлопцева історія, якій не варто беззаперечно вірити. Тож робити будь-які висновки поки немає сенсу.

— Але ж не могли ви геть нічого собі не надумати, — продовжував Казаков. — Якщо ми вже почали про людські особливості, то погодьтеся, що ми не можемо не думати, не робити висновків. Думку не загнуздаєш.

— Абсолютно правильно. І в мене, звісно, також з'явилися міркування стосовно почутого. Але тепер я свідомо жену їх геть, аби не бути упередженим, розпитуючи інших свідків.

— Напрацювали власну систему в поліції?

— Не в поліції річ, — відмахнувся Яків. — Я ж не слідчий. У поліції моя царина — медицина. Але часом таки трапляється нагода допомогти слідству. А досвіду я набираюся здебільшого в лікарні. Адже — тримайте ще одну людську особливість — ми розкриваємо всі секрети лише на сповіді та в лікарні. І ми, лікарі, так само, як і духівники, зберігаємо таємницю сповіді, не виносимо її на загал. Щоправда, коли людина сповідається священнику, то чекає милості від Бога, а коли приходить у лікарню, то все-таки від лікаря.

— Певно, за свою практику ви таких історій начулися…

— Що є, те є… Але, зізнаюся, інший може й більше наслухатися, тільки висновків із тих історій не зробить. Ось, до прикладу, є у моїй лікарні такий собі Карл Іванович. Працює в медицині довше за мене, а й досі не здатний людину зрозуміти, знайти до неї підхід.

— А ви?

— Я? — Яків мрійливо всміхнувся. — Ось вам запитання: скільки ми з вами знайомі?

— Знайомі?.. — Казаков на мить замислився, звівши очі догори. Мабуть, рахував. — Сьогодні тиждень буде.

— Тиждень, — кивнув Яків. — А ви, між тим, зголосились волочитися зі мною невідомо куди, наче зі старим приятелем. Чому так?

— Ну-у, бо мені цікаво.

— Це стоїть на другому місці, а на першому — наша дружба. Що ж допомогло нам так швидко визнати одне одного друзями?

— Літаки?.. — після невеликої паузи губи Казакова розтяглися в непевній усмішці.

— В яблучко! Іншими словами, ми обрали тему, яка цікава нам обом. І позаяк ця тема нас об'єднала, ми почали шукати інші точки дотику, й усе закрутилося. Ось так і в моїй роботі, що в поліції, що в лікарні — треба знайти до людини підхід. Людина значно охочіше звірятиме тобі свої секрети, коли бачитиме в тобі друга, коли матиме з тобою якісь спільні інтереси.

— Але ж це не так уже й просто — знайти спільні інтереси з людиною, яку бачиш уперше!

— Знову погоджуюся. І розповім маленьку професійну таємницю, яка полягає в тому, щоби бути з людиною щирим і не боятися вдатися до невинного обману.

— Обману?

— Саме так. Адже, погодьтеся, запросто може статися, що у вас немає з людиною нічого спільного.

— Погоджуюся.

— Немає, бо просто неможливо бути схожим у вподобаннях геть на всіх. Тоді я й вдаюся до так званого невинного обману. Тобто прикидаюся, що цікавлюся тим самим, що хвилює мого пацієнта. Але прикидаюся щиро, застосовую всі свої вміння, аби людина повірила, що я все життя мріяв, до прикладу, вирощувати свиней породи «велика біла»[1]. Але варто мені ввійти до людини в довіру, і я завиграшки дізнаюся, що поламані пальці — не результат невдалого падіння на слизькій бруківці, а таки падіння, щоправда — з вікна другого поверху, коли спеціаліст зі свиней притьмом тікав з теплої ще постелі коханки, заскочений чоловіком останньої.

— Майстерно!

— Зізнаюся, це знання не допомогло мені в лікуванні травми, але в такий спосіб я набираюся досвіду, відточую, так би мовити, вміння зазирати людям у душу. І мій гарний приятель — Арчибальд Юшкевич — стверджує, що мені це вдається дедалі краще й краще. От сьогодні ви з'ясуєте, чи пан Юшкевич лестить мені, чи я справді чогось навчився.

---

[1] Порода свиней, яку було виведено в Англії в середині XIX ст., а до України завезено наприкінці XIX ст.

Доки добулися до села, доки розпитували дорогу до хати старости, сонце підбилося геть високо. Це, проте, не заважало старості готуватися чи то до пізнього сніданку, чи до раннього обіду. Він вискочив на ґанок, мнучи в руках кашкета, і взявся перебігати очима з Якова на Казакова й назад, вирішуючи, хто з них двох головний і чого від нього треба паничам суботнього ранку. Зрештою, його погляд зупинився на військовому, і він виструнчився. Але Яків одразу ж заспокоїв його.

— Прошу почуватися з нами вільно. Командування вирішило зреагувати на ваше вчорашнє повідомлення…

— Ох, — староста полегшено зітхнув. — А я тут уже собі надумав чортзна-чого.

Яків багатозначно поглянув на Казакова і ледь помітно підморгнув йому.

— Розбиратимемося, що ж ви таке в небі бачили, — Яків промовив ці слова знічев'я, наче насправді його геть не цікавило це питання і він прагнув якомога швидше забратися звідсіля.

— А таки ж бачили! — сплеснув руками староста й кинув погляд на хатні двері. — То, може, спочатку за стола сядемо, раз така оказія?

— Спершу я би просив вас послати кого по селу та зібрати якомога більше свідків події, а щодо столу — буде видно.

— Та то ми миттю! — староста крутнувся на місці, забіг до хати, і за пів хвилини звідти притьмом вискочив меткий хлопчак, що шугнув через перелаз, тільки за ним закурілося.

— Багато людей стало свідками події? — Казаков вирішив долучитися до розмови.

— Та я й не рахував, — староста винувато посміхнувся. — Не до того якось було. Всі стояли із роззявленими ротами й на небо витріщалися. Але таки багато! Якраз же опісля вечірні діло було. Так, вважайте, всі, хто із церкви йшов, те й запопали.

— Хоча би приблизну цифру назвете?

— Та мо', чоловік із сорок…

— І оце ваш хлопець усіх збере?

— Та, де там… — зніяковів староста. — Кажу ж вам, що я всіх навіть не пам'ятаю. Так, назвав з десяток. Але ви не переймайтеся. Кожен ще когось пригадає, так і назбираємо. А хлопчина у мене прудконогий — швидко обернеться.

— Хлопчина то обернеться, — упівголоса буркнув Яків. — А як довго люди сходитимуться. Схоже, чекає на нас сьогодні довгий день.

І справді, перших свідків незбагненного небесного явища довелося чекати досить довго. Минуло вже пів години, як чкурнув «прудконогий» хлопець. Увесь цей час староста з регулярною періодичністю намагався запросити «дорогих гостей» до столу, а Яків категорично відмовлявся. Обід лише розморить і притупить пильність. І розпитування затягнуться не на один день. Хоча… Було би про що розпитувати. Яків справді неабияк сумнівався в інформативності тих оповідок, якими їх годуватимуть спраглі до балаканини селяни.

— Гадаю, аби не марнувати часу, почнемо з вас, пане старосто, — Яків із Казаковим розмістилися в тіні старої яблуні на лавицях, вкопаних біля посірілого від часу столу. Чоловік обережно примостився на краєчку лави навпроти Якова. Його обличчя було розгубленим, і Якову він нагадав гультіпаку-студента, котрий моститься перед професором, розуміючи, що ніц не вивчив до екзамену.

— Я вже панові полковнику вчора все обсказував, — староста для чогось пригладив вуса, прокашлявся й узявся нервово смикати за рукав сорочки.

— Вчора ви, так би мовити, змальовували загальну картину. А сьогодні спробуйте пригадати все до найменших подробиць. Просто опишіть той вечір по хвилинах, коли можна.

— Можна й по хвилинах, — задумливо почухав потилицю староста. — Тим паче, що біля мене якраз Саливон стояв…

— Саливон? А що з ним?

— А в нього був годинник, — староста говорив повільно, пригадуючи події. — Цього я панові полковнику таки не казав. З голови якось вилетіло. А зараз починаю пригадувати… Як теє світло втухло, то Саливон ще всьому загалу повідомив, що світило воно рівно чверть години.

— Чверть години… — тихо пробурмотів Яків, нотуючи почуте в записнику. Він справді намислив відтворити події пам'ятного вечора по хвилинах. Але далі староста, хай як морщив лоба, куйовдив брови та тер потилицю, неначе розігріваючи думки, не міг пригадати часу, коли не небі з'явився світловий промінь.

— От хороба, — кривився він. — Як зараз пам'ятаю, що Саливон про чверть години говорив! А відки і до відки ті чверть години були — хоч убийте!

— Ну, ми прибули до вас не для того, аби вбивати, — підбадьорливо всміхнувся йому Яків. — Сподіваюся, що Саливон сьогодні також до нас завітає. І ще сподіваюся, він пам'ятатиме точний час.

— Та мусить! — не надто впевнено видихнув староста й витягнув шию, виглядаючи посланця.

Загалом він не розповів Якову нічого нового, такого, чого б той не почув учора від юнака в передпокої. Звичайні загальні слова. Світило, наче ліхтарем. Он з того боку, якраз де Меджибіж. Світило чверть години. Тоді промінь опустився та погас.

Яків укотре передивлявся списаний аркуш нотатника. Наче вишукував поміж слів приховану інформацію. Немов намагався розшифрувати таємниче послання. Але слова так і залишалися словами. І скільки Яків не промацував очима чорнильні рядки, нічого нового вигадати не міг.

— А що нам дасть точний час? — ледь чутно шепнув у нього над вухом Казаков.

— Староста стверджує, що світило з боку Меджибожа, так? — теж тихцем відповів йому Яків.

— Так.

— А от ми й спробуємо дізнатися, чи не бачили чогось подібного в самому Меджибожі в зазначений час.

— Але ж не всі носять годинники. Та у більшості селян їх просто немає.

— Маєте рацію, — зітхнув Яків. — Проте оперувати точним часом однаково варто.

Нарешті справа зрушила з мертвої точки, і до старостиного обійстя помалу зійшлися люди. За десять хвилин до столу під яблунею навіть вишикувалася невеличка черга. І почалися перші «казки».

— А як пригляділася я до того світла, — робила великі очі закутана в теплу чорну хустку баба, — то так і побачила в ньому анголів божих!

— Справжніх ангелів? — Яків намагався потамувати усмішку, але вдавалося йому поганенько.

— Ну а які ше анголи бувають? — баба хрестилася і недовірливо тупилася в Якова.

— А собаки тоді по всьому селі завили! — присягався інший дядько, перехиляючись до Якова через стіл, немов хотів повідомити йому неймовірну таємницю. Хоча робив це, радше, для того, щоб не почули його інші свідки.

— І довго вили?

— Та з годину! От не зійти мені з цього місця! — ледве не товк себе в груди дядько. Версію з собаками не підтвердив більше ніхто.

— Тамтой промінь так по небу й рискав, ніби самі чорти кого шукали, — цього разу власну версію побаченого озвучувала опасиста жіночка. І одразу ж червоніла до кінчиків вух, неспроможна приховати від уважних поглядів свою вигадку.

Подібних історій Яків із Казаковим вислухали з десяток, аж поки на лаву перед ними не опустився дядько, котрий назвався Саливоном.

— Ви той самий Саливон, про якого нам розповідав староста? — одразу ж уточнив Яків. — Корчмар Саливон?

— Так, то я буду корчмарем Саливоном, — насторожився той.

— І ви знаєте точний час, коли сталася подія?

— Та знаю, — скрушно зітхнув чоловік і поліз рукою до кишені штанів. — Лучче б, певно, не знав.

— А що трапилося?

Замість відповіді Саливон мовчки поклав на стіл масивний срібний годинник. Ланцюжок з тихим шурхотом сповз із його долоні на дошки стола, і навколо запанувала тиша. Яків схилився над столом та уважно вивчав поглядом хронометр. Він дочікувався на продовження оповіді, і воно не забарилося.

— Я справді дістав годинника, щойно теє світло на небі помітив. Як зараз пам'ятаю — двадцять третя хвилина по восьмій вечора. Служба Божа осьо як скінчилася, крайнеба присмерком почало брати, а воно — начебто лямпу хто в ліхтареві запалив. Ну, я й зиркнув на годинник. Завжди його із собою в кишені ношу. Австрійської роботи річ!

Яків нервово смикнув щокою. Знову ті австрійці, бодай їм!

— Жодного разу він мене не підводив, — продовжив між тим корчмар із непідробним сумом у голосі. — А оце після того дня… — він не закінчив і вмовк, чи то розгубившись, чи розсердившись.

— Що ж сталося? — Яків зловив себе на думці, що уважно стежить за розповіддю корчмаря.

— Самі погляньте, — чоловік кінчиками пальців посунув годинник до Якова. Той узяв важку цибулину до рук і відклацнув покришку. Стрілки показували восьму годину і тридцять вісім хвилин. Годинник стояв.

— Він не працює? — Яків узявся крутити заводного ключа, але корчмар лише похитав головою.

— Не намагайтеся. Порахувати, скільки разів я пробував його завести? Та зо сто!

— Стривайте! — Яків почав здогадуватися. — Ви хочете сказати…

— Годинник зупинився саме тоді, коли той клятий промінь згас, — кивнув корчмар. — Але я точно пам'ятаю — от що заманеться зі мною робіть — що коли дивився на стрілки, то він ще цокав. А тоді вже вдома кинув оком — стоїть! Я його заводити — стоїть! Я вже з ним мало навприсядки не танцював — стоїть, бісова душа!

— Лагодили?

— Побійтеся Бога! — скинув руки корчмар. — Я чого не знаю, то за те не беруся.

Яків ще раз уважно вивчив годинник, силкуючись запам'ятати кожну деталь. Він поки що не уявляв, навіщо це йому може здатися, але за роки практики звик помічати та запам'ятовувати найменші подробиці.

Отже, таємничий промінь з'явився на небосхилі о восьмій двадцять три, а погас за чверть години — о восьмій тридцять вісім. Якраз тоді, коли й зупинилися стрілки корчмаревого годинника. Яків не міг провести паралелі між цими двома подіями, але однаково ретельно занотував усе в записнику. Принаймні тепер вдасться оперувати точним часом, розпитуючи людей у Меджибожі. Щоправда, в результативності такого опитування Яків дуже сумнівався. Якби над містечком з'явилося щось на кшталт згаданого променя, військові зафіксували б його одразу. Але нічого такого пан полковник у їхній розмові не згадував.

І знову потяглися довгі та переважно нудні розпитування. Хлопчина, посланий старостою зібрати свідків події, славно постарався: кількість опитаних очевидців перевалила за два десятки. Але результати були не надто втішними. Здебільшого — загальна інформація. Бачив. Світило. Як довго? Так ви ж уже Саливона про те питали! Звідки? Та оно звідти…

— Так ми нічого нового не з'ясуємо, пане Ровнєр, — Казаков випростався, розминаючи ноги. — Всі торочать одне й те саме.

— Одначе ми мусимо послухати кожного, — втомлено провів рукою по очах Яків. — Принаймні тоді наша совість буде чистою і ми зможемо відзвітувати перед паном полковником. Я звик завдання виконувати.

— Не маю жодних заперечень. Але гадаю, що нам також варто було б і на те місце навідатися. Ну, до церкви. Звідки всі ці люди й спостерігали за променем. Щоб, так би мовити, на власні очі…

— Безперечно, — кивнув Яків. — Крім того, я пам'ятаю, що юнак, від якого я, власне, і почув учора цю історію, згадував про отця Йосафата, також свідка події. А його серед людей я не бачив.

— То він, певно, в храмі, — подав голос староста.

— Ось туди ми вас і попросимо нас провести.

Вийшли тільки за годину. Яків ретельно розпитав усіх свідків до останнього, яким виявився його нещодавній знайомець — хлопчина, що розповів йому цю історію першим. Хлопець заливався солов'єм, задоволений, що саме його розповідь сподвигла командування відрядити до села слідство. Чому він втовкмачив собі в голову саме цю думку, було незрозуміло. Певно, вважав, що раз за головного тут Яків, з яким він спілкувався в Меджибожі, то не староста з його делегацією до пана полковника, а саме він — Павло — спричинився до розслідування. Втім, Яків не переконував його у протилежному. Через що хлопчина раз по раз пускався в розлогі мандрівки нетрями фантазій і домислів, що надміру перевантажували нескладну історію. Але Яків терпляче слухав останнього свідка і навіть щось черкав у нотатнику. Справа була за малим — відвідати церкву, поговорити з отцем Йосафатом і рушати назад до Меджибожа.

Одноманітні розпитування та беззмістовні розповіді втомили його.

— Тю, та що ви збираєтеся від отця Йосафата почути? — реготнув юнак, краєм вуха підслухавши розмову чоловіків. — Він же п'яний постійно.

— Павле, припни язика! — гаркнув на нього староста, але хлопця це не злякало.

— І тоді, коли це сталося, був п'яний, — він відбіг на кілька кроків, аби не втрапити під гарячу руку, і правив своє. — Ледве службу до кінця довів. А тоді щось молов про диво та чудо Боже.

— Павле! Напросишся ти в мене, що держака від грабель на тобі поб'ю!

— Він і зараз п'яний. Заприсягтися можу! — голос хлопця вже долинав звіддалік. Він вирішив не випробовувати долю та натис на ноги.

— От бісове поріддя! — відсапував староста. — А ще до моєї доньки замаланюється. Не дай, Боже, такого зятя…

На пагорб до церкви вийшли повагом. Яків постійно озирався, намагаючись охопити поглядом околиці. Храм стояв на краю села, на порослому старезними липами пагорбі, з якого відкривався краєвид навколишніх городів і лук.

Доки простували селом і дорога слалася в тіні дерев, прогулянка нагадувала приємну розвагу після виснажливих та нудних розпитувань. Та коли ненадовго опинилися на сонці, Яків буквально лічив кроки, аби сховатися від палючого проміння. Сорочка вмить просякла потом і огидно прилипла до тіла. Він зняв піджак, але це не допомогло: серпень нещадно смажив землю, і курна дорога здавалася безкінечною.

Під першою ж липою біля підніжжя церковного пагорба влаштували привал. Чоловіки знеможено повсідалися у прив'ялу траву, втираючи лоби від поту, що заливав очі. І хоча до храму залишалося чи не кілька кроків, Яків ладен був згаяти якийсь час, аби віддихатися й оговтатися.

— Як я малим був, — віддувався староста, — старі люди переказували, що така сама спека стояла, як Кармелюк у цих краях розбої вчиняв.

— Кармелюк? — Казаков зацікавлено поглянув на старосту. — А це що за один?

— Розбійник з народу, — відповів йому Яків. Довше пояснювати було лінькі. — Ніхто про нього до пуття нічого не пам'ятає вже, то й сплітають мандрони, достоту, як оце сьогодні ми мали нагоду чути.

— Та й то правда, — погодився староста. — Як я малим був, то ніби з часу його смерті небагато минуло[1], а вже самі казки про нього складали. Але з них я запам'ятав лише про те, що тоді кілька літ страшна спека стояла. Баби про ті літа говорили: «то Кармель так нагнівавсі, шо аж землі жарко стало»...

— Ох, певно, він і цього літа нагнівався на когось, — Яків натужно застогнав і підвівся. Потрібно було нарешті дістатися храму, поспілкуватися зі священником і ладнатися в зворотну путь. Щоправда — дочекавшись вечірньої прохолоди, бо волоктися у відкритій колясці такої спеки було справжнім безумством.

Отця Йосафата справді заскочили в храмі. Усупереч словам Павла він виявився тверезим. Навіть якимось занадто тверезим, якщо можна було так висловитися. Колючі очі дивилися на чоловіків з-під густих кошлатих брів, а довга борода войовничо стирчала. Та щойно отець упізнав серед трійці старосту — погляд його пом'якшав.

— Чого паничі бажають?

— Оце, отче, до вас делегація із Меджибожа, — відрекомендував чоловіків староста.

— Із Меджибожа? А навіщо я знадобився, щоб по мене з Меджибожа посилати?

---

[1] Устим Кармелюк (також Кармалюк) загинув 1835 р.

— Власне, ми прибули не суто до вас, — пояснив йому Яків. — Ми розслідуємо справу з променем світла, який тут спостерігали кілька тижнів тому.

— То було чудо Боже, — стиха промовив отець Йосафат і осінив себе хресним знаменням.

Яків ледь помітно скривився, а Казаков ніяково кахикнув.

— От паничі й намагаюся взнати все, що можна, аби доповісти про це... — староста на мить зам'явся, — чудо командуванню у Меджибожі.

— Смертним не дано зрозуміти діла Господні, — священник підніс догори пальця, наче вказуючи на обитель Божу. Яків мимоволі звів очі до побілілого від серпневої спеки неба.

— І все ж ми спробуємо, — якомога делікатніше, аби не розгнівати ревного служителя культу, сказав Казаков. — Ви ж на власні очі все те бачили?

— Бачив, — не надто охоче відповів той. — І разом зі мною вся паства. Але хоч би один осінив себе хрестом, споглядаючи чудо...

— А чому ви вважаєте той промінь саме чудом? — Казаков, вочевидь, перехопив ініціативу. — Адже його можна чисто по-земному пояснити.

— І як саме? — насмішкувато обізвався священник. — Аероплан? Чи аеростат?

Яків із Казаковим вражено витріщилися на нього.

— Хоча б і таке.

— А ви самі вірите такому поясненню?

— Воно хоча би логічне.

— Те, що людина своїм недосконалим розумом не може осягнути величі Господнього чуда, ще не означає, що чудес не буває...

Яків почав підозрювати, що нічого путнього зі священника витягнути не вдасться. Він міцно тримався за єдино прийнятну для самого себе версію походження світлового променя. На його думку, чудеса не потребують пояснення, а лише віри. Однак наступні слова отця Йосафата змусили його напружитися. В повітрі запахло чимось, до чого варто було принюхатися.

— Цей край весь світлом повниться…

— Перепрошую, — Яків мимоволі захвилювався, що священник відмовиться доповнювати свою дивну репліку, але той продовжив.

— Я сам жодного разу нічого схожого не бачив. Два тижні тому це трапилося вперше. Але старі люде переповідали, що вже пам'ятають таке світло в небі.

— Коли? — вихопилося в Казакова. Отець Йосафат глипнув на нетерплячого офіцера так презирливо, неначе на шкодливого хлопчиська.

— Того вам ніхто не скаже, якщо ви волієте почути рік, чи день, а чи годину. Та й людей тих уже немає. Але поголос краєм ходить…

— Що за поголос? — обізвався Яків. Він відчував, що священник наближається до чогось важливого, що, можливо, зрушить з місця їхнє не надто вдале розслідування.

— Колись, трохи менше як сто років тому, в цих краях розбійникував Кармелюк…

Староста тільки здавлено крекнув, а Яків із Казаковим перезирнулися. Знову Кармелюк?

— От і подейкують старі люде, що коли Кармелюк у наших краях бував, то часто в небесах таке світло бачили…

— А як це стосується чудес Господніх? — не бажав відступатися Казаков. Яків подумки похвалив його.

— Кара Божа! — коротко й різко кинув отець Йосафат, і в повітрі повисла недобра мовчанка. Кожен обмірковував почуте.

— Але ж Кармелюк давно помер, — збоку їхня розмова нагадувала поєдинок: Яків із Казаковим почергово атакували священника, а той успішно відбивався, ще й примудряючись контратакувати. — Як же ви зараз поясните світло?

— Чуда Господні не потребують пояснень, — знову повторив виголошену раніше істину отець Йосафат. — А хто я такий, щоб намагатися зрозуміти Його?

— Але ж ви щойно пояснили нам ті «чудеса» зі світлом, які траплялися за Кармелюкового життя!

— Юначе, я й не збирався вам пояснювати. Я лише переповів те, що чув.

Ставало зрозуміло, що розмова вичерпала себе. Священник міцно загруз у трясовині власних переконань, і витягнути його звідти не здавалося можливим. Тим паче, що він і сам не бажав того. Після ще кількох запитань, які однаково не прояснювали картину, Яків вирішив, що час прощатися. Отець Йосафат стримано благословив їх і недвозначно гримнув дверима, зачиняючись у церкві. Кілька хвилин чоловіки мовчки стояли на ґанку, де й відбувалася розмова, осмислюючи почуте та сказане, а тоді староста несміливо прочистив горло.

— Сам не відаю, що з ним таке сталося. Загалом отець Йосафат досить привітний, хоч і суворий по-своєму. Але добрий пастир і має бути суворим…

— Усе гаразд, — обернувся до нього Яків. — Я й так не чекав від цієї розмови якихось надзвичайних результатів. Тому вдовольнимося тим, що маємо, та й повернемо назад.

— Але ж ми, фактично, нічого не маємо, — вигукнув Казаков.

— Відсутність результату — теж результат, — по-філософськи резюмував Яків. — І з нього також можна зробити певні висновки. Щоправда, я поки не знаю, які саме. Втім, то вже не наша турбота. Нас просили зібрати інформацію, пороздивлятися на місці — ось ми й зібрали.

— Одначе не роздивилися, — Казаков кивнув на ряд старих лип, у кільці яких стояла церква. Певно, дерева та храм були однолітками.

— Справді, — погодився Яків і звернувся до старости. — Спробуйте пригадати, де саме ви помітили промінь.

— А що тут згадувати, — полегшено видихнув той. — Оно звідтіля і світило.

Він відступив від храму на кілька кроків і махнув рукою в бік прогалини між деревами. Яків із Казаковим підійшли до лип. Із цього боку пагорб, на якому стояла церква, був досить крутим і обривався донизу різким схилом. Із гребеня відкривався чудовий краєвид на зелене море луків, посмуговане жовтими латками стиглого жита. Було видно ген-ген аж до крайнеба, до синюватої смужки далекого лісу, що мінилася й дрижала в гарячому повітрі спекотного літнього дня. Справді, галявина біля храму здавалася чудовим місцем для спостереження за променем.

— В акурат на Меджибіж напрямок, — похитав головою Казаков.

— Упевнені?

— Я на місцевості хоч із заплющеними очима зорієнтуюся.

— Так-так! — енергійно закивав староста. — Меджибіж саме в тому боці. Пригадую, що того вечора ми саме про це й говорили. Хтось ляпнув, простигосподи, що то у Меджибожі вояки колінця викидають.

— А ще що балакали?

— Та всього й не впомниш, — знизав плечима чоловік. — Але ж ви самі всіх розпитували. Я дивився — сьогодні геть-геть усі зібралися. У церкві стількох людей не побачиш, як сьогодні на зустрічі з вами.

Затінок під старими липами покидати не хотілося, і Яків як міг відтягував неминуче. Співрозмовники перекидалися незначущими фразами, які нічого посутнього не додавали до загальної історії. Промінь світла так і залишався незбагненним явищем, а самодіяльне слідство ні на крок не наблизилося до розгадки його природи. Попри це з кожною черговою невдачею Яків відчував: інтерес до справи у ньому зростає так, що йому стає дедалі важче миритися з думкою про те, що незабаром він просто відзвітує перед командуванням і з легким серцем забуде про непотрібні клопоти. Звичайна людська цікавість не бажала зникати, адже світловий промінь справді звідкись узявся! А якщо його джерело знаходилося не у Меджибожі, бо, логічно, тільки у вояків знайшовся би такий потужний прожектор, то що це могло бути?

Яків потрусив головою, усвідомлюючи, що сьогодні, після годин одноманітних розпитувань, на якусь притомну аналітику він не здатний. Нехай уже завтра. Якщо знайдеться бажання.

Із села виїхали надвечір, коли скісне сонячне проміння палило не так уже нещадно. Наостанок староста затіяв розкішну вечерю, і хоча від вишнівки Яків відмовився, сидів, немовби захмелілий — давалася взнаки втома та ситість. Хіба лише вибоїста дорога не давала змоги закуняти: коляску немилосердно хитало з боку на бік, а старі ресори благально скрипіли, наче ремствували на жахливий стан дороги та власну долю.

— А що, як це був австрійський аероплан? — несподіване запитання Казакова прозвучало, неначе постріл.

— Га? — Яків не второпав, що приятель мав на увазі.

— Що, як той клятий промінь був з іноземного аероплана-розвідника? — пояснив свою думку Казаков. — Адже Меджибіж однозначно цікавить нашого сусіда по той бік Збруча.

— І ви вважаєте…

— Що на розвідку перед поблизькими маневрами було скеровано… гм… скажімо, певну кількість літальних машин. Це могли би бути аероплани. Або цеппеліни. Або ж аеростати, не важить, що саме! Основне, що їх скерували…

— Щоби згори роздивитися…

— А то й зафотографувати…

Яків мимоволі згадав Большакова та їхнє з Архипом нововведення — фотографування місць злочинів. Тоді, уже понад п’ятнадцять років тому, їхня авантюра виявилася достатньо дієвою, аби прижитися на новому місці. І фотографія з мистецького явища перетворилася на цілком практичне заняття. Тепер же, зі щоденним поступом літальних машин, фотографічний апарат піднявся й у повітря, де став незамінним для розвідування нової місцевості. Казаков, безперечно, мав рацію. Лише одне не давало Якову спокою.

— Навіщо розвідникам видавати себе отим променем? Пролетіли б удень над фортецею — і справі кінець!

Замість відповіді Казаков почухав потилицю.

— Зрештою, — продовжив Яків, — як казав нещодавно отець Йосафат: хто я такий, щоб зрозуміти справи його? Чи можемо ми ось так просто збагнути логіку вчинків австріяків. Якщо, звісно, то були вони…

Яків не поспішав віддавати пальму першості версії Казакова, хоча та була найбільш вірогідною з усіх. Власне, цих «усіх» майже не було, адже не станеш і справді вірити словам отця Йосафата, що небесний промінь — то вияв незбагненної Господньої сили та волі! Селяни ж узагалі не мали жодної адекватної версії того, чому були свідками. Так, юнак під час першої бесіди ще у передпокої кабінету полковника Трингама щось згадував про австрійську диверсію, але то були вочевидь не його здогади. Тим паче, що далі голосних заяв справа не пішла. На запитання Якова селяни всі як один здвигали плечима і ніяково гмикали — побачене було вищим за їхнє розуміння. Хоча, ніде правди діти, Яків також не виробив власної версії, аж допоки Казаков не прохопився про ворожі аероплани. Яків не так добре знався на крилатих машинах, але цілком міг повірити, що розвідник добувся до цих місць звідкись із летовища поблизу того самого, скажімо, Чорткова[1]. І нехай сучасним аеропланам не подолати такої відстані, для цеппеліна це завиграшки!

Та все ж з голови не йшла розповідь священника.

[1] Місто в тодішній Австро-Угорщині. Нині — місто в Тернопільській області.

— Ось тільки за часів Кармелюка аеропланів не було…

— Га? — тепер настала черга Казакова перепитувати.

— Отець Йосафат стверджував, що в давнину світло з'являлося тоді, коли мав статися черговий розбійний наліт. А тоді про жодні літальні апарати в цій місцевості навіть не йшлося.

— Ет, — відмахнувся Казаков. — І ви повірили цим балачкам?

— Не те щоби беззаперечно. Але просто не можу позбутися думки, що мусить знайтися якесь пояснення та зв'язок між тим, що коїлося тоді, й сучасними подіями.

— Ну, якщо копнути ще глибше, то знайдуться й інші казки про шляхетних розбійників, прекрасних дам і світло з неба! — реготнув Казаков. — Я особисто так вважаю: чому сам не був свідком, те правда наполовину. Тим паче, якщо останню неможливо довести логічно.

— Слушно, — погодився з ним Яків. — Тому завтра я озвучу панові полковнику все, що ми тут назнали, а наостанок — і вашу версію про австрійські аероплани. Далі ж нехай уже їхні благородія собі мізки сушать.

РОЗДІЛ 5

11 серпня 1912 р., неділя
Містечко Меджибіж Летичівського повіту

Недільний Меджибіж оглушував калатанням дзвонів. Церкви перекликалися з костелом, і дзвонарі немовби змагалися, хто кого вразить більше — майстерністю, гучністю, чистотою та переливами.

Яків, утомлений вчорашньою мандрівкою, ледве продер очі, перші кілька секунд намагаючись зрозуміти, де він і чому Проскурів так немилосердно дзвенить. Аж поки не зрозумів, що він у Меджибожі, що вчора вони з Казаковим цілий день провели в дорозі, а сьогодні вранці, незважаючи на неділю, на нього зі звітом чекатиме полковник Трингам. Ординарець іще вчора ввечері приніс записку, аби Яків не зволікав і на дев'яту з'явився перед ясні очі командування.

Місто прокинулося задовго до дзвонів. Та коли перші відголоски лункої бронзи та міді розлетілися далеко навкруги, Меджибіж разом заворушився, наче радів тому, що нарешті можна голосно розмовляти, реготати, курити цигарки, лузати насіння, лаятися, кувікати, гавкати й нявчати.

Яків злегка очманів від раптової навали звуків, але швидко оговтався, збадьорений думкою про чудову каву, котру він неодмінно вип'є у мадам Розенбліт дорогою до фортеці. Годинник показував сьому, тож до авдієнції було достатньо часу, аби привести себе до ладу. Яків зловив себе на думці, що з якогось дива переймається тим, що вчорашня поїздка не дала відчутного результату. Немовби пан полковник доручив йому не просто зібрати свідчення очевидців, а відразу розгадати таємницю небесного світла. Щоправда, Яків мав у запасі цілком логічну теорію Казакова, якою обов'язково козирне наприкінці розповіді.

Як і очікувалося, кава якимось дивом покращила настрій і самопочуття. Чи не домішувала мадам Розенбліт до кавових зерен якісь одній їй відомі магічні речовини, що дарували неповторний смак та аромат напою, який просто язик не повертався назвати звичайною кавою? Хоча, хтозна, може, так воно й було: Меджибіж свято беріг свої прадавні таємниці. Чи не була загадка незвичайної кави однією з них?

У піднесеному настрої, бадьорий та свіжий, немовби то не він учора пізно повернувся, Яків стояв перед дверима до кабінету командування точно о дев'ятій. Незважаючи на ранок неділі, в кімнаті було з десяток офіцерів, які пили каву, курили, ходили з кутка в куток і впівголоса перемовлялися, від чого рівномірний гул голосів змішувався з тютюновим димом та перетворював кабінет Трингама на житло примар.

— Пане Ровнєр! — полковник вигулькнув із диму та віддав короткий наказ. Брязнуло, прочиняючись, вікно, і за пів хвилини кабінет наповнився чистим повітрям. — Ми на вас чекаємо. Маневри просто на носі, а ця історія, зізнаюся, мене дещо непокоїть. Чи вдалося назнати щось варте уваги?

Яків прокашлявся, збираючи думки, а тоді почав неспішну оповідь, намагаючись нічого не забути. Чоловік звірявся із записником, бажаючи переказати всі зібрані свідчення за один раз. Зрештою, він давно не був нерозумним студентом і зараз не тримав екзамена перед офіцерами. Його заслуги та регалії також дещо важили, і Яків із кожним словом почувався дедалі впевненіше.

Офіцери слухали уважно. Ніхто не озивався, не ходив і навіть не скрипів чобітьми. Стояла сторожка тиша, яку порушували тільки голос Якова та щебетання пташок за вікном. Полковник дослухався до кожного слова, наче волів ще до закінчення розповіді зробити якийсь висновок. Але зібраних свідчень, вочевидь, було недостатньо, тож Трингам супив брови та нетерпляче постукував пальцями по краєчку стола.

— …єдиним логічним висновком, який можна зробити з почутого… — Яків вирішив не вдаватися до жодних драматичних пауз і не пробувати вразити командування власною аналітикою. Він просто взявся переповідати умовиводи Казакова про австрійських розвідників. Від нього не сховався стурбований вираз обличчя полковника й те, що в ході розмови той швидко нашкрябав коротку записку, кивком голови підкликав до себе ординарця, який за мить поквапливо ретирувався з кабінету.

— Отже, пане Ровнєр, ви припускаєте, що до нас завітали гості з протилежного берега Збруча… — якби ці слова було записано на папері, Яків заприсягнувся би, що наприкінці речення не стояв би знак питання. Полковник не так запитував, як стверджував факт.

— Зізнаюся, що це просто логічна версія на пояснення побаченого.

— Так, ваша правда, — полковник замислено смикав кінчик вуса. — Однак є одне суттєве зауваження.

Він зробив паузу й обвів очікувальним поглядом товариство в кабінеті, немовби сподівався, що хтось із офіцерів продовжить його слова. Але всі мовчали.

— Віднедавна у Меджибожі та поблизьких околицях роздислоковано значну кількість військових з'єднань. І вам могло здатися, що навколо панує легкий хаос.

— Проскакувала така думка, — кивнув з усмішкою Яків. Проте Трингам залишався цілком серйозним.

— Одначе, наголошу, що вам це тільки *здалося*! Війська перебувають практично у повній бойовій готовності, а це означає, окрім усього іншого, й цілодобові чергування та варту. Вартових у нас зараз декілька сотень, і їхні безпосередні обов'язки передбачають спостереження за повітряним простором. Простіше кажучи, у небо вони також дивляться.

Полковник знову зробив паузу (вочевидь, він полюбляв театральні ефекти, які йому, як подумав Яків, добре вдавалися), а тоді, помітивши, що всі присутні уважно стежать за його словами, продовжував.

— Учора, коли ви були у від'їзді, я зібрав письмові рапорти всіх вартових, що стояли на чатах означеного дня, — Трингам поплескав долонею по купі паперів на власному столі. — І жоден, зауважте — *жоден,* вартовий не зміг пригадати *нічого*, що би скидалося на промінь світла у певній ділянці неба. Погодьтеся, що світло у небі — то не голка в сіні.

— Згоден, — хитнув головою Яків. Він зрозумів, до чого веде полковник. Ніхто з вартових у Меджибожі та околицях не бачив ніякого світла в небі. А коли вже професійні військові запевняють, що в небі нічого не було, то чи є підстави не довіряти їхнім словам?

Що ж тоді? Селяни вирішили задурити командуванню голови не надто майстерно вигаданою байкою? Але навіщо були такі хитромудрі нісенітниці, як: світловий промінь, чверть години, на небосхилі з боку Меджибожа… Для чого, зрештою, приплітати сюди можливість австрійської диверсії?

А що як?.. Яків зблід. А що як диверсію справді готували, але з протилежного боку? Що як її замислили не австрійські шпигуни, а ті, хто цих шпигунів вигадав?

Однак він не встиг ані розвинути своєї думки, ані поділитися нею з товариством, бо в двері постукали й до кабінету ввійшов стрункий юнак у званні штабсротмістра кавалерії.

— Пане Єсіпов, — кивнув у відповідь на привітання полковник і звернувся до Якова. — Знайомтеся, пане Ровнер. Перед вами — штабсротмістр Єсіпов. І нехай вас не вводить в оману його зовнішній вигляд кавалериста.

Яків ще раз пильно зиркнув на новоприбулого, наче силкувався розгледіти в ньому щось особливе, те, що не зміг побачити за першим разом.

Юнак був високим і струнким. Ріденькі вуса, що висіялися над верхньою губою, не додавали йому віку, проте в очах світився розум, а стиснуті вуста виявляли характер.

— Не так давно пан Єсіпов змінив одного коня на іншого, — з усмішкою говорив Трингам. — Перед вами справжній військовий пілот!

Яків немовби подивився на юнака іншими очима. Для нього той зі звичайного кавалериста став ніби небожителем — ось-ось розгорне за спиною білосніжні крила.

— Я викликав пана Єсіпова для того, щоб він спростував вашу версію з австрійськими шпигунами з огляду на власний досвід і знання, отримані у школі пілотів.

Знадобилося кілька хвилин, щоби переказати пілотові історію, через яку все почалося. Полковник Трингам короткими рубаними реченнями ознайомив Єсіпова із суттю справи, і вже на останніх секундах викладу версії з австрійським аеропланом-розвідником Яків помітив на вустах юнака скептичну посмішку.

— З вашого дозволу, ваше превосходительство, — виструнчився штабсротмістр і одержав легкий кивок від полковника. — Вважати, що світловий промінь належав ворожому аероплану-розвіднику, видається цілком безпідставним.

— Прошу, пане Єсіпов, пояснити ваше бачення товариству. Ми мусимо заповнити всі білі плями цієї історії, аби, зрештою, зробити хоч якийсь висновок.

— Перше, на що я звернув увагу, — промовив пілот, — це те, що з усіх свідчень постає очевидним, наче об'єкт, з якого брав початок промінь, швидко та хаотично переміщався в повітрі.

— Свідки не надто впевнені в цьому, — зауважив Яків, — адже до цього самого об'єкта було надзвичайно далеко. Я сам стояв на тому місці, що й безпосередні очевидці: йдеться навіть не про десяток верст.

— Нехай так, — розвів руками Єсіпов. — Однак, запевняю вас, що жоден літальний апарат з відомих мені просто не може так рухатися. Ані аеростат, ані цеппелін, ані аероплан не можуть «стрибати» у небі.

Офіцери загомоніли, ствердно закивали головами — до Якова долетіли уривки фраз на кшталт: «очевидно», «абсолютно неможливо», «нелогічна вигадка». Що ж, тут Єсіпов справді мав незаперечну рацію.

— Наступне, що здається мені досить сумнівним, — це потужність променя. Ви стверджуєте, — звернувся він безпосередньо до Якова, — що світло було надзвичайно потужним. Таким, що виднілося за кількадесят верст.

— Власне, так стверджують очевидці-селяни. Я лише переповідаю їхні слова.

— У будь-якому разі знову ж хочу запевнити всіх тут присутніх, — штабсротмістр обвів поглядом товариство, — що для променя такої потужності потрібно занадто габаритне обладнання, щоби його зміг підняти у повітря відомий мені літальний апарат. Про аероплани не йдеться взагалі. Цеппелін, звісно, впорався б із поставленим завданням, але, думаю, громаддя аеростата не так просто сховати від спостерігачів. І використовувати цеппелін для шпигування чи розвідки — безглуздо.

І знову кімнатою прошелестів вітерець приглушених розмов. Офіцери обговорювали почуте, стиха сперечалися, але з виразів їхніх облич було зрозуміло, що вони підтримують Єсіпова. Яків немов опинився по інший бік барикад і почувався не надто комфортно: запрошений пілот майстерно трощив нібито цілком життєздатні версії.

— І наостанок найсуттєвіше, — правив далі своє Єсіпов. — Очевидці переконують, що помітили промінь надвечір, коли вже добряче смеркалося. Ось це найсильніше б'є по ймовірності застосування аероплана-шпигуна. Дозвольте розповісти вам, панове, одну історію, без якої, гадаю, пояснення не буде повним.

Штабсротмістр дочекався дозволу від полковника і продовжив.

— Колись, як я був підлітком років чотирнадцяти від роду, ми з друзями пішли до лісу на ночівлю. Отаборилися на височенькому пагорку, розпалили багаття. І от посеред ночі мені, прошу в товариства вибачення за такі подробиці, захотілося… до вітру. Я вибрався з куреня, глянув, що багаття й досі злегка палахкотить, тож слугуватиме гарним орієнтиром для повернення, і без жодних вагань спустився на кількадесят сажнів нижче пагорком. Трохи поковзавши на торішньому листі, я зупинився біля якогось дерева. Владнав справу та вже лаштувався повертатись, коли усвідомив, що спустився настільки, що за схилом сховалися останні відблиски пригаслого багаття і я опинився в такій чорнильній темряві, що не бачив перед собою навіть витягнутої руки. Додам, що я зараз не перебільшую, не намагаюся вас вразити чи ввернути поетичний зворот для красного слівця. *Я просто не бачив навколо нічого!* У перші секунди я заціпенів: не міг повірити, що темрява навколо мене — справжня. Я заплющував і розплющував очі, але марно! Я підносив до очей долоні й не бачив навіть натяку на світлу пляму! Я впрів, утямивши, що муситиму провести ніч просто посеред лісу, в кращому разі — під одним із дерев, яке вдасться намацати. Від розпачу я навіть забув покликати на допомогу. А, можливо, мені стало соромно, що ось я такий дорослий довбень, а заблукав за кілька кроків від куреня.

Одначе невдовзі мене осяяв здогад. Я почав совгати ногами навколо себе, відзначаючи, де земля забирає вгору, а де йде донизу. Курінь стояв на вершині пагорка, тож мені треба було рухатися вгору! Так я й сунувся сліпим хробаком, пробував ногами землю та робив короткі кроки, аж допоки не помітив на деревах слабкі сполохи жару від прогорілої вже ватри. На шлях, який удень я подолав би за пів хвилини, у повній темряві згаяв добрячі пів години!

До чого я це все розповідаю, шановне панство? Та до того, що вночі аероплани не літають. Просто через те, що пілот не бачить анічогісінько: ні зльотного поля, ні кінчиків крил машини, ні — й це найважливіше — землі, на яку повинен повернутися живим і неушкодженим. Літати ж наосліп ми поки не навчилися та й не маємо такої потреби. Адже шалена швидкість польоту — це вам не мацання землі ногами. Рішення потрібно ухвалювати блискавично. Інакше не уникнути катастрофи.

Штабсротмістр замовк та обвів уважним поглядом принишкле товариство, наче вивчав реакцію на власні слова. Першим тишу порушив полковник.

— Дякую, пане Єсіпов. Отже, панове, тепер, думаю, для всіх усе стало на свої місця.

— Не зовсім, — урвав Трингама Яків, і тиша в кімнаті, здавалося, натягнулася невидимою струною. Ось-ось порветься.

— Що ж вам незрозуміло? — очі полковника звузилися, і його обличчям промайнула тінь.

— Я не можу зрозуміти, навіщо селянам заманулося дурити нас та й вас, пане полковнику, насамперед, такою незграбною вигадкою.

— Ну, я вам не священник, щоби читати в душах, — Трингам посміхнувся, але посмішка ця не була щирою, а від усієї полковникової постаті повіяло холодом. — Хто зрозуміє простолюдина? Може, вони перепилися там усі та й привэрзлося казна-що?

Яків спробував заперечити, але ковзнув поглядом по обличчі полковника та на мить побачив геть іншого Трингама. Вдумливого стратега та розумного очільника змінив самовпевнений і чванькуватий служака, який мав людей за худобу.

— Дозвольте бути вільним? — Якову закортіло послати все під три чорти, зібрати манаття та вшитися до Проскурова.

— Не беріть до серця, пане Ровнер, — голос Трингама пом'якшав, але Яків не міг отак просто викинути з голови образ невігласа-солдафона. — Ви виконали доручене вам завдання, тож тепер займіться своїми безпосередніми обов'язками. А про цю історію зі світлом просто забудьте.

Яків мовчки кивнув і вийшов з кімнати. Він потребував свіжого повітря, щоби пригасити жар розпашілих щік, бо почувався шкодливим хлопчиськом, якому перед усіма надавали ляпасів. Ображало те, що спочатку начебто загадали виконати роботу, а тоді вщент розгромили всі результати.

Якова пересмикнуло від безсилої люті й огиди. Він згадав, як учора намагався бути особливо ретельним, щоби не пропустити жодного слова, не оминути увагою жодного свідка та скласти повний і всебічний звіт. І все задля того, щоб зараз вислуховувати розгромну критику. Трясця б ухопила Трингама з його розслідуванням! Трясця б ухопила всіх до одного селян з їхнім світловим променем! Трясця б ухопила самовпевненого пілота… Як там його? Єсіпов? Яків сплюнув і швидко рушив до воріт.

— Пане Ровнєр! — почулося ззаду.

Першим бажанням було гаркнути: «Чого там іще?» Втім, Яків стримався, набрав повні груди повітря й обернувся. До нього поспішав той самий Єсіпов, який щойно заробив щедрі прокльони своєю пихатістю. Принаймні так Якову здалося. А він звик довіряти першому враженню.

— Пане Ровнєр, чи буде у вас вільна хвилина? — штабсротмістр порівнявся з Яковом.

— Дивлячись для… чого, — спочатку Яків волів сказати «для кого», але останньої миті вирішив, що це прозвучить аж надто неввічливо. Біс із ними — зі служаками. Він мусить залишатися людиною.

— Передусім я б хотів перепросити за себе та за пана полковника, — голос Єсіпова був рівним та спокійним, і саме тому його вибачення прозвучало просто та… щиро.

Яків зупинився і поглянув молодикові просто в очі.

— Пане штабсротмістре, вибачте, не запам'ятав вашого імені…

— Єсіпов. Володимир Єсіпов.

— Пане Єсіпов, — Яків знову зміряв чоловіка поглядом. — Я давно вже не зелений юнак, а також, як ви, мабуть, помітили, не військовий. Формально, я не підкоряюся ані панові полковнику, ані кому іншому. І коли вже на те пішло, то міг би легко проігнорувати люб'язне «запрошення» до Меджибожа. Повірте, причину я б знайшов, навіть і не вигадуючи її, адже в лікарні може трапитися будь-що. Однак я пожертвував власним часом і, чого гріха таїти, заробітком.

Штабсротмістр мовчки вислуховував гнівну тираду Якова, а той розпалювався дедалі більше.

— Також я не став сперечатися з паном полковником, коли він надумав загребти дещицю жару моїми руками і вирядив мене провести розслідування. І хоча мав повне право та, зізнаюся, величезне бажання відмовитися, я підкорився. І що отримав натомість? Мене вишпетили перед усім товариством, мої версії та спостереження назвали недолугими, а наостанок ще й цинічно «подякували», нарешті «дозволивши» бути вільним!

Яків відсапнув, розтулив було рота, щоби продовжити, але усвідомив, що вихлюпнув більшу частину їдкої жовчі та потроху заспокоюється. Попри це до нормального стану йому було ще дуже далеко.

— Ви маєте абсолютну рацію, — озвався штабсротмістр. — Мені справді соромно, що його превосходительство пан Трингам так із вами повівся. Але прошу і його зрозуміти…

— А з якого дива ви його так захищаєте?

— Тому, що знаю його, насамперед, як талановитого командира, мудру людину та чудового фахівця своєї справи.

— Гм, мені так не здалося.

— Перше враження не завжди правильне, пане Ровнер.

— Зате чіпляється, як… гм… реп'ях до штанів.

— Тут не посперечаєшся, — розвів руками Єсіпов. — І все ж я б хотів спробувати змінити це ваше враження. Або принаймні згладити його. Пан Трингам напередодні маневрів третю добу майже не спить. На його плечах лежить такий неймовірно великий пласт роботи, що в іншого вже давно б опустилися руки, а пан полковник, як бачите, зберігає цілком бадьорий вигляд.

— Як лікар я можу запевнити вас, що таке довге напруження сил ризиковане сумними наслідками. І один такий наслідок уже очевидний. Пан полковник став неуважним і дратівливим, а звідси недалеко й до гіршого.

— На жаль, тут ми з вами нічого не вдіємо, — пожував губами Єсіпов. — Однак якщо вас це потішить, то саме пан полковник і послав мене за вами навздогін, щоби перепросити за манеру розмови. Отже, ще не все втрачено, чи не так?

Яків лише махнув рукою, що можна було трактувати як завгодно. Він достатньо охолов, аби не нарощувати конфлікт, та й, зрештою, ніколи свідомо не шукав сварки. День тільки починався (він мав бути чудовим), тож навіщо зайвий раз псувати собі настрій?

— По ваших очах бачу, що вибачення приймаєте, — усміхнувся Єсіпов, і Яків здивовано усвідомив, що справді не тримає зла на молодика, хоча буквально кілька хвилин тому вважав того пихатим нахабою. — А для того, щоб закріпити наше примирення, насмілюся запропонувати вам кави.

Від такої пропозиції Яків не відмовився, адже від самої думки про ароматний напій у нього покращився настрій. Тоді ж його раптом осяяло: перед ним стоїть не просто молодий військовий, а *пілот* — людина, якій підкорилося небо! Кілька секунд Яків вагався, чи не буде це нетактовним, а тоді вирішив, що нещодавній конфлікт достатньо зблизив їх із Єсіповим для такого прохання.

— Пане Єсіпов…

— Можна просто Володимир, — обізвався той.

— Гаразд, Володимире, — Яків ковтнув кави, аби заповнити незручну паузу. — Чи не зробите ви мені ще одну, окрім кави, послугу?

— Спробую, — охоче кивнув Єсіпов.

— Зізнаюся, я ще жодного разу за життя не спілкувався зі справжнім пілотом.

— Натяк зрозумів, — вуста юнака розтяглися в усмішці. — Певно, вам цікаво послухати, як то воно — літати?

— Неймовірно. Я захоплююся аеропланами. А оце нещодавно у Проскурові навіть на дах видерся, наче хлопчисько, щоб краще розгледіти…

— То був я.

— Прошу? — Яків не відразу втямив, про що говорить співрозмовник.

— Отой політ над Проскуровом, — пояснив Єсіпов. — Аеропланом керував я.

Яків похлинувся кавою та ледве не закашлявся. Він витріщився на Єсіпова, немовби побачив його вперше і впізнав у ньому щонайменше рідного брата, який зник безвісти багато років тому. Кілька довгих секунд чоловік не міг промовити й слова. Штабсротмістр з ледь помітною усмішкою мовчки спостерігав за реакцією співрозмовника.

А Якову в найменших деталях пригадалася та неділя, їхні зі Славатієм перегони до драбини, котрою вони лізли на дах, і захоплені вигуки, що лунали зусібіч. Його щоки залило фарбою від усвідомлення того, що просто зараз він сидить за одним столиком із тією людиною, якій несамовито заздрив.

Він нарешті впорався із неслухняним ковтком кави, відставив чашку і похитав головою.

— Ніколи навіть не подумав би, що доля зведе мене з вами…

— Пусте, пане Ровнєр, — відмахнувся Єсіпов. — Нічого особливого у мені немає. Тільки й того, що я опанував певний механізм. Але навколо тисячі та тисячі людей мають справу з машинами, а ми давно вважаємо їх цілком звичайними.

— Так, але ніхто із цих людей не літає у повітрі.

— Це лише питання часу. Тобто я кажу про те, що незабаром польоти й аероплани стануть звичним явищем. Уявіть, як колись люди дивилися на перший паротяг! А на перших машиністів! Керувати таким громаддям заліза!

— Ваша правда, — погодився Яків. — Але однаково дозвольте мені ще трохи подивуватися.

Єсіпов розсміявся, і незручна вранішня ситуація остаточно забулася. Розмова потекла невимушено, замовили ще кави, і за чверть години чоловіки почувалися гарними приятелями.

— Ви знаєте, Володимире, а мені все не йде з голови те світло, — Яків раптово змінив тему. Точніше — повернувся до вранішньої розмови, розпочатої ще в кабінеті Трингама.

— Що ж саме вас непокоїть?

— Ви досить переконливо описали причини технічної неможливості цього явища, але, зізнаюся, мене не переконали.

— Чому ж?

— Та тому, що я особисто розпитав і вислухав кількадесят селян. Чоловіків, жінок, хлопців, дівчат. І всі в один голос твердять: було світло! Всі сходяться в часі, місці й описі. І не віриться мені, що все це — вигадка, булька на воді.

— Ну, вигадати можна й не таке.

— Можна, — погодився Яків. — Можна вигадати набагато химерніше. Але для чого? Для чого селянам городити таку нісенітницю та ще й дурити нею голову самому панові полковнику? Адже за це по голівці не погладять. Військові — люди різкі. Проте, тим не менше, делегація одностайно стверджує на прийомі в полковника: світло було! Те саме люди переповідають і мені: було світло!

— Знаєте, пане Ровнер, — Єсіпов задумливо посмикав вуса, — сьогодні в кабінеті пана полковника я перерахував усі технічні нюанси, якими намагався пояснити товариству, що ми наразі не уявляємо реальної можливості влаштувати щось схоже. Звісно, з кожного правила є винятки, але я звик довіряти своїм умовиводам.

— Зараз, на холодну голову, я погоджуюся з вашими словами, — кивнув Яків. — Вам, людині, котра в тому тямить набагато більше за мене, хочеться вірити. Але спробуйте поставити себе на моє місце.

— Я й надалі наполягатиму, що ми поки що не розробили таких технологій, аби мати змогу організувати подібну небесну ілюмінацію, — продовжував Єсіпов. — Але я не говоритиму, що світлове явище, яке спостерігали селяни, неможливе.

— Тобто… — Яків зірвався з місця, але за мить знову сів і нервово засовався на стільці. — Вимагаю пояснень!

— Єдине, що зараз спадає мені на гадку та що справді може виявитися правдою… — Єсіпов на мить примовк, неначе обмірковував, чи варто озвучувати власну думку, чи достатньо вона виважена та чи має право на життя.

— Та не тягніть, Володимире!

— Атмосферне явище.

За столиком повисла напружена мовчанка. Довгу хвилину чоловіки німували, кожен по-своєму осмислюючи почуте та сказане. Першим порушив тишу Яків.

— Атмосферне явище? Ви кажете, що кілька десятків людей просто бачили щось на кшталт… веселки?

— Саме так, — хитнув головою Єсіпов. — Не веселку звісно, а явище набагато складніше та набагато більш рідкісне.

— І що ж, на вашу думку, то могло бути? — у голосі Якова забриніли єхидні нотки. Він силкувався повірити словам приятеля, але природній скептицизм брав своє.

— Коли я навчався в льотній школі, — Єсіпов почав здалеку, — серед іншого, ми вивчали й основи метеорології. Будь-який пілот повинен досконало розбиратися у погодній обстановці, адже від погоди дуже часто залежить не лише успішність польоту, а й життя самого літуна[1]. Було в нас заняття і з атмосферної оптики[2].

Яків слухав уважно. Він прикипів поглядом до обличчя Єсіпова, немов боявся пропустити те слово, після якого клубок нерозгаданої загадки в його голові нарешті розкрутиться.

— На цьому занятті ми якраз розглядали рідкісні атмосферні явища. Часу на ознайомлення з ними виділили неба-

---

[1] На той час пілотів часто називали літунами.

[2] Розділ фізики атмосфери, присвячений вивченню фізичних процесів взаємодії оптичного випромінювання, яке розповсюджується в атмосфері.

гато: явища справді такі рідкісні, що не факт, що хоча б один із нас спроможеться побачити їх за життя.

— Навіть так, — гмикнув Яків.

— Не сумнівайтеся. Серед описаних ситуацій була й така: промені сонця крізь невелику дірку в хмарах відбилися від крилець величезної зграї сарани й утворили на тих самих хмарах гігантський різнокольоровий сонячний «зайчик»! Як вам?

— Звучить… нереально? — Яків помітно скис. Малоймовірно, що Єсіпов верзе небилиці, аби задурити йому голову. — В такому разі, як ви поясните «наш» випадок?

— Це буде тільки припущенням, але, зважаючи на те, що, за словами селян, промінь переміщався, припущу, що «наше» світло — це також відбиток чогось рухомого. Гігантського рою бджіл, тієї самої сарани, яка примандрувала до наших країв звідкись із півдня. Чи й просто кришталиків криги!

— Криги? Змилуйтеся, пане Єсіпов, — від хвилювання Яків знову перейшов на офіціоз, — але ж надворі серпень!

— Ха! — штабсротмістр ляснув себе руками по колінах. — Ось і зрозуміло, що ви, пане Ровнєр, вище за дах власного будинку не видиралися!

Атмосфера за столиком ставала напруженою: обмін саркастичними жартами не мав нічого спільного з дружнім гумором. Яків не встиг відповісти черговою шпилькою, після якої хтозна, чи продовжилася би бесіда, як Єсіпов промовив далі.

— З набором висоти температура навколишнього повітря знижується, і це ледь не перше правило, яке повинен брати до уваги пілот! Одна верста вгору — і температура виявиться приблизно на шість градусів нижчою за температуру біля поверхні землі. В аероплані до цього додайте ще й зустрічний потік повітря, що також знижує температуру біля поверхні й машини, й літуна. Ось тому ми й одягаємося так серйозно…

Яків конфузився дедалі більше. Адже Єсіпов говорив чисту правду! Як він міг забути таку просту істину: чим більша висота, тим повітря справді холодніше!

— Кришталики криги запросто могли бути опадами з якоїсь надто холодної хмари. У певній ділянці неба на них натрапив сонячний промінь, і, як наслідок, ми отримали...

— Те, що отримали, — буркнув Яків.

— А різке переміщення видимого променя я поясню хіба тим, що кришталики досягли теплого повітряного потоку, який або випарував їх, або просто шарпнув у новому напрямку.

Єсіпов замовк, ніби давав Якову змогу усвідомити почуте. Пристрасті вляглися, і за столиком знову запанував спокій.

— Загалом це одне гіпотетичне пояснення, — озвався незабаром пілот. — Знайдуться й інші такого самого штибу. Жаль, одначе, що перевірити їх правдивість не вдасться.

— Ну принаймні вони звучать логічно, — зітхнув Яків.

— А ще на користь поодинокого атмосферного явища свідчить те, що останнім часом не виявлено підозрілої активності, яку можна було би приписати ворожим розвідникам.

Яків смикнувся, потерпаючи від бажання згадати прочитану не так давно газетну історію про викрадення сільського старости, але вчасно схаменувся. Нічого собі буде аргумент — недолуга базгранина про події річної давнини. Ще й невідомо, чи правдива.

— І не виявлено нічого подібного не лише тут, у Меджибожі, а й загалом на місцях дислокації наших військ. А якщо шпигуни й провадитимуть розвідку, то логічно, що все це коїтиметься десь поблизу військових залог, чи не так?

Яків мовчки кивнув у відповідь.

— Пан полковник зібрав рапорти, щоби перестрахуватися. Ніхто й ніде не спостерігав більше нічого схожого. Тому пропоную нарешті забути про той клятий промінь, котрий ледь не зробив нас ворогами, і взятися до справ приємніших.

— Пане Ровнєр! А я вас усюди шукаю! — поряд пролунав знайомий голос, і до столика підійшов Казаков. — Сімха розповів, що ви зранку подалися на прийом до командування.

— Було таке, — відмахнувся Яків, немов показував, що далі розпитувати не варто, — нічого цікавого не сталося.

— Натяк зрозумів, — Казаков усміхнувсь у вуса. — Познайомите з вашим співрозмовником?

— Ох, — Яків схопився. — Перепрошую, панове! Знайомтеся. Олександр Казаков, корнет від кавалерії... Володимир Єсіпов, штабсротмістр від кавалерії та...

— Військовий пілот, — закінчив за нього Єсіпов, простягаючи Казакову руку для привітання.

Той застиг, витріщившись на Єсіпова, немовби його щойно відрекомендували щонайменше імператорові. Та й, певно, імператорська особа не викликала б у Казакова такої реакції.

— Ви справді... — він говорив тихо та повільно, артикулюючи слова, — справді літаєте на аеропланах?

— Поки на одному, — просто всміхнувся Єсіпов. — Другий ми з техніками наразі модернізуємо... Друзі! — він раптом заметушився, — я якраз думав запропонувати панові Ровнєру як вибачення прогулятися до летовища, коли нагодилися ви, пане Казаков. Тож чи не складете ви нам компанію? Звісно, якщо ви самі та пан Ровнєр не проти такої розваги.

— Чи не хотів би я подивитися на аероплани? Ви, певно, жартуєте? — Яків скочив на ноги. — Ведіть!

— Ведіть! — і собі вигукнув Казаков.

Летовище на околиці містечка починалося відразу за людськими городами та ділянками кукурудзи. Було воно невеликим і, якби не акуратні, нещодавно пофарбовані ангари, здавалося б звичайним полем. Щоправда, впізнаваний смугастий конус на високій щоглі, ретельно викошена трава та розрівняні кротовини вказували, що перед чоловіками — справжнісінький стратегічний об'єкт. Це підтверджувала й звична будка вартівні, біля якої плював соняшниковим насінням розморений на спеці вартовий.

З наближенням гурту чоловіків той поспіхом сховав зернята до кишені й сяк-так виструнчився біля будки з виглядом смертельної нудьги на обличчі. Упізнавши Єсіпова, він козирнув, не зводячи очей з двох незнайомців поряд із пілотом.

— Це зі мною, — доки вартовий вовтузився зі шворкою шлагбаума, штабсротмістр пірнув під жердину та впевнено закрокував до ближнього ангара. На ходу він видобував з кишені ключі від громіздкого навісного замка. Яків і Казаков також не стали дочікуватися, коли прохід відкриється повністю, і собі заспішили за провідником.

Зблизька ангари нагадували звичайні сараї для зберігання сіна або ж дровітні. Хіба що збиті з добротних дощок, які прилягали одна до одної так щільно, що годі було знайти щілину. Та й, звісно, ніхто б не додумався чіпляти на двері дровітні металеву штабу з чималим замком.

Єсіпов забряжчав ключами, а Яків раптом відчув приємну дрож хвилювання, наче перед першим побаченням. Що ж, певною мірою це й буде перше побачення. Він зиркнув на Казакова. Той нервово тер долоні й облизував губи. Йому теж нетерпеливилося чимшвидше роздивитися літальні машини.

Нарешті брязнула штаба, скрипнули, прочиняючись, ворота, і Яків мимовільно затамував подих. Немовби остерігався, що аероплан злякається його шумного дихання та спурхне геть наполоханим горобцем.

Першим впав у вічі блискучий жовтий ґвинт пропелера: дерево було таким відполірованим, що сонце відбивалося від нього, нібито від скла. Під сонячними променями виблискував і металевий капот, тоді як інші частини машини ховалися в сутінках ангара, подекуди прошитого тонкими списами світла. У промінцях витанцьовували потривожені порошинки. Очі, звиклі до яскравого світла дня, не розбирали в глибині приміщення анічогісінько.

Єсіпов звично пройшов досередини й за мить озвався звідти.

— Прошу почуватися вільно, панове. Машини можна торкатися, мені можна ставити запитання, та спочатку я попрошу вас про допомогу. Нумо викотимо пташку на світло!

Яків і Казаков несміливо, наче діти у передчутті прочуханки, ступили в темряву ангара. Там пахло пилюкою, нагрітою вже бляхою даху, пальним і мастилом. Запах дерева та ледь вловний кислуватий аромат лакованого полотна витворювали тривожну симфонію вільного польоту, дивовижної стрімкості та свободи. Яків на секунду прикрив очі та вдихнув на повні груди.

— Впирайтеся в крила, — почув він голос Єсіпова й обережно провів пальцями по гладенькій поверхні. Аероплан досі здавався тендітною живою істотою, і хоч очі призвичаїлися до півмороку ангара, він усе ще не міг (а чи не насмілювався?) роздивитися машину повністю. Погляд вихоплював то ділянку крила, куди впиралися його долоні, то шкіряну облямівку місця пілота, то шматок клепаного металу капота.

За командою Єсіпова чоловіки налягли, і Яків від здивування мало не поточився: аероплан на позір виявився неймовірно легким і відразу рушив з місця. Вочевидь, за потреби машину подужала б виштовхати й одна людина.

За кілька хвилин крилата машина вже купалася в сонячному промінні, і Якову нарешті вдалося як слід оглянути новітнє диво техніки. Аж не вірилося, що трохи менше як десять років тому людина покладалася у польотах лише на силу та напрямок вітру, а зараз отримала завдяки власному генію легкокрилий штучний птах, що перетворив її на володаря ще однієї стихії — повітряного океану.

Аероплан був невеликим — приблизно десять аршинів завдовжки[1], але з дещо довшими крилами. Ажурний його каркас усуціль обтягувало лаковане полотно, і тільки носова частина, де розміщувався двигун, блищала надраєним металом.

---

[1] Близько 7 метрів.

— І чийого виробництва цей красень? — першим порушив тишу Казаков.

— Чистокровний француз заводу «Ньюпо́ра»[1]. Модифікація за номером два[2].

Єсіпов провів рукою по борту аероплана так ніжно, наче той був живим. Певною мірою це й справді так: під час польоту людина та машина стають одним цілим — дивною істотою з гострим розумом людини та потужністю машини.

Штабсротмістр клацнув замками на капоті, оголюючи частину двигуна. Химерне плетиво трубок і залізяччя нагадувало тельбухи невідомого науці звіра. Казаков умить виріс біля Єсіпова, і чоловіки заметушилися біля носової частини, пересипаючи розмову технічними термінами. Якова ж цікавили не так технічні дрібниці, як загальна концепція літальної машини, плавність і чіткість ліній, відсутність зайвого, простота й довершеність.

Аероплан справді був до смішного простим. Навіть подив брав, що така на вигляд проста конструкція запросто відривається від землі та виробляє в небесах ще донедавна неможливі штуки.

— …просто з Києва? — почув Яків здивований вигук Казакова і повернувся до дійсності.

— Ви мені не вірите? — Єсіпов широко всміхався.

— Про що йдеться, панове? — Яків долучився до розмови.

— Пан Єсіпов стверджує, що близько місяця тому ось на цій самій машині прибув до Меджибожа просто з Києва!

— За один переліт? — округлив очі Яків. Подумки він поквапливо намагався вирахувати відстань, але збивався від хвилювання.

---

[1] *Nieuport* — французька авіабудівна компанія, що випускала літаки з 1902 по 1932 рік.

[2] *Nieuport II* — початково — спортивний моноплан, що здійснив перший політ 1910 року. Відзначався дуже вдалою конструкцією, простотою, маневреністю, швидкістю та надійністю. Один із найкращих аеропланів того часу.

— Ні, — відмахнувся Єсіпов. — Були приземлення в Житомирі та Бердичеві. Ну, а тоді вже — просто на Меджибіж. Машина надійна, жодного разу не підвела.

— Це ж за скільки часу? — не вгавав Казаков.

— Трохи більше як три години, якщо не брати до уваги час на землі.

— Три години! — ахнув Казаков, а Яків лише роззявив рота від здивування. Ледь не триста верст за три години! Від усвідомлення такої шаленої швидкості починала, без перебільшення, паморочитися голова[1]. Це здавалося неможливим, якби не живе підтвердження: Єсіпову не було сенсу брехати, а легкокрила машина додавала ваги його словам.

— Так, панове, авіація — це неймовірне досягнення людства. Важко повірити, що ще кілька років тому вершиною технічного прогресу у повітроплаванні вважали неповороткі цеппеліни чи некеровані аеростати. Тепер ми вільні летіти в тому напрямку, який нам потрібен, і з такою швидкістю, яка нашим попередникам і не снилася.

— А які можливості відкриваються для таких машин у військовій справі! — своєю чергою захопився Казаков!

— Ви маєте рацію, друже! — підтримав його Єсіпов. — Стрімка й непомітна розвідка тепер цілковито лежить на плечах, чи то пак — крилах, ось таких апаратів. Доправлення кореспонденції, коригування вогню, зрештою — повітряний бій!

— Повітряний бій?

— Саме так! Військовий поступ також на сьогодні є очевидним. Окрім того, що з аеропланів можна скидати бомби, цілком серйозно обговорюють перспективи встановлення на літальних машинах кулеметів.

— Але ж як пілот упорається з усім господарством одночасно? — не втерпів Яків. — Керувати аеропланом — це ж, певно, не підводою правити. А тут іще на кулемет звертай увагу. Та й гляди, щоби самому в приціл не втрапити…

---

[1] Крейсерська швидкість аероплана *Nieuport II* складала 101 км/год.

— Усе саме так, пане Ровнєр, — погодився Єсіпов. — Але людина до всього звикає та вчиться опановувати нове. Коли, звісно, того хоче. Крім того, подейкують, що чи то французи, чи то швейцарці ось-ось створять неймовірний механізм, який дасть змогу вести вогонь з кулемета просто через площину гвинта!

— Це ж як саме? — здивувався Казаков.

— Поки що й для мене це загадка, але я впевнений, що диму без вогню не буває[1].

Розмова неквапливо перетікала від одного до іншого. І якщо Казаков та Єсіпов забирали в технічний бік, то Яків здебільшого милувався плавними обрисами аероплана, довершеністю та невибагливістю його ліній. У машині не було нічого зайвого чи непотрібного. Без сумніву, французький конструктор попрацював на славу. І саме в цій простоті та невигадливості крилася знана ньюпорівська надійність та якість.

Яків обережно поставив ногу на спеціальну підсилену латку на крилі машини й зазирнув до кабіни пілота. На мить йому здалося, що перед ним не справжній аероплан, а дитяча модель. На перший погляд, кабіна виявилася напрочуд порожньою: пара педалей і важіль перед крихітним шкіряним кріслом — оце й усе начиння (спочатку око не помітило кількох важелів на бортах і невеличких стрілок циферблатів просто під металевим обтічником капота). У голові чоловіка не вкладалося, як можна літати, послуговуючись таким мізером: пілот же неодмінно мусить сидіти в оточенні різних приладів, циферблатів, важелів, чудернацьких штукенцій, яким не знайти й назви. А тут…

---

[1] Попередниками синхронізатора для ведення кулеметного вогню через площину гвинта традиційно вважають дві незалежні розробки швейцарця Франца Шнайдера та француза Раймона Солньє, виконані приблизно 1914 року. Пристрій вдосконалили німці на літаку *Fokker E. I* близько 1915 року.

— Що, небагате господарство? — пролунав поряд голос Єсіпова.

— Як ви здогадалися? — відсахнувся від кабіни Яків.

— Побачив вираз вашого обличчя, пане Ровнєр.

— І що ж ви на ньому прочитали?

— Розчарування.

— Певною мірою ви маєте рацію. Мені невтямки, як така складна конструкція підкоряється всього лише одному важелю та парі педалей?

— Ну, насправді пристроїв для керування аеропланом трохи більше, — гмикнув Єсіпов. — Але, знаєте, ваша правда. Ми — літуни — не так покладаємося на механіку, як прагнемо відчувати машину нутром, майже інстинктивно вловлюючи вітер.

— Все аж так складно? — приєднався до розмови Казаков.

— Уявіть собі. Адже з чого складається політ? Зліт, посадка і перебування в повітрі! Ніби нічого надзвичайного?

— Упевнений, що є якраз і надзвичайне, — всміхнувся Казаков.

— Нічого з того, що б не змогла пояснити наука. Та ви здивуєтеся, коли зрозумієте, що йдеться більше про людину, ніж про механізм. У льотній школі ми вчилися відчувати машину. Вчилися уявляти її своїм продовженням: фюзеляж — продовженням тіла, крила — продовженням рук, а шасі — другими ногами.

— Тоді двигун — то, певно, серце?

— Точно, пане Ровнєр. Бачу — вам як лікарю сподобалася моя аналогія. Двигун для пілота справді серце. І коли це серце починає стукотіти з перервами, варто вчасно на це зреагувати.

— Ух, які премудрості… — у голосі Казакова прозвучав жаль.

— Ну, насправді премудростями все це здається на словах. Так, спочатку в навчанні нелегко. Але згодом, коли ти сідаєш за важіль і зринаєш у небо… Вперше. Сам, без інструктора та без змоги повернутися на тверду землю за першим бажанням. Тоді про черговість власних дій уже якось не згадуєш: уся теорія залишається на землі, а в повітрі з тобою — лише відчуття. Інстинкти, якщо можна так сказати. Між ухваленням рішення та його виконанням не минає й миті. Аероплан і пілот стають єдиним цілим — одним досконалим механізмом. Чи організмом, якщо вам зручніше думати так.

Яків слухав Єсіпова з неймовірним захватом. Від голосу штабсротмістра, його інтонацій і натхненної сили шкіру вкривали сироти. Ця людина дуже зацікавила його. І не тільки тим, що була на «ти» з небом, а й своєю простотою та щирістю. Ще й захопленням власною справою.

Нехай їхнє знайомство почалося з негативу, нехай спершу Яків сприйняв штабсротмістра за зарозумілого та пихатого молодика, але зараз вранішні події майже стерлися з пам'яті. Їх заступила приємна й повчальна бесіда та споглядання довершеної конструкції аероплана.

— А можна?.. — Казаков не втерпів, запитально киваючи на кабіну.

— Примірюйтеся! — На мить Яків вирішив, що зараз Єсіпов закомизиться, немовби Казаков попрохав дозволу поцілувати його даму. Але пілот лише пояснив, як швидко та спритно ковзнути на місце, що Казакову вдалося напрочуд легко.

— Браво! Ви ніби все життя це робили.

— Хтозна? — реготнув той, умощуючись зручніше. Щоправда, в тісній кабінці провернути це було не так уже й просто. Місце пілота тільки напозір здавалося просторим. Насправді ж там майже не знаходилося вільного простору — плечі торкалися стінок, коліна незручно стирчали, а голова майже ховалася за обтічником.

— Едуард Ньюпорт у своїй розробці взяв за основу не потужність двигуна, а аеродинаміку, — продовжував Єсіпов. — Тому його аероплан навіть з удвічі менш потужним двигуном розвиває просто небачену швидкість і має надзвичайну маневреність порівняно з іншими машинами.

— Я хочу злетіти на цьому аероплані... — Казаков зрозумів, що думає вголос, і поквапливо пояснив. — Тобто я хотів би вивчитися на літуна.

— Гадаю, якщо бажання справді сильне, немає нічого неможливого. Зрештою, я стверджую це з власного досвіду.

Здавалося, що другий ангар містив запчастини чи уламки аероплана, але уважний огляд відкривав оку ще одну справну машину, щоправда розібрану.

— Це більш сучасна модель за номером чотири, — пояснив Єсіпов. — Потужніша, важча, солідніша. Але не це найважливіше. Ми з механіками зараз намагаємося перетворити цей аероплан на двомісний розвідник.

— Двомісний? — Яків ахнув.

— Так, конструкція передбачає розміщення двох людей — пілота та пасажира. Або ж кулеметника, якщо на те пішло[1]. Щоправда, нам машина дісталася в неналежному стані. Одначе ми доклали всіх зусиль, щоби отримати першокласного розвідника.

— Я ладен днювати й ночувати тут, аби лише знати, що матиму змогу піднятися в небо на місці пасажира, — видихнув Казаков.

— Тепер залишиться тільки запитати ваших командирів, чи поділяють вони вашу думку, — всміхнувся Яків.

— Нічого, — підніс руку Казаков. — Основне, що у мене є мета. А шлях здолає той, хто йде[2].

Додому поверталися, коли сонце вже звернуло на вечірній пруг. Від річки потягнуло приємною прохолодою, у траві прокинулися причмелені денною спекою коники. Ніщо

---

[1] *Nieuport IV* справді припускав розміщення другого члена екіпажу та встановлення 7,7-міліметрового кулемета *Lewis* на зворотній турелі, що на той час було неабиякою новацією.

[2] Диплом пілота Олександр Казаков одержав 1914 року після закінчення Гатчинської офіцерської повітроплавної школи.

не нагадувало, що за десять хвилин неквапливого ходу вирує вечірнє життя з ліхтарями, музикою, піснями, гамором, шампанським, кінським іржанням і цокотом копит по бруківці.

Якову голова йшла обертом від утоми та надміру вражень за день, тож він лише махнув рукою, коли двоє молодих чоловіків — Єсіпов і Казаков — вирішили продовжити вечір за гальбою пива. Йому ж зараз хотілося побути на самоті, провітрити думки та налаштуватися на завтра. Вчорашній день здавався надзвичайно далеким, немовби від часу поїздки до Гречинець минув добрячий тиждень. Та й навіть сьогоднішній ранок укривав легкий серпанок забуття: що там казати, ці два дні ніби й не були наповнені подіями, проте вражень і хвилювань подарували як на кількох.

Із настанням перших сутінків яскраво пригадалися події вчорашнього дня та свідчення селян про таємничий небесний промінь. Яків дістав із кишені годинник — стрілки показували пів на дев'яту. Серце пропустило один удар: якщо свідки не брехали, саме в цей час і з'явилося над їхнім селом світло. Чоловік несвідомо задер голову, роздивляючись потемніле небо, нібито чекаючи, що там ось-ось спалахне таємниче світло. Але крізь надвечірні хмари виблискували лише перші зірки, і нічого не порушувало тихого спокою.

Якову не вдавалося викинути з голови вчорашню мандрівку до Гречинець і взагалі всю історію, пов'язану з ними. Служба у поліції таки наклала на нього свій відбиток: будь-яка справа, не доведена до логічного завершення, непокоїла його та змушувала прокручувати в голові можливі способи такого. Так було й зараз. Не міг Яків просто забути свідчення селян, не міг, як полковник Трингам, повірити у версію рідкісного атмосферного явища, хай як не намагався переконати його в цьому Єсіпов. Власного ж пояснення в нього також не було, а тому думки постійно звертали на одне — шляхи пошуку розгадки.

Захоплений такими міркуваннями, Яків незчувся, як ноги привели його до перших освітлених вуличок середмістя. Навколо з'явилися люди: одні — заклопотані та зосереджені, незважаючи на вечір, інші — безтурботні й веселі, підігріті алкоголем та сміхом.

Яків відчув, як утомився за довжелезний день. Живіт підводило від голоду, адже, окрім ранкової кави, він і ріски не мав у роті. Від згадки про вечерю шлунок забурчав, вимагаючи поживи, і чоловік пришвидшив ходу.

— Вейзмір, пане Ровнєр, — ударив руками об поли Сімха Шпацман, щойно Яків запитав у нього про вечерю. — Та хіба ж ви розум удома забули — отак цілий день без гарячої страви? Зараз ми бекіцер[1] зварганимо вам підвечірок! Це ж треба так себе не любити…

Сімха щез на кухні, де вже геть іншим голосом почав давати настанови, збираючи пожильцеві «підвечірок», а Яків важко поплентався нагору з єдиним бажанням дати змученому тілу відпочинок.

Годилося віддати господареві належне: він турбувався про мешканців краще, як мати про рідних дітей. Не встиг Яків змінити одяг на свіжий, умитися та привести себе до ладу, як у двері постукали і сам Сімха обережно, бочком, протиснувся до кімнати, несучи величеньку тацю, вщерть заставлену тарілками з наїдками.

— Даруйте, пане Ровнєр, не мав нагоди взнати, що ви полюбляєте на вечерю, тому ризикнув, — він опустив тацю на столик біля вікна. — Як щось на вас не дивиться[2], відсовуйте!

Але на Якова «дивилося» все. І ароматний борщ, над тарілкою якого підіймалася зваблива пара, і двійко смажених карасів із майстерно надсіченими ножем бочками, щоби жирна риба покрилася хрусткою скоринкою, і курячий

---

[1] Швиденько, хутко (*їдиш*).

[2] У сенсі «якщо щось вам не подобається».

холодець, який золотисто виблискував у світлі лампи, і темний паштет, присмачений часниковою поливкою. Та навіть звичайний грубий сіруватий хліб, великі скибки котрого визирали з-під чистого рушника, і миска із солоними огірками, помідорами й капустою видавалися Якову шедеврами кулінарного мистецтва.

— Ох, — тільки й спромігся вичавити із себе Яків, озираючи розкішні наїдки, як Сімха ляснув себе по лобі, видобув з кишені чарку на тонкій ніжці та дбайливо протер її чистим рушником. З іншої кишені він обережно вивільнив невеличку пляшку, ще вкриту крапельками холодної роси.

— Не відаю, чи пан вживає, але насмілюся запропонувати.

— Місцеве? — Яків запитально підняв брову, придивляючись до пляшки.

— Місцевий, — поправив його Сімха. — Такого самогону, який роблять у Меджибожі, не знайдете більш ніде в світі! А спитайте, який самогон кращий серед меджибізьких?

— А який?

— Він ще питає! — звернувся Сімха до невидимого співрозмовника. — Нє, ви спочатку поку́шайте, а тоді будемо з вами говорити!

Він спритно обкрутив шийку пляшки рушником, немов кельнер у дорогій ресторації вишукане вино, і вивіреним рухом наповнив чарку рівно по вінця, не проливши й краплі. Чарка миттю вкрилася холодною сивиною, і Яків мимоволі відчув, що його рот наповнюється слиною. Безперечно, не в самому наїдкові крився секрет тамування голоду, а ще й у організації процесу. В організації ж Сімха був майстром.

— А тепер дозвольте вас навчити пити самогон.

— Та я ніби навчений, — щиро здивувався Яків. — Діло ж нехитре…

— Ет, — відмахнувся Шпацман. — Нехитре діло — дітей робити. Тут же треба мати тяму. Бо меджибізький самогон — то вам пісня! І його потрібно відчути на губах!

Він поплямкав вустами, показуючи Якову, як саме варто смакувати напоєм. Обличчя його було зосереджено серйозним, і Яків зрозумів, що Сімха нітрохи не жартує. Чоловічок двома пальцями, майже ніжно, взяв чарку за тонку ніжку. Рідина важко гойднулася, і ніздрів торкнувся аромат, у якому перепліталися тонкі його відтінки. Якову розширилися очі: замість звичайного важкуватого духу самогону, котрий він очікував відчути, напій віддавав нотками чорносливу, лимона та якихось невідомих трав.

— То тільки клоц[1] може влити самогон у себе, наче в помийницю, — продовжував Сімха. — А з ним треба інакше.

Він проводжав поглядом чарку, яку Яків обережно підносив до рота, а руки його тим часом спритно намащували паштетом завбачливо нарізаний маленькими шматочками хліб.

— Ес гезунтерхейт[2], — Сімха ніби дав дозвіл, і Яків повільно спорожнив чарку.

Першої секунди рука шарпнулася, але вже наступної він стримався та справді посмакував напоєм до останньої краплі. Гаряча хвиля прокотилася стравоходом, але не обпікала та не падала до шлунка важко, як це траплялося зі звичайним самогоном. Натомість приємне тепло розлилося грудьми, а в голові закрутилися вихори з чорносливу, сушених груш, екзотичних лимонів, війнуло нотками малини… чи то смородини? Яків заплутався у відчуттях, затримуючи дихання, і виринув на поверхню лише тоді, коли Сімха подав йому канапку з паштетом.

— Миттю кладіть оце згори!

Яків охоче підкорився, визнаючи Шпацманів верх. Той довів свою майстерність розпорядника за вечерею.

Паштет теж виявився складною сумішшю печінки, грибів, пряних трав і…

---

1 Дурень (*ідиш*).

2 Їжте на здоров’я, смачного (*ідиш*).

— Качка, — підказав Сімха, немовби читаючи думки Якова.

— Це божественно, пане Шпацман!

— То рецепт моєї мамеле[1], — обличчям Сімхи розпливлася щаслива усмішка. — І дякуючи мені, ви таки дякуєте їй. Колись вона наказувала мені малому: «дивися, Сімхо, бо як я вмру, а ти не переймеш моїх рецептів, то ніхто за мене не згадає». І я таки дивився. І начебто видивився, нє?

— Нічого смачнішого я зроду не куштував, — мовив Яків, і Сімха розцвів. Він швиденько перетасував тарілки на столі так, щоб страви вишикувалися в потрібному для споживання порядку, знову наповнив чарку самогоном і підсунув до Якова борщ.

— Насмілюся запитати, як там ваш вранішній візит до командування?

— Ай, — махнув рукою Яків. — Змарнований час. Не хочеться навіть згадувати.

— Навіть слухати не стали? — Сімха, що вже збирався йти, повернувся до столу.

— Вислухали, — криво посміхнувся Яків, пригадуючи ранок. — А тоді витовкли носом, наче шкодливе кошеня. Присядьте, пане Шпацман. Складіть мені компанію, якщо ваша ласка.

Сімха охоче опустився на вільний стілець, неначе тільки й чекав на запрошення. Яків осушив другу чарку й відчув, що мусить поділитися всім, про що довідався, з метикованим господарем. Потрібно було скинути надмір інформації на когось стороннього, і кандидатура Сімхи пасувала для цього ідеально.

Яків розповідав майже пів години. Намагався не пропустити нічого важливого, не забуваючи за розмовою насолоджуватися вечерею. Самогон розв'язав язика, але втома навалювалася щохвилини дедалі більше, доки гово-

---

[1] Мамуся (*їдиш*).

рити стало геть важко — кортіло прихилити голову до подушки.

Шпацман виявився вдячним слухачем. Він не переривав, залишався максимально уважним, спритно прибираючи зі столу порожній посуд у міру того, як з нього зникала їжа.

— А ви знаєте, пане Ровнєр, я теж чував щось про таке світло.

Останній шматочок хліба з паштетом застряг Якову поперек горла. Він закашлявся і витріщився на Шпацмана.

— Ви… чули про світло з неба?

— Чув, — Сімха кивнув. — Не скажу, шо чув багато, не скажу, шо чув конкретно, але ж таки чув.

— Що саме? Не тягніть кота за хвіст, Сімхо!

— А шо вас так підгоріло? Самі ж говорили, шо з тим покінчили, — Сімха майстерно відповів запитанням на запитання.

— Мало, що я там говорив! — гарячкував Яків. — Зрозумійте, не можу я ось так просто те все покинути, без якогось логічного пояснення. Австрійці, сарана, міраж… Я повинен то помацати руками, а тоді вже забути!

— Ага! — Сімха насварився на Якова пальцем. — Так би зразу й попередили, а то за шмендрика[1] мене маєте.

Обличчя Шпацмана посерйознішало.

— Насправді я не так, щоб і знаю щось конкретне. Там чув, там не дочув. Пуття з того — всього ніц.

Яків, що, вочевидь, сподівався дізнатися від Сімхи нові свідчення про таємниче світло з неба, помітно скис.

— Але основне не те. А те, що люди таки про те кляте світло нє-нє, а балакають!

— Де? — скинувся Яків. — Де саме ви то чули?

— Я щоденника не веду, — розвів руками Сімха. — Але ви не вішайте носа! В нас не так багато місць, де то можна

---

[1] Хлопчик, пацан (*їдиш*).

почуть. Тре чеберяти ногами до корчми, а звідти вас уже скерують — пом'янете моє слово. Корчма у Меджибожі — то найбільший телеграф. Звідти все розходиться, як дрек[1] по воді.

Яків з готовністю закивав головою. Завтра ж уранці він навідається до корчми й не забереться звідти доти, доки не вивідає бодай чогось. Підігріте самогоном, у ньому дедалі вище зринало відчуття важливості замисленого. Чоловік був майже переконаний, що вхопив за хвоста якогось невідомого звіра, налапав у хитросплетінні нитку, смикнувши за яку вдасться розкрутити химерний клубок.

— А ще треба поговорити з хасидами.

— З ким? — перепитав Яків.

— До цадика[2] вам добре було б навідатися, пане Ровнер! — терпляче пояснив Сімха.

— А він мені навіщо?

— Ну як вам краще то пояснити? — зам'явся Сімха. — Ось декому те світло, про яке ви торочите, здається Божим знаком, так?

— Так.

— Ну, а хасиди — то ж не люди. Точніше не зовсім люди…

— Це ще як?

— То я трохи палицю, звісно, перегнув. Але ж вони від самого свого народження, від першого подиху присвячують власне життя Творцю. Для них усе їхнє життя — служіння. З думкою про Бога вони проводять кожну хвилину. Сплять — з Богом, їдять — з Богом, навіть до вітру ходять, аншульдікт[3], з Богом… Увесь світ для них — чудо Творця. То, може, вони щось і про світло теє знають?

— А ви маєте рацію, — погодився з ним Яків. — От, щоправда, побоююся я їх ніби…

---

[1] Лайно (*їдиш*).

[2] Духовний провідник релігійної групи євреїв-хасидів.

[3] Вибачте (*їдиш.*)

— То з незвички, пане Ровнєр.

І справді, раз уже заповзявся докопатися до істини, — вирішив Яків, — варто використовувати всі можливості. Треба буде йти до цадика, він піде до цадика. Хоча поки й не тямить, із чим того цадика їдять.

— А ще знаєте що, пане Ровнєр? — знову подав голос Шпацман. — Мене цікавить інакше.

Яків запитально витріщився на Сімху, який навмисне зробив драматичну паузу.

— Ви багато балакали за те світло і з якого боку воно світило, так? А чому ви жодного разу не замислилися, *куди* воно світило та що освітлювало?

РОЗДІЛ 6

12 серпня 1912 р., понеділок
Містечко Меджибіж Летичівського повіту

Понеділок для Якова розпочався майже затемна, коли з першими несміливими промінцями сонця над Меджибожем пролунав дзвінкий звук сурми, що сповіщала про великі військові маневри.

Це, однак, не означало, що тієї самої миті сотні й тисячі вояків вишикувалися в одну колону та рушили в певному напрямку. Військові частини та з'єднання давно стояли на своїх позиціях навколо міста. Були й такі, які впродовж усіх маневрів мали перебувати в самому Меджибожі, відточуючи навички ведення бою в умовах міста. Крім них, у Меджибожі залишалася значна частина командування, військові фельдшери, постачальники та фуражири[1], а також ремонтні бригади. Щоправда, останні були готові будь-якої хвилини за командою висунутися на потрібну позицію для умовного чи дійсного ремонту.

Навіть без тієї кількості військових, що ще вчора по обіді покинули Меджибіж, місто нагадувало розворушений мурашник, де кожна мурашка чітко знала свою справу. Ніде правди діти — полковник Трингам таки чудово підготувався до маневрів, запланованих добрячі пів року тому. З огляду на не надто спокійну міжнародну обстановку та близькість зовнішніх кордонів держави такі навчання виявилися геть не зайвими.

---

1 Нижчі військові чини, що завідували постачанням фуражу — корму для коней.

Полковник був людиною завбачливою, акуратною і найбільше цінував у плануванні відсутність прикрих несподіванок. Сторонньому спостерігачеві він міг видатися навіть флегматичним, але тільки незнайомому з Миколою Васильовичем особисто. Це був досвідчений воїн і майстерний стратег, зовсім не з тих, що воюють лише з олівцем біля мапи[1].

Щойно сонце підбилося вище й позолотило бруківку під вікнами в Якова, як на вулиці взявся прибувати натовп. Для декого маневри були не тільки суворою військовою муштрою, а справжнім святом, розвагою, що їх у житті траплялося не так уже й багато. Принаймні урочистий виїзд головного командування на позиції меджибожці пропускати не збиралися, а тому до сьогоднішнього ранку готувалися особливо ретельно й уже на восьму годину, коли обіцяли урочистий проїзд, обабіч головної вулиці міста — За́мкової — вишикувалися чималим натовпом.

Яків вирішив, що вигіднішого місця для спостереження за військовою колоною, ніж власне вікно, не знайти, і ще раз подумки подякував Шпацманові, що той так вдало опинився на його шляху. Як ішлося в офіційному листі, доставленому пізно ввечері до його кімнати, курси військових фельдшерів мали розпочатися лише завтра по обіді (дочікувалися якогось знаного професора з Харкова), тож Яків отримав цілком вільний день, який запланував провести з користю, а саме — продовжити розвідку та збір потрібної йому інформації. Сьогодні він візьметься за меджибізьку корчму всерйоз!

Було кілька хвилин по восьмій, коли зі сторони фортеці знову пролунала сурма і юрба в одну мить заворушилася, сколихнулась і подалася вперед. Кожен вишукував поглядом бажане видовище, задні напирали на передніх, тоді як

---

[1] Полковник Трингам загинув 29 серпня 1914 року, коли, командуючи чотирма ескадронами, у кінному строю атакував піхоту супротивника, чим зупинив наступ його частин.

спеціально виділена на цей випадок військова охорона завбачливо тримала вулицю вільною від випадкових роззяв.

Яків поглянув на будинки вздовж Замкової — усі вікна вщерть заповнювали цікаві, молодші хлопчаки здиралися на дерева, старші чоловіки балансували на кількох парканах, загрожуючи їхньому існуванню. Від Сімхи Яків дізнався, що на сьогоднішній виїзд до Меджибожа спеціально прибуло кількасот мешканців навколишніх сіл, аби розважитися та на власні очі побачити яскраве видовище. А воно справді виявилося яскравим.

Ворота фортеці повільно прочинилися, й об бруківку брязнули кінські копита. Доки колона вершників не зійшла із замкового мосту і була в тіні фортечної стіни, Яків не міг розгледіти облич чи регалій, але щойно сонце торкнулося кінських голів, як юрба дружно загаласувала, вітаючи командування.

Попереду на лискучому вороному жеребці їхав полковник Трингам, красуючись парадним гусарським строєм і до дзеркала начищеними чобітьми. Однак він не нагадував нікчемного франта, в якого лише й інтересу, що до мундира. Вся його постать випромінювала спокійну та впевнену силу. Головнокомандувач відбував не на витрішки, а працювати. А те, що його праця — війна, то кожен робить те, чому навчений.

У військових полетіли перші квіти, і за хвилину коні вже ступали суцільним різнобарвним килимом, який приглушував цокання підків по бруківці. Полковник невловимим порухом спритно піймав кинуту невідомо ким троянду та прилаштував її в петлиці на грудях, від чого його постать набула аж надто романтичного вигляду. Жінки в перших рядах шаленіли від емоцій.

За полковником, на відстані кінського корпуса, рівними четвериками рухалися старші офіцери полку, і коли жеребець Трингама наблизився до будинків Замкової, хвіст офіцерської колони все ще ховався за ворітьми фортеці. Довкола ж фортечної стіни, змією загинаючись донизу, до підніжжя донжона, і далі в напрямку річкових лук, стояла в очікуванні довжелезна колона кавалерії та артилерії, що мала супроводжувати офіцерський корпус до місця польового штабу.

Яків ледь не до пояса вихилився з вікна, ризикуючи випасти. Він вбирав очима видовище, забуваючи про власний вік, статус і почуваючись геть як хлопці, що з дерев вітали гусарів оглушливим свистом.

Тим часом довга валка офіцерів нарешті вибралася з-за стін фортеці, й кавалерійську залогу сколихнув невиразний порух. Дзвінко проспівала сурма, й перші молодші офіцери доєдналися до колони, витримуючи дистанцію в кінський корпус.

Яків не спускав очей з полковника. Той тримався в сідлі невимушено, але вишколена постава видавала в ньому зосередженого й уважного вершника. Він дивився просто перед собою, навіть кивком не відповідаючи на численні привітання, оплески та заклики. Рівним кроком жеребець полковника наближався до будинку Шпацмана, і коли до нього залишалося менше як десять аршин, головнокомандувач раптом ледь повернув голову, зустрівся поглядом з Яковом і коротко кивнув тому.

Від надмірного подиву в Якова стерпли пальці, якими той учепився за віконницю. В голові запаморочилося чи від того, що він і досі висів у вікні під загрозою загриміти на хідник з висоти другого поверху, чи від усвідомлення унікальності події.

— Ого, пане Ровнєр. А я думав, пан полковник Трингам має на вас бройгез[1].

Яків рвучко озирнувся і зауважив позад себе Сімху, котрий з-за його плеча уважно дивився на дійство.

— Пане Шпацман, я не помітив, як ви ввійшли.

— Ви не причинили двері. А пропустити такий швіц[2] я просто не можу!

Яків не знайшовся з відповіддю. Він досі був приголомшений полковниковим привітанням.

---

1 Образа (*їдиш*).

2 Показуха, видовище (*їдиш*).

У натовпі також спостерегли, що головнокомандувач привітався з кимось у вікні прибуткового будинку Шпацмана. Десятки зацікавлених поглядів миттю простежили напрямок, і варто було Якову знову стати до вікна, як юрба озвалася здивованими голосами.

— З ким це пан полковник привітався?

— Бачили? Ви бачили? Пан Трингам самолічно поздоровкався!

— То отойво дядько у вікні?

— Заїжджий якийсь… Тут їх зараз стільки, що й не добереш, хто кому хто.

— Кажуть — дохтор.

— Хто каже? Ваша невістка? То їй збрехати — як корові хвостом обмахнутися!

— Ет, з вами балакати, то краще піти вишмаркатися!

— Але ж ви бачили? Сам полковник йому кивнув, наче то якесь велике цабе.

Яків усміхнувся та відступив на крок, ховаючись у глибині кімнати. За годину юрба обсмокче йому кістки та благополучно забуде про незнайомця, якому кивнув «сам пан полковник».

— Вийдіть ви зара' надвір, закладаюся, що від вас вимагатимуть як мінімум поручкатися, — реготнув Шпацман.

— Але мені геть не хочеться такої уваги!

— Що вдієш, люди всюди іднакові. Торкнеться героя — і вже сам герой. Поручкається із чином — і вже сам чин!

— То що, мені штучні вуса приклеїти, аби мати змогу вільно пересуватися вулицею?

— Ні, але ладнайтеся до того, що тепер з вами бажатимуть випити просто тому, що пан Трингам був до вас приязним.

Яків лише розвів руками. Звичайне полковникове привітання сьогодні могло стати для нього справжньою пригодою: де гарантія, що в корчмі не знайдеться нікого, хто би бачив Якова у вікні Шпацманового будинку. В маленькому місті новини, брехні та плітки ширилися з неймовірною швидкістю, тож тепер він запросто може виявитися місцевою знаменитістю. Втім, гаяти цілий день, сподіваючись, що завтра про нього згадуватимуть менше, Яків не збирався. За день почнеться робота на курсах, тож найімовірніше буде не до блукань Меджибожем. Потрібно кувати залізо сьогодні!

Корчма стояла майже в самісінькому центрі містечка, поблизу старих торгових рядів, і дорогу до неї знала, без перебільшення, кожна собака. Незважаючи на те, що у Меджибожі працювала чудова ресторація, незважаючи на всі кав'ярні, магазини та салони, звичайна корчма була чи не найбільш популярною. Зрозуміло, що старші офіцери, а надто з дамами, сюди не заходили, надаючи перевагу більш фешенебельним закладам. А ось для простої солдатні корчма була справжнім порятунком, коли зникали гроші, а випити зайву чарку кортіло. Корчмар охоче розгортав товстезну книгу в страшенно засмальцованій від частих доторків палітурці, довго слинив недогризок олівця і так само довго скалив око на майбутнього боржника. Немов оцінював його платоспроможність, чесність і стан сп'яніння. Якщо боржник не тримався на ногах і не в'язав лика, в записі «на хрестик» йому відмовляли. Корчмар Хаїм Бройзман славився справедливістю та впертістю, стверджуючи: якщо людина не усвідомлює, що залазить у борги, позичка стає не благом, а крадіжкою.

Але попри таку політику, частенько з корчми виповзали ледь не навкарачки, було, що просто перед напівпідвальним приміщенням умить спалахували бійки, які, проте, могли так само швидко згаснути. Одним словом — це був типовий гендель, де на відвідувача чекав немудрящий, але ситний наїдок, меджибізьке пиво, котре добре втамовувало спрагу, та неодмінний самогон. Щоправда, самогон від Хаїма Бройзмана не конкурував зі Шпацмановим.

Озброєний інформацією про корчму, про її власника та про ймовірний контингент відвідувачів, Яків сірою мишею шмигнув із дому, виждавши, доки натовп надворі порідшає. Сімха виступив для цього в ролі розвідника, бо оцінив ризик для пожильця бути запопалим якимось особливо набридучим поціновувачем знайомств із «поважними людьми».

Яків натягнув на обличчя маску заклопотаності, немовби поспішав на терміновий виклик, і розміреним кроком попростував геть, намагаючись якомога швидше віддалитися від будинку та змішатися з людьми. Швидким поглядом він прострілював натовп у спробах вчасно помітити «загрозу» та звернути, але все залишалося спокійним.

У корчмі панував півморок, і Яків майже хвилину силкувався розгледіти бодай щось, чекаючи, поки очі відійдуть від яскравості сонячного ранку. Незважаючи на ранню годину (а була заледве дев'ята), усередині вже гули голоси та негучно хрипів грамофон: Хаїм Бройзман не втрачав нагоди підзаробити на спраглих до пива горлянках чи «підлікувати» вчорашніх веселунів, а сьогодні немічних і кволих своїх пацієнтів.

Щойно повернувши здатність бачити, Яків нарешті роздивився шинквас, а за ним корчмаря — того самого Хаїма, про котрого чував від Шпацмана. Але одна річ почути, нехай і від такого майстра слова, як Сімха, а геть інша — здибати власника генделю на власні очі. А витріщатися таки було на що. Хаїм Бройзман не просто був великим — він був величезним. І не лише на зріст, бо мав великим *усе*. Широка лопата чорної зі сріблястими нитками бороди покоїлася на неохопних грудях і круглому череві, м'ясистий ніс, червоний, наче стигле яблуко, прикрашав обрамлене довжелезними пейсами обличчя, з-під кущуватих брів пронизливо зорили розумні очі, а в товстих, схожих на сардельки пальцях, спритно оберталися пивний кухоль і рушник.

На якусь мить Якову здалося, що корчмареві неймовірно тісно за шинквасом, тож будь-якої миті він може вискочити з-за нього, неначе корок з пляшки шампанського.

— Шолем алейхем[1], — Яків не зрозумів, чи корчмар вітається так з усіма відвідувачами, чи з першого погля-

---

[1] Вітаю (*їдиш*), буквально — мир на вас.

ду впізнав у ньому «свого», але підняв капелюха у відповідь.

— Алейхем шолем.

— Це ви — новий пожилець Шпацмана? — без довгих вступів корчмар одразу ошелешив Якова несподіваним запитанням. — Що, сподівалися пожити у Меджибожі інкогніто?

— Щиро кажучи, сподівався. Принаймні не думав, що мою фізію впізнаватиме…

— Всякий? — закінчив за нього Бройзман. — Так я ж не всякий! Я корчмар!

Він поважно підніс грубого пальця, тицяючи ним догори. Яків же приглядався до обличчя велетня і силкувався зрозуміти його настрій. Аж ось в очах того блиснули веселі іскорки, кудлаті вуса ворухнулися, прикриваючи усмішку, і за мить Бройзман уже променився приязню та простотою. Перше враження про корчмаря як про відлюдькуватого ведмедя розтануло. Яків перевів подих.

— Корчмар у маленькому місті, — продовжував Бройзман, — це і сповідальник, і родич, і батько рідний, і лихвар, і перший ворог, і найкращий друг… Дивлячись, хто та з яким настроєм приходить. Що ж до пліток, байок, казок, побрехеньок і напівправди, то тут я просто одноосібний власник того багатства.

Він знову всміхнувся, і Яків нарешті відчув, що зовсім заспокоївся. Якщо корчмар і справді не набиває собі ціни, то саме від нього, може статися, він і вивідає щось про небесне світло. Однак почати варто було хоча б із кави.

— Кави? — корчмар витріщився на нього з таким щирим подивом, ніби Яків щойно замовив йому печеню з цілого вола. — Розчарую вас, друже, але кави я не подаю. По це рушайте на Замкову. До нас навідуються по інше. Можу запропонувати гальбу світлого.

— Пива? — Яків прикидав, як закінчиться день, коли почнеться він із пива вранці.

— Закладаюся, що нашого пива ви точно не куштували! — гордовито заявив Бройзман.

— Чого ви так цього певні?

— Бо ви у мене вперше, а пиво я варю сам і подаю лише в своєму закладі, — він широким жестом обвів корчму, і Яків простежив за ним. За столами, незважаючи на ранок, уже сиділи відвідувачі, всі як один із кухлями пінного напою.

— Сподіваюся, до вечора я доживу, — стиха промовив Яків і махнув рукою на знак згоди. Зрештою, від однієї гальби[1] йому нічого не станеться. Однак хтозна, чи однією гальбою все обмежиться?

— Оце вже інша річ, — усміхнувся корчмар і взявся до кухлів та пива. — Ось побачите, що моє пиво незгірше кави ставить зранку розум на місце. Кому потрібно — прояснює, кому не дуже — туманить. До пива, до речі, рекомендую розкішну тараню! Щука! Самі сушимо. Пальці ковтнете і ще пива проситимете.

— Гаразд! — Яків рішуче подався вперед і вирішив узяти ініціативу у власні руки. — Нехай буде щука. Але я хотітиму від вас, крім поживи для шлунка, ще й поживи для розуму!

Не відриваючись від крана з пивом, Бройзман зиркнув на Якова через плече. В його погляді промайнув інтерес.

— Пожива для розуму також має свою ціну.

— Безсумнівно, — погодився з ним Яків, чим викликав іще більшу цікавість до своєї скромної персони (хоча після того, як із ним «самолічно» привітався полковник Трингам, його персона у Меджибожі перестала бути скромною).

— Ви ж мусите розуміти, що інформація — теж товар. Її треба добути, а тоді вміло нею розпорядитися, підшукавши покупця. А товар, за який просять платню, повинен бути належної якості…

— Ціла філософія, — гмикнув Яків. У Бройзманові відчувалося щось таке, що надавало йому особливого, незбагнен-

---

[1] Гальба — 1/3 літра.

ного шику. Чи то голос — низький і розкотистий, чи ідеальна вимова, вкрай дивна для єврея-корчмаря, чи його розбійницька зовнішність, помножена на габарити. Але чоловіка хотілося слухати, з ним хотілося розмовляти, з його рук, зрештою, хотілося отримати кухоль пива та розхвалену щуку. Що ж, найімовірніше, Хаїм Бройзман просто був чудовим продавцем, таким, що, як-то кажуть, узимку продасть снігу жителям крайньої Півночі. Та в цьому й полягала його принада.

— Коли на те пішло — справді філософія. Однак я просто люблю поговорити та послухати. Знаєте, відвідувачі часто бажають з кимось поговорити…

— Вилити душу.

— Саме так. Здебільшого, те «виливання» ніц не варте. Просто звільняється людина від непотребу. Але іноді трапляються справді гарні історії. Чиєсь трагічне кохання. Чиясь багатовікова родинна таємниця. А то й звичайний клубок пліток, проте так химерно змотаний, що просто проситься в колекцію.

— То ви колекціонуєте історії!

— Що є — то є, — корчмар поставив перед Яковом спітнілий кухоль. Незважаючи на літню спеку, що панувала надворі, пиво віддавало приємною прохолодою.

Яків мимоволі пригадав отця Олексія — непоказного чоловічка, колишнього священника, з яким вони зазнали чимало пригод уже понад десяток років тому[1]. Той теж полюбляв збирати історії, з яких і жив, переповідаючи їх. Після подій у губернському місті, які Яків волів чимшвидше забути, він таємничо зник, тож більше про нього в Кам'янці не чули. Яків сподівався, що чоловічок і досі живий, але певності не мав ані на копійку — місто на камені вміло берегти власні таємниці.

Яків обережно пригубив пиво. Напій таки був чудовим. Легка гірчинка майстерно поєднувалася в ньому з м'якістю

---

[1] Згадуються події попереднього роману «Книга в камені».

та приємно бадьорила з першого ковтка. Він відпив ще і задоволено прицмокнув. Тепер ставало зрозуміло, чому про місцеву корчму ширилася у Меджибожі слава. Таким пивом не гріх і вищим чинам посмакувати!

Бройзман тим часом поставив перед Яковом тарілку з нарізаною таранею. Шматки щуки були грубенькими, а сама риба не пересушеною на тріску. Шкіра здиралася легко, і темне м'ясо звабливо виблискувало. Відчувши, що рот наповнився слиною, Яків поквапився знову ковтнути пива, аби не заляпати корчмареві шинквас. Ідея вранішнього пива, спочатку безглузда, тепер здавалася найкращим рішенням зустрічі нового дня. Однак Яків волів не захоплюватися, адже прийшов сюди зовсім не по пиво чи рибу.

Гальба спорожніла надзвичайно швидко, і Яків лише мовчки кивнув, коли корчмар запитально вигнув брову, зиркнувши спочатку на порожній кухоль, а тоді на відвідувача. Першу спрагу втамовано, тепер можна було неквапливо поговорити з Бройзманом про справу.

Яків видерся на височенького стільця, що стояв біля шинквасу, очевидно, саме для таких відвідувачів, як він. Корчмар умів продавати все: пиво, тараню, інформацію та зручність. Адже те, що клієнт почувається зручно, збільшувало шанси, що він замовить іще одне пиво.

— Ось тепер можемо й побалакати, — Бройзман поставив перед Яковом кухоль з високою шапкою піни. — І яка ж саме пожива для розуму вас цікавить?

— Нещодавно мені довелося спілкуватися з гуртом людей, які цілком серйозно стверджували, що спостерігали в небі щось на кшталт променя світла, — узявся пояснювати Яків. Він не хотів переказувати корчмареві всю історію від початку й до кінця, а викладав тільки найважливіше. Бройзман слухав уважно, машинально перетираючи рушником і так сухі та чисті кухлі. Його очі звузились і майже повністю сховалися під густими бровами, від чого здавалося, що він заплющився, концентруючись на розповіді.

— …от пан Шпацман і напоумив мене завітати до корчми — так би мовити місцевого телеграфу пліток та історій.

— Я глибоко поважаю пана Шпацмана, — озвався корчмар. — І насамперед тому, що він завжди вміло скеровує до мого закладу нових клієнтів.

— То… тобто?.. — Яків закашлявся і ледь не пустив пиво носом. То підступний Сімха просто працює з Бройзманом у тандемі? Отакої! То це просто вдала комерція! Два кухлі пива та суха щука — не надто великий заробіток, але копієчка до копієчки…

— Ша! — застережливо підніс догори долоню Бройзман, і Яків стулив рота. — Ніхто не думав просто здирати з вас гроші. Якщо Сімха вирішив, що Бройзман здатен вам допомогти, то таки його правда.

— І Бройзман мені таки допоможе?

— І Бройзман вас таки не розчарує. Хоча не видаватиму бажане за дійсне — у мене не є аж так багато цікавого для вас.

— Але щось ви однаково маєте?

— Маю, — кивнув корчмар. — Бо справді чував за схоже, що ви оце мені згадували.

Яків намагався не пропустити жодного слова. Він забув про пиво, забув про смачнющу тараню, забув про час і навіть про те, що перша гальба добряче просилася назовні. Корчмарів голос змушував передпліччя братися гусячою шкірою. Говорив він, немов навмисно, повільно. Наче видобував із пам'яті потрібні слова та спогади.

Бройзман переповідав історії, почуті в різний час і від різних людей, але всі з однією спільністю — світло з неба. Щоправда, нічого надзвичайного корчмар не називав. Нічого такого, на основі чого вдалося би зробити чіткий висновок про природу світлових променів. Ніхто зі спостерігачів не бачив джерела світла, усі — а знайшлося з пів десятка різних оповідачів — споглядали лише яскравий промінь. В одних історіях він світив кілька хвилин, в інших — одну мить і, немовби сполоханий, шарпався та гаснув. Яків же тішився принаймні тим, що притичина з Гречинцями виявилася не просто вигадкою! А це надавало сенсу подальшим пошукам. Пошукам нових свідчень, нових свідків, зрештою, того, що саме освітлював таємничий промінь.

Яків тримав у пам'яті слова Шпацмана. Справді, будучи в Гречинцях, вони з Казаковим жодного разу не задумалися над тим, куди ж саме падало світло? Що видивлялися з неба незримі «австрійські шпигуни»? Однак змогу з'ясувати це було втрачено. Скільки Яків не пригадував місцевість, зачепитися пам'яттю за щось не міг. Як він знав, в околицях Гречинець не стояли військові з'єднання, за якими гіпотетично шпигували б австрійські літальні апарати, не знаходилося там узагалі нічого, що би стосувалося війська та зацікавило іноземних вояків.

Гаразд, не Гречинцями єдиними! Але почавши спільно із Бройзманом перераховувати села, у яких зафіксували світло, й аналізувати останні на предмет стратегічної важливості таких для ворожих шпигунів, Яків одержав невтішні результати. Ярославка, Буглаї, Дашківці, Лисогірка — саме тут помічали світло в небі й саме тут не було анічогісінько вагомого бодай для когось! Військові залоги здебільшого стояли західніше Меджибожа, тоді як світло концентрувалося східніше.

Яків замислено відсьорбнув пива та зауважив, що цілком зосередився на своїх міркуваннях і зовсім не слухає Бройзмана. Візит до корчми ніби й дав результат, але пов'язати його з чимось поки що не вдавалося. Чоловік наголошував саме не слові «поки», сподіваючись незабаром таки докопатися до чогось більш вартісного. Тепер він хоча би мав певність, що не марнує часу: пів десятка свідчень про вогні у небі не могли бути вигаданими. Ще й, зважаючи на розповіді корчмаря, свідки майже однаково описували побачене. Е, ні, пане Трингам, зарано ви вирішили ставити в цій справі крапку. І ви, пане Єсіпов, тепер не переконаєте мене, що в усіх випадках таємниче світло — всього-на-всього рідкісне атмосферне явище. Добра собі рідкість, що повторюється та повторюється! Гаразд перейменувати таку рідкість на сталість!

Бройзман завбачливо замовк, спостерігши, що його не слухають. І Яків тільки за кілька хвилин утямив, що не відчуває звичних уже вібрацій корчмаревого голосу. Він вирину із пелени роздумів.

— Я так розумію, що справа цікава наклюовується?

— Знаття б, — гмикнув Яків. — Поки ніякою справою й не пахне. Так — попередній допит свідків. Слідство досі топчеться на одному місці, вагаючись, куди ступити насамперед.

— Прикро, — розвів руками Бройзман, — але я переповів вам усе, що сам знав, пане Ровнєр.

— І на тім дякую. Принаймні ви мене переконали, що «справу» справді варто розпочати.

— Тобто візит до мого закладу ви згадуватимете з приємністю?

— Тут і мови немає, — всміхнувся Яків, роздивляючись порожній кухоль і тарілку, де лежали обсмоктані до чистого риб'ячі кістки. — Поєднав приємне з корисним. Однак, що я вам винен за пиво та за історії?

— Аби ви до мене поверталися, вважатимемо перший візит ознайомлювальним і безкоштовним.

Яків запротестував. Він звик віддячувати за добрі справи, а корчмар зробив йому послугу. Хоча й уперто відмовлявся від платні за приділений час і пиво. Чоловіки перекидалися аргументами і, зрештою, зійшлися на тому, що Яків розраховується за пиво з таранею, а історії отримує як «десерт».

— Утім, пане Ровнєр, якщо ваша ласка, я таки прохатиму вас про одну послугу, — Бройзман розгладив бороду. — Коли історія закінчиться (а маю надію, що ви доведете її до кінця), я б волів придбати її у вас для колекції.

Яків усміхнувся і знову згадав про отця Олексія. Спогад боляче вколов у серце: події понад десятилітньої давнини не давали спокою. Священник так само трепетно ставився до цікавих історій і так само пропонував свої послуги в обмін на можливість довідатися про їхнє закінчення.

— Коли доведу цю справу до логічного завершення, я вам її подарую, пане Бройзман, — запевнив корчмаря Яків, і прощалися вони вже добрими приятелями.

Хоча йому й здавалося, що він просидів у корчмі ледь не до вечора, направду годинник показував лише кілька хвилин на дванадцяту і попереду був майже цілий день — довгий серпневий понеділок. Яків вибрався з прохолодного напівпідвалу й утрапив у літню задуху, від якої кортіло чимшвидше сховатися назад до корчми. Але переводити понеділок на пиво Яків не хотів. Він пам'ятав настанову Шпацмана спробувати знайти цадика і покрутив головою, немовби сподівався видивитися потрібну йому людину просто біля корчми.

Кількома днями раніше, прогулюючись Меджибожем і розглядаючи містечко, Яків постійно вихоплював поглядом із натовпу дивних чоловіків, вбраних у капелюхи з широкими крисами та довгі чорні лапсердаки. Зараз же Яків уже добрих хвилин п'ять ішов вулицею, а й досі не зустрів жодного хасида.

— То вам краще йти просто до синагоги, — махнула рукою в непевному напрямку дебела молодиця, відповідаючи на його запитання. — Я тут уже зо п'ять років жию, а й досі не вивчила, коли в них тії молитви. Може, вони й зараз там у себе поклони б'ють. Отуди-во у вуличку вам.

Яків подякував молодиці та звернув у вузький провулок. Не вірилося, що той вів до головного хасидського храму.

З обох боків вулиці тяглися облуплені, кособокі мазанки, і Яків ошелешено усвідомлював, що ще кілька хвилин тому простував бруківкою повз охайні двоповерхові будинки з ясними вікнами. Меджибіж вражав несподіваним контрастом: варто було подорожньому збочити із центральних вулиць, як він потрапляв у справжню середньовічну плутанину провулків-стежок, де плечі ледве не терлися об стіни перехняблених хатинок, підгнилі стріхи яких змикалися якраз над самісінькою головою.

Яків знав єврейські квартали Проскурова, тому майже не здивувався знайомій картині. Щоправда, у Проскурові не було хасидів, а зараз йому назустріч прямували двоє чоловіків у капелюхах із широкими крисами, які про щось жваво сперечалися між собою.

Коли до хасидів залишилося не більш як десяток кроків, вони раптово замовкли, стишили ходу й узялися уважно розглядати Якова, немов чекали від нього на якусь неприємну несподіванку. Чому саме неприємну, Яків не міг пояснити, однак на обличчях хасидів вимальовувалася відверта недовіра.

— Перепрошую, панове, — Яків вирішив одразу викласти все на чистоту, аби надаремне не турбувати чоловіків здогадами та хибними припущеннями. — Мені конче потрібно зустрітися з вашим… е-е-е… головним.

— Головним? — один із хасидів кволо посміхнувся і ступив крихітний крок до Якова. Розмовляв він із виразним акцентом, тож не було сумнівів, що ретельно добирає слова нерідної мови. — Що ви хочете… маєте на увазі?

— Мені треба зустрітися з цадиком, — одним духом випалив Яків.

— О, то вам потрібен раббі![1] — чоловіки водночас закивали головами й заусміхалися. Однак усмішки їхні й досі були напруженими.

— Ну, напевне. Це можливо? Ви покажете мені дорогу?

— Ви не хасид, — ані ствердно, ані запитально мовив один із чоловіків.

— Авжеж, — розвів руками Яків. — Однак мені конче необхідно поговорити з вашим… лідером. Може, вам стане зрозумілішим моє бажання, коли я скажу, що до цадика мене скерував пан Шпацман.

---

[1] Учитель (*їдиш*).

— О, Сімха Шпацман! — усмішки чоловіків нарешті стали щирими та справжніми. Ім'я Шпацмана немовби слугувало таємним паролем, який відчиняв усі двері. — Одразу так би й казали!

— Але раббі зараз немає у місті, — озвався другий хасид, який до цього мовчав.

— Жаль, — Яків збив капелюха на потилицю та витер спітнілого лоба.

— Та ви напишіть йому записку.

— Ми передамо її раббі.

— Так-так! — і чоловіки знову закивали, неначе механічні ляльки.

Якову ідея припала до душі. Тим паче, що вибору він не мав. Тож чоловік видобув з кишені олівця та видер із записника аркушик.

— Ось-о. Я проживаю у пана Шпацмана і чекатиму на звістку. Мене звати Ровнєр.

— То ви — пан Ровнєр? — чоловіки перезирнулись і швидко заторохтіли між собою незнайомою Якову мовою. З діалогу він уловив одне лише слово — прізвище пана полковника — Трингам, аби зрозуміти, про що йдеться.

— Так, Яків Ровнєр — то я, — не минуло й кількох годин, як звістка про те, що з Яковом особисто привітався полковник Трингам, облетіла все містечко.

— Ми обов'язково передамо раббі вашу записку.

— І обов'язково принесемо відповідь до будинку пана Шпацмана!

— Так-так!

Хасиди знову закивали і почали обережно, бочком, сунучи полами чорних капотів по стіні мазанки, оминати Якова, наче справді боялися його. Він мовчки, не рухаючись із місця, спостерігав за чоловіками. Сімха говорив правду, коли називав їх не зовсім людьми. Звісно, і Шпацман, і, заразом, Яків вкладали в ці слова виняткове позитивне значення. Хасиди нагадували здивованих та обережних дітей, яким мама заборонила розмовляти на вулиці зі сторонніми.

Яків проводив чоловіків поглядом, а ті, щойно віддалилися на безпечну за їхніми мірками відстань, ніби забули про зустріч і продовжили перервану бесіду. У голові проскочила думка, що тепер йому залишається тільки дожидатися на звістку від цадика. Якщо, звісно, його щойно просто не спровадили подалі від синагоги та «раббі». З хасидів станеться. Утім Яків звик довіряти людям, тому ще якусь мить стояв, збираючись із думками, а тоді закрокував слідом за чоловіками туди, звідки прийшов.

Він більше не мав на сьогодні планів, а тому неквапом брів вулицею, ловив ґав і роззирався на всі боки. Думками ж буквально витав у небесах. Тих самих, які берегли таємницю світлового променя. Поки що Яків тупцяв на роздоріжжі, не знаходячи вартого уваги орієнтира. Свідчень було чимало, одначе жодне з них не містило такої потрібної конкретики. Він розумів випадкових спостерігачів: не підстрибнеш же в небо, аби роздивитися, звідки, куди, а найважливіше — хто це світить посеред ночі.

Яків перетнув Замкову та попростував донизу крутою брукованою вуличкою, саме тією, якою візник відмовився підійматися, коли вони тільки прибули до Меджибожа. Тією, яку він називав «попри костьола». Велична споруда костелу з масивною дзвіницею бовваніла ліворуч. Його фасад, майже позбавлений прикрас і декоративних елементів, мав строгий вигляд і нагадував радше цитадель, аніж храм. Але костел нічого від цього не втрачав. Споруда здавалася приземленою чи «важкою», як-от фортечні стіни, а певної стрімкості їй додавав гострокутний дах і пара плавних барокових закрутів на самому вершечку.

Яків планував спуститися до річки, продертися гущавиною верболозу до самої води, уквітчаної жовтим та білим лататтям, і добряче скупатися: сонце підбилося височенько та пекло немилосердно. Однак ноги самі звернули в приємну прохолоду аркового проходу крізь основу дзвіниці. Він швидко подолав десяток аршинів двору та ступив до притвору. Сутінь передсіння вдарила по очах, і Яків знову, як і в корчмі, мусив постояти хвильку, аби очі звикли до розсіяного світла всередині.

У повітрі витали тонкий аромат свічок, якихось невідомих курінь, і панувала бажана свіжість: пекельна серпнева спека не могла пробитися крізь товсті кам'яні стіни. Принаймні в чомусь храм справді нагадував фортецю.

Яків зовсім не планував звертати до костелу — його не приваблювали культові споруди. Всередині церков і костелів він почувався скуто (йому здавалося, що всі навколо на нього витріщаються, ледве не тицяючи пальцями), а тому поспіхом забирався геть. Але зараз Яків чомусь прислухався до відчуттів. Він стояв біля дверей уже кілька хвилин і просто насолоджувався прохолодою. В храмі не було нікого, хто б вибалушив очі на зухвалого єврея чи допитувався, чого йому потрібно. Чоловіка огорнув дивний спокій, думки, які до цього гасали шаленими табунами, втихомирились, і він заплющився та глибоко зітхнув — хотілося спати. Дивно, ще жодного разу Яків не відчував нічого такого в храмі. Звичний уже дискомфорт і неспокій навіть не нагадували про себе.

— З вами все гаразд, пане? — із прострації його вивів спокійний голос. Яків розплющив очі й побачив поряд ксьондза. Скельця окулярів того зблискували в єдиному сонячному промінці, що падав крізь стрільчасте вікно точно на обличчя. Саме тому Яків не міг розгледіти очей священника і вирішив, що той дивиться йому просто в душу.

— Так, — опам'ятався він. — Так-так, зі мною все гаразд!

— Бо ж надворі така спека… Я зумисне залишаю двері храму відчиненими, аби люди заходили й перепочивали в тіні.

Ксьондз також говорив з акцентом, однак його вимова відрізнялася від вимови хасидів. Він протягував закінчення слів, а окремі звуки проказував надзвичайно м'яко, чим нагадував англійця. Яків здригнувся, наче від раптового холоду. Вистачило в його житті одного англійця, спогади про якого не стираються вже понад десять років[1].

— Я й сам не знаю, чого звернув сюди, — він вирішив бути відвертим. — Ноги неначе самі йшли.

— От і добре, — усміхнувся ксьондз. — Може, вас сам Бог сюди привів.

— Хіба коли він прихильний до тих, хто не вірить, — криво всміхнувся Яків. Ровнер не любив розмов про релігію, а надто розпитувань про причини власного невір'я. Ось і зараз чоловік приготувався до звичної вже розмови, якої доведеться уникати, чкурнувши надвір, до річки. Але священник на диво просто зреагував на його слова.

— У Нього є плани на всіх: і на тих, хто не вірить, зокрема. Не варто тому вважати себе обмеженим чи гіршим за інших.

Яків здивовано гмикнув. Ніде правди діти — не так часто у своєму житті він спілкувався із ксьондзами, але настоятель цього храму починав йому подобатися.

— Світло Його осяває шлях усім Його дітям, — продовжив ксьондз, і Якову стерпла потилиця.

— Світло? Ви згадали про світло!

— Так, — священник відступив на крок. Дивний відвідувач мало не підскочив на слові «світло».

— Розумієте, — гаряче заторохтів Яків, добираючи потрібні слова та пирскаючи слиною. Він намагався втиснути всю довгу історію в кілька коротких речень, аби чимшвидше пояснити ксьондзові, про що йдеться. Але збивався, плутався, заходив то з кінця, то з початку.

— Я знаю лише одну легенду, — нарешті урвав його слововилив священник. — Точніше, навіть не знаю, а чував про неї. Якщо я вас правильно зрозумів, то вас цікавлять перекази про світло з неба?

---

[1] Ідеться про події першого роману серії «Пастка для різника».

— Так, — палко видихнув Яків. — Саме так!

— Я жодного разу не був свідком чудес Божих. Але знаю, що не треба бачити чудеса на власні очі, щоб вірити в них і в Творця. Та ось у Летичеві вам точно розкажуть більше.

— У Летичеві?

— У домініканському кляшторі. Раджу звернутися до місцевого настоятеля — отця Адама.

— А ви?..

— Я не розповім вам і десятої частини того, що відомо отцю Адамові, — похитав головою священник. — Якщо вам так важливо отримати повні та точні свідчення, то варто звернутися до надійного джерела, еге ж?

— Напевно, ви маєте рацію. Аби тільки поїздка не виявилася марною. Бо я за останні кілька днів наслухався багато, але пуття з того геть мало.

— Для того, щоби набрати повний кошик грибів, нам може не вистачити одного-єдиного опенька, чи не так? Саме з ним кошик буде повним, а без нього — ні. Так і з вашим пошуком. Колись ви нарешті знайдете такі свідчення, з якими ваш особистий кошик наповниться.

Яків зачудовано слухав ксьондза. Що ж, напевно, варто прислухатися до його слів. Прислухатися та шукати вільний час, щоб дістатися Летичева. Навряд чи вдасться обернутися за один день... Що ж такого цікавого розповість йому отець Адам? Чергову оповідку про те, як у небі помітили світловий промінь? Чи цього разу з'ясується хоча би щось конкретніше?

Дивний сьогодні видався день. Зовсім не схожий на звичні для його життя. Нечасто трапляється, щоб із самого ранку з тобою, єдиним на ціле місто, привітався головнокомандувач, тоді замість кави напитися пива, потому забрести до хасидських кварталів, а зрештою опинитись у костелі! І це все ще до обіду!

— Боюся собі навіть уявити, яким буде вечір, — усміхнувся до себе Яків.

РОЗДІЛ 7

15 серпня 1912 р., четвер
Повітове місто Летичів

Зібратися до Летичева вдалося лише за два дні після понеділкових подій.

Це раніше Яків був сам собі господар, а тепер цілком залежав від вищого керівництва, яке так само, як і він сам, дочікувалося харківського професора Шкалятовського. Той прибув у понеділок увечері, а вже вівторкового ранку Яків просив про термінову відлучку.

— Пане Ровнєр, але ж у вас є певні обов'язки… — намагався апелювати до його сумління лікар Керм. Він не міг наказувати цивільному, хоч усім своїм виглядом давав зрозуміти, що дуже цього хоче.

— У мене також є обов'язки перед власною совістю, — не змигнувши оком, сплітав Яків і тицяв своєму візаві під носа майстерно підроблену телеграму (над тією всю ніч чаклував Шпацман), якою його буцімто терміново викликали до Проскурова до важкої породіллі.

— І на що не підеш задля дорогого пожильця, — хитав головою чоловічок, не підводячи очей від роботи. Яків спостерігав за точними рухами вправних пальців. Сімха немов усе життя промишляв тим, що фальшував документи. Втім, можливо, так воно й було — у подробиці Яків не вдавався.

Сімху Яків посвятив у власні плани без довгих роздумувань: він потребував візника, адже до Летичева просто так не побіжиш, а регулярне сполучення між Меджибожем і центром повіту до сьогодні ще не налагодили. Треба було шукати транспорт «з оказією». І такий знайшовся на ранній ранок четверга.

— Бонічка Вейзмахер якраз їхатиме на четверговий рибний базар, — задоволено потирав руки Шпацман. — Обіцявся взяти вас пасажиром.

— Чудово!

— Але тільки туди. Хіба ви все владнаєте за годину-другу. Бонічка не чекатиме. Точніше, Бонічка, може б, і зачекав, але фіш[1] чекати не схоче. Його годиться везти до Меджибожа і таки покласти на лід.

— Та вже ж намагатимуся, — Яків не мав зеленого поняття, скільки часу муситиме пробути в Летичеві. В разі чого — завжди є надія натрапити на чергового подорожнього «з оказією» чи ж напитати візника в Летичеві. У повітовому місті напевне повинен виявитися хтось із вільною коляскою та бажанням заробити.

Яків перерахував гроші — поки що в гаманці було достатньо, аби не турбуватися про мандрівку та харч. Щоправда, якщо так піде й далі, то після повернення до Проскурова потрібно буде йти до Юшкевича з простягнутою рукою та кілька тижнів харчуватися винятково в лікарні. Але йому не звикати. Зараз усі помисли займала майбутня мандрівка. Що вона принесе? Що розповість йому отець Адам?

— Я дам вам ще листа до Миколи Аркадійовича, — діловито озвався Сімха, не відводячи очей від бланка телеграми.

— А це що за один?

— Один? — Шпацман вражено округлив очі. — Вейзмір, пане Ровнєр, ви так-о як допірішній. Ви про графа Моркова не чули?

— Не доводилося.

— Не доводилося йому, — бурчав Сімха. — І як ви в тому Проскурові живете лишень?

---

[1] Риба (*ідиш*).

— Виживаємо, — всміхнувся Яків.

— Граф Микола Аркадійович головує в Летичеві! Хіба можна про таку людину не чувати? Дам вам до нього листа, щоби посприяв у разі чого.

— А що може статися?

— А я знаю? Рибний котлет[1] вам не прийметься, і животом мучитиметесь…

— Ось такого краще не треба.

— Сам не хочу. Але в Летичеві є базар, а на тім базарі — риба. Просто ж так повз ту рибу вам не дасть проїхати запах і Бонічка Вейзмахер.

— Так-таки запах не дасть проїхати?

— Нє, ви таки вчора вродилися! Ви точно в Кракові вчилися на доктера?[2]

Яків слухав вдаване обурення Шпацмана з усмішкою. Сімха був дивною людиною: хвацька завзятість і діловий підхід до всього поєднувалися в ньому з типовим єврейським панібратством. Хоча, ніде правди діти, межі Сімха ніколи не переступав і завжди пам'ятав, що вони з Яковом не кревні родичі, тож захоплюватися не варто. У цьому й полягала вся його принада.

Вирушили затемна. Якову здалося, що він лише приклав вухо до подушки, як у двері вже обережно стукав Сімха, а під вікном чулося форкання коня — Бонічка Вейзмахер прибув точно о четвертій.

Дорогою Яків намагався додрімувати, кутався в довгого візникового плаща й мостився на соломі. Одначе віз так несамовито підскакував і трясся сухою глеканкою[3], що навіть підстилка не рятувала. Яків сподівався, що як опиняться на тракті, стане легше, але марно: дорога до Летичева була не набагато кращою. Віз торохтів, скрипів і ремствував на життя,

---

[1] Котлета (*їдиш*).

[2] Лікар (*їдиш.*)

[3] Суха, вибоїста дорога.

а разом із ним кривився та силкувався зберігати добрий гумор і його пасажир.

Бонічка Вейзмахер виявився неговірким. Після невдалих спроб доспати Яків усівся на передку, поруч із візником, і кілька разів спробував розкрутити його на балачку. Але молодий, проте вайлуватий і насуплений, наче сич на погоду, Бонічка лише шморгав носом і відповідав здебільшого одним словом. На щастя, незабаром небо на сході почало рожевіти, навколо посвітлішало, і Яків забув про розмови. Летичівський тракт тягнувся в основному верхом, тоді як у долинах по обидва боки лежав густий світанковий туман, дочікуючись сонця, аби спурхнути в небо та по обіді перетворитися на хмари. Невидимі в уранішній імлі, заливалися щебетом птахи, вітаючи новий день, і на деревах не шелестів жоден листочок.

Яків на повні груди вдихав кришталеве повітря та нарешті відчув, що остаточно прокинувся. З-за крайнеба з'явився червоний краєчок сонця, і його яскраві промінці зігріли чоловікові обличчя.

— Далеко нам ще? — запитав він у Бонічки без особливої надії на відповідь.

Той покрутив головою, звіряючись з одному йому відомими орієнтирами.

— Хвилин за сорок до базару добудемося. Звідтам ви вже самі.

— А там далеко?

— З версту буде.

Яків пожував губами. Зрештою, він і не сподівався, що його всюди возитимуть. Розімне ноги. Але щойно з-за повороту вигулькнули перші ятки рибного базару, що розкинувся на в'їзді до міста, Яків зрозумів, що Сімха мав рацію та з походом до Летичева доведеться трохи зачекати.

У Проскурові він чував про Летичівський базар, але навіть не уявляв його розмах. Тим паче, не уявляв запахів, які витали у повітрі, розносилися легеньким уранішнім вітерцем і просто змушували слину скрапувати з рота, неначе в голодного пса.

Яків ковтнув і вкотре принюхався до неймовірних ароматів смаженої, копченої, сушеної, в'яленої та ще-чорт-зна-як-приготованої риби. Навіть підстаркувата кобилка пішла жвавіше, немов також бажала випити кухоль пива та зажувати той шматком копченого сома. Бонічка ласо обтирав товсті губи, прикипівши очима до яток. Настрій у нього покращав.

— Перед тим як скупитися, так напробуєшся, що додому ледве їдеш, — усміхнувся він до Якова. — Ще навіть не спитав ціну, а тобі вже подають шматок на пробу. Раджу!

Але Яків не хотів починати знайомство з новим містом з обману. В нього вистачить грошей, аби купити собі щось смачненьке. Щоправда, визначитися, що ж буде найсмачнішим з усього «смачненького», розкладеного навколо, виявилося складно. Звідусіль Якова оточувала риба, риба й ще раз риба. Суха і білувата від солі, копчена та бурштинова через дим майстерно дібраної деревини, смажена й запечена у пирогах і, нарешті, жива — у величезних ночвах. Окремо на ятках вивищувалися справжні гори пляцків зі смаженої ікри, від самого погляду на які Якову протяжно забурчало в животі.

— Сомика, пане, вудженого сомика! — тицяла йому до рук золотавий і жирний балик розбитна молодиця.

— А осьо судачок! Сушений, копчений, живий, — підскакував з іншого боку пишновусий дядько.

— Карасики, карасики! Копійка — штука! — надривався поруч гандрибатий підліток, який і собі вирішив уторгувати капіталець.

— Ра-а-аки! — вибалушував очі та трубно гудів червонописий здоровань, обома руками тримаючи по здоровенному ракові.

А довкруг яток, незважаючи на ранню годину, юрмилося безліч покупців, перекупок і просто спритних на руку молодиків, які не проти були поживитися хоча би й сушеним йоржиком. Усе разом це створювало потужний галас: довкола лаялися, торгувалися, ляскали по руках, нахвалювали товар, оббріхували конкурента й захоплювалися смаком та ароматами.

У Якова розбігалися очі, і він таки зупинився перед яткою з ікорними пляцками.

— Ікричка свіженька, пане,— заторохтіла продавчиня, втираючи руки не першої свіжості рушником. — Уранці смажена! Нічого зайвого — тільки ікра й сіль. Куштуйте!

Яків обережно підчепив наготованим дерев'яним гострячком шматок покраяного «котлета» й одразу ж згадав Сімху. Рука застигла біля рота.

— Не сумлівайтеся, — узялась запевняти жінка, — після мого товару не бігатимете!

Яків усміхнувся. Ікра пахнула так звабливо, що він ризикнув.

Вибратися з базару назад на тракт вдалося майже за годину. До того часу сонце підбилося височенько та почало припікати. Яків бадьоро крокував дорогою на Летичів і наминав уже третій пляцок з ікри. Копченого сома та в'язанку сушених окунів він доручив Бонічці з наказом передати Шпацманові. Бонічка, підпилий пива, благодушно кивав.

— На мене можеш не чекати, — Яків зрозумів, що ніяк не впорається за годину, тож муситиме орієнтуватися по ситуації. Нічого, Сімха запевняв його, що знайти візника в Летичеві буде просто. В крайньому разі мав допомогти граф Морков. Однак Яків сподівався, що до цього не дійде.

Дорога вела в долину та через греблю знову вгору. За злиттям Буга та Вовка розкинувся Летичів — з-поза зелені надрічкових верболозів визирали перші хатки.

— Доброго дня! Не підкажете, як мені до кляштору втрапити? — він вирішив одразу ж розпитати дорогу в обійсті, на подвір'ї якого порався дебелий чолов'яга.

— Доброго здоровля! То ви до ко́стьолу? А ото всьо прамо й прамо рушайте, — махнув рукою дядько. — Його здалеку видко. Не проминете!

Вершечок храму справді з'явився з-за найближчих дерев уже за кількадесят кроків, і Яків не спускав з нього очей, узявши за орієнтир. Першою з-за дерев вигулькнула вежа надбрамної дзвіниці та височенький мур, що огороджував чималу територію. Але зблизька виявилося, що мур — то лише назва, адже стара цегляна кладка була обваленою та в окремих місцях ледве трималася купи. Подекуди ж муру взагалі не було — нещадний час постарався на славу.

Яків минув дзвіницю та ступив на дворище. Просто перед ним вивищувався костел — велична споруда, чимось схожа на костел у Меджибожі. Певно, такими самими бароковими закрутами на фасаді. Щоправда, Летичівський костел був більшим і з двома каплицями, прибудованими по обидва боки. Ліворуч до храму ліпилася двоповерхова будівля кляштору, а до входу тулився невеликий притвор. Фарбовані білим стіни надавали всій споруді надзвичайної легкості: у рожевому світлі вранішнього сонця вона немовби пливла над досі зарошеною травою подвір'я, куди падали тіні від будівель. Мокре смарагдове подвір'я бралося парою.

Дворище кляштору потопало в тиші, і Яків відчув нестримне бажання спинитися, заплющити очі та якусь хвильку постояти в німоті. Не було чути ані співу пташок, ані валування собак, ані шуму листя на деревах. Старі мури наче відгородили зовнішній світ, і Якова переповнював дивний спокій і непояснена впевненість, що він чинить правильно. Зокрема, у тому, що до Летичева він прибув не просто так. Щось неодмінно повинно статися. Він розплющив очі. Ось тільки що саме?

Дворищем відлунювали кроки — з боку кляштора стежкою йшов чоловік. Його біле вбрання гармоніювало з білосніжними стінами. Забачивши Якова, чернець стишив ходу.

— Доброго ранку, — Яків вирішив не розводити церемоній. Було б непогано впоратися чимшвидше, аби спробувати засвітла обернутися назад, до Меджибожа.

— І вам доброго ранку, — кивнув чоловік. — Ви когось шукаєте?

— Я волів би зустрітися з отцем Адамом, якщо це можливо.

— О, звісно. Отець Адам якраз щойно звільнився. Як вас назвати?

— Ми з отцем незнайомі, та й зустріч наша не запланована. Я прибув сюди за рекомендацією… — і тут Яків зрозумів, що на власний сором не запитав імені меджибізького ксьондза, який скерував його до Летичева. За всіма балачками він геть забув поцікавитися, кому ж завдячує цінною порадою. — Одним словом, я прибув із Меджибожа. Мені повідомили, що отець Адам знається на… народних переказах, чи як би це краще висловитися?

Яків зам'явся. Він не хотів переповідати ченцеві всю історію, яка за браком справді посутньої інформації здавалася йому неоковирною та кострубатою (той набір майже однакових свідчень очевидців будь-кому міг видатися цілковитою нісенітницею).

— Загалом це не моя справа, — приязно всміхнувся чоловік. — Гадаю, що ви справді маєте до отця Адама важливу розмову. Коли ваша ласка, зачекайте коло притвору, а я його покличу.

Яків приклав правицю до грудей на знак пошани та присів на низьку лавицю біля входу до костелу.

Отця Адама не довелося чекати довго. Він з'явився хвилин за п'ять — довготелесий чолов'яга з худим суворим обличчям, немовби витесаним із дерева, вбраний у біле та з чорним плащем на плечах. Колючі очі дивилися трохи збентежено.

— Ви, певно, мене дожидаєтеся? — його голос був сухим і відповідав статурі. Він звучав повільно та чітко, із відчутним польським акцентом. Яків схопився на ноги. Отець Адам виявився вищим за нього майже на голову.

— Так, — закивав він і схвильовано замовк, підшукуючи потрібні слова для початку. — Мене скерували до вас із Меджибожа…

— Упевнений, я зможу вам допомогти, — голос домініканця пом'якшав.

— Одразу прошу не дивуватися моїм запитанням, — застережливо підніс догори руки Яків. — Вони дещо… несподівані.

— Мене важко здивувати, — вуста отця Адама торкнула ледь помітна усмішка. — Але я бачу, що ви хвилюєтеся?

— Є трохи, — зізнався Яків.

— У такому разі прошу вас не стояти на місці. Ходімо — прогуляємося. Коли крокуєш, то й думки стеляться рівніше, — він вказав Якову на браму праворуч від входу до костелу. — Заодно подивитеся на наше господарство та на руїни старої фортеці, коли б то вас зацікавило.

— Радо це зроблю, — Яків видихнув і неквапом попростував поряд із ченцем, підлаштовуючись під його темп. Вони минули браму та ступили до внутрішнього двору, обведеного старими — це було видно з кладки — фортечними мурами. Дорогою до Летичева Яків обмірковував, із чого почне свою розповідь, але насправді все сталося геть не так, як планував. Він збивався та перескакував з одного на інше, забігав наперед, а тоді раптом пригадував якусь подію з минулого й подумки картав себе за забудькуватість. Історія виходила смиканою, плутаною та не зовсім зрозумілою, однак отець Адам вислуховував Якова терпляче, не переривав навіть словом, лише сухо клацав чотками в руці.

— Ось так я й зібрав сім мішків гречаної вовни, та всі неповні, — із кволою посмішкою підсумував Яків. — Маю купу одноманітних свідчень, але за жодне не можу вчепитися. Щиро кажучи, я не знаю, по що саме прибув сюди, до Летичева. Напевно, у пошуках останньої надії на те, що прямую правильним шляхом? Поки все, як я можу пояснити побачене — це хіба ворожа повітряна техніка, але й ця версія не надто тримається купи…

Отець Адам мовчав, відсутнім поглядом упершись у далекий мур. На його обличчі не здригався жоден м'яз, і якби

Яків не пам'ятав, як він щойно розмірено крокував, то заприсягнувся би, що поруч із ним стоїть майстерно виконана лялька. Яків терпляче дочікувався відповіді чи бодай якоїсь реакції ченця на почуте.

— Ваша історія вельми цікава, — нарешті озвався отець Адам, і Яків стрепенувся. — І в мене справді буде, що вам повідомити. Але, якщо ви не поспішаєте, то я відступлю досить далеко.

— Я буду лише радий, — Яків тішився, що нарешті почує не банальний переказ несподіваної зустрічі зі світловим променем на нічному небі. Однак чим же його здивує отець Адам?

— А для того, аби ви краще відчули всю атмосферу моєї історії, нумо підіймемося на галерею старої вежі.

Вони звернули за ріг, і перед очима Якова постала згадана вежа — масивна, товста й приземкувата споруда із жовто-коричневого каменю, яка вписувалася в дальній кут двору. З обох боків до неї примикали високі мури, а дерев'яна галерея з крутими сходами вела на невеликий балкончик, розташований високо над рівнем двору. Увінчували вежу кам'яна зубчаста корона та гострий стрільчастий дашок зі стилізованою башточкою і флюгером.

— Оце, власне, й усе, що залишилося від колись потужної фортеці Яна Потоцького, — отець Адам вказав на вежу. — Та ще мури довкола. Але від них ледве половина позосталася…

Він знову примовк, озираючи дворище. Яків потроху звикав до манери отця Адама говорити — неквапом та без поспіху.

— Колись ця фортеця разом із Меджибізькою слугувала надійною брамою на Чорному шляху[1] (хоча не створили ще такої брами, яку не можна було би відчинити чи розбити).

---

[1] Торговельний шлях, який використовували тюркські народи Північного Причорномор'я.

Перші укріплення тут ще Литва зводила, а коли Польща надала Летичеву Магдебургію, почалася велика розбудова.

Наприкінці шістнадцятого віку кам'янецький староста гербу Пилява Ян Потоцький узявся змінити старий замок на новий лад — додати кам'яні вежі, міцні мури…[1] Опісля цього й трапилися події, про які вам буде цікаво послухати.

Яків нашорошив вуха. Нарешті отець Адам дістався основного!

— Ян Потоцький був кальвіністом, тож коли до нього прийшли брати-домініканці, вигнав їх із міста геть. Однак брати вирішили зачекати та по якомусь часі приступили до урядника вдруге. Але й удруге їх випровадили з міста. Та вони не полишали спроб, хоча результат завжди був однаковим… Брати оселилися на вбогій околиці в кривобокій хатині та продовжували молитися святому образові Богородиці, який привезли з собою аж із самого Рима! О, що то був за образ! — отець Адам благоговійно підвів очі догори та побожно склав долоні. А тоді раптом махнув Якову рукою на сходи, мовляв — спускаймося. Яків квапливо загримотів донизу, нетерпляче очікуючи на продовження історії. Він відчував, що оповідач помалу добирається до найважливішого. Так і сталося.

— Зараз достеменно невідомо, коли саме то відбулося, — правив далі отець Адам, ведучи Якова до невеликих дверцят, а тоді прочинив їх і поманив у сутінь задньої частини костелу. Яків шмигнув слідом. — Може, то була зима, може, літо. І року ніхто не запам'ятав. Але якось усе місто переполошилося, до Потоцького прибігли люди зі страшною звісткою — горить околиця! Миттю зібрав староста людей, миттю сідлали вони коней (з вогнем жартувати зле!), та коли наблизилися до «вогню», зрозуміли, що то не вогонь ніякий, а світло!

---

[1] За різними свідченнями, кам'яну фортецю в Летичеві побудовано між 1579 і 1598 роками.

— Світло, — видихнув за отцем Адамом Яків, і луна від його голосу пурхнула під високе склепіння. — Світло з неба!

— Саме так, — повагом кивнув отець Адам. — Коли вершники на чолі з Потоцьким під'їхали до вбогої мазанки, то нарешті осягнули, що Божий перст світлом з неба вказує на хату. Увійшли ж до тієї хати — побачили, що світиться образ Богородиці... Ось він, цей образ.

Яків стрепенувся і простежив за рукою настоятеля. Він спочатку й не помітив, що кружним шляхом вони наблизилися до головної нави собору і зараз отець Адам показує йому на вівтарну частину. А там почесне місце займав невеликий багато оздоблений образ. Яків підступив на кілька кроків й уважно придивився до ікони. На перший погляд — нічого особливого. Але отець Адам стверджував протилежне.

— Цей образ дуже старий. Автор його залишився невідомим, але достеменно відомо, що списано його з образу *Salus Populi Romani*[1] на полотні, яке натягнули на дошку. Цей образ супроводжував братів-домініканців на їхньому шляху з Рима сюди, до Летичева, і вже тут виявив свою силу.

— А як щодо світла? — не втримався Яків. Він був не проти розлогих історій, але наразі його цікавило одне — усі можливі подробиці з'яви таємничого променя.

— Саме світло й переконало Яна Потоцького дозволити братам увійти до Летичева та незабаром закласти на місці старого дерев'яного костелу мурований храм із кляштором, де почесне місце зайняв цей образ.

— Але чи бачили світло після цього?

— Звісно! — Якова аж пересмикнуло від нетерплячки, і він ледве не вчепився пальцями в руку настоятеля. — Побутує кілька переказів, що відтоді, як образ оселився в храмі, на нього ще не раз сходило світло. А також є історія про освячення цвинтарної каплиці. Образ тоді поміщали на кап-

---

[1] Відома ікона Богородиці, що її зберігають у римській базиліці Санта-Марія-Маджоре.

личний вівтар, і за переказами всю наступну ніч навколо цвинтаря та над самою каплицею споглядали чудеса Божі…

— Світло…

— Так, світло, — хитнув головою настоятель. — І це було найкращим освяченням для каплиці.

— Але чи помічали щось схоже нещодавно? — Яків не втрачав надії роздобути якнайбільше цікавих свідчень.

— Нещодавно? — отець Адам здивовано звів брови. — Все, про що я вам розповів, відбулося багато років тому. Від того часу змінилося кілька поколінь, і до нас дійшли самі перекази та чутки. Оце тільки сьогодні від вас я дізнався, що дива продовжуються та небесний перст Господній бачать люди в околицях Летичева…

— Ви думаєте, що світловий промінь — то Господній перст? — скривився Яків. Звісно, він не очікував від отця Адама на наукове пояснення феномену, але й прийняти бздури про «перст», про «знамення» чи про «диво» не міг. Життя досі не переконало його в існуванні вищої сили, здатної на дива та демонстрацію власної могутності за допомогою світлових променів.

— Я впевнений в одному — образ Богородиці може творити чудеса. Як то сталося багато років тому. І трапляється досі, зважаючи на ваші розповіді, — обличчя отця Адама набуло неймовірно одухотвореного вигляду. Священник немовби справді побачив Бога на власні очі. — Богородиця багато мандрувала — брати переховували її від загроз, але щоразу поверталася до обителі. І я переконаний, що так буде завжди[1]. Вона захищатиме й оберігатиме Летичів і всіх, хто прохатиме її про заступництво.

Яків зітхнув: вочевидь, і зараз доведеться вдовольнитись тільки кількома легендами. Звісно, вимальовувалася певна

---

[1] У 1920 році, рятуючи образ від більшовиків, його переправили до Польщі. Наразі образ Летичівської Богородиці (Королеви Поділля та Волині) знаходиться в Любліні.

конкретика — небесне світло спадало на ніби чудотворний образ, але, знаючи любов релігійного люду до всілякого роду перебільшень, казок і вигадок, Яків сумнівався в ній. Тим паче, що в тих селах, де помічали світловий промінь, у зазначений час образу Богородиці точно не було. Щось у цій історії не в'язалося купи, і це щось заважало Якову стулити в єдине ціле почуті свідчення.

— А також я знаю, — Яків здригнувся від священникового голосу, — що місцевість ця благословенна Господом, раз він являє тут свої чудеса, раз дав змогу прижитися тут чудотворному образові, раз показує тут власну присутність.

На цій піднесеній ноті отець Адам замовк, молитовно склав руки та довгим поглядом подивився на вівтар. Ранішнє світло пробилося крізь високі вітражі та забарвило вівтар безліччю кольорів.

Настрій у Якова погіршився: мандрівка до Летичева нічого не дала. Хай як він намагався, але пов'язати видиво світлового променя в Гречинцях та чудотворну ікону в Летичівському костелі не міг.

Аж раптом якийсь невловимий спогад проскочив у свідомості Якова, і він, уже збираючись попрощатися зі священником, застиг на місці. У цих історіях таки виявилося щось спільне! Чоловік пригадав їхні з Казаковим розмови під час візиту до Гречинець.

— А де могила Кармелюка, ви мені не підкажете?

— Того забойци та бандита?! — від несподіваного запитання отець Адам аж перейшов на польську. — Про нього навіть не говоріть! То людина, що не ходила під Богом! То не людина!

— Не людина? — Яків прискалив око. Вчора він уже чув такі слова, щоправда, про хасидів. Хробачок якоїсь підозри ворухнувся в його грудях.

— Людина не може бути такою жорстокою і кривавою, — отець Адам відверто нервувався. Зі спокійного та врівноваженого він однієї миті перетворився на роздратованого та смиканого. — Я не хочу про нього розмовляти! Коли вас цікавить забойца, нашу розмову закінчено!

Яків спохмурнів: він не бажав прощатися з отцем Адамом на такій ноті. Раптом від притвора пролунали квапливі кроки, і до головної нави ввійшов служитель. За ним Яків розгледів повнуватого чоловіка, що приязно всміхався настоятелеві.

— Отче, до вас пан Морков із візитом!

Священник повернув до гостя розпашіле обличчя та спробував зобразити на ньому радість від зустрічі. Яків же витріщився на новоприбулого з непідробною цікавістю, адже той, судячи з прізвища, був міським головою, тим, кому адресував свій лист Сімха!

— Отче!

— Миколо Аркадійовичу, — чоловіки обмінялися привітаннями, і, почувши ім'я графа, Яків остаточно переконався у слушності власних здогадок.

До подальшої розмови він не прислухався, натомість обмірковував священникову реакцію на, здавалося б, цілком безневинне запитання. Розбійник Кармелюк недолюблював католиків? Чи мав зуба саме на «псів господніх»?[1] Чи було ще щось, чого Яків досі не знав? У голові крутилося безліч думок, але вихопити з вихору одну — правильну — не вдавалося. Світло з неба, чудотворний образ, домініканці, Кармелюк, хасиди, австрійські шпигуни. Зрештою, що тут було головним, а що другорядним?

Тим часом розмова отця Адама з графом Морковим добігла кінця, й священник, навіть не кинувши погляду на Якова, квапливо попрямував з головної нави костелу, залишивши чоловіків разом зі служителем. Згадка про Кармелюка таки стала крапкою в їхній розмові.

— Пан Морков, я не помиляюся? — Яків вирішив не марнувати шанс.

---

[1] Неофіційна назва ордену домініканців. У перекладі з латини — *Domini canes*.

— Так, — кругловидий чоловік подивився на Якова, а його пишні вуса войовничо настовбурчилися.

— Микола Аркадійович?

— Так, а в чому річ? — у голосі графа прозвучали нотки роздратування.

— Я перепрошую. Не зрозумійте мене хибно, але просто хочу переконатися, що вручу листа тій людині, якій його писали, — поквапився пояснити Яків.

— Листа? У вас лист до мене? — брови Моркова поповзли вгору. — Цікаво, від кого ж?

— Від Сімхи Шпацмана з Меджибожа. — Яків очікував, що чоловік витріщиться на нього й заявить, що ніякого Сімхи, а тим паче Шпацмана з Меджибожа, він знати не знає, але натомість графове обличчя розпливлося в усмішці.

— Від Сімхи? Ви знайомі із Сімхою?

— Я його пожилець, — Яків полегшено зітхнув і подав Моркову листа. Той кілька хвилин читав Шпацманів мак, розсипаний на аркуші, а тоді задоволено хекнув.

— Друг Шпацмана й мені приятель! Сімха просить за вас, пане Ровнєр. Пише, що вам може знадобитися допомога в Летичеві?

— Допомога гарної людини в незнайомому місті ніколи не буває зайвою. Ще й коли це така людина, як ви.

Граф усміхнувся у вуса. Попри очевидне задоволення від таких простих лестощів, він не справляв враження людини, яку тішать підлабузники. Яків був певен, що Шпацман не водився би з нечесною чи ницою людиною.

— Ну, місто у нас невелике та спокійне, — Морков продовжував усміхатися, від чого його кругле обличчя зробилося ще більш привітним. — Навіть коли й заблудите, завжди підкажуть правильну дорогу.

— Ох, якби ви знали, як мені хочеться, щоби мені таки вказали правильний шлях, — схилив голову Яків. — Бо наразі я топчуся на місці та й годі.

Граф запитально зиркнув на нього, тоді перевів погляд на служителя, який досі стояв поруч, удаючи, що йому зовсім байдуже до розмови, а тоді кивнув на вихід із храму.

— Пане Ровнєр, мені зараз терміново потрібно у справах. Чи не погодитеся скласти мені компанію?

З голосу графа Яків зрозумів, що той просто бажає продовжити розмову без зайвих вух. Узагалі-то він не мав особливих секретів від служителів, але й не бажав повторення історії з отцем Адамом, коли розпитуватиме графа про Кармелюка.

— У мене коляска неподалік, — граф показав очима на стежку, що бігла до дзвіниці. — Тож якщо вам куди треба…

— Я, певно, таки насмілюся просити вас про допомогу, пане Морков.

— Спробуймо без офіціозу. Для вас я — Микола Аркадійович.

— Перед тим, як ви завітали до храму, ми з отцем Адамом не надто приємно поспілкувалися.

— З отцем Адамом? — здивувався граф. — Як мені відомо, він надзвичайно спокійна, врівноважена й чемна людина. Чим же ви так не догодили настоятелю?

Яків пожував губами, вагаючись, чи переповідати графові їхню з отцем Адамом бесіду. Чи не станеться так, що й він, ледве зачує про могилу Кармелюка, з приятеля перетвориться на ворога? Тоді лишиться забути про сподівану допомогу, марним буде й Шпацманів лист. Але за своє життя Якову не раз доводилося псувати стосунки з людьми на шляху до розкриття злочину. Звісно, тут не йшлося про злочин, усього тільки — про нез'ясовані події, але хтозна, чи не є ці події прелюдією до чогось більшого та важливішого, з чим не зрівняється й справжній злочин?

— Я запитав отця Адама, чи не підкаже він мені, де в Летичеві поховано Кармелюка, — одним духом випалив Яків, приготувавшись до різкої реакції графа. Одначе здригнувся від несподіванки, коли Микола Аркадійович… розреготався.

— Ось тут ви справді дали маху, пане Ровнєр! — граф видобув з кишені хустинку й утер заплакані від сміху очі. — Розпитувати поляка про Кармелюка! Звісно, він вважає його розбійником, убивцею, злодієм і мало не самим антихристом. Ну, не заперечуватиму, що він таки розбійник і вбивця… Але у поляків, а надто — у нашого настоятеля, до нього особливе ставлення.

— Та ж його не стало майже сто років тому!

— Сімдесят сім, — на хвильку замислився над розрахунками граф[1]. — Але отець Адам і досі тримає в голові його розбої. І що цікаво: у його ватазі промишляли поляки. Одначе нашому настоятелеві того мало…

— Я бачу, ви ставитеся до Кармелюка досить прихильно.

— А з чого б мені на нього ображатися? То все давно в минулому, то все — історія. Щось у ній є доброго, щось поганого. Когось він замордував, когось — облагоденствував. Я ставлюся до нього як до частинки історії, не оцінюючи його вчинків.

— Цікавий підхід, — гмикнув Яків. Граф йому подобався.

— Свого часу я навіть збирав оповідки про нього й страшно пишаюся тим, що частину їх увіковічнив у своєму творі Старицький[2].

— Не довелося читати, — із жалем промовив Яків. І дав собі слово, що обов'язково прочитає найближчим часом.

— Ми з Михайлом Петровичем певний час листувалися, тож, можна сказати, і я доклав руку до його твору. Ви би бачили ту гору паперу, що я списав побрехеньками про Кармелюка! Тут ледь не в кожному селі про нього з десяток казок

---

1 Кармелюк загинув 1835 року.

2 Ідеться про роман Михайла Старицького «Розбійник Кармелюк», видрукуваний 1903 року й українською мовою перекладений 1909—1910. Факт про те, що певну інформацію для роману надав Микола Морков — авторська вигадка.

знають. Та що там села — пройтися хоча б і містом. Я в самому Летичеві — дай Боже пам'яті — десь близько сотні оповідок про нього зібрав.

— Непогана робота, — щиро здивувався Яків.

— Насамперед мені було просто цікаво, — вдячно кивнув граф. — Погодьтеся, таки непересічна була людина! Гаразд, нехай убивця, бандит, але ж про холоднокровного зарізяку без честі й совісті народ не понавигадував би так багато, еге ж? А в окремих оповідках його й зовсім за людину не мають!

— А за кого ж тоді? — Яків цікавився обережно, відчуваючи в грудях неприємний холодок. Щось підозріло часто він останнім часом чує в розмовах про не-людей. І здавалося б, через що непокоїтися? Але шосте чуття змушувало нашорошувати вуха та зважати на найменші дрібниці.

— О! — сплеснув у долоні граф. — Називали його й посланцем Бога, й сином диявола, й перевертнем, і характерником, що б це не означало, на думку людей. А в одній байці навіть говориться, що він родом не багато, не мало — з місяця!

— З місяця? — і собі всміхнувся Яків.

— Ага, — погодився Морков. — От жив він там, дивився на нашу грішну землю, споглядав беззаконня всілякі, а тоді вирішив навести лад.

— А спустився, вочевидь, по мотузці? — Якова потягло на жарти.

— То взагалі дуже цікава казка, — було видно, що графові кортить переповісти співрозмовникові незвичайну оповідку. — Я записав її понад десять років тому від одного діда з… дай Боже пам'яті…

Микола Аркадійович наморщив лоба та мовчки заворушив губами, наче подумки перебирав назви сіл.

— Із Гречинець! Таки згадав!

Яків сіпнувся, неначе граф підступно встромив йому під бік шило.

— Із Гречинець?

— Так, тут на північ геть нічого, — він махнув рукою. — Діду сто три роки було, а ще рибу на базар до нас возив, уявляєте?

— Сто три роки? — Яків здивовано вигнув брови. — То він знав його живим! Може, й на власні очі бачив?

— А я про що! — схопив свого співрозмовника за руку граф. Щоправда, наступної миті його веселість змінилася скептичною посмішкою. — Та, ніде правди діти, коли я з дідом бесідував, він уже, начебто, плутав, де закінчується реальний світ, а де починається казковий. Стверджував, що здоровкався з Кармелем за руку та їв за одним столом…

— То, може, так і було?

— Може, й було, — кивнув граф. — Цьому неважко повірити. Та набагато важче увірувати в те, що за словами старого Кармелюк умів ставати невидимцем і проходити крізь стіни!

— І справді — важкувато.

— Я ж і кажу — казка. Майстерно сплетені баляндраси. Але чого ми за неї зачепилися? Бо ви за мотузку згадали.

— У казці мотузки не було?

— Мотузка була б занадто простим для Кармеля способом спуститися з місяця.

— І що ж розповів вам гречинецький очевидець? — Яків спробував усміхнутися, але в очікуванні відповіді його нутро зібгалося в один тугий клубок.

— За словами очевидця, як ви, пане Ровнєр, висловлюєтесь, із місяця Кармелюк спустився надвечір на промені світла.

РОЗДІЛ 8

Той самий день, 15 серпня 1912 р., четвер
Повітове місто Летичів
Місто Новий Костянтинів Літинського повіту

Граф Морков розповідав багато, але Яків майже не слухав його. Пропускав слова крізь свою свідомість, наче воду крізь решето, і відчував, що найбільший шматок золота вже зловив. Тож коли новий знайомець запропонував відвезти його куди йому потрібно, Яків без вагань попросив навідатися на могилу розбійника. Він не міг пояснити, чому його вабить саме туди та що сподівається там побачити, але прийняв надокучливу думку — мусить побувати на тому місці.

— Це вам до цвинтаря треба, — кивнув граф і звернувся до візника. — Федоре, мене підкинеш до ратуші й відвезеш пана Ровнєра.

— Буде зроблено, ваше сіятельство, — відповів той, беручись за віжки.

— Я сьогодні, певно, до глибокої ночі пропадатиму, — скрушно зітхнув граф, умощуючись поруч із Яковом. — Можете Федором розпоряджатися, пане Ровнєр. Як потребуватимете дістатися Меджибожа, навіть не смійте кого наймати. Нехай це й стане моєю вам допомогою.

— Щиро вдячний, Миколо Аркадійовичу, — Яків потис простягнуту правицю. Справді, було б дещо загайно міряти незнайоме місто кроками, не кажучи вже про повернення додому.

На прощання граф довго тряс Якову руку та просив звертатися за найменшої нагоди.

— Пам'ятайте, пане Ровнєр, що тепер у Летичеві маєте друзів.

— Для мене приємно це чути, пане Морков!

Біля цвинтарної брами опинилися за пів години. Візник Федір зупинив коляску в тіні старого ясена та пов'язав кобилі на морду хрептуг[1] із вівсом.

— Пане Ровнєр, — він зам'явся, — якщо ваша ласка, я тут зостануся. Не люблю цвинтарі з дитинства.

Яків на те лише всміхнувся.

Утоптана стежка вела від воріт до невеликої церковці просто біля входу на кладовище. Храм стояв зачинений, а на скособоченій лаві сиділа літня жінка, що, певно, спочивала після відвідин могилки.

— Добрий день! — підняв капелюха Яків.

— Доброго здоровля! — кивнула у відповідь та.

— А чи не підкажете, де мені могилу Кармелюка знайти?

— Кого? — старенька приклала руку до вуха, і Яків нахилився ближче.

— Кармелюка!

— Ах, Кармелюка, — обличчя жінки розгладилося, і безкровні вуста розтяглись у подобі усмішки. Вона махнула рукою вглиб кладовища, куди, повз церкву, зміїлася стежка. — Там він лежить, та-ам…

— Отак стежкою втраплю?

— Так-так, — знову махнула старенька. — Там він лежить…

У голосі жінки вчувався такий безмір трепету та дивної материнської любові, немовби вона згадувала власного сина. Якову стерпла потилиця, і він мимохіть сягнув рукою до голови. У серце закрадалася дивна тривога, не важке очікування біди, а навпаки — якийсь внутрішній відлік перед важливою зустріччю. За іншої ситуації та в іншому місці, можливо, Яків і не надав би цьому значення, але зараз — на

---

[1] Торба, яку використовують для годівлі коня в дорозі.

цвинтарі та ще й неподалік могили Кармелюка — сверблячка в серці віддавала легким неприємним морозцем.

Як людина світу медицини Яків не звик довірятися інтуїції, не підкріпленій фактами, а тим паче зважати на сверблячку чи сироти на скронях. Цвинтарі для нього були звичайним місцем поховань, і ніякого містичного трепету він, як і будь-який лікар, відданий науці, не відчував. Але як людина, що вже понад десять років співпрацює з поліцією, він дозволяв собі іноді зважати навіть на найдивніші обставини. Зокрема, й на мороз по шкірі.

Яків сердечно подякував жінці та заквапився стежкою. Мабуть, у затінку від розлогих ясенів, що нависали над церковцею, його просто дещо проморозило, тільки й усього. Швидкий же рух поверне тілу бадьорість.

Він пришвидшив крок і вже за кілька хвилин розчаровано озирався, мало не влетівши у бур'яни, що густо буяли край цвинтаря. У високій траві та заростях кропиви ховалися старі, вкриті мохом надгробки. І ніякого натяку на поховання, яке він шукав! Та зрештою, хто йому сказав, що могилу Кармелюка має хоча би щось позначати? Певно, що дороговказа до неї не існує, однак Яків усе ж сподівався, що впізнає потрібне місце.

Він повільно пройшовся стежкою назад, чи не до самої церкви, уважно роздивляючись навсібіч, але жоден із надгробків не здавався «саме тим».

— Там він лежить, — стиха пробурчав Яків роздратовано. — Та тут он скільки всіх лежить. Знаття б, де лежить саме Кармелюк?

— Заблукали? — від несподіванки Яків підстрибнув і втрапив у кропиву біля стежки. Серце стиснув спазм раптового переляку. Як старенька — а це була саме вона — опинилася поряд, коли ще мить тому її й сліду не виднілося, він не розумів.

— Та… є трохи, — видихнув Яків, заспокоюючись. Сконфуженим перед старенькою він не почувався, але подумки картав себе за неуважність.

— А ви ж уже двічі його могилку проминули, — бабця махнула рукою кудись убік від стежки, і Яків подивовано зауважив, що вона вказує на невеликий горбок, густо вкритий бадиллям. — Оно вона де.

Яків не насмілився перепитувати і просто побрів у бур'яни. Старенька стояла на стежці, спираючись на костура, та примруженими очима стежила за ним. Від чіпкого погляду Якову було ніяково, але ж не проганяти її зрештою!

Зблизька горбок виявився нічим не прикметним. Хіба на вершечку стриміла чимала гранітна брила, немовби на знак того, що це підвищення — не просто купа землі.

— Його ж заборонили ховати по-людськи, — Яків знову ледь не скрикнув, коли знайомий уже скрипучий голос пролунав йому за спиною. Старенька неначе перелітала за ним, не торкаючись землі. Принаймні жодного, навіть найменшого шелесту бур'яну він не почув.

Тим часом бабця знову сперлася на костур, пожувала губами та продовжила. Яків затамував подих у надії дізнатися щось варте уваги.

— Як встрелили його ґудзиком[1], то опісля ще довго тіло возили всіма всюдами. Аж уже на чоловіка не став схожий. А тоді загребли на краю цвинтаря — в ямі. І хреста заборонили вбивати. А батюшки — хтось сам відмовився його відспівувати, а кому й наказали не підходити сюди… То вже пізніше люди горбка насипали та каменюку приволокли, аби місце не забути.

Старенька замовкла, вглядаючись вицвілими очима в траву на горбочку. Невидющий погляд заплутався в бур'яні, тонкі губи шамотіли щось без звуку, а покручені пальці погладжували костур. Яків ледве наважився порушити затяжну мовчанку.

---

[1] За переказами вбили Кармелюка не кулею, а срібним ґудзиком. Тільки так ніби можна було заподіяти смерть чаклунові, яким його вважали.

— Може, ви його бачили? — він не уявляв, скільки років бабці, але раптом пригадав стотрилітнього дідугана, котрий розповідав графові Моркову казку про Кармелюка. То чому ж і цій жіночці не бути свідком принаймні чогось?

— Кармелюка? — старенька стрепенулася, нібито виринаючи зі сну. — А таки ж бачила!

У Якова серце пропустило один удар.

— Бачила, як його ховали… Мені тоді сім сповнилося, а мати загадала нарвати трави кролям. Осінь того року тепла була… — очі старенької знову взялися поволокою. Вона наче споглядала внутрішнім зором події майже вісімдесятилітньої давнини. — Привезли підводою. З ним четверо. Носи гонучами[1] позав'язували. Ще й лаялися межи собою, хто тіло з підводи скидатиме, а хто закопуватиме… Я перелякалася, у кропиві присіла й навіть не дихала.

Яків також, здавалося, забув дихати, заворожений старечим голосом. Повітря від нього немовби вібрувало. Чи це якимось дивом відлунювала сама могила?

— …а коли закопали, то той, хто був у них ніби як за старшого, плюнув на горбка, самі ж вони позакидали лопати на підводу та й подалися геть. А я ще довго не могла з бур'яну вилізти — ноги не тримали. Аж уже мати почала кликати, то лише тоді спам'яталася.

Старенька примовкла, але Яків не помітив паузи. Він досі відчував ногами, та й усім тілом, дивну приємну вібрацію, що дрожем пробігала по шкірі, здиблюючи кожну волосину та холодячи скроні. Чоловік струснувся, начебто від холоду, і тільки зараз зрозумів, що вони з бабцею вже добрячі кілька хвилин німують у повному безголоссі.

На цвинтарі стояла неймовірна тиша, що для літнього дня видавалося просто неможливим. Не чулося шелесту жодного листка на деревах чи співу якого птаха — на світ ніби хто

---

[1] Ганчірка.

накинув щільне покривало та відгородився від звуків зовні. Яків слухав тільки власне дихання та стукіт серця в грудях. І ще те, як старенька шамотіла губами.

— Від того дня я приходила сюди часто, — знову озвалася вона, і нова потужна хвиля мурашок обсипала Якову спину приємними колючими бризками. — Мати сварилася, погрожувала, що кропивою витовче, але хіба ж дитині що заброниш? Хіба за мною тоді можна було вгледіти?

— А чого забороняли? — хрипко запитав Яків.

— Хтозна… Говорили люди, що за могилкою ще довго стежили перевдягнені жандарми. Мовляв, щоб хапати тих його побратимів, які навідаються до покійника. Але я скільки разів там була — нікого не бачила. Ні вдягненого, ні перевдягненого.

— А побратимів?

— Люди стороною оминали того горбка… Мо', не знали, де його могила, а мо', й просто не хтіли. Та кілька разів таки бачила…

Яків знову нашорошив вуха. За десять хвилин старенька розповіла йому більше цікавого, ніж він сам взнав за кілька днів. Хтозна, чи не пригадає старечий мозок іще чогось, що нарешті проллє світло — він усміхнувся каламбурові — на історію зі світлом. Щоправда, все почуте й досі належало до розряду казок і побрехеньок. Справді, не вірити ж оповідкам про розбійника, який спустився до землі на промені! Але й у казці можна було знайти правду, коли знати, з якого боку її шукати.

— Якось знову по траву надвечір прийшла. Тут у затінку трава гарна росте… А за звичкою попервах не траву взялася рвати, а побігла сюди — оком кинути на могилку. Глип — стоїть хтось! Мене мороз стрепенув, хоч і літо. Вклякла розкарякою та й дивлюся. Добре, що він до мене спиною повернутий був…

— Хто ж «він»?

— А я його імені не питала, — перекривила Якова стара. — Злякалася ж бо. А він стояв просто на вершечку горбка. Руки опустив, голову на груди звісив — наче горем убитий. Але то мені лише на перший погляд так здалося.

— А насправді?

— А насправді тільки Господь відає, — знову огризнулася стара, і Яків зрозумів, що варто помовчати, коли хоче, щоби його несподівана співрозмовниця продовжила свою історію. — Коли я ще трохи за ним постежила з базників, то втямила, що він не горює на могилці, а неначе прислухається до чогось!

— Прислухається? — Яків не втримався. Аж надто дивними були слова старої.

— Ти мене почув, — кивнула вона. — Ще й голову схиляв то одним вухом до землі, то іншим. Ніби, щоб краще розрізнити, що йому Кармель з-під землі балакає.

Яків розчаровано видихнув. Зарано він зрадів бабиним розповідям. Знову все звелося на бздури. І хоча проти сходження з місяця на землю розмови з мерцем не такі ефектні, а все-таки дорогого варті.

Старенька продовжувала щось говорити, однак Яків далі не слухав. Виокремити з такої кількості казок правду ставало дедалі складніше. Та й якою могла би бути та правда? Почали, як то кажуть, «за здравіє», а закінчуємо «за упокій». Де світловий промінь, а де загиблий розбійник. Що далі?

— …а того самого вечора, подейкували, бачили отут-о на цвинтарі, як світило щось із неба…

— Га? — Яків закашлявся від несподіванки та вгатив себе кулаком у груди. Ось тобі й на — вирішив, що нічого вартого уваги вже не буде! — Світило з неба?

— Чи в небо, хтозна, — знизала плечима стара. — Я ж сама того не виділа, а люди сплетуть — небагато візьмуть.

«Правильно підмічено», — нервово всміхнувся Яків.

— Пізніше говорили, що то світло сходило на каплицю чи виходило з каплиці, — вона махнула рукою вбік, де за деревами бовваніла стіна храму, про який, вочевидь, і розповідав отець Адам.

— Це коли там образ Богородиці був?

— Не скажу, — бабця стомлено похитала головою. — Давно це було. А пам'ять у мене вже не та, що раніше… Начебто сплітали щось про світло, а коли, де та що саме світилося, те забула геть.

— А відтоді більше жодного разу ніхто того світла не бачив? — Яків вирішив востаннє закинути вудку.

— Тут не бачив…

Яків почув заперечну відповідь і вже налаштувався попрощатися з балакучою бабунею, коли вловив інтонацію, з якою вона озвучила останні слова.

— Стривайте, — він підскочив до старенької, наче та збиралася чкурнути від нього. — Ви мовили: «*тут* не бачив». А що, деінде бачили?

— Бачили, — просто кинула та, неначе її запитали, чи бачила вона жабу в річці. — І навіть не так давно бачили.

Яків застиг на місці — невже він назнав новий слід? Де ж світловий промінь з'явився цього разу?

— Оно не далі як позавчора й бачили. Та не тут, а у Новому Костянтинові.

— Це ж… — чоловік прикрив рукою очі та спробував швиденько підрахувати відстань, — близько чотирнадцяти верст звідси?

Відповіді не було. Яків рвучко озирнувся, тоді закрутився навколо, ніби вжалений, але й це не допомогло: старої поруч не виявилося, вона немовби розчинилась у повітрі.

— Що за чортівня? — Яків не міг повірити й раз по раз тер кулаками очі, нібито бабця від того раптом з'явилася би знову. Але цвинтар навколо німував, немовбито нічого особливого не сталося. І попри білий день довкола, чоловікові раптом стало так незатишно, як посеред голого степу перед близькою грозою. Звідкись почали вилазити дитячі страхи — непояснені, неусвідомлені й тому ще більш дикі. І він — дорослий чоловік — зненацька відчув себе переляканою дитиною, яку забули посеред цвинтаря.

Яків прожогом відскочив від горбка з гранітною брилою на вершечку, намацав ногами стежку та чимдуж рвонув до виходу з кладовища.

— За вами наче сто вовків женеться, — здивовано витріщився Федір, коли він із розгону влетів у коляску, аж та захиталася. Про всяк випадок візник озирнувся та наготував батога — що, як справді хто лихий нагодиться. — Знайшли, що шукали?

— Федоре, а до Нового Костянтинова ми можемо просто зараз рушити? — ні сіло ні впало випалив Яків, геть збиваючи чолов'ягу з пантелику.

— До Нового Костянтинова? — вражено перепитав той, обернувся й уважно подивився пасажирові в очі. Чи не жартує?

Але Яків залишався на диво серйозним — уста стиснуті в тонку риску, брови насуплені, а перенісся зросили дрібні крапельки поту. Груди його від швидкого бігу високо здіймалися, і замість відповіді він просто кивнув.

— Та можемо, — непевно протягнув Федір, а тоді, немовби пригадавши графів наказ, упевнено додав. — За дві години там будемо!

— Тоді поганяй, — Яків нетерпляче ляснув рукою по шкірі сидіння й укотре насторожено глипнув на цвинтар. Від Федорового погляду не сховалося, як його плечі пересмикнулися — чи то від холоду, чи від переляку.

Дорога виявилася пристойною, коляска — новою, а погода та краєвиди довкола — чудовими. Тому вже за пів години Яків заспокоївся так, що мимоволі замугикав під носа невигадливу мелодію. Кобилка прудко долала версту за верстою, і зовсім незабаром подія на цвинтарі поблякла у пам'яті настільки, що здавалася давно минулою та не зовсім реальною. Мозок немов навмисно стер найбільш хвилюючі моменти, окресливши саме загальне тло. Це як милуватися розкішною картиною крізь окуляри, а тоді зняти скельця й короткозоро мружитися — на полотні проступатимуть тільки непевні обриси зображень.

Зірвався легкий вітерець, який збив важку задуху. В голові остаточно прояснилося, і Яків зацікавлено роззирався довкруг, убираючи очима синюваті ліси на обрії та пологі схили, що збігали до далекої та невидимої ще річки.

— Антонівка, — озвався з передка Федір, коли в'їхали до невеликого сільця. — За пів години побачимо Костянтинів.

— А ти раніше тут бував? — уперше за весь час подорожі озвався Яків: він не знаходив потрібної теми для розмови, а Федір не ліз із балачками до пана, якого знав перший день.

— Доводилося, — кивнув візник, не обертаючи голови. — Передавав пакет від графа.

— То місто знаєш?

— Та місто ж невеличке, — Федір таки подивився на пасажира. — А вам кудись конкретно потрібно?

— Так як тобі, Федоре, сказати? — Яків зам'явся. Справді, як пояснити візникові, що він змусив його гнати коляску до іншого міста тільки тому, що якась дивакувата бабця на цвинтарі прохопилася, що там, куди вони прямують, нещодавно бачили небесне світло? А якщо задуматися, то чи була та стара насправді чи йому просто напекло тім'я? А якщо стара й не привверзлася йому, то звідки вона дізналася про те світло? От хтось навмисне їй про те розповів? Навмисне прибув з Нового Костянтинова, аби розважити стару новинами? Яків роздратовано сплюнув і надувся. Чому вже майже під кінець подорожі він нарешті спромігся тверезо обміркувати своє не надто розумне рішення?

— А ви не соромтеся — кажіть як є, — візник не дочекався на відповідь і вирішив підбадьорити пасажира. — Чи ми їдемо витрішками торгувати?

У голосі Федора бриніла смішинка та геть не вчувалося образи, невдоволення чи роздратування тим, що випадковому графському знайомцеві прибандюрилося мотнутися за чотирнадцять верст невідомо для чого. Це збадьорило Якова.

— Розумієш, Федоре, цікавить мене одна штука, про яку не всякому й зізнаєшся.

— Це ж іще чому?

— А тому, що за хворого головою сприймуть.

— Тю, — візник реготнув. — Та хай думають, що хочуть! Не на спину ж плюватимуть! Знаєте, як мій приятель Іцик казав: «Подумки вони можуть мене навіть бити!» Я ж на вас точно лихого не подумаю, бо граф аби з ким дружбу водити не стане — не такий у нас граф.

— Федоре, я погнав тебе до Нового Костянтинова, бо взнав, що кілька днів тому там помітили дивне небесне явище — промінь світла…

Яків замовк, очікуючи на візникову реакцію.

— Аероплан? — запитання прозвучало так несподівано, що Яків вибалушив очі, округлив від здивування рота й кілька секунд силкувавсь оговтатися. Візник блискавично зробив висновок, аж ніяк не типовий для простої людини.

— Я… — Яків прокашлявся, — я намагаюся це з'ясувати. А чому ти вирішив, що саме аероплан?

— А що ж іще може бути? — Федір знову озирнувся. — У Меджибожі аероплан є — мені граф розповідав. Йому до Костянтинова долетіти — що мені висякатися.

— Не все так просто, Федоре, — зітхнув Яків. — Оглядав я той аероплан із Меджибожа. Немає на ньому такого устаткування, щоби світити променем потрібної потужності. Та й узагалі аеропланам таке поки не під силу.

— Що ж тоді це?

— От і мене цікавить таке запитання.

— Тоді нам варто їхати до корчми!

— Чому саме туди?

— А де ж іще знають про все на світі, як не в корчмі? Там же кожен другий порадить государеві імператору, як керувати державою, кожен третій тямить у військовій стратегії, а кожен четвертий, певно, бачив отой ваш промінь!

— У такому разі сподіваюся, що в корчмі о цій годині знайдеться четверо охочих поділитися знаннями! — чоловіки розреготалися. З-за дерев вигулькнули шпилі костелу — «Свята Анна»[1]. До міста залишилося зовсім мало.

Попри це дорога наостанок підкинула подорожнім підступного подарунка — просто перед містом Федір не зауважив величенької ями, в яку й утрапив правим колесом. Коляска загрозливо зарипіла, перехиляючись набік, Яків скрикнув і схопився за те, що опинилося під рукою, але це не допомогло — він майже вилетів у придорожні бур'яни. Якби не Федір, який виявив неймовірну спритність і однією рукою встиг учепитися Якову за рукав, рахувати б йому зараз поламані ребра. Втім, рятуючи пасажира, іншою рукою візник мимоволі шарпнув віжки, і втомлена кобилка протяжно заіржала, вивертаючи коляску ліворуч. Це й вирішило їхню подальшу долю, адже під коляскою щось натужно дзенькнуло, страшенно зарипіло, й уся конструкція незграбно просіла.

— Ресора! — розпачливо зойкнув Федір. — А нех' ти скажишся з твоєю ямою разом!

Про те, аби продовжувати рух, навіть не йшлося: коляска нагадувала індика з перебитим крилом. Чоловіки водночас зістрибнули на землю, і візник шпарко кинувся до правого колеса, але з одного погляду на скалічену ресору зрозумів, що без кузні полагодити транспорт не вдасться. Добре, хоч колесо залишилося неушкодженим.

— От і приїхали, — Федір скрушно чухав потилицю.

Яків мовчав. Він знав, що в такі моменти лізти зі своїми підказками небажано. Федір чудово обійдеться і без його «компетентних» порад. Щоправда, тепер йому самому треба буде з'ясувати, в якому боці знаходиться корчма. Вочевидь, продовжувати мандрівку доведеться на своїх двох.

— Халепа, пане Ровнєр, — Федір нарешті вичерпав увесь свій запас лайки, завершив чергове — десь дванадцяте — коло довкруг коляски і підійшов до Якова. — Ви вже далі без мене. А я зараз якого урвителя вловлю та пошлю до най-

---

[1] Мурований костел Св. Анни звели в Новокостянтинові 1788 року.

ближчого коваля. Зустрінемося біля корчми, як Бог дасть. Чекатиму на вас там…

Ловити «урвителя» не знадобилося, оскільки поряд якимось дивом виросло трійко хлопчаків, які взялися зацікавлено розглядати наслідки катастрофи. За якусь хвильку з Федорової кишені з'явилося три цукерки — і душі хлопчаків враз стали належати завбачливому візникові. Малі поділилися по справедливості: один чкурнув по коваля, аж закуріло дорогою, другий зголосився провести Якова до корчми і, судячи з його хитрої мармизи, сподівався вициганити у «пана» ще якийсь ґешефт, а найменший зостався з Федором, аби тому не було так нудно розпрягати кобилу та готуватися до ремонту.

Гіська́, який дістався Якову, певно, все ж звали Грицьком, але він і не думав повідомляти «панові» справжнє ім'я.

— Гісько, — вперто повторював хлопчак, витираючи під носом довгим рукавом сорочки. — Ви до корцьми зібрались, цьи мене будете розпитувать?

— Веди, — погодився з його доводами Яків і ледве наздогнав малого, коли той припустив з місця та скочив у кущі біля дороги.

— Ми отут-о зрізємо, — Гісько обирав йому одному відомі стежки, тож Яків одчайдушно силкувався триматись якомога ближче та не згубити капелюха, продираючись через бур'яни та пролазячи в дірки у старих парканах.

Одного разу довелося брати ноги в руки та чимдуж тікати від пса, коли поводир вирішив скоротити шлях через чиєсь обійстя, не подумавши, що дорослий дядько спричиняє куди більше шуму, аніж вертлявий хлопчисько, далі — знімати черевики, як Гісько надумав «йой-йой зрізяти» шлях і перебрести мілкий, але заширокий для стрибка потічок. Попри це Яків мовчав і корився малому поводиреві, бо, за словами того, вони вже були майже біля корчми.

— Осьо церез костьол перебігти, а там і корцьма за дорогою, — хлопчак югнув у плетиво чергових хащів, за якими вивищувався старий цегляний паркан. Дерева прикривали громаддя храму: вони підібралися до «Святої Анни» з протилежного від вулиці боку, справді скоротивши чи не половину шляху.

Зелене плетиво приховувало чималу дірку, в яку без зусиль міг пролізти й дорослий, і за пів хвилини вони опинилися коло воріт.

— Не поскупі-іться, пане… — пролунало раптом від храму, і мало не під ноги Якову метнувся місцевий жебрак.

— Іди геть, Вошо! — Гісько загальмував босою п'ятою по споришеві двору та войовничо кинувся жебракові навперейми. Він нагадував курча-підлітка, яке сміливо наскакує на дорослого півня.

— А ти пана купив? — жебрак замахав руками на малого, не бажаючи здавати здобуті позиції.

— Я веду пана до корцьми! — гордовито випнув груди малий. У його погляді світилися рішучість і завзяття. Він приготувався відстоювати власний заробіток до останнього. Назрівала сутичка.

— Йой, панове! — Яків швидко став поміж супротивників і розвів руки. — Скінчили ґеволт і дихаємо носом!

Запала напружена мовчанка. Чулося тільки, як сопе Гісько та цикає кутиком рота жебрак. Яків переводив насуплений погляд з одного на іншого, доки не відчув, що пристрасті стихають.

— Пане, тут до корцьми два кроки зосталось, — плаксиво протягнув Гісько, переймаючись, коли би пан не передумав.

— Пане, ніж витрачатися в корчмі, подайте краще копієчку божій людині… — майже водночас із хлопчиком заскиглив жебрак, названий Вошею. Судячи з усього, він не збирався просто так відпустити раптову «здобич». Яків зітхнув і поліз до кишені.

— Нехай Боже небесне світло осяває вас, пане! — жебрак мало не підскочив на радощах, не спускаючи погляду з руки Якова. А той раптом смикнувся та пильно глянув Воші в очі.

— Що ти сказав про світло?

— Нехай… Б-боже світло… з небес… — забубонів той. Він намагався збагнути, де саме схибив і що бовкнув не так.

— Ти його бачив? — Яків ступив крок назустріч Воші. В його пальцях зблиснула монета, від чого поруч розлюченим кошеням зашипів Гісько.

— Ш-чо бачив? — Воша гикнув.

— Світло.

— Бачив, пане…

Яків на мить застиг. Голос жебрака змінився буквально на останніх словах: раніше в ньому вчувався неприкритий страх, а тепер неначе зазвучав спокій. Так кажуть правду…

— Він бреше! — Гісько підскочив до Якова та ледве не повис на руці, якою він тримав монету. — За гроші він вам цьорта побацьить!

— Стривай, Гіську, — Яків поклав руку малому на плече і знову пильно поглянув жебракові в очі. — Мені потрібно почути від нього правду.

— Жеби я світу білого не видів, — гупнув себе кулаком у груди той. — Жеби мені більше заробітку не мати. Жеби замерзнути на кістку в зимі…

— Страшно клянецця, — прошепотів Гісько. А Яків знову зауважив, що голос у жебрака був упевнений і рішучий. Чоловік таки говорив правду. Чи аж надто майстерно грав.

— Гаразд, панове, — Яків рішуче видихнув і затис монету в кулаці. — З'ясуємо кілька моментів і від них рухатимемося далі.

Гісько та жебрак одночасно кивнули на знак згоди. Малий кинув короткий презирливий погляд на Вошу і підступив ближче до Якова.

— Якщо переконаєш мене, що мені не треба йти до корчми, одержиш винагороду, — Яків підкинув монету на долоні та присів перед Гіськом. — Якщо переконає він, то твою роботу вважатимемо закінченою і винагорода теж не забариться. Втямили?

— Втямили, — пошепки повторив Гісько, не спускаючи погляду з кулака, в якому ховалася монета.

— А… А як мені вас переконувати, пане? — промимрив Воша.

— Ото пень, — скрушно зітхнув Гісько і картинно вдарив руками об поли. — Та пан зе ясно тобі, турку, пояснив, зеби ти йому про світло все розьповів! Сам зе персий виляпав!

— Стривай, — Яків ухопив малого за плечі, здивований його метикуватістю, — ти теж світло бачив?

— Нє-е, — махнув рукою той і скривився. — Я тілько цюв. Воно надвецір світило, а мене мама надвір не випускає смерком.

Малий похнюпився і шморгнув носом. Певно, жалкував, що втратив ще одну чудову нагоду вициганити у пана зайву копійку. Але брехати не став — відчував, що пан не в тім'я битий і на брехні легко втратити вже зароблене.

Яків скуйовдив хлопчині чуприну й запитально глянув на Вошу — очі в того сяяли, а вуста розпливлися в усмішці.

— Так би й казали, пане, — він глибоко зітхнув і вже геть рівним голосом продовжив. — Сплітати ніц не буду зайвого, можете не сумніватися. Якби на власні очі не бачив, навіть не заікнувся б.

— Коли бачив?

— Дай Бог памняті… Та недалеко як позавчора. Вчора Секлеті хліва підправляв, а позавчора… Точно, позавчора надвечір і бачив.

— Переповідай усе до слова! — Яків роззирнувся і відступив кілька кроків у тінь масивної півкруглої каплиці при костелі. Від старих стін приємно тягло прохолодою. Він скинув капелюха та присів на траву. Гісько миттю вмостився поруч, по-турецькому схрестивши ноги, а Воша прилаштувався навпроти.

— Ага… — він наморщив лоба. — Позавчора я тітці Домасі гній вивозив, вона мене нагодувала варениками та навіть дозволила, жеби я в хліві ночувати лишався. Але тепло тієї ночі було — страх. То я й подумав, чого мені в тім хліві задихатися? Нехай навіть на сіні? У мене тут понад річкою курінь є, де я сам собі цар і бог.

— І вошам повелитель, — хихикнув Гісько, але наштовхнувся на суворий погляд Якова і скис.

— Тебе, заїду малу, не спитав, — огризнувся Воша і правив далі. — Уже майже ніч настала. Тілько на заході ще червонілося. Аж тут як блисне! Я спочатку вирішив, то гроза суне і блискає десь так далеко, що й грому не чуть. А курінь же у мене благенький — грози не витримає. Треба до Домашиного хліва проситися, щоб не змокнути. Вистромив я носа надвір, а воно через усеньке небо, наче голкою проштрикнуло.

Воша закрутив головою, прискалив око, орієнтуючись на місцевості, а тоді тицьнув пальцем кудись просто в стіну костелу.

— Оно звідти й світило.

— А що там? — Яків ковзнув поглядом по храмові.

— Е, стривайте, пане, — загадково всміхнувся Воша. — Ви ж бо звеліли все до слова. Я поперваx аж стерп увесь. Що то, гадаю, за притичина така? Ніколи ніц подібного не видів. А воно ще й порухало тим світлом так, ніби ото десь далеко його яка рука тримає. А тоді тільки — шурх!

Воша раптово сплеснув руками, і Яків смикнувся від несподіванки. Гісько під боком голосно клацнув зубами.

— І що означає твій «шурх»?

— А те, що світло смикнулося, так, нібито тую далеку руку хто згори прибив. А тоді понад деревами так начебто вітром узялося. Але то не вітер був, що я вітру не знаю?

— А що ж? — від хвилювання Яків аж захрип, і його голос перетворився на ледь чутне шипіння. Невже він упритул підібрався до розгадки чи принаймні хоча б якогось пояснення?

— Шурхнуло над деревами так, наче якась птаха величезна пролетіла. А не побачив я нічого, бо ж ув очах досі блискітки від того променя стрибали…

— Пролетіло? — Яків ледве не цокотів зубами через нервове напруження. — Аероплан?

— Е, пане, — Воша заперечливо похитав головою. — Я ж не просто так про птаха згадав. Якби то був аероплан, я б так і сказав: аероплан пролетів.

— Але чому саме птах?

— Бо аероплани не можуть літати у повній тиші, еге ж?

Довгу хвилину Яків осмислював почуте, намагаючись укласти в голові отриману інформацію. Гісько та Воша терпляче чекали, доки він поворухнеться чи видасть якийсь звук. У затінку під храмом повисла важка мовчанка.

— Ти ще не докінчив? — Яків більше стверджував, аніж питав. Воша покивав на знак згоди.

— Зізнаюся, що злякався я добряче, — Воша потер обличчя руками, наче знову відчував те саме потрясіння. — Принишк у курені, мовби миша. І дихати забув, абись лишень мене не вчув той літун. А тоді знову носа вистромив — нікого. Вже геть ніч запала, коники сюрчать, жаби пісні тягнуть, риба в річці плюскоче — життя навколо так і вирує. Ніби й не трапилося нічого. Але я не ліг спати, доки не подивився, з якого боку тамте світло сяяло!

Він розплився в задоволеній усмішці, упевнений, що обіцяна Яковом монета вже лежить у нього в кишені. Але в голосі чолов'яги досі бриніла недомовленість, неначе найцікавіше він приберіг наостанок. Яків запитально зиркнув на нього і демонстративно прокотив монету по кісточках пальців.

— Винагороду ти заслужив, — примружився він. — Але я досі не переконався, що цікавішої історії мені в корчмі не розкажуть.

— А таки не розкажуть, — задоволено потер руки Воша. — Тобто, може, й розкажуть, бо ж іще у місті декотрі теє світло виділи.

— Але?

— Але вони тілько й того, що виділи. А я до нього ще й ходив!

— Ходив?! — Яків вражено зірвався на ноги. — Куди ходив?

— То вже наступного ранку було, — продовжив Воша, неймовірно задоволений з того враження, яке справила його історія. — Цілу ніч я очей не склепив — усе про те світло думав. І запримітив же, звідки воно світило, та заповзявся на власні очі все оглянути. Ото лише сіріти бралося, як я подався туди.

— Кармелюкове крісло… — ледь чутно видихнув Гісько під боком у Якова. Його щелепа відпала, а очі стали великими і круглими. Воша роздратовано цитьнув на нього, і малий уперше не огризнувся.

— Що? Яке крісло? — Яків витріщився спершу на Гіська, а тоді перевів погляд на Вошу. — Про що він?

— Здогадався малий, звідкіль те світло було, — пересмикнув плечима Воша. — Тут нижче Бугом є місцина, котру здавна дивною знають.

— Дивною?

— Старі люди подейкують, що там чортівня всіляка коїться. Але я в те не надто вірю… Вірив… — Воша раптом посерйознішав. — Аж допоки оце вчора туди не сходив.

— Стривай, — Яків застережливо підніс руку, обриваючи Вошу. — Туди можна дійти? То далеко?

— Та тут рукою подати, — Гісько випередив відповідь, скочивши на ноги. — Дядьку Василю, гайда проведемо пана!

— Згадав за Василя, шмаркля зелена! — Воша вдавано насупився. — Ич, хочеш усю славу собі загребти?

— Та яка там слава? Мені б хоць глянути.

— І що ж ти сподіваєшся там побачити? Ніби Кармелюкового крісла ніколи не бачив!

— Стривайте, панове, стривайте! — зупинив їх Яків. — Тут ніби досі я є! І ваша винагорода досі у моїй кишені.

Тому будьте ласкаві пояснити мені, що це за крісло, де воно стоїть і як туди дістатися. І все це ви можете зробити дорогою туди.

Наступні пів години Яків уважно слухав обох своїх співрозмовників, які наввипередки розповідали йому історію місцевості, куди вони прямували. Причому кожен розповідав із власної точки зору, тому загальна картина поставала більш об'ємною та живою. Точність і прагматизм дядька Василя, прозваного Вошею, доповнювалися дитячими фантазіями та лірикою Гіська, що, як з'ясувалося, знав чимало побрехеньок і казок про «крісло».

Повернули назад до річки, і Яків знову пірнав у діру в огорожі, продирався крізь густі кущі, щоб опинитися біля старого мосту через Буг. Як виявилося, зручніший шлях вів через сусідню Кудинку[1] просто повз річку.

Минули місток і звернули праворуч у першу ж непоказну вуличку, що нагадувала радше обсаджену старими липами стежку. Яків здивовано роздивлявся товстезні покручені стовбури, яким було понад сотню років, і чепурні хатки, що визирали із заростів мальв. А тоді раптом стежка вискочила на простір, до води, що до цього ховалася за густими вербами. Геть мілкий тут Буг стрибав по камінцях і, якби не повільна течія, більше скидався би на гірську річку. Здоровенні брили граніту лежали просто посеред річища, розсипами вкривали пологі береги, витворюючи крихітні острівці, геть укриті очеретом та аличею. Закрути плеса блищали спокійними ковбаньками, які раптово змінювалися дзюркотливими перекатами: вода з плюскотом пробивала собі шлях крізь нагромадження обточеного каменю.

Ось де був справжній рай для гусей і качок! Поодинокі латки трави на кам'янистих берегах були вискубані ледь не до голої землі, а біле пір'я ніби снігом вкривало мокрі каме-

---

[1] Село на протилежному від Новокостянтинова боці Південного Бугу. Тут у IX — XIII ст. існувало болохівське місто Кудин.

ні, мініатюрними човниками вирушало в далекі мандри чи злітало у повітря з найменшим вітерцем.

Залишилася позаду остання хата, а вибоїста дорога вела далі берегом. Річка вирвалася за село та немовби відчула свободу — стала ширшою, гранітні острівці на ній — більшими, а зелень довкола — яскравішою. Береги потопали в різнотрав'ї, над водою крутилося птаство та комашня, а поверхнею річки розходилися кола — то на мілководді грілася риба.

Дорога зовсім швидко звузилася до стежки, а та незабаром програла боротьбу споришеві — люди бували тут рідко. Хіба рибалки забредали сюди, наглядаючи спокійніше плесо, чи хлопчаки на кшталт Гіська шукали приключку на власне сідало.

Яків убирав навколишню красу всім єством. Украй нечасто йому випадала нагода вибратися подалі від цивілізації. Як було б добре забути на кілька днів про Проскурів, Меджибіж, Летичів, маневри, обов'язки та фельдшерські курси для того, щоби просто залізти в курінь на березі річки, закинути у воду сяку-таку снасть, зварити юшки у пом'ятому казанку, а замість кави запарити гілочки яблуні та груші-дички… Яків примружився й неначе відчув запах диму від вогнища й аромат нехитрої страви.

— Доведеться на той беріг по камінню стрибати, — озвався Василь.

— Мозьна було б і тим берегом подацця, — винувато, неначе в тому була саме його провина, протягнув Гісько, — але там струмки є глибокі.

— Тут уже недалеко, — Василь махнув рукою.

Тепер вони простували берегом без жодного натяку на стежку.

Висока трава, і яскраво-соковита, і висохла вже торішня, шерхотіла під ногами, сповнювала повітря неповторним ароматом, неможливим у місті з його бруківкою, хідниками та запилюженими ґрунтівками.

— Довго нам ще? — Яків прикинув, на скільки вони віддалилися від людського житла. Виходило, що коли перекази про Кармелюка не брехали, то «господарював» він зовсім неподалік поселень. До Нового Костянтинова звідси було не більше як дві версти по прямій.

— А ось зараз проминемо одну місцину, — сказав Василь, — і поліземо в базники через річку.

Яків не встиг запитати, яку саме місцину мав на увазі його поводир, коли з-за чергового закруту берега вигулькнула широка галявина, рівненька й немовби облаштована людськими руками. Від річки вона густо заросла осокою та низькими верболозами, а ось із протилежного боку півколом відгородилася височенними — близько двадцяти сажнів[1] — вертикальними скелями. Здавалося, що то якийсь голодний доісторичний велетень відкусив шматок берега. Яків навіть мимоволі почав шукати на гранітних відлогах сліди титанічних зубів.

Місцина справді вражала. І своєю раптовістю, адже щойно берег був помірно пологим, підіймався плавними хвилями, де-не-де оголюючи з-під заростів обсипані виходи сланцю. І якоюсь дикою, первісною красою, на тлі якої особливо гостро сприймалася власна мізерність. І неймовірною енергетикою. Останнє турбувало Якова найбільше, адже нічого схожого він до цього часу не відчував. Хоча ні! Подібні відчуття з'явилися в нього на Кармелюковій могилі — невеликому горбкові на Летичівському цвинтарі. І хоча зараз Яків і не міг до пуття пригадати, як саме почувався на цвинтарі, дивна тривога та розлита у повітрі сила змушували руки братися сиротами.

— Бр-р-р, — Гісько пересмикнув плеченятами. — На досьць, напевне.

— Ти про що? — присів перед малим Яків. Він зрозумів, що хлопча теж щось відчуває.

---

[1] Приблизно 42,6 м.

— Холодом віє, — пояснив Гісько. — Надвецір мозе ляпати.

— Тут так завжди, — скоса зиркнув на Якова Василь. — Не в дощі річ. Кажуть же люди, що тут чортівня коїться.

— То ми вже прийшли?

— Нє, — Гісько підстрибом шурхнув кудись у зарості високого очерету, і за мить із зеленого шумовиння виглянула його лукава пичка. — Сюди.

Зблизька в зеленій стіні виявилася невеличка шпарка, в якій і зник хлопчак. Яків обернувся до Василя, і той ствердно кивнув, махаючи рукою.

— Тепер через річку треба. Малий добре виведе, не переймайтеся.

І справді, Гісько вправно стрибав з камінця на камінець, які тут лежали так щільно, що між ними річки не було й видно. Однак унизу, в глибоких щілинах, шумували потоки, і достатньо було необережно перескочити з одного острівця на інший, щоб нога спорснула та втрапила в небезпечну пастку.

За якусь хвилину Яків геть утратив орієнтири в зеленому мереживі високого очерету, що стирчав з-поміж гранітних брил. Але Гісько впевнено вибирав дорогу — видно, малий не вперше гасав цими місцинами. Певно, з хлопцями уявляли себе розбійницькою ватагою Кармелюка та робили набіги на поблизькі зарості кропиви.

Десь далеко на сході щось глухо прогуркотіло, і за шумом потоків Яків не відразу втямив, що то озивається далекий поки що грім. Малий таки справді передчував дощ? Отже, то лише йому — Якову — муляло в урочищі щось незвичне?

Очеретом гойднули перші повіви вітру. Ніби отой віддалений грім прикликав незриму хвилю свіжого повітря. Зелені списи зашурхотіли дужче, заколихалися перед очима та вже зовсім дезорієнтували Якова. Добре, що до берега геть мало, і за якусь мить Гісько задоволено хекнув.

— Гоп! — його босі п'яти лунко ляснули об зелений моріжок. Протилежний берег різко підіймався вгору, залишаючи позаду надрічкову рослинність.

— Оно воно — крісло, — Василь вказав рукою на недалеке нагромадження скель.

Яків уважно розглядав гранітні стрімчаки, які так само, як і на протилежному березі, чимось нагадували обриси міфічного гіганта, але водночас здавалися геть іншими. Тут кам'яний останець не був таким чітким, і Яків з усмішкою зміркував, що велетень не мав достатньо зубів, аби відхопити рівний окраєць. Розсипи каміння вкривали зелень галявини під скелями, окремі каменюки багато сотень, а то й тисяч років тому відірвалися від стрімких колись скель і закотилися в річку. Десь поміж уламками цього сірого граніту ховалося таємниче «крісло».

— Оце я так собі гадаю, що світив той промінь десь звідси, — заговорив Василь. Він озирався довкола, наче сподівався вгледіти поміж скель якийсь непомічений раніше величезний ліхтар абощо.

Яків і собі вкотре огледівся. Звісно, нічого подібного бодай на якусь техніку поряд не виявилося. І він не сумнівався, що, навіть облазивши скелі згори донизу й обмацавши пальцями кожну каменюку, жодних слідів чи й натяків на такі не знайде.

— А чого саме ти так вирішив?

— Та я… Навіть не знаю, — здвигнув плечима Василь. — Начебто в голові щось повернулося. Бо ж світило точно з цього боку — я околиці добре вивчив. А за урочищем уже ніц немає — чисте поле. Ото я й так собі надумав…

— То ви сідатимете ци як? — Яків стрепенувся від голосу Гіська, який видерся на скелю і вимахував руками до чоловіків. А й справді! Адже він прийшов сюди у пошуках легендарного «Кармелюкового крісла»!

Він умить опинився біля малого, але як не придивлявся, ніякого «крісла» перед собою не бачив.

— А де ж?.. — протягнув він.

— Та осьо з воно, — палець Гіська показував кудись просто на скелю, і Яків нарешті розрізнив на тлі одноманітного граніту щось схоже на заглибину, куди можна було всістися, звісивши ноги з каменю.

То вони добиралися сюди тільки для того, аби надибати… заглибину в камені? Яків заплющив очі та затамував подих. Потрібно було заспокоїтися і визнати, що він укотре дав маху. Мало того, що на цвинтарі його охоплює просто дитячий переляк, від чого відвідини місця впокоєння останків Кармелюка стають достоту гротескною пригодою. Не досить того, що він жене графського візника до іншого міста у пошуках хтозна-чого. Далі через його забаганки ламається коляска, він застряє чортзна-де, а тепер ще й отримує заглибинку в камені, що її місцеві аборигени величають «кріслом», і мусить з усього цього зробити сенсаційний висновок?

Він розплющив очі та з похмурою посмішкою глипнув на Гіська.

— Мабуть, можемо повертатися.

— Як? — витріщив очі той. — І не присядете?

— Треба посидіти, — утрутився Василь, який саме виліз на камінь поряд. — То вже ніби як правило.

— І хто ж його постановив? — знову кисло всміхнувся Яків. Від усіх цих переказів, побрехеньок, легенд і, зрештою, правил його починало нудити. Швидше б опинитись у Меджибожі та нарешті з головою поринути в роботу. Там усе стане зрозумілим, там не буде недомовок і вигадок — сама наука. А їй Яків звик довіряти.

— Та, певно, сам Кармелюк і постановив, — гмикнув Василь. — А старі люди досі одне одному переповідають. Та тут не так щоб дуже багато охочих посидіти трапляється. Кажу ж — чортівня тут коїться. Ото віруючий нарід і тримається осторонь…

— А яка ж чортівня? — Яків іще на крок наблизився до заглибини. — Ми стільки вже про неї згадували, а ще нічого конкретного не почули.

— Та як вам сказати? Іноді здається, що ніби нічого аж такого… А як задумаєшся, то й морозом обсипле…

«Морозом обсипле», — Яків згадав свої відчуття. Справді, холодні сироти на спині й руках були не з приємних відчуттів. Але ж немає жодного приводу пов'язувати власні відчуття саме з урочищем. Чи з могилою на цвинтарі. Може, то його організм так реагує на котлету з ікри, куплену вранці на базарі?

Василь тим часом продовжував.

— А то ще під час грози блискавки сюди одна за одною луплять. Наче притягає їх що… Подейкують також, що люди тут зникали. А тоді ніби з'являлися геть в інших місцях.

— Це ж як?

— А ось так. Про рибалку одного весь Костянтинів год зо шість тому гудів, — Василь тицьнув пальцем у Гіська, якому якраз десь і було років шість від роду. — Розповідали, що пішов на ніч до урочища перемети ставити. А тоді за два тижні повернувся додому звідкись аж із-під Бара[1].

— А що ж говорив?

— Нічого не говорив, — розвів руками Василь. — Тільки мукав і слину пускав. А за кілька місяців і дуба дав. Бо ж пив не просихаючи.

— Ну, насправді така собі історія, — гмикнув Яків.

— Але звідкись таки вона взялася. А то ще сплітають люди — знову ж або рибалки, або пастухи, що сюди з чередами доходять, що в цьому місці чутно, як гуде земля…

— Гуде земля? Це ж як?

— Не скажу, бо й сам довідався з надцятого перебріхування. Одначе ті, хто чув, ніби твердять, що з нічого береться такий звук, от наче… наче, — Василь намагався дібрати вдале слово для пояснення, але, вочевидь, не міг. — О, наче поїзд десь далеко рейками гуде!

---

[1] На той час місто Могилівського повіту Подільської губернії. Між Новокостянтиновом і Баром майже 58 верст (62 км).

— То, може, й справді поїзд? — мовив Яків і враз збагнув, що ляпнув нісенітницю. До найближчої залізниці звідси пролягала така відстань, що жодному паротягу, яким би потужним і важким він не був, не вдалося би пробитися сюди ані свистком, ані звуком роботи машини.

Він перезирнувся з Василем. Той перелічив, мабуть, усю «чортівню» й тепер мовчки тупився на Якова. Небо на сході забарвилося в темне і знову ледь-ледь погуркувало — гроза повільно, але впевнено рухалася. Ось би залишитися в урочищі та спробувати роздивитися, як блискавки притягуватимуться до крісла! Звісно, за великого бажання в цьому не було нічого нездійсненного. Хіба відлякував ризик змокнути до нитки, адже довкола не знайти жодного схованку, або — попрощатися з життям, коли небесний вогонь надумає вибрати мішенню живу плоть спостерігача. Яків не надто петрав у особливостях поведінки блискавок, а тому після короткого вагання відмовився від утілення спонтанного бажання.

Отож, треба повертати голоблі. Чого доброго Федір уже полагодив коляску та дочікується його в умовленому місці. А ще ж добиратися до Меджибожа! Та спочатку варто все ж усістися в те бісове крісло, яким він так переймався.

Яків уперся руками обабіч заглиблення і звісив ноги зі скелі, балансуючи над «кріслом», а тоді повільно, наче сідав на гарячий приск, опустився на нагрітий сонцем граніт.

Нічого не сталося. Світ не перевернувся, перед очима не затанцювали різнокольорові «зайчики», і перед ними не постав привид Кармелюка. Анічогісінько. Лише потилиця раптово стерпла, неначе її свердлував чийсь погляд, хоча позад Якова нікого не було — сама прямовисна скеля. Та ще з крісла відкривався неймовірний краєвид, якого він чомусь до цієї миті не зауважував.

Долина Бугу, поросла купами дерев, лежала перед ним як на долоні. Яків мимоволі уявив, як на цьому камені справді сидить такий собі казковий «розбійник Кармелюк» і оглядає околиці. Звісно, що нічого спільного зі справжньою людиною цей образ не мав. То був суцільний витвір народної фантазії. Можливо, реальний Кармелюк жодного разу навіть не наближався до цих скель і ніколи не сидів у цьому заглибленні. Але образ, щойно з'явившись, уже не бажав полишати голову Якова, і на мить він відчув неприємне запаморочення, немовби його очима на цей світ прагнула поглянути інша істота. Та відчуття це тривало один удар серця, а тоді зойк малого Гіська повернув Якова до дійсності.

— Дивіцця! — хлопчак показував кудись до підніжжя скель, ледь не до самої води, куди збігали зелені схили.

Яків простежив за пальцем малого та вражено витріщився — як вони всі втрьох не помітили цього раніше? Просто біля річки, на зеленому моріжку берега, жовтіло ідеальне коло висохлої трави близько п'яти аршинів[1] у діаметрі.

[1] Приблизно 3,5 м.

РОЗДІЛ 9

16 серпня 1912 р., п'ятниця — 17 серпня 1912 р., субота
Містечко Меджибіж Летичівського повіту

Яків насилу відірвав голову від подушки. Розліпив закислі очі та спробував поворухнутися, але відчув, що кінцівки наче не його. Руки й ноги трусилися, немов увесь шлях із Нового Костянтинова до Летичева, а звідти до Меджибожа він подолав пішки, а не в колясці, закутаний до самих очей у теплий плащ візника.

Пам'ять поверталася уривками. Ніби у світлі блискавки Яків бачив окремі епізоди вчорашнього дня після того, як Гісько скрикнув:

— Дивіцця! — Малий показував кудись до підніжжя скель, ледве не до самої води, куди спускалися зелені схили.

Яків вражено витріщився (як вони втрьох не помітили цього раніше?) — просто біля річки, на зеленому моріжку берега, жовтіло ідеальне коло висохлої трави.

— Це ще що таке? — він напружився і знову відчув неприємну слабкість та легке запаморочення, неначе від виснаження. Але ж іще пів години тому все було чудово! Ох, збрехала тітка на вранішньому базарі… Не вартувало йому спокушатися екзотичним наїдком…

— Кажу ж, чортівня тут коїться, — прошепотів Воша, осіняючи себе хресним знаменням. — Не інакше, як…

Він не закінчив. Здалеку вкотре пролунав загрозливий гуркіт бурі, очеретом прокотилися смарагдові хвилі, а верболози гойднули гіллям під раптовим поривом вітру.

— Буде досць, — резюмував Гісько, знову шурнувши рукавом під носом, як ніби поставив крапку. — Додому тре вертати. А то мамка маку втре.

— Еге ж, — невідомо з якими саме словами малого погодився Воша, — час звідси забиратися.

— Не раніше, як роздивимося те коло, — Яків рвучко підвівся з кам'яної заглибини і на кілька секунд завмер, вичікуючи, щоби з-перед очей утекли чорні мушки. Організм точно надумав викинути коника, але чоловік не особливо зважав на самопочуття, поки тримали ноги та до горла не підкочував млосний клубок.

Він зібрався з силами та жваво застрибав кам'яними брилами попід скелю. До кола випаленої трави залишилося кілька кроків. Позаду гупнуло — то зістрибнув з каменя Воша, а тоді й Гісько ледь не перекидом пролетів повз них.

— Стій! — крик вирвався з його горла наче випадково. Принаймні Яків не міг пояснити, чому вимагає від малого зупинитися, коли той таки зупинився та запитально глянув на нього. Мовляв, що зі мною може статися? Але Яків відчував дивну тривогу.

Гісько ображено відкопилив губу, коли зрозумів, що Яків не збирається пояснювати власний наказ. Певно, просто бажає сам усюди бути першим. Ну й грець із ним! Він завтра ж навідається сюди й добряче все обстежить без свідків. Що він — до Кармелюкового крісла жодного разу не бігав?

— Не наближайся туди, — знову повторив Яків і сам пригальмував за кілька кроків від кола. Воша не відходив від підніжжя скель. Йому й звідти все було видно.

Пориви вітру тим часом дужчали. Треба було вирішувати: якомога швидше вирушати в зворотний бік, випереджаючи дощ, чи ладнатися змокнути до нитки, ще й застрягнувши в урочищі. Адже якщо буря розгуляється, буде не до стрибання по каменях через річку!

Та Якова магнітом тягло до дивного кола. Він знав: природа не любить абсолютної симетрії та чіткості форм. Не вміє вона робити ідеальні кола, а в тому, що висохла трава відображала саме ідеальну геометричну фігуру, він міг заприсягтися. Так само, як і в тому, що його починало тіпати з наближенням до краю пожовклої рослинності.

Одначе Яків переборов себе, ступив останній крок, присів навпочіпки та провів пальцями по жовтій траві. Стебла були не просто висохлими під сонцем — вони кришилися й ламалися від доторків, перетворюючись на жовтуватий сухий порох на пучках. Що ж могло призвезти до такого? Яків не знаходив відповіді, а тому — дорослий і прагматичний прибічник раціональних пояснень — відчув страх. То був страх первісної людини, що вперше стикнулася з чимось непоясненним. Одначе, на відміну від первісної людини, Яків мав масу дотичних знань і зараз натужно шукав відповідь, напружував мозок, змушуючи його відкривати найвіддаленіші свої закамарки з набутими знаннями. Але пояснення не було. Натомість в уяві поставала здоровенна розжарена пательня, що її опускала на зелений моріг чиясь гігантська рука. Певно, того самого велетня, який відкусив по шматку від одного й іншого берега.

Якщо й було в колі ще щось надзвичайне, то побачити це неозброєним оком видавалося геть неможливим. Яків згріб у долоню кілька ламких травинок з наміром покласти їх до кишені, але наступної миті раптово відчув у роті гидкий металевий присмак, наче він обсмоктав жменю п'ятаків. Язик став неповоротким, горло стиснув перший спазм, що піднімався звідкись знизу, і його знудило просто на висохле трав'яне коло.

Тіло охопила раптова слабкість, і якби не Воша, який прожогом підскочив і підставив руку, Яків точно гепнувся б у калюжу власного блювотиння.

— Що з вами?! — голос Василя звучав переривчасто, але насправді то Якову у вухах лунко гупала кров. Десь далеко лунав переляканий голосок Гіська, але слів було не розібрати.

— О… отруївся, п-певно, — ледве встиг вичавити Яків, коли новий напад скрутив його дугою. Коліна підтяглися до грудей, а шлунок вивергав із себе рештки вранішньої трапези. Крихтами свідомості він констатував у себе всі симптоми гострого харчового отруєння, хоча — і на щастя — поки без проносу. Не вистачало тільки обкалятися за багато верст від дому.

— Ану, малий, хапайся з протилежного боку, — почув Яків, і за мить дитячі руки взяли його за правицю.

— С-стривайте… Я спробую с-сам, — він утер рукавом цівку їдкої слини та звівся на неслухняні ноги. Важко було повірити, що ще якихось десять хвилин тому почувався цілком добре. Тим часом у плече вдарила перша важка крапля.

— Усе, надивилися! — рішуче хекнув Воша, завдав собі на плече руку Якова і посунув його до переправи. — Ви вже спробуйте зібратися…

Яків спробував, але з розпачем зрозумів, що та спроба зовсім марна. В тілі залишилося замало сил не тільки для стрибків з каменя на камінь, а й для того, щоби просто рівно тримати голову. Попереду ж іще чекав шмат стежки понад річкою, тоді Кудинкою, а тоді Костянтиновом аж до корчми, де на нього мав чекати Федір. Про багато верст до Меджибожа чоловік намагався не думати.

До кінця переправи зоставалося всього кілька каменюк, і Яків уже майже повірив, що прикрий випадок ось-ось відійде у минуле, коли раптом нога Воші зісковзнула з мокрого граніту, він хитнувся в спробі відновити рівновагу та мимоволі випустив свою ношу з обіймів. Яків навіть не встиг осягнути, що відбувається, як відчув, що падає в холодну воду і та з плюскотом змикається над його головою.

Раптовий холод опам’ятав. Між двома каменями, куди він шубовснув, було мілко — на кілька п’ядей води, але цього вистачило, щоб змокнути до нитки, загубити капелюха й ледве не захлинутися.

Наступної миті поряд шубовснув Василь, винувато бідкаючись і хапаючи Якова за поли піджака, рукави й долоні.

— Ох, як же ж це ми так? Ох, як же ж?..

— Годі доп-питуватися, — Яків цокотів зубами від несподіваної холодної купелі, але відчував, що та збадьорила його та повернула дещицю сил. Принаймні тепер він міг самостійно шкандибати, а не висіти на плечі у Воші. — Нічого страшного не стал-лося. Давн-но потрібно було вм-митися.

У нього зуб не потрапляв на зуб, губи посиніли, а тілом прокочувалися справжні лавини дрижаків. Незважаючи на жаркий серпень, вода на стрімких перекатах залишалася холодною і купання аж ніяк не розслабляло.

— Гіську! — гарикнув зненацька Воша. — Ану мерщій-но дуй до міста! Ти казав, що на пана чекатиме візник? Ото притьмом тягни його сюди — підсоблятиме. Бо хоч ми вже й мокрі, але дощ хочеться в теплі перебути.

Яків не почув від малого відповіді. Певно, той просто кивнув і залопотів п'ятами по траві. Голова й досі була надзвичайно важкою, у потилиці ломило, а з рота не зникав металевий присмак. Оце так спробував летичівського гостинця. Хай йому дідько…

На щастя, до того часу Федір справді встиг полагодити коляску і, щойно захеканий Гісько підлетів до корчми й кількома словами пояснив ситуацію, за мить уже квапився Якову на допомогу.

Візник не бідкався, не лаявся і не голосив. Він мовчки завдав важкого Якова собі на плече, обхопив його за пояс і поволік набагато швидше. Тож коли за першими поодинокими краплями з неба полило, наче з дірявого відра, вся компанія сиділа в корчмі та відпоювала Якова гарячим чаєм.

Момент прощання з Гіськом і Василем на прізвисько Воша Яків пам'ятав погано. Пригадував лише, як один із другим удавано рішуче відмовлялися від чесно заробленої винагороди, одначе, коли Федір силоміць вклав їм у руки обіцяне та поверх обіцяного, довго дякували, запрошували повертатися та кудись кликали… Все це змучений мозок благополучно вкрив завісою забуття. У свідомості залишилася тільки довга поїздка під дощем, який не стихав аж до самого Меджибожа, куди вони прибули ближче до третьої години ночі. До того часу Яків безліч разів провалювався в неспокійний сон, виринав з нього і знову забувався.

У двері обережно постукали, але в Якова не було голосу, щоб озватися. Він німо розтулив і стулив рота, оцінюючи всі шанси гепнутися на підлогу на спробі підвестися з ліжка, щоб відчинити. Але Сімха, а то був він, уже відімкнув двері власним ключем.

— Якове Соломоновичу, — спочатку до кімнати встромився лише його ніс. — Ви там живі чи кликати рабина?

— Про рабина не будемо, — Яків не промовив — просичав у відповідь. Утім треноване Шпацманове вухо вловило й це зміїне шипіння.

— А я вам молочка теплого приніс. Саме те, що треба, щоби гезунт[1] поправити.

Яків удячно кивнув і самими очима вказав на столик, мовляв, ставте сюди.

— Е, ні, — заперечно похитав головою Сімха. — Пийте, доки тепле. Ось побачите, що до ранку таки стане краще. Щоб я так жив!

Яків не знаходив сил сперечатися. Він зібрався з духом і переполовинив склянку, кожної миті очікуючи, що виверзне молоко назад. Але змучений шлунок не реагував, і Яків повільно допив. Пересушеним горлом прокотилася приємна хвиля, а шлунок огорнуло ласкавим теплом. Тепер можна було ще кілька годин доспати, а вранці спробувати пошукати сили та доволіктися до фортеці. Сімха забрав порожню склянку, побажав спокійного залишку ночі та тихо причинив за собою двері. За вікном ледь-ледь бралося сіріти. Дрібний дощ видихався, і ранок обіцяв бути чистим та свіжим, з ви-

[1] Здоров'я (*ідиш*).

митою бруківкою, свіжими хідниками та яскравою зеленню. Але до всього того ще було кілька годин сну…

Чи то Сімха справді знав одному йому відомі секрети приготування теплого молока, чи меджибізькі корови доїлися цілющими ліками, одначе на ранок Яків уже почувався цілком пристойно. В голові досі мігрували відголоски вчорашнього болю, але були вони такі мізерні та незначні, що чоловік вирішив не зважати на них. Ось він розрухається, подихає свіжим повітрям, умиється холодною водою — і голова йому зовсім проясниться.

Шлунок теж поводився на диво сумирно та після подій в урочищі більше не нагадував про себе. Хіба ледь відчутний металевий присмак у роті досі турбував Якова, але він був певен, що зуміє зарадити цьому ранковим туалетом і чашкою кави.

Яків обережно пройшовся кімнатою, випробовуючи силу власних ніг, які вчора за лічені хвилини перетворилися на два шматки сирого тіста. Тоді помахав руками, розім'яв шию — до тіла поверталися колишні відчуття. А коли крізь прочинене вікно до кімнатки влилося світанкове повітря, напоєне ароматом нічного дощу та запахами сніданку, які сочилися з вікон першого поверху, Яків остаточно зрозумів, що неприємна вчорашня пригода стала минулим.

Ось лише в голові крутився невловимий спогад про щось, над чим Яків розмірковував учора в колясці дорогою додому. Мав він таку ваду — у його свідомості найбільш потрібні думки майстерно ховалися в тіні, допоки не виявлялися просто волею випадку. Утім сьогодні Яків виправдовував свою забудькуватість: добре, що власного імені не забув і на кілька днів не втратив здатності стояти на ногах після того, що відбулося вчора. Вчора? Події минулого дня здавалися страшенно давніми, ніби до Летичева та Нового Костянтинова він мандрував не минулої доби, а щонайменше кілька тижнів тому. Тож не дивно, що зараз йому було важко зосередитися на одному-єдиному спогаді.

— Якове Соломоновичу, — на порозі знову стояв Сімха, — прислали чоловіка з фортеці. Питають, чи ви вже прибули з Проскурова? То ви вже таки прибули чи ще їдете?

— Переказуйте, що прибув, — Яків потягнувся, прислухаючись до реакції тіла на пробудження. Чи не треба буде за годину-другу знову відпрошуватися «до Проскурова», коли слабкість повернеться? З харчовим отруєнням жарти погані.

— То просили нагадати, що на вас чекатимуть о десятій.

Зі сніданком Яків вирішив не ризикувати. Не варто було навантажувати змучений шлунок будь-яким харчем — достатньо молока вночі та кави вдень, аби підтримувати організм у робочому стані. І час би вже нарешті ознайомитися з курсами, заради яких його сюди й викликали. Вигадане розслідування перекроїло всі плани, але й досі не дало жодних результатів. Яків укотре задумався, чи не забути про непояснення небесне світло та дотримуватися звичайного розпорядку дня: удень — курси військових фельдшерів, а ввечері — спілкування з Казаковим, Єсіповим і Шпацманом, меджибізьке пиво й меджибізька кава.

Одначе докладені зусилля, змарнований час і навіть розхитане здоров'я не бажали ставати минулим. Це наче розпочати складну операцію, розкрити хворому черевну порожнину й облишити все не просто на півдорозі, а на початку. Яків до такого не звик. Та він дав собі слово, що принаймні сьогодні не згадуватиме про справу, а натомість цілком віддасться роботі.

А робота була, нехай навіть сьогодні Яків до неї геть не готувався. Кваліфікованого хірурга з чималим досвідом і гарним відсотком успішно проведених операцій Якова Ровнєра запросили до Меджибожа із цілком конкретною метою — прочитати для військових фельдшерів низку лекцій. Оскільки ще у Проскурові Яків сумлінно підготував кілька виступів, зараз простував до фортеці із саквояжем, під саму зав'язку напханим паперами. Аж тут несподівана зустріч перед будинком змінила його плани.

— *Przeprazsam pana,* — почувся поряд голос, — *gdzie moge?..*[1]

Яків легко перейшов на польську й без особливих зусиль пояснив блукачеві, де йому знайти корчму (благо, про місцезнаходження останньої добре знав). А тоді на якусь мить застиг на хіднику, втупившись у порожнечу просто перед собою, і зненацька ляснув себе долонею по лобі, аж луна пішла.

— Полоній! Як же я міг забути? Справді! Полоній![2]

Він ще кілька хвилин стояв посеред вулиці, щось бурмочучи собі під носа та мінячись на обличчі від надміру емоцій — стурбованість і навіть переляк заступали похмура зосередженість і невпевненість. Яків неначе вів нечутний діалог сам із собою, якийсь час обговорював якусь надто важливу та хвилюючу тему, а тоді рішуче махнув рукою та швидким кроком рушив до фортеці — годилося починати навчання.

У просторій залі зібралося понад сорок чоловіків. Дехто з них мав на собі військові однострої, дехто — непоказне цивільне вбрання. Приглушені голоси губилися у хмарках тютюнового диму, і, якби не відчинені вікна, у які разом із ранішнім сонцем вривався свіжий вітерець, тут би давно не було чим дихати. Лікарі не надто переймалися власним здоров'ям[3].

Лікар Керм пропустив Якова перед собою та дочекався, поки товариство розсядеться на стільцях і в залі запанує тиша.

---

1 Перепрошую пана, де я можу?.. (*Пол.*)

2 Яків має на увазі радіоактивний хімічний елемент, відкритий 1898 року П'єром Кюрі та Марією Склодовською-Кюрі. На цей спогад його, вочевидь, наштовхнула зустріч із поляком, адже елемент було названо на честь Польщі (лат. *Polonia*) — батьківщини Марії Склодовської-Кюрі.

3 На початку XX ст. не було ґрунтовних досліджень шкідливого впливу куріння тютюну на здоров'я людини, натомість були досить поширеними міфи про «користь» куріння останнього.

— Панове, дозвольте відрекомендувати вам пана Якова Соломоновича Ровнєра. Пан Ровнєр працює головним лікарем Проскурівської міської казенної лікарні та вже багато років є медичним експертом проскурівської поліції. У пана лікаря багатий досвід, безліч успішно виконаних операцій і… Власне, далі я передам слово самому панові Ровнєру.

Аудиторією прокотилися короткі оплески, Яків уклонився та став за кафедру. Лікар Керм зайняв своє місце у першому ряду слухачів.

— Мої вітання шановному товариству, — Яків обвів поглядом присутніх. Досі йому не випадало нагоди спробувати себе в ролі лектора, але… завжди щось буває в житті вперше. — Маю за честь зустрітися з вами та поділитися власним досвідом…

Він прокашлявся, зашарудів паперами, розкладеними на кафедрі, а тоді рішучим рухом згріб їх докупи.

— У Проскурові, коли тільки отримав запрошення сюди — до Меджибожа, я сформував перелік тем моїх майбутніх виступів. Але днями, а якщо бути точним — то вчора, трапилась одна оказія, що змусила мене переглянути тему першої лекції.

Лікар Керм здивовано вигнув брову, певно, гадаючи, що ж такого могло відбутися з Яковом у Проскурові, куди той відпрошувався до породіллі. Яків же не помітив лікаревої міміки — його повністю захопило те, про що він збирався говорити.

— Думаю, що для вас як військових медиків не стане за новину розповідь про хімічні речовини, що їх застосовують у військовій справі.

Залою пробігся легкий шепіт схвалення, і Яків кивнув у відповідь.

— Я не приховуватиму, що ще зі студентської лави активно цікавився хімічними сполуками, а зокрема газами, які чинять згубний вплив на людський організм. І нехай у звичайному житті пересічна людина може з ними не стикатися, проте, як кажуть французи: *à la guerre comme à la guerre*[1].

Отруйні речовини, які можна застосовувати з бойовою метою, хай як це жорстоко не звучало би, винайшли, з одного боку, нещодавно, а з іншого — кілька століть тому. Якщо хлор людство відкрило ще у вісімнадцятому столітті[2], то хлорпікрин його винахідник Джон Стенгауз отримав у не такому далекому тисяча вісімсот сорок восьмому році.

На сьогодні нам відомо чимало таких речовин. Це вже згадані хлор і хлорпікрин, це синильна кислота, фосген, іприт, хлороціан, бромоацетон, бромбензилціанід, акролеїн, бензилбромід, ксилілбромід, етилбромоацетат, хлороацетон…

Яків перевів подих після кострубатих слів і помітив на багатьох обличчях здивовані міни: без сумніву більшість фельдшерів чули чи не всі ці назви вперше.

— Я також упевнений, попри мої сподівання на протилежне, що ці речовини незабаром поповнять арсенали новітньої зброї…[3] І ми з вами стикатимемося з наслідками уражень людського організму цим видом зброї… Але… Як уже згадував, сьогодні я остаточно вирішив змінити доповідь. Ми з вами поговоримо про зброю, точніше — про можливість досі не знаної людством зброї. Втім, зважаючи на те, як ми полюбляємо вбивати одне одного, я переконаний, що незабаром польові військові медики матимуть справу й з такими ураженнями.

На думку змінити тему доповіді мене наштовхнув випадок… Я не можу сказати однозначно, свідком чого саме став

---

1 На війні як на війні (*франц.*).

2 У 1774 році.

3 Усі перераховані речовини, а також інші, застосовували як бойові отруйні речовини в ході Великої (Першої світової) війни. Уперше гранати з етилбромоацетатом використали в серпні 1914 року французи.

і що відчув на самому собі, але завдяки цьому вибудував у своїй голові цілком життєздатну теорію.

Яків обвів поглядом аудиторію. Очі присутніх уважно стежили за ним. Вступ виявився ефектним.

— Гаразд, візьмемося до основного. Більшості з вас мусить бути відоме ім'я Вільгельма Віна, який одна тисяча вісімсот дев'яносто шостого року як доцент Берлінського університету оперував винайденими іншим німцем — Рьонтґеном[1] — променями для діагностування переламів кісток у Берлінському військовому шпиталі.

Залу сколихнув схвальний гомін: прізвище якщо не Віна, то Рьонтґена широкому загалу точно було відоме. Яків тим часом правив далі.

— Але ми сьогодні не зупинятимемося на винаході Рьонтґена, або, якщо хочете — Івана Пулюя[2], а всю увагу зосередимо на... наслідках впливу цього опромінення на людину.

Досі це питання, як мені відомо, не висвітлювали ані в медичній, ані належно у фізичній літературі, хоча вчені зі світовим ім'ям наполягають на доцільності більш ґрунтовного його осмислення. Зараз я маю на увазі опромінення.

І хоча, на мою думку, існує кілька видів опромінення (рьонтґенівські х-промені передбачають штучне, створене людиною випромінювання, а певні хімічні елементи — випромінювання, продуковане матінкою-природою), усі вони завдають шкоди людському організму.

Ось тут варто згадати про одну надзвичайну жінку, якій світова наука, зокрема фізика, завдячує низкою відкриттів. Саме вона, можна сказати, подарувала світові два нові хімічні елементи — полоній і радій, саме вона вперше почала

---

[1] Вільгельм Конрад Рентґен (*Wilhelm Conrad Röntgen — нім.*).

[2] На сьогодні багато вітчизняних і зарубіжних учених сходяться на думці, що відкриття х-променів належить саме Іванові Пулюю — українському за походженням фізику та винахіднику.

ґрунтовно досліджувати предмет нашої з вами бесіди — вплив на живий організм йонізуючого випромінювання.

Як же позначається випромінювання на живій тканині? Досі в цьому питанні залишається більше темних плям, аніж чітких відповідей, але наука не стоїть на місці. Колись східні медики довго й нудно вивчали природу запалення апендикса, а сьогодні вмілий хірург вважає таку операцію рядовою. Колись відкритий перелам мали за підставу для ампутації кінцівки, а сьогодні ми складаємо роздроблені кістки. Тож я вірю, що незабаром з'являться ґрунтовні праці й у царині опромінення живої матерії: пані ж бо Кюрі продовжує свою надзвичайну роботу, а науковий світ уважно стежить за нею[1].

Попри все вищевикладене, на сьогодні вже відомо, що значна доза опромінення діє на людський організм негативно. Я не фізик, та й із хімічними властивостями нововідкритих елементів ознайомлений досить поверхово, але якщо кому цікаво — спробую на хлопський розум пояснити, про що ж саме йдеться.

Під час йонізуючого випромінювання людський організм буквально бомбардують невидимі часточки (а не мені вам розповідати, що таке бомбардування, навіть невидиме). Ці часточки відзначаються такою великою руйнівною силою, що здатні у прямому значенні вибивати з організму цілі шматки. І нехай ці шматки неможливо помітити навіть у найпотужніший мікроскоп, проте на клітинному рівні вони спричиняють справжню катастрофу.

Ось вам лише кілька прикладів, до чого призводить значне опромінення: до затримки клітинного поділу, до репродуктивної загибелі клітини, коли сама клітина не помирає, але втрачає здатність ділитися, або ж до цілковитої руйнації клітини. А що таке руйнація пояснення не потребує.

---

[1] Марія Склодовська-Кюрі померла 1934 року від гострої апластичної анемії, спричиненої променевою хворобою. Її вважають однією з перших жертв променевої хвороби.

— І загалом, які наслідки подібного опромінення ми як медики повинні знати? Передусім це пошкодження органів кровотворення, що не дає, звісно, миттєвого ефекту на полі бою, але однаково є серйозною загрозою для здоров'я та життя людини. Тим паче — в умовах ведення бойових дій із постійним ризиком крововтрати.

Далі варто згадати про ураження органів травлення. Знову ж не мені вам пояснювати, як небезпечно це для людини, що отримує все необхідне для життя з їжею.

Продовжимо ураженням стінок судин та ураженням нервової тканини. А це вже безпосередня загроза, що ризикована швидкою загибеллю живого організму…

Яків замовк і ковтнув води з карафи, що стояла на кафедрі. В залі висіла лунка тиша — ніхто не насмілювався порушити напружену мовчанку. Всі без винятку осмислювали щойно почуте.

— На щастя, — продовжив Яків, — злий людський геній поки не додумався до такого екзотичного способу вбивства. Досі ми винайшли тільки кулю, бомбу, газ… Їх можна бачити, хоча з усвідомлення цього факту не надто багато користі. Новітній же вбивця буде абсолютно невидимим і безшелесним. Бійці просто падатимуть на полі бою, і ніхто з них не знатиме, хто й коли їх убив. Зрозумійте мене: я не маю жодних сумнівів у тому, що ми дійдемо до винайдення цієї страшної зброї, але як медик, як людина, покликана зберегти людське життя, усіляко засуджую будь-які дослідження, які змусять науку працювати на службі в смерті…

І хоча тисяча дев'ятсот шостого року знову ж таки німець Ґейґер винайшов пристрій[1], за допомогою якого можна зафіксувати та навіть частково виміряти певні типи випромінювання, на сьогодні зроблено ще надзвичайно мало, щоби людина зуміла приборкати цього вбивцю. Добре це чи погано — не мені вирішувати, але я хочу вірити, що за сво-

[1] Лічильник Ґейґера. Вдосконалений до 1928 р.

го життя не застану, як армії гинутимуть від невидимих смертоносних променів, від яких не знайти сховку...[1]

З огляду на це нагадаю, що ми, як військові медики, зобов'язані бути готові до будь-яких несподіванок, а тому зараз поговоримо про методи лікування та запобігання опроміненню. Ця тема — абсолютна новинка для медичної науки, а тому озвучуватиму винятково власні спостереження й умовиводи. Тож радо послухаю критичні зауваження та запитання, якщо такі виникнуть.

Яків закінчив за полудень, але товариство ще довго не розходилося: проскурівський хірург порушив неоднозначну проблему.

Наукова думка демонструє постійний і неухильний поступ: те, що сьогодні здається чи не вигадкою, завтра цілком може набути конкретних форм. Саме так сталося з аеропланами. Хто би помислив, що конструкція, важча за повітря, здатна в це саме повітря піднятися. Та не просто піднятися, а досить вільно ширяти в ньому, конкуруючи з птахами!

Тому медики цілком серйозно дискутують про перспективи в недалекому майбутньому бачити на полях битв новітню страшну зброю та долати наслідки уражень невидимим убивцею.

До Якова підійшов Герман Георгійович Керм і без зайвих церемоній потис йому руку.

— Якове Соломоновичу, я вражений вашою доповіддю!

— Досить сумбурно вийшло, пане Керм, — Яків винувато розвів руками. — Зізнаюся, що все це було майже суцільним експромтом, адже тему доповіді я обрав чи не за десять хвилин до її початку.

---

[1] Насправді Яків своєю промовою випереджає час, адже на момент оповіді ніхто не досліджував вплив йонізуючого випромінювання на живі організми загалом і людину зокрема, не описував променеву хворобу та не розробляв методи боротьби з радіоактивним опроміненням.

— Одначе ви згадували про якийсь випадок?..

— О, так, учора зі мною справді трапилася халепа…

…Думки про високий рівень радіоактивного випромінювання на місці, позначеному колом випаленої трави, переслідували Якова всю дорогу від Нового Костянтинова до Меджибожа.

Науковими пошуками Марії Склодовської-Кюрі Яків цікавився давно і навіть плекав надію зустрітися з видатною вченою у Львові, але бюрократичні проблеми завадили йому відвідати Львівську політехнічну школу[1].

Тоді весь учений світ спостерігав за першою жінкою, удостоєною Нобелівської премії[2]. Її праці перекладали десятками мов, а предмет досліджень передавали з уст в уста провідні науковці. Яків не відставав від наукової спільноти. Часописи доходили до нього із запізненням, часто для перекладу французьких статей він задіював Юшкевича і не відступався від приятеля, поки той не видавав йому стосик списаних аркушів з перекладом. І весь час мріяв, що проскурівську медицину нарешті чекає поступ. Він заздрив чорною заздрістю тим ученим, які мали змогу ставити досліди та дарувати світові нові відкриття, тоді як сам мусив при світлі ґасової лампи вичищати чиряки та латати роз'юшені у п'яних бійках мармизи. Утім досить було Якову успішно провести одну-дві операції, як його відчай втихав, а відчуття власної потрібності брало гору. Ось чому він досить швидко погодився на візит до Меджибожа, щоби поділитися хірургічним досвідом із колегами. Коли ж учора трапилася оказія з випаленим колом і в голову зненацька стрелила думка про радіоактивність, вичитану в перекладних французьких статтях, чоловік ухопився за неї, наче за рятівну соломинку.

---

[1] Марія Склодовська-Кюрі відвідала Львівську політехнічну школу (сьогодні — Національний університет «Львівська політехніка») в липні 1912 року.

[2] Нобелівську премію з фізики Марія Кюрі отримала 1903 року, з хімії — 1911 року.

Наукові статті у медичних, фізичних чи хімічних часописах дуже побіжно висвітлювали явища опромінення живих організмів, однак Яків зумів по дещиці виловити потрібну інформацію, а тепер мав нагоду ще й перевірити її на практиці.

Безперечно, в урочищі була підвищена радіоактивність, а випалене коло трави виявилося не чим іншим, як місцем її найбільшої концентрації. Що призвело до цього та чи було джерело випромінювання постійним, а чи ж якимось дивом виникло тимчасово, Яків не знав. Його знання про радіоактивне випромінювання й досі не відповідали бажаному рівню: він, немовби школяр, нахапався фрагментарних відомостей і не міг навіть стулити їх докупи. Хіба врядигоди робив логічний висновок, як-от про те, що його несподівана купіль у холодній воді допомогла позбутися певної частини опромінення, адже після падіння у воду він справді став почуватися краще.

Про нудоту, металевий присмак у роті внаслідок пошкодження дрібних капілярів на слизовій рота і про запаморочення він читав у наукових статтях, але не пов'язував ці симптоми з опроміненням доти, доки в корчмі Нового Костянтинова, полізши до кишені по винагороду для Гіська й Воші, не побачив червону, наче обпечену, шкіру на власній правиці — тій, якою торкався випаленої трави. То таки був опік — від невидимого вогню[1].

Дорогою до Меджибожа, виринаючи з чорноти забуття, Яків намагався зосередитися на отриманій інформації, але не спромігся об'єднати в одне ціле все те, що назнав. Ну хоч убий, не ліпилася до казкових побрехеньок про Кармелюка нововідкрита радіоактивність таємничої плями в старому

---

[1] На початку XX ст. учені послуговувалися біологічним способом визначення «засвоєної кількості радіації», який полягав у вивченні почервоніння шкіри після короткочасного інтенсивного опромінення. Загалом це явище було відомим та описаним.

урочищі, а світловий промінь, який з дивною періодичністю з'являвся на вечірніх небосхилах, не в'язався взагалі ні з чим!

Яків відчував, що остаточно заплутався, що назбирав розрізнених фактів, які не здатен пояснити, зрозуміти та навіть осягнути. А тому вирішив просто зосередитися на роботі.

По третій, після обіду, коли Яків уже допивав каву і розмірковував, на що пустити залишок дня, за його столик зненацька підсів Єсіпов. Він був якийсь начебто нервово-веселий. Яків аж сіпнувся від раптової з'яви штабсротмістра. Та так, що ледве не перекинув чашку.

— Пане Ровнєр, — Єсіпов привітався, приклавши пальці до кашкета.

— Пане Єсіпов, — Яків перевів подих. — У вас щось сталося? Ви маєте надто збуджений вигляд.

— Вгадали, Якове Соломоновичу, — кивнув приятель. — Сьогодні у мене перший виліт у рамках маневрів. Обліт і фіксація розташування уявного супротивника. Ось просто зараз прямую на летовище.

— Просто зараз ви сидите за моїм столиком і ми правимо теревені. Не те щоб я не вітав вас із першим вильотом, але, здається мені, ви не надто поспішаєте.

— Ще й як поспішаю, — раптом реготнув Єсіпов і лукаво зиркнув на Якова. — Але вгледів вас у кав'ярні та надумав для вас пропозицію.

— Пропозицію? До мене? — Яків намагався втямити, куди хилить приятель, але голова й досі працювала не на повну силу.

— Пригадується мені, ви говорили, що цікавитеся аеропланами та навіть бажали би посидіти на місці пілота?

— Так, — хитнув головою на знак згоди Яків. — Від своїх слів не відмовляюся. Але й досі не можу зрозуміти… Стривайте!

Яків підхопився на ноги і таки перекинув чашку з недопитою кавою. Та дзенькнула й перетворилася на купку товченої порцеляни, але чоловік не зважав. До нього нарешті дійшло, в чому полягала пропозиція Єсіпова.

— Ми довели до пуття четверту модель, — Єсіпов допоміг Якову зібрати рештки розтрощеної чашки. — Тепер це повноцінний двомісний апарат. Щоправда, не пристосований до бою, а запланований під розвідника.

— І ви пропонуєте…

— І я пропоную вам сьогодні приєднатися до мене спостерігачем.

— Спостер… — Яків не доказав, бо горло стиснув спазм надмірного хвилювання. На якусь мить йому здалося, що все це відбувається не з ним чи ж Єсіпов просто жартує. Невдало, невміло, жорстоко жартує з ним, знаючи про його слабкості.

— Пане Ровнєр, — Єсіпов торкнувся руки. Обличчя чоловіка було серйозним і зосередженим. Веселі бісики, які стрибали в очах хвилину тому, згасли. — Я цілком серйозно пропоную вам скласти мені товариство в сьогоднішньому польоті. Якщо, звісно, ви маєте вільний час і почуваєтеся досить добре, щоби піднятись у повітря та пів години покружляти над містом.

Упевнений тон співрозмовника подіяв на Якова як гарне заспокійливе — тремтіння в руках зникло, повернулася ясність думок. Якусь мить він мовчав, вирішуючи, що відповісти приятелеві, а тоді гаряче видихнув:

— Я готовий!

— От і чудово! — сплеснув руками Єсіпов і підхопився зі стільця. Яків лише встиг кинути на столик гроші за каву та розбиту чашку, як приятель потяг його геть.

— Може, мені потрібно перевдягтися?

— Не варто, — Єсіпов на мить зупинився і зміряв Якова поглядом з ніг до голови, немовби побачив його вперше. — Я маю кілька запасних комбінезонів у ангарі. Накинете поверх.

Коли дісталися летовища, техніки вже викочували аероплан на злітну смугу. Яків, до цього веселий і рішучий, раптом скис на виду та пригальмував. Від Єсіпова не сховалося його вагання.

— Боїтеся? — він не став добирати слів.

— Та як вам сказати? — зам'явся Яків. Насправді він відчував не так страх перед польотом, перед висотою чи перед небезпекою загинути, як радше страх невідомого.

— Не переймайтеся! — Єсіпов підбадьорливо ляснув його по плечі. — Мені знайомий цей стан. І повірте, у ньому немає нічого поганого. До всього нового треба підходити з осторогою. Важливо, щоби ви вірили у мою майстерність і надійність техніки. А я запевняю вас, що й те, й те — на найвищому рівні!

— Не переконуватиму, що я зовсім заспокоївся після цих ваших слів, але рішучості вони мені додали.

— А це основне!

Єсіпов швидкими кроками попрямував до ангара, перекинувся кількома незрозумілими для Якова фразами з техніками та заклопотано завовтузився біля машини. Яків стояв збоку непришийкобилихвіст і переминався з ноги на ногу, почуваючись непотрібним і зайвим. Адже на летовищі всі, окрім нього, знали своє місце і працювали, немов один злагоджений механізм. Яків же був зайвим гвинтиком у цій складній машинерії — таким собі запрошеним гостем-мандрівником. Однак Єсіпов не думав залишати його на самоті надовго.

Ось він виніс із ангара пару комбінезонів із цупкої матерії та подав один із них Якову.

— Незважаючи на спеку, там, — він тицьнув пальцем угору, — пробирає до кісток. Тому натягайте поверх вашої вдяганки. Ось хіба рукавичок для вас я не знайшов. Доведеться трохи змерзнути.

— Не страшно, — Яків крадькома зиркнув на правицю, з якої вже майже зійшло почервоніння.

Слідом за комбінезоном з'явилися чоботи, підбиті вовною, та легкий шкіряний шолом із великими окулярами.

— До речі, хочу вас привітати, Якове Соломоновичу, — Єсіпов наблизився до Якова впритул і стишив голос. — Сьогодні ми з вами випробуємо четверту модель з парним екіпажем!

— Тобто?..

— Тобто після переобладнання ця машина ще не здіймалась у повітря.

— Але ж ви запевняли мене…

— Я запевняв і продовжую запевняти вас, пане Ровнєр, у власній майстерності та в надійності машини. А також у тому, що цей політ абсолютно не є небезпечним. Принаймні для вас. А ось для розвитку авіації, для розвитку військової, інженерної та технічної думки ми з вами за пів години зробимо надзвичайно багато! Хтозна, може, й в історію ввійдемо!

— Лише як живий приклад, — криво посміхнувся Яків. Його рішучість знову закомизилася. Краще б Єсіпов не розповідав йому про експериментальний політ.

— Тільки так і буде, — приятель забобонно сплюнув через ліве плече. — Ну — ні пуху?

— До біса! — обізвався Яків і втішено відзначив, що, хоча й боявся відчайдушно, хоча й переймався надійністю аероплана та здатністю Єсіпова впоратися з усіма надзвичайними ситуаціями, що можуть трапитися в експериментальному польоті, але жодного разу навіть не подумав відмовитися від екскурсії в небо.

На позір місця для другого члена екіпажу в аероплані було надзвичайно мало. Це відразу впало в очі, щойно Яків видерся до кабіни невеличкою приставною сходнею та ступив на підсилену крайку крила. Крихітне шкіряне крісло з невисокою спинкою — якраз, аби вмістити сідниці, затягнені в комбінезон. Для ніг — дерев'яна приступка, з-під якої видно ребристий дерев'яний каркас аероплана, обшитий лакованим полотном. Один невдалий рух, і ніжна обшивка прорветься під важким чоботом. Загалом уся конструкція літальної машини здавалася крихкою та ненадійною. Невже ось ця машинерія, склеєна з дерева та полотна, може підняти у повітря двох дорослих чоловіків, а у перспективі — ще й вести повітряний бій?

— Комфорту малувато, — всміхнувся знизу Єсіпов, скеровуючи рухи Якова. — Але до всього звикаєш.

— Лише не до могили, — невесело пожартував Яків, однак одразу подивовано зауважив, що похмурі помисли, які до цього точили його, зникли. Тепер одчайдушно хотілося полинути в небо, аби швидше закінчилися приготування й очікування старту.

— Поживемо — побачимо, — по-філософськи прорік Єсіпов і слідом за Яковом вліз до кабіни.

Тепер усередині справді не вистачало місця. Чоловіки притислися спинами один до одного та фактично мали змогу тільки крутити головами. Єсіпов сидів дещо нижче за Якова, майже ховаючи обличчя за плавним вигином металевого кокпіта аероплана.

Яків на мить уявив себе не просто спостерігачем, уся робота якого полягає в тому, щоби уважно стежити за землею, а стрільцем — основною бойовою міццю літальної машини. Він не знав, як саме можна прикріпити до аероплана зброю, але визнав цю ідею неймовірно ризикованою. Ажурна конструкція аероплана легко прострілювалася навіть револьверною кулею. Скільки ж секунд триватиме повітряний бій? Голова йому пішла обертом від спроб спрогнозувати подальший поступ літальних апаратів як бойових одиниць. Однак вигадливість лихого людського генія, орієнтованого на знищення собі подібних, не викликала в нього сумнівів. Людина обов'язково винайде спосіб якнайзручнішого розташування кулемета на борту та надасть стрільцеві достатньо місця для дії…

Яків щільніше припасував до обличчя окуляри та відігнав нав'язливі думки. Попереду на нього чекала подія, про яку він давно мріяв, тож годилося спробувати отримати від неї насолоду.

Єсіпов, як лише давала змогу кабіна, обернувся до нього.

— Готові?

— Якщо я скажу, що не готовий, то це щось змінить? — у голосі Якова бриніли нервові веселощі.

— Анітрохи! — так само весело обізвався Єсіпов і майже зник за виступом кокпіта, прилаштовуючись до панелі керування.

За мить він випростав руку, показуючи, що екіпаж готовий до зльоту. Яків мимоволі втягнув голову в плечі та судомно заметушився, не знаючи, куди подіти власні руки, доки не помітив просто перед носом крихітну поличку, очевидно призначену для зберігання начиння спостерігача. Він учепився за край полички та майже притиснувся лобом до шкіряного валика облямівки кабіни.

— Від гвинта! — пролунало поряд, і за мить Яків почув, як за його спиною щось голосно чмихнуло, а тоді сухе тріскотіння злилося в одноманітний рев, від якого закладало вуха навіть під товстою шкірою шолома.

Одночасно із цим у потилицю м'яко війнуло потужним потоком повітря, який гнав пропелер. Аероплан гойднувся, і краєм ока Яків уловив рух праворуч за бортом — машина почала розганятися.

Сидіти, немовби миша в норі, та ховати голову в кабіні не було сенсу. Аероплан злітав, і коли б щось мало статися — цього було б не уникнути. Усвідомлення такого фатального факту несподівано надало Якову дивної впевненості та спокою. Він обережно підвів голову й випростався, намацуючи своєю спиною спину Єсіпова. Потік повітря у потилицю став сильнішим, і аероплан відчутно затрясло на нерівностях злітної смуги. Коротко викошена трава летовища смарагдовим полотном набігала з-за його спини, і за якусь секунду він перестав розрізняти на ній окремі елементи. Аероплан набирав швидкість, ревіння двигуна, здавалося, заполонило все довкруг, і Яків навіть не зауважив, коли раптово зникла тряска — колеса та направляюча лижва літальної машини відірвалися від землі.

До горла підкотив шорсткий клубок, але це не було переляком. Навпаки, Якова охопила дика ейфорія. Руки дрібно тремтіли, під пахвами виступив холодний піт, а зуби цокотіли від надмірного збудження.

— Я лечу! — закричав він на все горло, адресуючи той крик усьому людству, що цієї миті залишалося на землі, поглинуте своїми дріб'язковими турботами. І нехай аероплан відірвався від летовища всього на кілька аршинів, відчуття польоту було неймовірним.

Аероплан підіймався пологою дугою — Єсіпов розумів, що Яків не звик до різких маневрів, однак останньому все ж заклало вуха від висоти та не знаних до цього дня обставин.

Яків ковтнув густу слину і струснув головою, щоби нормалізувати тиск, але Єсіпов зненацька заклав крутий віраж на крило, від чого шлунок знову підкинуло попід саме горло. Утім обід назовні не попросився, і це було гарним знаком. Яків відчув легкий стусан від приятеля і закрутив головою, намагаючись зручніше розвернутися до Єсіпова, який щось гукав, але марно: слова відносило шаленим потоком повітря.

— Вийшли на висоту! — нарешті зумів розібрати Яків. Комунікація між членами екіпажу не була налагоджена. Обмінюватися стусанами та силкуватися розчути крики один одного, перебуваючи на бойовому завданні, а тим паче у бою, здавалося нонсенсом.

Наступної миті Яків забув про все — шпаркий вітер у потилицю, замерзлі пальці, які й досі мертво чіплялися за поличку, дзвін у голові, важкий шлунок та оглушливе ревіння двигуна, бо аероплан набрав потрібну для польоту висоту і під ним відкрилася немислимої краси картина.

Якось під час відвідин Кам'янця Яків роздивлявся Старе місто з висоти ратушної вежі, також оглядав із ратуші — ще студентом — Краків. Проскурова ж із висоти не бачив, бо провінційне містечко взагалі не могло похвалитися хоча б однією високою будівлею, хіба що костел святої Анни в Старому місті стримів понад двоповерховими будиночками середмістя. Вище Яків ніколи в житті й не бував.

Тепер же під ним і навколо, скільки сягало око, хтось могутній розіслав візерунчасту скатертину, на якій талановита майстриня вигаптувала блакитну стрічку ріки поміж кучерявих дерев, купки будиночків уздовж шворок вулиць і навіть розсип дрібного маку людців, що згори геть скидалися на мурашву. Якову перехопило подих від усього того. На мить він забув, що гойдається високо в небі, сидячи в не надто надійній конструкції з дерев'яних рейок, лакованого полотна, шворок і розтяжок.

Єсіпов знову заклав акуратний віраж, беручи належний курс, і Яків зрозумів, що вони прямують уздовж течії Бугу і ось-ось за високим шпилем костелу мають з'явитися масивні мури фортеці. Та тільки Яків рухався спиною вперед, тож не міг споглядати наближення ані костелу, ані твердині й терпляче чекав, сподіваючись, що їхній маршрут пролягатиме над фортецею.

Ось зблиснула на сонці бляха костельного даху, і за мить аероплан по плавній дузі почав обліт фортеці, тож Яків нарешті розгледів монументальну споруду в усій її величі. На балконі донжону юрмилося з десяток вояків, і Яків помітив, як вони махають до аероплана кашкетами, а дехто стромляє до рота пальці в хлоп'ячому бажанні провести небесну машинерію розбійницьким свистом. Щоправда останнього Яків не чув, адже у вухах владно панувало стугоніння двигуна — рівне та натужне. Він уже звик до нього та сприймав як щось, потрібне поряд завжди і тому не варте уваги. Зараз його робота полягала в спостереженні, тож він ширше розплющував очі, надійно прикриті від вітру скельцями окулярів, аби встигнути зафіксувати зором усе до найменших деталей.

Аероплан обігнув фортецю по лівому борту, тримаючи курс по прямій уздовж Бужка, схованого за зеленими хвилями очеретів: Єсіпов мав на меті облетіти все місто по широкому колу. Праворуч за заплавою Бужка проглядалися будиночки Ставниці — сусіднього із Меджибожем селища. Висоти вистачало, щоби перед очима відкривався виднокіл ген-ген чи не до самого Летичева.

Яків орієнтувався за вершечками храмів і громаддям фортеці, а аероплан тим часом продовжував закладати широчезне коло, припадаючи на ліве крило. Машина йшла надзвичайно плавно, без вібрацій і поштовхів, двигун працював розмірено — Єсіпов казав правду про високий технічний рівень конструкції інженера Ньюпора.

Хвилина минала за хвилиною, і за якийсь час аероплан знову почав наближатися до Бугу. Єсіпов вирівняв машину, і Яків відчув легкий стусан у спину.

— Рухаємося до розташування командування! — пояснив Єсіпов і взяв правіше разом із набором висоти. Земля плавно провалилася вниз, а шлунок Якова звично покотився вгору, прагнучи надибати вихід. Яків заплющив очі та кілька разів глибоко вдихнув. Він уже був призвичаївся до запаморочливої висоти, аж тут пілотові заманулося піднятися ще вище!

Незабаром аероплан знову зафіксував висоту, і пілот ліг на йому одному відомий курс — Требухівці залишилися позаду й ліворуч, а Яків ще довгенько чіплявся поглядом за яскраві відблиски сонця на мерехтливому плесі річки.

— Польова ставка командування наразі поблизу Лисогірки! — повідомив Єсіпов. Яків звісив голову за борт у спробі роздивитися, що коїться попереду, але потужний потік повітря ледве не зривав окуляри та змушував задовольнятися спогляданням стиглого збіжжя на полі далеко внизу. Аж ось аероплан гойднувся, припадаючи на ліве крило, двигун ревнув, змінюючи тон, і машина плавно пішла на зниження, відчутно збільшуючи швидкість. Серце Якова миттєво зреагувало на зміни та глухо закалатало в грудях.

— Приготуйтесь привітатися! — Яків ледве розчув слова приятеля, заворожений видовищем землі, що стрімко насувалася. Здавалося, ще мить — і пілот не встигне вчасно відвернути катастрофу, одначе натомість під літаком промайнув край польового табору, а потім постав величезний натовп людей, які підкидали у повітря кашкети, махали руками та свистіли. Єсіпов заклав стрімкий віраж на гранично малій висоті, аж Яків розхвилювався, щоби не гепнутися просто посеред табору. Але напружена спина приятеля вказувала на максимальну концентрацію й увагу пілота, а впевнені рухи машини — на надійність конструкції французького аероплана.

Ось повз правий борт пропливли шатра ставки командування, і Якову приверзлося, що в натовпі офіцерів він розрізнив постать полковника Тингама, який уважно спостерігав за аеропланом. Яків випростав руку, за яку відразу ж учепився безжальний вітер, і швидко замахав, вітаючи військо внизу. У відповідь у повітря злетіло ще більше головних уборів. Якби не ризик пошкодити машину, вояки гримнули б салют, але натомість обмежилися оглушливим свистом і вітальними криками, що долинали в кабіну навіть попри роботу двигуна.

Єсіпов заклав іще одне — менше — коло довкруг табору, а тоді знову взявся набирати висоту та потяг на обліт Лисогірки, повертаючи аероплан до Меджибожа. Яків не відривав погляду від розбурханого натовпу вояків, аж поки табір не перетворився спочатку на цятки шатер удалині, а тоді взагалі злився з плямами дерев і поля.

Скільки продовжувався політ? Яків давно втратив лік часу, певно, ще від самого зльоту, коли думки крутилися навколо зовсім іншого. Здавалося, що вони щойно злетіли, що просто якихось кілька секунд тому під крилом аероплана промайнули зубчасті вершечки фортечного палацу, і водночас виникали відчуття, що ширяють у небі незбагненно довго, що від моменту зльоту спливло так багато часу, що дивувало, як це в аероплані не скінчилося пальне, як сонце ще не сіло за далеку стіну синюватого лісу на виднокраї, а в Єсіпова вистачає сил досі керувати машиною.

Унизу розкинулися заплавні луки вздовж річки — аероплан наближався до Меджибожа проти течії Бугу. Тут річка звивалася справжньою змією, і крихітна тінь від машини ковзала далекими очеретами внизу, підіймала у повітря птаство й випереджала навіть найпрудкіших мартинів.

Ось ліворуч пропливла зірка валів на місці легендарного замку Ракочі[1], про який говорив Сімха. Якову кортіло детальніше роздивитися вали, і він легенько штурхнув Єсіпова ліктем, а коли той обернувся, вказав ліворуч і вниз та покрутив рукою, зображаючи коло. Чи ж здогадається приятель, що його просять?

Єсіпов на мить сховався за виступом кокпіта, певно, перевіряв, чи досить у машині палива, аби здійснити незапланований маневр, а тоді різко перехилив аероплан на правий борт, закладаючи віраж над низиною із зірчастими валами.

Якову пригадалося, як Сімха розповідав про минувшину Меджибожа та про занадто ревного управителя маєтку Чарторийських — тогочасних власників Меджибожа — такого собі Пухальського, ім'я якого загубилось у круговерті історії. Так, якось князь Чарторийський, який мусив виїхати з маєтку на певний час, доручив Пухальському завершити зведення княжих стаєнь. Оскільки ж камінь для будівництва треба було возити здалеку, підприємливий управитель вирішив убити одним пострілом двох зайців: розібрати непотрібні руїни, що бовваніли на виднокраї віддалік фортеці, а те каміння пустити на княжі стайні.

Справу було зроблено комар носа не підточить. На старому замчищі залишилися самі вали, а в господарстві князя постали новенькі стайні. Пухальський радо потирав руки,

---

[1] Вали та залишки фундаментів у формі чотирипроменевої зірки знаходяться вниз за течією Південного Бугу за кілька кілометрів від Меджибожа. Імовірно належать фортифікаційній споруді XVI—XVII ст. — фортеці чи старовинному митному пункту.

підраховуючи, скільки ж золота отримає від князя у винагороду за вдало залагоджену справу, і гадки не мав, що таки добряче дав маху — руїни неймовірно подобалися князеві. Від споглядання погризених часом стін тому гарно складалися вірші, а то й сльоза збігала вусом. Яким же великим було здивування князя, коли після повернення до маєтку він не побачив любого серцю пейзажу! Натомість угледів управителя, що стояв на порозі, потираючи руки та розводячи радісні теревені про те, як вдало прилаштував непотрібний камінь…

Князь мало не втратив голову від роздратування та горя. Пухальському замість бажаної винагороди велів всипати канчуків і перевести з управителів у прості конюхи. Це, звісно, не повернуло князеві милих серцю й оку руїн. Так і лежали зірчасті вали голими, наче ясна древнього діда — без єдиного кам'яного зуба. На сьогодні й стаєнь тих уже не видно, а побрехенька жива й досі[1].

Аероплан облітав заплавні луки, і Яків, окрім валів замчища, чітко розрізнив руїни інших укріплень — довгий вал, що відмежовував долину із замчищем у центрі від «великої землі»[2], та кілька прямокутників, які, певно, були рештками підмурівків невідомих будівель. Ось що означає аероплан! Те, що на землі має вигляд просто давніх, зарослих бур'яном горбів, у повітрі набуває геть інших форм.

Яків пожалкував, що свого часу не надто багато уваги приділяв образотворчому мистецтву: колись він непогано малював, одначе давно закинув цю справу. Ось тепер він згадав малювання та заповзявся вмовити Єсіпова згодом піднятися в повітря ще раз, аби ретельно зобразити на папері побачене. Хтозна, чи не вдасться старі укріплення якось використати для військових потреб?

---

[1] Цю історію побіжно згадано в працях Ю. Сіцінського.

[2] Поблизу замчища справді є вали зовнішньої лінії оборони, які разом із замком складали єдиний оборонний комплекс.

Аероплан завершив коло і знову взяв курс на Меджибіж — треба було повертатися. Окрім дикого холоду, від якого зводило пальці, Яків починав відчувати такий само дикий голод — нервове збудження буквально висмоктало всі ресурси організму. Тепер Яків, як і машина, терміново потребував поповнення запасів палива, щоби й надалі перебувати «в повітрі». Від згадки про їжу, а надто — про вечерю у виконанні кухаря Сімхи Шпацмана, шлунок видав протяжне бурчання, а рот наповнився слиною.

Важка, проте приємна втома огортала тіло, і, якби не екстремальні обставини, Яків точно прихилив би голову до шкіряного валика облямівки кабіни. Зустрічний потік повітря не давав змоги це зробити, а за кілька хвилин аероплан гойднувся і пішов на зниження — політ добігав кінця.

Плавний поштовх сповістив, що колеса та направляюча лижва аероплана торкнулися землі. Машину затрясло на засипаних кротовинах, тож Єсіпов зменшив газ і майстерно підвів апарат майже до самого ангара. Назустріч висипали техніки, схопилися за крила, зупиняючи аероплан, і за хвилину тріскотіння його двигуна обірвалося. Попри це Якову пронизливо дзвеніло у вухах, немовби хто напустив туди хмару комарів.

— Живі? — веселий голос пілота видався неймовірно гучним.

— Схоже на те, — крекнув Яків і, дочекавшись, поки приятель зістрибне з крила на землю, й собі подерся з кабіни геть. Це завдання виявилася не менш складним, аніж посадка: руки й ноги не хотіли слухатися, а пальці задерев'яніли від холоду. Крім усього, ще й живіт раптом підвело так, що він мало не зігнувся навпіл від різкого болю — усвідомлення того факту, що все закінчилося благополучно, таки позначилося на змученому організмі. Та Яків не надто переймався: відпочинок, смачна вечеря та приємне товариство можуть творити дива, і саме цього йому зараз не вистачало.

Яків скочив з крила на землю та ледь утримався на ногах. Якби не Єсіпов, який вчасно подав йому руку, довелося б випробувати на м'якість коротеньку траву. Ноги після часу, проведеного в польоті, тремтіли й підкошувалися. Однак Яків списував усе на незручну позу та холод, від якого кінцівки задубіли, незважаючи на комбінезон і чоботи.

— Такі приголомшливі враження, що годі встояти на ногах? — Єсіпов перевів усе на жарт.

— Враження й справді збивають з ніг, — підтримав його Яків. — А у вас, Володимире, які були відчуття після першого польоту?

— О-о, казкові, — розреготався той. — У тому сенсі казкові, що я виблював усе, що їв до польоту.

— Ого, я думав, що майбутній літун відчуватиме щось менш приземлене.

— Якби ж то! Перший самостійний політ, звісно, був зовсім інакшим. А зараз я згадую саме перший політ на аероплані пасажиром. Як зараз пам'ятаю: це був *Farman* третьої моделі — надійна конячка, легка в керуванні та проста. Але для мене вона поставала верхом людської інженерної думки, чарівною машиною! Ох і натерпівся я від її чарів у повітрі. Мій перший політ тривав якихось десять хвилин, але через зношений двигун усю конструкцію так немилосердно трясло, що я пожалкував про те, що піднявся в повітря на першій же хвилині. Утім я спромігся героїчно витримати в десять разів більше, доки не відчув, що ще мить — і почну зрошувати летовище рештками сніданку просто з висоти.

— То я таки добре впорався! — Яків повеселів. До рук поверталася чутливість, у голові прояснилося, і шлунок заходився відчутно ремствувати, вимагаючи поживи.

— Просто чудово, — без тіні усмішки запевнив його Єсіпов. — Якщо вирішите податися у військові пілоти, давайте знати.

— Гадаю, що буду корисним і на поприщі медицини, — Яків зняв комбінезона, повернув чоботи і нарешті відчув себе звично — легко, рухливо і найважливіше — на твердій землі.

Він видобув із кишені годинника і вражено витріщився на стрілки: механізм показував за десять хвилин третю.

— Скільки ж ми перебували у повітрі? — Яків приклав годинника до вуха, але той справно цокав. Невже справді ще так рано?

Єсіпов і собі звірився з годинником.

— За трохи тридцять п'ять хвилин.

— Усього тридцять п'ять хвилин? Нещасні пів години? — Яків не йняв віри почутому. — Я гадав, що провів між небом і землею половину життя. Ну, з годину — це точно.

— Небо зачаровує, — розвів руками Єсіпов. — Мені мої перші десять хвилин також здалися вічністю.

Чоловіки обмінялися ще кільком прощальними фразами, потиснули один одному руки, і Яків неквапливо подався додому. Попереду було достатньо вільного часу, але він почувався цілковито виснаженим після польоту й нічого, крім відпочинку, не бажав. На згадці ж про кухню Сімхи рот наповнювався слиною.

— Вейзмір, пане Ровнєр! — Сімха скрикнув так одчайдушно, наче не сподівався побачити Якова живим. — Та я ж за вами вже всі ноги стер! Щоб ви мені були здорові триста років, а я випив за ваш упокій!

— Що сталося?

— Та тільки й того, що я маю для вас записку від ребе!

— Від кого? — Яків, досі у полоні спогадів про політ, не второпав, про що йдеться.

— Ай, ви мене вганяєте в гріб, Якове Соломоновичу! — Сімха вдарив руками об поли. — Ви ж просили в ребе зустрічі, нє?

І тільки зараз Яків зрозумів, про що торочить Шпацман. Згадалася його зустріч із хасидами, згадалося його прохання до рабина про зустріч. То нарешті є відповідь?

— То ребе згоден мене прийняти? — в роті пересохло від раптового хвилювання. Що ж сьогодні за день — одне потрясіння змінює інше. Щоправда, візит до рабина не поставити в один ряд із польотом на аероплані. Втім це з якого боку подивитися!

— А я знаю? Я ту записку читав? Чи ви мене за поца маєте? — Сімха, скорчивши ображену міну, дістав із кишені запечатаного конверта з грубого сірого паперу та простягнув його Якову.

Іще не цілком чутливими пальцями той роздер папір і ковзнув поглядом по акуратних чорнильних рядках, перегорнув аркуш, але за мить віддав його Шпацманові.

— Таки доведеться прочитати…

Сімха з удаваним роздратуванням цопнув записку, підніс до очей і розплився в усмішці: ребе писав як єврей до єврея й не помишляв, що Яків не знає ані їдишу, ані івриту, що букви староєврейської абетки для нього є чимось на кшталт китайських ієрогліфів.

— Ребе запрошує вас на розмову, — чоловічок посерйознішав на виду (він для чогось зиркнув на сонце, наче звіряючись із небесним годинником). — Але вам треба поспішати, якщо хочете мати нормальну розмову. Я вже навіть не питаю, про що ви розмовлятимете!

— А навіщо поспішати?

— Вейзмір, та ви при своєму розумі? Сьогодні ж п'ятниця!

— То й що з того?

— Нє, я колись отримаю собі вавку ін коп[1] через того Ровнєра! Та ж завтра настане субота! Шабат! То хіба ребе спілкуватиметься з вами в шабат? Чи йому більше робити ніц?

— Так до півночі ще ж купа часу, — Яків справді не міг утямити, до чого хилить Сімха. Традиційні вірування співвітчизників залишалися для нього просто старовинними

---

[1] У голові (*їдиш*).

забобонами: якщо в ранньому дитинстві він і чув щось від діда, який намагався виховати з онука «людину, а не шлепара», то непотрібні знання давно вивітрилися з його голови.

— Ай, — Сімха махнув рукою, показуючи, що не збирається довго пояснювати прописні істини неукові[1]. — Ви мені кажіть: вас вести до ребе чи самі дорогу знайдете?

Яків задумався. Ні, не вагався, чи скористатися допомогою Шпацмана, а міркував, чи взагалі варто йти до рабина: уранці ж бо остаточно вирішив, що із розслідуванням варто закінчувати — занадто багато незрозумілого з тим світловим променем.

— Сімхо, а чи йти взагалі?

— Та ви що? — витріщився на нього Сімха. — Що ви як маленький? Ребе для вас час знайшов, справи відклав… Чи ви гадаєте, йому більше нічим зайнятися, як євреєм, який читати не вміє?

Яків уловив у його тоні кпини. Попри це Сімха говорив правду: він сам просив про зустріч, тож відмовлятися тепер буде просто нечемно. Зрештою, не з'їсть же його рабин! А раптом таки повідомить що цікаве?

— Тоді, раз ти запевняєш, що у нас майже не зосталося вільного часу — веди!

— Оце інша річ, — Сімха скочив до кухні, аби віддати останні накази, і за мить був готовий. — А повернетеся, я вас так нагодую, що забудете, як звати!

На згадці про їжу шлунок знову озвався бурчанням, але перериватися на перекус було не з руки. Хтозна, як складеться розмова і чи встигнуть вони з ребе до початку таємничого шабату, про який Сімха так нічого й не пояснив.

Шпацман прудко мчав попереду, і Яків ледве встигав за ним. Він шаснув у вузьку немощену вуличку та застрибав через вибоїни. Обабіч потяглися кривобокі хасидські мазанки.

---

[1] Євреї ведуть відлік нового дня не за показами годинника, а після заходу сонця, тому початок шабату припадає на вечір п'ятниці.

— Далеко нам?

— До старої синагоги, — Сімха промовив це так звично, наче Яків усе життя ходив саме до старої синагоги та ледь не в кроках знав до неї відстань.

Чоловік вирішив за краще помовчати (однаково Шпацман приведе куди потрібно), а натомість поміркувати, що він скаже рабинові, чим пояснить мету свого візиту та чи не сприйме рабин тему розмови за суцільні бздури?

— Ось за рогом, — нарешті захекано кинув Сімха. Тепер вони з Яковом мало не бігли, і ноги останнього починали відчутно ремствувати — після польоту їм бракувало саме пробіжки.

Через поспіх Яків не зорієнтувався, де саме пригальмував Сімха, тоді як той уже постукав у перехняблені нефарбовані двері, а тоді відступив, пропускаючи Якова вперед.

— Чекатиму на вас удома, — видихнув він і подався назад так швидко, неначе страх як побоювався, що за його відсутності на кухні обов'язково вчверять якусь шкоду.

Яків не встиг навіть подякувати поводиреві, не встиг перевести подих і поправити збитий набік піджак, як двері прочинилися і на порозі постав чоловік, з вигляду добряче молодший за нього.

— Я вас слухаю, — голос господаря дому звучав м'яко та неквапливо. Він зміряв Якова уважним поглядом, начебто силкувався за зовнішністю вгадати, хто саме до нього завітав.

— Мені треба… — Яків намагався вирівняти дихання, — мені треба зустрітися з рабином…

— Ви Яків Соломонович Ровнєр? — чоловік злегка нахилив голову.

— Так, — кивнув Яків. — Ви мене проведете?

— А я ребе Клойз.

Якову відняло мову. Тобто перед ним зараз стояв не служка в синагозі, не помічник, секретар чи як там називається в хасидів ця посада, а сам рабин? Яків не відав, який саме вигляд повинен мати духовний лідер меджибізьких хасидів, але підсвідомо уявляв собі чоловіка в літах, неодмінно з довгою сивою бородою, може, згорбленого, та аж ніяк не сподівався на зустріч із людиною, що лише нещодавно перестала називатися юнаком!

Жваві очі чоловіка вивчали Якова так уважно, що йому стало ніяково. За мить рабин відійшов з порога і припросив свого візитера бути йому гостем.

— Мені переказували про ваше бажання зустрітися зі мною. Тож коли ваша ласка, я радо вас вислухаю.

Яків ніяково прокашлявся, зігнув голову в низьких дверях і ступив до темних сіней. Темрява приховала його розчервоніле обличчя.

— Так, я справді хотів з вами зустрітися… але…

Яків зам'явся. Він не знав, як пояснити рабинові, що за останні кілька днів вирішив облишити справу, через яку й добивався з ним розмови. Потрібні слова ніяк не знаходилися, а незручна пауза гнітила. Ситуацію порятував сам ребе:

— Але, певно, не очікували побачити перед собою мене?

— Та що ви?! — вдавано обурився Яків. Не вистачало ще, щоби рабин затаїв на нього образу!

— Не переймайтесь і не виправдовуйтеся, — заспокоїв його чоловік. — Старість — не ознака мудрості. Не на кожну стару людину треба приміряти мудрість. Дуже часто старість пов'язана зі старечою слабкістю розуму. І навіть життєвий досвід, який часто плутають із мудрістю, насправді може бути нікчемним, не вартим і ламаної копійки.

Людина ж — наче сходи, що вершиною впираються в небеса. Всі її діяння і слова впливають на небесні сфери[1]. А звідти сходить мудрість. Тому благими діяннями ми набуваємо мудрості, а не самими прожитими роками.

Яків слухав спокійний і впевнений голос рабина й несвідомо млів від його сили. На спині та передпліччях виступи-

[1] Цей вислів приписують Баал Шем Тову — єврейському мудрецю, засновнику хасидського руху.

ли приємні сироти, а все тіло немов обсипало морозом — кожне слово ребе бриніло незвіданою міццю.

— Прошу за мною ось сюди, — рабин попрямував напівтемним коридором, який вивів до невеликого приміщення, розгородженого дерев'яними стовпами, що підтримували низьку стелю та водночас робили кімнатку ще тіснішою. Що це було за приміщення та куди саме привів його Сімха, Яків не знав. Як не відав, який вигляд повинна мати хасидська синагога, щоби з першого погляду вгадати, куди саме він потрапив. Зрештою, не важливо, де відбудеться розмова — була б вона вартою приділеного їй часу.

Крізь маленькі віконця до кімнати ледве проникало світло, від чого навколо панував сірий присмерк. Здавалося, надворі звернуло на вечір або ж день лише розпочинається, тоді як насправді сонце висіло просто над головою. Одначе були в цьому й свої переваги — кімнатку огортала приємна прохолода.

— Ребе, — Яків опустився на лавицю, вказану рабином, — я справді сподівався зустріти когось набагато старшого за вас. І побоювався, що ту історію, яку маю розповісти та про яку хочу розпитати, старша людина сприйняла б за…

— Неможливу?

— Десь так! А зараз я почуваюся на диво спокійним, — Яків усміхнувся. І справді — нещодавнє хвилювання непомітно зникло, поступившись місцем якійсь рішучості. Перед очима чітко вимальовувалися події останніх кількох днів, дотичні до з'ясування природи таємничого небесного світла. Що ж, мабуть, наспіла пора повернутися до незакінченої історії.

— У такому разі розпочнімо, — рабин присів навпроти Якова. — І прошу вас почуватися вільно. Я вже з самого вашого вигляду бачу, що ви не турбували б мене через дурниці. Розповідайте свою історію…

І Яків розповів. Почав здалеку — ледь не з виїзду із Проскурова та листа-запрошення від вищого військового командування, хоча весь час тримав у пам'яті настанови

Сімхи про те, що мусить цінувати кожну хвилину: із заходом сонця для євреїв настане шабат, і ребе не зможе приділити йому жодної хвилини.

Схиливши голову набік, рабин слухав дуже уважно. Коли ж Яків перейшов до подій у каньйоні річки поблизу Нового Костянтинова, чоловік прикрив очі так, що, на перший погляд, здавалося б, наче він спить, якби не порухи очей під повіками.

— …я вже майже вирішив закинути справу, коли пан Шпацман повідомив мені про ваш лист, — завершив розповідь Яків. — Проте я й досі не впевнений, що із розсипу фактів, вигадок, легенд і свідчень очевидців зліплю історію, що дасть змогу зробити принаймні якийсь логічний умовивід.

Якусь мить рабин мовчав. Чоловік дивився вдалечінь крізь скло маленького віконця так пильно, неначе щось надворі неймовірно його зацікавило.

— Я жодного разу не бачив схожого світла, — нарешті промовив він, і Яків знову здригнувся від приємних мурашок, викликаних глибоким голосом. — Але я й Творця на власні очі не бачив, а вірю в його існування беззастережно. Не обов'язково щось бачити, щоб знати чи вірити, що воно справжнє.

— Але ж отак легко сприйняти за дійсність і вигадку! — здивувався Яків. — Для мене як лікаря, який рятує людські життя, бачити — це означає знати!

— Проте людина живе не лише фізичним життям, — м'яко парирував рабин. — Іноді життя рятує й слово, й думка… І віра.

— Упевнений, ви б чудово порозумілися з моїм гарним приятелем із Проскурова — Юшкевичем. Він теж фахівець побалакати про душу.

— Ви вочевидь не надто переймаєтеся життям духовним.

— Така специфіка професії, — знизав плечима Яків. — Мушу бути скептиком, який вірить тільки перевіреним фактам і власним очам.

— У такому разі чому ви повірили розповідям про світло в небі, коли самі його не спостерігали та навіть не маєте змоги перевірити правдивість усіх відомостей про нього?

Запитання рабина вибило Якова з колії. Він розумів, що його просто підловили на словах, але відбити напад не міг.

— Ось бачите, — продовжував рабин, — ваш метод сприйняття світу відразу ж виявив свою недосконалість. Мені ж просто достатньо знати, що весь світ сповнений дивами Творця, аби повірити вашій розповіді. Я жодного разу не помічав на небі світлового променя, але вірю, що Творцеві під силу його створити. Тому я вірю, що він може існувати й існує.

— Не підкопаєшся, — гмикнув Яків. — Хоча й уся ваша філософія тримається на одному найсильнішому переконанні. На тому, що Бог існує. Керуючись такою точкою зору, легко пояснити будь-що.

— Ваша правда, — погодився ребе. — Ми народжуємося з усвідомленням існування Творця. І все життя прагнемо присвятити досягненню двекута[1] — єднання із Творцем у служінні, осягненні та вірі.

Яків слухав розмірену розповідь рабина, зачаровувався його голосом і намагався зрозуміти філософію хасидів, людей, які все своє життя орієнтують на єдину мету — служіння вищій силі.

Він не міг уявити, як це — щомиті усвідомлювати свою причетність до чогось вищого за звичну буденність, проживати кожен день відповідно до містичних канонів, щохвилини думати про Бога та виконувати його настанови.

— Не переймайтеся, я не викладатиму вам усе наше вчення, — усміхнувся рабин, помітивши, що Яків замислено дивиться повз нього, поглинутий власними помислами. — Ми ж не для цього зустрілися. Та й часу в нас обмаль… А тому я розкажу вам про одну, гм… людину…

---

[1] Двекут — в юдаїзмі та каббалі — стан злиття з Творцем.

Яків уловив у голосі рабина нотки невпевненості. В чому ж той сумнівався?

— Колись давно, за вашим літочисленням — у вісімнадцятому сторіччі, жив у Меджибожі один чоловік, який пізнав Творця. Ось про нього я й говоритиму, бо відчуваю, що ця історія стане вам у пригоді більше, ніж коли б я взявся розумувати про небесне світло.

— І як саме ця історія мені допоможе?

— А це вже залежить суто від вас. Я даю вам поживу для голови, а ви пропускаєте її крізь себе та вчиняєте так, як велить вам ваш розум.

— Що ж, нехай буде так, — Яків кивнув і приготувався слухати. Хай там як, історія не зашкодить, хоча й користі якоїсь від неї також не вартувало очікувати.

— Звали того чоловіка Ізраель бен Еліезер, але всі у Меджибожі йменували його Володарем Доброго Імені. Бештом. Баал Шем Товом.

Якову здалося, що він уже десь чув це ім'я, але не міг пригадати, хто й коли йому його згадував. Чи це був Сімха? Чи про Бешта йому торочили в корчмі? Чи ж він уловив дивне для його вуха ймення просто на вулиці? Ребе тим часом не зупинявся.

— Життя Ізраеля з народження сповнювали таємниці. Ніхто напевне не знає, чи відбувалося те все насправді, чи ж люди сплели докупи вигадку та дійсність. Так, уже саму його появу на світ оповивала містика: люди подейкували, що до Ізраелевого батька — Еліезера — якось підійшов подорожній і возвістив, що незабаром у нього народиться син. Був то не просто перехожий чи мандрівник, а сам пророк Ілія!

Яків мимоволі всміхнувся — казок він наслухався ще в дитинстві.

— Дива в житті юного Ізраеля на тому не закінчилися: якось під спів псалмів він ударом палиці вбив перевертня, який унадився до містечка, де мешкав хлопець, і викрадав там дітей…

Яків відчув неприємний холодок проміж лопаток від згадки про перевертня. Були в його житті спогади, яких він бажав би позбутися[1].

— Однак за іншими переказами, зовсім не псалми співав юний звіроборець, а розмовляв із потворою невідомою мовою, від чого та вклякла на місці та буквально дала себе вбити. І мова та не була схожа на жодну відому мову.

Учення ж каббали юнак пізнав дещо пізніше, коли служив сторожем при синагозі. Тоді він не мав ані вчителя, ані книг для читання. Трапилося ж так, що у Відні помирав старий каббаліст Адам Баал Шем, який перед смертю сподобився одкровення.

— У Відні? — перепитав рабина Яків, думаючи, що не розчув.

— Саме так, — кивнув оповідач. — У Відні старий каббаліст побачив у видінні юнака, якому мусив передати свою мудрість у містичних записках. І спорядив старий власного сина в далеку мандрівку, щоби в не відомому нікому маленькому містечку з'явився ще один баалшем[2].

Але син старого Адама з Відня не просто віддав Ізраелю записки. Із переказів відомо, що для перевірки юнака той викликав із Позамежжя ангела вогню!

Яків знову не стримав усмішки — казки набирали обертів. Нещодавно він слухав щось схоже, де йшлося про «шляхетного розбійника», який спустився з місяця для боротьби з кривдою та несправедливістю на грішній землі.

— І як минула перевірка?

— Від палаючих крил небесного воїна спалахнув дах на синагозі, одначе сторож не розгубився, звів руки до небес і словом наказав вогню згаснути. І той скорився — лише дим закурився, неначе фіміам летів до зірок. Ангел зник, а син

---

[1] Ідеться про події, описані в романі «Книга в камені».

[2] Баалшем — також чудотворець, відомий у єврейському народному фольклорі.

старого каббаліста переконався, що батькові записки потраплять у потрібні руки.

Та якщо ви вважаєте, що відразу після цього юний Ізраель осягнув мудрість цадика, то помиляєтеся. Життя не було медом для хлопця, бо закинуло його аж у Карпати, де майбутній Бешт шукав Творця, довгими тижнями на самоті медитував серед гір і практикував ґісбойдедус[1]. І гори почали слухатися його! Стежки самі стелилися йому під ноги, коли він блукав схилами, печери самі творилися за його бажанням, коли він волів відпочити, джерела пробивали камінь, коли він хотів напитися!

Якову здалося, що такі історії він уже десь чув. Вухо пригадувало схожі інтонації та вислови, однак ішлося про іншу людину. Чоловік на мить утратив нитку розповіді в намаганні зазирнути в минуле, відкладене в комірках пам'яті. І винагородою стали спогади про розмову з графом Морковим, який захоплено оповідав Якову про Кармелюка, використовуючи такі самі слова. Розповідь же тим часом продовжувалася.

— А в ті ж таки часи ходив горами Карпатами ще один чоловік неабиякої сили, і звали його Довбушем.

— Довбушем? То Бешт був знайомий з Олексою Довбушем? — Яків не міг стримати здивованого запитання. Знову легендарний розбійник! Щось йому останнім часом щастить на подібні історії та подібних людей. От лишень яким боком приліпити легендарного опришка до розслідування походження небесного світла? Цілковита нісенітниця виходить!

— Легенди оповідають, що вони не просто були знайомі, а Бешт одного разу навіть порятував Довбуша від погоні, створивши печеру за водоспадом, де й заховався опришок зі своїми людьми. Коли ж небезпека минула, подарував Довбуш Бештові за своє спасіння люльку, з якою баалшем не розлучався все своє життя!

---

[1] Пізнання Бога та світу через природу.

Хтозна, що ще коїлося з Бештом у горах, якої мудрості він досяг і чому навчився, а тільки незабаром він розкрився людям і відтоді про нього заговорили не як про Ізраеля бен Еліезера, а як про Баал Шем Това — Володаря Доброго Імені. Бешт зцілював молитвою та самою думкою, виготовляв амулети й талісмани, виганяв злих духів і творив дива. Хтозна, може, серед тих див було й світло з неба? — ребе загадково всміхнувся.

У кімнатці помітно стемніло. Яків зиркнув на шибки — крихітні віконця затягло сірою сутінню: надворі сідало сонце, тож незабаром ребе муситиме попросити його піти геть. Але поки історія продовжувалася, щоправда, Яків досі не бачив у ній сенсу.

— Незабаром доля привела Бешта сюди — до Меджибожа, — ребе тицьнув пальцем у підлогу, і його гість мимоволі простежив за тим жестом, наче сподіваючись побачити на обшарпаних дошках сліди легендарного мудреця. — Тут він і провів решту свого життя. Серед учнів, яким викладав своє вчення, яким сповіщав істину, яку осягнув самотужки. Він не залишив жодного списаного папірця, жодного рядка! Подейкують навіть, що він просто не вмів писати!

— Умів створити печеру в скелі, а не міг вивести чорнилом закарлючку? — примружився Яків. У відповідь ребе лише розвів руками, мовляв, за що купив, за те й продаю.

— Хто зрозуміє його мудрість і його бажання? Може, не вмів, може, не хотів, а може, не дозволено йому було?

— Це ж ким не дозволено?

— Хтозна? — багатозначно гмикнув ребе. — Я ж попереджав, що життя Бешта сповнене таємниць і див, які не завжди вдасться осягнути розумом. Тільки віра може допомогти прийняти його вчення та життєвий шлях, який завершився, але не обірвався…

— Не обірвався? — Яків укотре здивовано поглянув на рабина. — Тобто він не помер?

— Перед смертю Бешт запевняв, що просто виходить в одні двері та ступає в інші, що зі своєю смертю залишає цей світ і вирушає до іншого…

— Ох, — Яків утомлено провів рукою по обличчі. В нього не було ані найменшого бажання заглиблюватися в хасидську філософію світосприйняття ще більше. Вистачало казок про цадика Бешта, вистачало оповідок про дива та про небесне світло як Боже творіння. Розмова з ребе не наблизила його до з'ясування природи світлового променя ані на крок.

— Моя розповідь очевидно втомила вас, — ребе й собі зиркнув на вікно. — Наближається шабат, і незабаром ми муситимемо попрощатися. Та з виразу вашого обличчя я бачу, що сьогодні ви не отримали того, чого бажали.

У відповідь Яків мовчки заперечно помотав головою. Він справді почувався виснаженим та розбитим. І навіть неймовірний голос ребе не викликáв уже приємних мурашок. Кортіло одного — повечеряти й укластися до ліжка.

— Не зневірюйтеся, — ребе поклав руку йому на плече. — У ваших очах я прочитав рішучість і добру впертість. Вам потрібно продовжувати йти до мети. Навіть коли здається, що шляху попереду більше немає. Повірте, іноді варто трохи поплутати бездоріжжям, аби незабаром вибрести на широкий мощений тракт, який і приведе до бажаного результату.

— Було б добре, — невесело всміхнувся Яків. — Хоча, якщо таємниця так і зостанеться таємницею, гірше спати я від цього не стану. Скільки їх було, а скільки ще буде — нерозгаданих загадок.

— Я впевнений, що ви знайдете свій тракт, — примружив очі ребе. У кімнатці, де споночіло, його очі загадково зблиснули.

Яків прокинувся від наполегливого гупання в двері.

— Кого принесло суботнього ранку? — За вікном сіріло, і перші півні тільки нещодавно вирішили спробувати закликати сонце. Що й кому знадобилося від нього так рано?

— Пане Ровнєр, вам записка! — голос Сімхи, а до кімнати зайшов саме він, звучав урочисто.

— Від кого? — Яків досі не прокинувся і сонно моргав у намаганні розгледіти аркушик паперу в Шпацманових пальцях.

— Від ребе!

— Від кого? — здивування миттю прогнало рештки сну. Що змусило рабина знову писати Якову? Вчорашня розмова здавалася завершеною, і повертатися до неї Яків бажання не мав.

— Та від ребе ж! — Сімха нетерпляче помахав запискою у повітрі. — Вейзмір, та я вже її навіть прочитав!

— І що ж там такого важливого, що ви збудили мене до світу в суботу?

— Ребе радить вам пошукати книжку про небо.

— Де пошукати?

— А я знаю?

— Гаразд, а що за книжка?

— А я знаю?

— Ну, ви ж читали записку, а не я.

— Так там усього один рядок. І так прямо й написано: пошукайте книгу про небо.

Яків застогнав і повалився на подушку. Голова відмовлялася працювати такої ранньої години. Хотілося загорнутися в ковдру і, поки надворі не розпочався звичайний меджибізький гармидер, додивитися сон. Але клята записка не давала спокою.

— І ви не уявляєте, що то може бути за книжка та де її шукати?

— Що то за книжка, я й справді не дуже тямлю. «Про небо» — то вельми загально сказано. А ось де шукати, таки ясно так само, як те, що сьогодні шабат, а я тут із вами вошкаюся.

— Та не тягніть уже, Сімхо! — Яків сів на ліжку. Певно, поспати сьогодні вже не вдасться.

— Тягне моель[1], а я просто не швидко кажу, — з усмішкою огризнувся Сімха. — А кажу я таке: в офіцерській книгозбірні, що у фортеці!

— То у фортеці є бібліотека…

— А ви гадали, що нашим офіцерам тільки корчма до снаги? — Сімха вдоволено гмикнув, поклав записку на столик біля ліжка та причинив за собою двері. Надворі почувся крик півня — Меджибіж прокидався.

Яків широко позіхнув і потягнувся до хрускоту в кістках. Учорашній день виснажив його понад міру. Довга лекція, політ і розмова із цадиком… Одначе зараз Яків почувався на диво бадьорим, хоча проспав усього п'ять із хвостиком годин — звечора довго крутився та ніяк не міг склепити повік. З голови не йшла розмова з ребе та казкові історії про Бешта. Не те щоб він повірив у їхню правдивість, але помітив, що історії ті якимось дивом перегукуються з історіями про Кармелюка. А найважливіше, що не давало Якову змоги просто викинути побрехеньки з голови, то це те, що обидва співрозмовники — і граф Морков, і ребе Клойз — говорили про своїх героїв з таким пієтетом і піднесенням, наче ті були… І тут начебто хто клацнув пальцями в Якова перед носом, і він яскраво й до останнього слова пригадав свої розмови.

……………………………

— Кармелюка навіть за людину не вважали!

— А за кого ж?

— За Божого посланця, що спустився з місяця!

……………………………

— А коли Бешт відкрився людям, то його більше не називали людиною.

— Ким же звали?

— Баалшемом!

……………………………

[1] У євреїв людина, яка проводить обряд обрізання.

Субота в Якова випала вільна, а тому він вирішив присвятити її офіцерській книгозбірні. Якщо, звісно, вдасться туди потрапити… Попри сумнів у доступі туди цивільному, чоловік не втрачав надії.

Від короткої записки цадика — усього один рядок усе тими самими незрозумілими старовинними буквами — у серці Якова розгорівся колишній вогонь. Бажання розгадати загадку небесного світла спалахнуло в ньому з новою силою. І хоча порада від ребе Клойза була дуже туманною, фактично — натяком, Яків вирішив випробувати долю. В гіршому разі він просто ознайомиться з офіцерською бібліотекою.

До книг Яків завжди мав слабкість. Удома, у Проскурові, він ніколи не проминав книгарню Яцемірської, мало не обов'язком своїм вважаючи зазирнути до просякнутого запахом книг приміщення крамниці. Ряди новеньких корінців заворожували його, а букіністичний відділ то й узагалі не відпускав: там нерідко можна було натрапити на справжні скарби!

А що, як офіцерська книгозбірня також порадує його гарною колекцією?

Надворі вже квітнув пізній серпневий ранок, коли Яків наблизився до воріт фортеці та розтулив було рота, аби пояснити вартовому, хто він і чого хоче. Тієї самої миті назустріч йому вийшов Єсіпов. Під пахвою він ніс кілька скручених рурками мап.

— Якове Соломоновичу!

— Пане Єсіпов!

Чоловіки потисли один одному руки.

— Ви в якійсь справі?

— Думав спробувати навідатися до бібліотеки. Пан Шпацман запевнив мене, що у фортеці є чудова офіцерська книгозбірня.

— Так я щойно звідти, — Єсіпов ляпнув рукою по тугих паперових рурках. — Можу вас провести, аби ви не блукали.

— Коли ваша ласка, — Яків приклав руку до грудей і слідом за приятелем шаснув повз вартового. Той так і стояв, не відводячи знудженого погляду від вершечка костелу.

— Ви по щось конкретне до бібліотеки? — Яків простував за Єсіповим мощеною доріжкою. Той забирав ліворуч, проминув двері до приймальні Трингама, тоді піднявся кількома сходинками і притримав для Якова наступні двері — старі та рипучі.

— Та я й сам не знаю, — щиро зізнався Яків. — Радше просто шукатиму книжку, щоби згаяти вільний день. Утім як вдасться.

За дверима виявилася невелика зала, що зустріла приємною прохолодою: товсті стіни довго нагрівалися, і низьке ще вранішнє сонце не встигло нагнати сюди літньої спеки. Із зали вели троє дверей, і Яків дочекався, поки Єсіпов не вказав на потрібні.

— Ви складете мені компанію?

— Тільки якщо пригостите мене кавою. Бо я, насправді, за сніданком не знайшов на неї часу. А ось зараз час є, а кави — немає.

Зважаючи на відносно ранній час і, звісно, маневри, які забрали з містечка й фортеці майже весь офіцерський склад, у залі не було ані душі. А от сама зала вражала розмірами. Не надто презентабельні двері відчинялися перед величезним, як здалося на перший погляд Якову, овальним приміщенням, у дальній від входу стіні якого знаходилися стрільчасті двері (вихід на галерею), обрамлені такими самими стрільчастими за формою вікнами. Вежа виходила майже точно на схід, тож зараз яскраве сонячне світло заливало весь обшир зали і наповнювало її приємним теплом. У променях кружляли порошинки, і Якову раптом закортіло сісти просто на дерев'яну підлогу, встелену килимами, і вигріватися на сонячних плямах. Тим паче, що вздовж стін тяглися довгі та високі стелажі з книгами і їхній неповторний запах, змішаний з ароматами сонця й пилюки, витворював чарівну та затишну симфонію спокою. Тут хотілося провести багато годин, хотілося, аби сонячний ранок не закінчувався, а скісні промені падали й падали з-за високих вікон.

— Ось вам і офіцерська бібліотека, — Єсіпов гостинно махнув рукою в бік стелажів. — Майже п'ять тисяч томів.

— П'ять тисяч! — захоплено повторив Яків. Його очі пробіглися корінцями.

— Значну частину колекції фондувала велика княгиня Ольга[1], частину — пан полковник. Та й прості офіцери теж доклали зусиль.

— Це ж справжній скарб, — Яків рушив уздовж стелажів, торкався пальцями окремих томів, розбирав золоте та срібне тиснення назв, придивлявся до авторів.

— Маємо достатньо і нових, і старих, ще й рідкісних видань, — не без гордості продовжив Єсіпов, наче бібліотека належала йому одноосібно.

— Як же я серед такої кількості знайду книгу «про небо»? — стишив голос Яків. Справді, перебрати п'ять тисяч книг не вдалося б і за кілька днів. Особливо коли далеко не на всіх корінцях зазначено назву. І він продовжив, звертаючись до приятеля: — А чи передбачено тут щось на зразок каталогу? Аби не блукати навпомацки, коли треба нашукати щось конкретне.

У відповідь Єсіпов розвів руками.

— Командування вважає, що посада наглядача бібліотеки фортеці непотрібна. Зайві витрати, словом, давня та не раз чувана пісня. Хай там як, але людини, що могла б це добро привести до ладу, немає. Як і порядку серед книг.

Яків зітхнув. Доведеться діяти дідівським методом — руками. Діставати том за томом, чхати від пилюки та сподіватися,

---

[1] Велика княгиня Ольга Олександрівна, донька імператора Олександра III, з 1912 р. була покровителькою 12-го гусарського Охтирського полку. Твердження про те, що вона фондувала бібліотеку, — авторська вигадка. Відомостей про офіцерську бібліотеку в Меджибізькій фортеці майже немає.

що пошуки не стануть марними. Було б жаль змарнувати купу часу і з'ясувати, що нічого подібного до книги «про небо» на полицях не знайти.

— Може, книги хоча б систематизовані за тематикою? — Яків зробив останню спробу.

— Ось це таки є, — кивнув Єсіпов, і в Якова радісно затріпотіло серце.

Приятель пройшовся залою, показуючи Якову, де на стелажах стоїть белетристика, де — томи поезії, а де — наукові видання з ботаніки, зоології. На окремих полицях шикувалися книги з військової справи. Звісно, й тут не було чіткого порядку: поряд із томами «Життя тварин» Альфреда Брема[1] красувався томик поезії вагантів[2], а твори Томи Аквінського[3] сусідили з керівництвом з обслуговування великокаліберних мортир.

Одначе наявність принаймні мінімального порядку давала надію, що потрібна книга все ж знайдеться. Знати б лишень, яка саме виявиться потрібною.

— З вашого дозволу, пане Ровнер, я залишу вас, — Єсіпов повернувся до дверей. — Не впевнений, що вас тут хтось потурбує. Субота в офіцерів — не надто популярний день для читання. Сьогодні буде аншлаг у корчмі, а не тут.

— Дякую! — Яків потиснув приятелеві руку на прощання. — Сподіваюся, я дам собі раду.

За Єсіповим зачинилися двері, і Яків на мить заплющив очі, фізично відчуваючи тишу. Десь далеко за вікнами було ледве чутно цокання кінських підків по бруківці, а тут — у великій залі офіцерської вежі — все потопало в тиші. І здавалося, що громаддя фортеці також оповите мовчанкою, а Яків — єдина жива душа серед цих стін, кімнат, коридорів, переходів, підвалів та зал.

---

[1] Німецький учений-зоолог і мандрівник (1829—1884).

[2] Мандрівні середньовічні священники і ченці-втікачі XI—XIV ст.

[3] Католицький теолог, філософ-схоласт, чернець-домініканець, святий.

— Гаразд, — його голос сколихнув простір навколо. — Шукатимемо «книгу про небо». І сподіватимемося, що натрапимо хоча би на щось.

Хвилини тяглися нескінченною вервечкою, і стоси книжок на підлозі ставали дедалі вищими. Яків не дотримувався жодної системи та пробував охопити якомога більший пласт бібліотеки, поки що покладаючись на просте «пощастить». А раптом потрібна книга таки підвернеться під руку? Бувають же щасливі випадки. Після стількох невдач таке виявилося б дуже бажаним.

Але фортуна, вочевидь, остаточно відвернула від Якова своє примхливе обличчя. Ані серед назв, ані, зрештою, у змісті переглянутих книг не знаходилося нічого, що можна було би пов'язати з небом.

П'ять тисяч томів. Яків зняв з полиці чергову книжку й почав сліпо гортати аркуші. Якщо витрачати всього лише по хвилині на книжку — переконатися, що в назві немає натяку на таке потрібне «небо», пробігти очима зміст, глянути кілька ілюстрацій, якщо вони є, то на перевірку всієї бібліотеки знадобиться близько вісімдесяти трьох годин часу! Звісно, окремі книжки відразу можна було відставляти, але навіть переполовинений час однаково пробуджував зачаєну паніку — згаяти майже дві доби на пошуки книжки?

Минула година, і Яків зрозумів, що просунувся у своїх пошуках на мізер, який пробуджував нав'язливе та непереборне бажання закинути все до дідька та не морочити собі голови. Справді, чим Якову міг допомогти рабин, який розповів йому декілька казок і наостанок порадив знайти хтозна-яку книгу. А якщо цієї книги взагалі немає в офіцерській бібліотеці? Неприємний здогад боляче вколов Якова. Що, коли ця книга — якесь рідкісне видання, що його можна знайти в лічених місцях? Це ж як шукати голку в копиці сіна. Або й важче, бо сіно, зрештою, можна пустити з вогнем, а з книжками так не зробиш.

Коли спливла друга година, а за нею й третя, коли в шлунку почало бурчати від голоду, Яків вирішив перерватися. Від книжкового пилу крутило в носі, долоні та пучки пальців посіріли, а очі сльозилися від чхання. Найгірше, що просто роздивитися корінці з назвами було недостатньо. Більшість книжок мали корінці прості — з тканини — і без назв. Та й на шкіряних палітурках тиснені літери назв часто були витерті та ледь помітні. Хочеш-не-хочеш, книгу треба було брати з полиці та вивчати її, потерпаючи від пилюки.

Яків знесилено всівся на найближчого стільця, витяг із кишені носовика та спробував відтерти з рук бруд. Ех, як було б добре зараз узяти до рук якого-небудь «Робінзона Крузо»[1] та вмоститися тут же на балконі, щоб насолоджуватися читанням і свіжим повітрям!

Високе й чисте вранішнє небо поплямували хмари, і час від часу залу накривала приємна тінь, коли сонце ховалося за них. Тоді стінами повзли світляні плями, немов сонце також хотіло долучитися до пошуків книги та зазирало на полиці. Знічев'я Яків теж ковзав очима по них і мріяв, що ось-ось сонячний «зайчик» затримається на потрібному корінцеві. Але дива не траплялося. Дива — узагалі дуже вперта річ. Усі про них теревенять, але ніхто чомусь не бачив їх на власні очі.

Плямка світла скрадалася шафою та на півдорозі щезла — на сонце набігла більша хмара, і в дальніх від вікон кутках зали залягли тіні. Погляд Якова зупинився на тій полиці, куди востаннє зиркнуло сонце.

— Повна дурня, — пробурмотів він, підвівся та рушив до книжок.

Нічого надзвичайного — просто поезія. Перші ж кілька томиків виявилися збірками віршів, і Яків на мить усерйоз

---

[1] Перекладено російською мовою (що логічно для Меджибожа Російської імперії) 1866 року.

задумався, чи не натякав ребе на якусь романтичну мазню в римованих рядках? А тоді рука взяла з полиці наступний томик, і серце його пришвидшено забилося. Простий смугастий корінець, невеличкого формату книжка зручно лягла в долоню, нагадуючи радше записник, на титулі якого чорніло одне слово: «Небо».

Яків загорнув книжку, глибоко вдихнув і затримав подих, прислухаючись до стукоту серця. Заспокоїтися. Все, що йому зараз треба зробити, — це заспокоїтися, прибрати емоції та задіяти розум. Схоже, його пошуки скінчилися. В голові товклося безліч запитань: невже саме цю книгу мав на увазі ребе? Звідки він знав, що вона є у бібліотеці офіцерської зали? А якщо навіть знав, то чому був певен, що Яків навідається шукати її саме сюди? А якщо йшлося геть про інший текст? А якщо?..

Він знову розгорнув томик і спробував без серця вчитатися в назву. Каміль Флямаріон[1]. Ім'я автора нічого йому не сказало. А ось назва змушувала серце стрибати й товктися в грудях. «Небо»[2]. Просто, чітко й лаконічно. Як там написав ребе? Пошукайте книжку про небо? Так от же вона!

Яків рвучко перегорнув останню сторінку, надибав зміст і метнувся поглядом по рядках. Небо. Наша планета. Рухи землі. Астрономія… Це була книжка з астрономії! То ось що мав на увазі ребе! Принаймні Яків хотів у це вірити, адже посібник з астрономії не став би розмінюватися на фольклорні побрехеньки та приписувати небесним явищам ознаки дива.

На радощах Яків поцілував палітурку і високо підстрибнув, хвицнувши ногами незгірше хлопчака.

---

[1] Каміль Фламаріон (у книзі наведено українізований варіант «Флямаріон») — французький астроном і письменник (1842—1925).

[2] Книга видана 1900 року у Львові накладом Українсько-руської видавничої спілки.

— Еврика! — Він таки почувався справжнім Архімедом. Одначе на відміну від грека Яків поки знайшов лише ванну, занурившись у яку можна відкрити закон. Його ванною була книга, і її потрібно дослідити.

Яків не знав, чи дозволяли виносити з бібліотеки книги, але наразі такими дрібницями не переймався. Він без тіні сумніву заштовхав томик до внутрішньої кишені піджака — благо — невеличкий розмір давав змогу це зробити — і рвонув із зали.

Зрозуміло, що ніхто його не обшукував, не змушував вивернути кишені чи якось у інший спосіб відзвітувати, що нічого не виносить із фортеці. Та Яків і не думав цупити книгу. Просто зараз конче потребував замкнутися в кімнаті, відгородитися від усього світу та з головою пірнути у свою ванну — книгу Каміля Флямаріона «Небо». І попрохати у Сімхи величезний кавник кави.

Яків опам'ятався, коли тишу порушив стукіт у двері. Сімха таки не втерпів і притарабанив тацю з обідом, хоча йому й наказувалося не турбувати пожильця.

— Якове Соломоновичу, я чесно радий за вашу книжку, але осьо вам пожива і для шлунка.

Яків, не відриваючись від книжки, кивком подякував Шпацманові й, коли за тим зачинилися двері, навпомацки кинув до рота перший шматок. Тепер йому можна було згодувати й полову: за читанням чоловік не відчував смаку та не помічав, що саме їсть.

А книга захоплювала. Захоплювала простотою та чіткістю викладу, але найбільше вражала тим, що автор оперував не припущеннями й побрехеньками, а науковими фактами і цифрами. Щоправда, якийсь варвар видер з неї майже всі вставки з рисунками, яких із зазначених п'ятдесяти залишилося всього одинадцять на одному довгастому аркуші, згорненому вчетверо та вклеєному наприкінці. Втім відсутність ілюстрацій не псувала враження від прочитаного. А дивуватися було з чого. Зокрема, зі сміливих заяв автора про життя на Венері та Марсі[1], про безмірний обсяг простору поза відомими людству планетами та про те, що цей простір може містити сотні й сотні планет, схожих на світ людей.

Півтори сотні невеликих сторінок підкорилися Якову до шостої години по обіді. Маса нової та цікавої інформації, купа цифр і гіпотез, безліч наукових фактів та перевірених даних — саме таким, на переконання Якова, мало бути серйозне наукове дослідження. І нехай астрономія досі розвивалася і була відносно молодою наукою — чоловік ладен був вірити книжці беззастережно.

Одначе все ж було дещо, що ніяк не вкладалося в його розуміння — твердження автора про високорозвинені цивілізації, які просто повинні існувати на Марсі та на інших сферах, загублених далеко у міжзоряному просторі. Його шкіру пробрав холодок від усвідомлення того, що людина може виявитися не єдиною розумною істотою у Всесвіті.

А тоді пригадалася казка про Кармелюка, який спустився з місяця на світловому промені, і світ навколо Якова гойднувся.

[1] Зокрема, автор заявляє, що на Марсі існує розвинена цивілізація істот, подібних до людей.

РОЗДІЛ 10

18 серпня 1912 р., неділя — 23 серпня 1912 р., п'ятниця
Містечко Меджибіж Летичівського повіту

— Сімхо, я знову потребую твоєї допомоги!

— Усе, що зможу, Якове Соломоновичу, — Шпацман скидався на джина з «Тисяча й однієї ночі». Хіба для його з'яви не треба було терти лампу, а вартувало просто згадати, як чоловічок якось геть неждано вигулькував поряд.

— Потрібно терміново доправити листа графу Моркову в Летичів. Ніхто з твоїх знайомих не їхатиме туди найближчим часом?

— А що за поспіх? — Шпацман полюбляв відповідати запитанням на запитання.

— Хочу дещо графа попрохати, — ухильно сказав Яків.

— Якщо пече, то хоч зараз зберемо посланця, — гмикнув Сімха, прискалюючи око. — Ваш ґельт[1] — наш гефельт[2]!

— Буде ґельт, — Яків сягнув до кишені по гаманець, але Сімха застережливо випростав руку йому назустріч.

— Ша! Рахуватимемося, як усе вигорить. Де там ваш лист?

Яків подав йому конверт.

— Але мені важливо, щоб лист конче втрапив до рук самого графа! І ще важливо дочекатися на його відповідь.

— Графові в руки. Дочекатися на відповідь, — кивнув Сімха.

---

[1] Гроші (*їдиш*).

[2] Очевидно, йдеться про німецьке слово «догоджати» (одне зі значень). Загалом вигадка Сімхи Шпацмана.

За Шпацманом зачинилися двері, і Яків нервовими кроками почав міряти кімнату. Голова спухала від безлічі думок, які час від часу доводилося переносити на папір. Незабаром сторінки кишенькового записника щедро вкрилися зауваженнями, уточненнями та запитаннями, яких у ході розслідування виникало дедалі більше. А в тому, що розслідування триває, вже не було сумніву. Він відчував, що стоїть на порозі відкриття, після якого не соромно буде пробігтися містом голяка, на все горло волаючи «еврика».

Попри азарт, що прокинувся, Якову досі не вдалося розташувати розрізнені факти в такій послідовності, аби вони витворили чітку систему, що припускала би змогу зробити логічний висновок і нарешті поставити крапку в справі про небесне світло. Він щораз більше віддалявся від версії з повітряним судном-шпигуном і майже впритул наблизився до… До чого? Як назвати все побачене, відчуте, прочитане, віднайдене самому собі? Одна книжка з астрономії суттєво похитнула уявлення Якова про Всесвіт, але робити остаточні висновки, ґрунтуючись лише на праці французького дослідника небесних сфер, він не наважувався. Утім раціональна жилка та любов до науки підштовхувала чоловіка саме до цього.

Але чи можна беззастережно увірувати в те, що десь неймовірно далеко, за сотні мільйонів верст, живуть схожі на людей істоти? Автор «Неба» стверджував це без натяків і двозначностей. Щоправда, він жодним словом не прохопився про можливість контакту цих істот з людьми. А ось Яків щодня дедалі більше хотів у це вірити.

Для чого йому знадобилося слати термінового листа до Летичева і якої відповіді мав дочекатися листоноша? Яків і сам остерігався думати та згадувати про це. Він немовби замкнув на ключ таємну шафу у власній голові, де зберігалося все, пов'язане з Кармелюком і народними переказами про нього. Нехай спершу прибуде відповідь від графа Моркова.

Яків безцільно блукав вуличками подалі від центру містечка. Зараз він волів бачити якомога менше людей, не знаходив у собі бажання вітатися зі знайомими чи вимушено всміхатися, вислуховуючи черговий комплімент від захопленого його лекціями фельдшера.

Яків прагнув тиші й усамітнення, а тому відразу взяв курс ген-ген за місто, щоправда, заплутався у вузеньких провулках та проходах між хатами та зрештою дозволив ногам рухатися в тому напрямку, який їм заманеться. Чоловік ішов, наче механічна лялька з потужною пружиною, якої вистачало на кілька годин безперервного руху. Його очі невидюще ковзали по парканах, хатах, поодиноких перехожих, а помисли крутилися навколо одного — він докопався до істини чи так забив голову дурницями, що всерйоз може звихнутися на цьому ґрунті?

Із задуми його вивів знайомий голос:

— Пане Ровнєр, ви маєте до мене ще якусь справу?

Яків труснув головою, оговтуючись, і здивовано зрозумів, що стоїть перед тим самим будинком, куди його приводив Шпацман, а у відчинених дверях застиг ребе Клойз.

— Ребе? Як я тут опинився?

— Певно, вас вело серце, а не розум.

— Можливо, — розгублено кивнув Яків. Він справді думав про ребе, а точніше про розказані ним історії. Життя хасидського цадика на ймення Бешт не давало йому спокою. — Хочу, щоби ви розповіли мені все, що знаєте про Бешта!

— Ого! — ребе всміхнувся та здивовано розвів руками. — Чи не стати вам одразу хасидом? Тоді мені не доведеться викладати вам усе вчення.

— Ні, — Яків не вловив смішинки в голосі ребе. — Мені треба почути від вас лише детальну історію життя Бешта.

— Детальну?

— Саме так!

— З подробицями?

— З подробицями!

— Тоді, боюся, у нас із вами нічого не вийде.

— Це ж чому? — вражено перепитав Яків.

Замість відповіді ребе пропустив його досередини хатини, причинив двері та вказав на вже знайому Якову лавицю.

— Відчуваю, що короткою розмовою ми не обмежимося, тому влаштуймося із сяким-таким комфортом. А не вийде в нас такої бажаної вами розмови через те, що життя Бешта так обросло казками й легендами, що для того, аби їх усі переказати, нам знадобиться кілька тижнів.

Яків мимоволі пригадав свої розрахунки часу для перегляду кожної книжки в офіцерській бібліотеці. Він не спасував перед викликом тоді — не відступить і зараз. Коли знадобиться, ходитиме до рабина хоч місяць, аби зібрати всю потрібну інформацію.

— Я згоден, — хрипким від хвилювання голосом промовив Яків. — Починайте.

— Стривайте, — ребе підніс угору обидві руки, немовби захищаючись. — Ви принаймні можете пояснити мені ваш інтерес і потребу так терміново дізнатися все про життя Бешта?

Яків на якусь мить замислився, зігнав докупи вертляві думки та вибрав найбільш вдалу, на його погляд, відповідь.

— Я знайшов книжку про небо.

— І там було написано, що ви мусите вивчити кожну хвилину життя цадика з Меджибожа? — ребе знову спробував пожартувати, але Яків і цього разу не зреагував.

— Ні, у мене з'явилися певні міркування, що вимагають підтвердження. І саме це привело мене до вас. Мабуть…

Очевидно, ребе побачив у погляді Якова щось таке, від чого просто кивнув і взявся переповідати відомі йому легенди про Бешта, що описували життя останнього ще від самого народження. Тим часом Яків похапцем дістав із кишені пухкого нотатника та заходився уважно звірятися з написаним, іноді щось креслячи коротеньким олівцем, а іноді додаючи до зафіксованого там. Зараз він дуже мало скидався на того Якова Ровнєра, що ним був зазвичай. Капелюх, без якого чоловік не ступав із дому й кроку, зник невідь-де — лежав збитий гіллям однієї з яблунь на особливо вузькій стежці, а чи, може, просто залишився чепіти в кімнаті на вішаку. Закаляні в гусячий послід і припорошені пилом черевики красувалися ще й прилиплими до носаків невагомими пір'їнками. Краватка збилася набік, а її вузол був розтягнений. Та й з обличчя Яків мав не надто квітучий вигляд. Коротка щетина вкривала неголені щоки й підборіддя, волосся стирчало віхтями, немовби він не встиг причесатися зі сну, а межи бровами залягла глибока зморшка напруження, що візуально додавала кілька літ.

Та все це мало турбувало Якова. Він учепився за власний здогад і намагався осмислити його якомога краще. А для цього потребував якнайповнішої інформації.

Розмова тривала ледь не до півночі. Яків не хотів іти, доки ребе не вичах повністю. Той пригадав і виклав настирливому гостеві все, що знав та пам'ятав про життя великого вчителя Бешта. Щоправда, гість виявився вдячним слухачем. Він не переривав і не заважав оповідати. Лише час від часу просив повторити сказане слово чи фразу, коли не встигав занотувати потрібне до записника, й одного разу попрохав ножика, аби погострити олівця.

— …скінчилося його життя, як я вже говорив, тут — у Меджибожі, — ребе провів рукою по очах, передчуваючи завершення довгої бесіди.

— …і похований тут же, — продовжив за нього Яків. Він глянув за вікно і наче щойно помітив, що там густо переливається нічна темрява, а поряд із ним не першу годину горить товста свічка, яку з настанням сутінок запалив ребе. — Це ж скільки часу ми сиділи?

— Я не рахував. Та й за бесідою час летить швидко.

Яків неначе виринув зі сну. Він озирнувся, проморгався та ніяково скривився.

— Ребе, мені жаль, що я отак, ґвалтом, змусив вас говорити зі мною…

— Байдуже, — заспокійливим жестом підніс угору руку цадик. — Якби я сам того не бажав, ніхто б мене ні до чого не змусив. Я відчув, що вами керує не просто цікавість, а щось набагато глибше.

— Ваша правда, ребе. Хоча мені іноді здається, що, замість звернути до простої й очевидної відповіді, я забрів у такі хащі, з яких просто так не виберешся — або сам постраждаєш, або ще й тих, хто спробує тобі допомогти продертися, згубиш.

— Будь-яка дорога здатна із простої перетворитися на складну. Можна вийти до вітру, а втрапити під копита коня підпилого гусара. Попри це варто пам'ятати, що й складний шлях раптом стане легким, коли звикнути до всіх труднощів, вибоїн і різких поворотів. Зрештою — у всіх шляхів має бути кінець, і рано чи пізно ми до нього приходимо.

— Сподіваюся, що ваші слова справді мені допоможуть, — замислено пробурмотів Яків. Він зосереджено гриз кінчик олівця й, доки опинився біля дверей, зробив із нього губку.

— На все добре, пане Ровнер, — ребе присвітив йому біля дверей, але Яків не поспішав іти геть.

— А поховали його тут?

— Так, — ребе терпляче кивнув.

— А ви впевнені в цьому?

— У чому саме? — цадик зробив великі очі. — В тому, що Бешта поховано саме у Меджибожі?

— У тому, що він таки помер.

Запитання приголомшило цадика, але він спробував приховати це.

— Гм, хоча Бешт витлумачував смерть не як кінець усіх кінців, а лише як перехід з одного світу до іншого, його земне тіло, безперечно, померло та поховане тут, на цвинтарі. Та ви ж уже, певно, й самі бачили його могилу!

Яків заперечно помотав головою.

— Усе якось не до того було. Та тепер навідаюся…

Щось у його голосі насторожувало.

Яків намагався загубитися в юрбі, але прогадав: корчма не була надійним сховком, бо у місті його фізію встигли вивчити так добре, що звідусіль раз по раз лунали вітання, на які він мусив відповідати. Зрештою, Ровнєр замовив у Бройзмана гальбу пива та спробував сховати за нею обличчя. Поганенька схованка, а проте вітань поменшало.

Час від часу Яків з корчмарем обмінювалися поглядами, і останній по-змовницьки похитував головою на німі запитання свого гостя. Минуло близько двох годин, доки Бройзман нарешті лунко кахикнув і очима вказав Якову на чолов'ягу, який щойно відійшов від шинквасу з повним кухлем.

— Прошу, шановний, — щойно чоловік порівнявся з його столом, Яків посунувся, звільняючи місце. — Стола вистачить.

Той щось нерозбірливо буркнув на те, важко опустився за стіл і одним спраглим ковтком переполовинив кухля. Тоді блаженно відхилився на спинку стільця та лінивим поглядом обвів залу.

— Спрагу тамує просто чудово, чи не так? — Яків спробував удати, що справді бажає зав'язати нехитру бесіду. Та гіпотетичний співрозмовник виявився не таким простим, як здавалося на позір. Бройзман таки говорив правду.

Кілька годин тому, коли сонце ще висіло височенько, а корчма не тріщала від люду, Яків мав із корчмарем невеличку розмову, по завершенні якої Бройзманова кишеня поважчала на кілька монет, а його гість зайняв найкращого, за рекомендацією корчмаря, стола. Бройзман не вдавався до розпитувань і моралізаторства, коли Яків просто запитав у нього, чи можна знайти у Меджибожі декількох чоловіків, які б не погидували брудною роботою.

— Ви ж не збираєтеся?.. — Бройзман недовірливо примружився.

— Усі залишаться живими, — підніс угору руки Яків.

— Тоді можна й посприяти, — кивнув корчмар. — Тут у мене всякі ошиваються.

Минула година, закінчувалася друга, Яків починав нервуватися: за цей час він привітався зі знайомими та незнайомими добру сотню разів — увесь Меджибіж, здавалося, знав, що Ровнєр кружає пиво у корчмі. Насправді ж він досі грів у руках одного й того самого кухля, використовуючи його для маскування.

— Чого тобі? — не надто люб'язно обізвався чолов'яга.

— Кажу, пиво тут добре, — спробував усміхнутись Яків і здивовано зауважив, що сяка-така акторська пантоміма йому до снаги.

— І що з того?

— Та думаю, чи не пригостити вас в обмін на бесіду. Самому нуднувато трохи…

— То пригости! — на згадці про дармове пиво очі співрозмовника спалахнули. — Побалакати можна. Чого ж не побалакати, як людина хороша?

Яків посміхнувся у відповідь на «хорошу людину» та рушив до шинквасу, де Бройзман уже наповнював пивом кухлі.

— Зачепився? — видихнув він. Густа борода ховала порух губів.

Яків повільно прикрив повіками очі на підтвердження, взяв пиво та не надто твердою ходою повернувся за стіл. Його сусіда тим часом допив власне пиво і нетерпляче очікував на дармове продовження.

— Твоє здоров'я! — він відсалютував кухлем і жадібно присмоктався до пінної шапки. Яків ледь торкнувся губами свого пива.

— Ви місцевий, прошу пана? — Яків намагався грати такого собі недалекого поціновувача пива, остерігаючись порушити баланс і сповзти у своїй грі на дно, ставши для свого співрозмовника простим пияком. У такому разі не врятувала б навіть пристойна одіж і краватка.

— Нє, — відмахнувся той. — Із Дашковець[1]. Вряди-годи привожу сюди вишні, сливки та городину. То й до корчми заглядаю, бо дуже вже пиво гарне в клятого жида.

Чоловік ковзнув поглядом по корчмареві, і Яків помітив у його очах приховану злість. Що це могло бути? Чоловік зневажав самого Бройзмана, а чи ненавидів усіх євреїв? Нічого сказати — гарного «колегу» посватав йому корчмар.

— Я теж тут проїздом із Проскурова, — Яків знову пригубив пиво.

— Із самого Проскурова? — чоловік запитав таким тоном, наче Проскурів був чимось на кшталт Парижа. Принаймні не гіршим за Петербург. — А що ж тут забули?

— Та ось теж пивом спокусився, як бачите.

Чоловіки розреготалися, і за столом запанувала вдавано дружня атмосфера. Втім Яків і не думав розслаблятися: він прийшов сюди не мило базікати, а принаймні налагодити контакт.

Збігло чверть години. Співрозмовник, який назвався Михайлом, висмоктав четвертого кухля і тепер сидів, поглипуючи очима, які зоволокло легким туманом. Час наспів.

— Михайле, а як ти ставишся до легких грошей? — Яків вирішив не церемонитися.

Михайло якусь мить збирав докупи свої помисли, а тоді відірвав погляд від кухля.

— Завсігда їм радий.

— То, може, допоможеш мені?

— А чого ж не допомогти, як людина хороша?

— А може, в тебе хто й на прикметі є, аби втрьох?

— А чого ж нема? Оно, — чоловік нетверезо махнув рукою кудись у бік дверей, — Вітько на підводі куняє. Ми ж удвох їздимо, бо дорога — то…

[1] Село на північний схід від Меджибожа.

— Вітько не підведе?

— Та то ж кум! Та ти кажи, що треба зробить? І скільки даєш?

— Дам достатньо, — запевнив його Яків. — Та чи ж упораєшся з роботою?

— Я схожий на каліку?! — Михайло рвучко підвівся, примнувши стільцем. Його обличчя побуряковіло чи то від гніву, чи від роздратування. На шум ніхто не звернув уваги — у корчмі й так було гамірно.

— Ні в якому разі! — підніс догори руки Яків. — Просто робота не зовсім… проста.

— Тобі потрібно, — Михайло сів так само раптово, як і підхопився. Він навис над столом і по-змовницьки процідив крізь зуби, — когось вальнути?

— А ти й таке зможеш? — Яків перейшов майже на шепіт.

— Була би платня по роботі, — Михайло нервово приклався до кухля й одним духом осушив його. — А роботу я завжди роблю до кінця.

«Нічогенького зарізяку мені Бройзман назнав», — здивувався Яків, тоді як уголос промовив:

— Мені треба розкопати одну могилу.

— Тю, — Михайло не вагався жодної секунди. Він коротко цвиркнув крізь зуби на долівку і з жалем зиркнув на денце порожнього кухля. Незважаючи на випите, чоловік знову мав цілком тверезий вигляд. — Так би відразу й говорив. Вирити мертвяка, то нам завиграшки.

— Могила древня, найвірогідніше — там майже нічого не залишилося…

— Тим паче, — гмикнув Михайло. — А древня, то наскільки?

— Та вже півтора століття буде.

— Півтора? — Михайлові округлилися очі. — Це ж де ти таку вишукав?

— На єврейському цвинтарі.

— Тобі треба жида вирити?

Яків кивнув у відповідь. Михайло скочив на ноги і за кілька хвилин повернувся до стола з новим кухлем пива.

— Червінця покладеш, буде тобі твій мертвяк чи що там від нього зосталося.

Ровнєр прикусив язика. Він розумів, що за брудну справу й платити належить відповідно, але не сподівався витратити аж цілого червінця. Що ж, тепер точно доведеться йти побиратися до Юшкевича. Але істина дорожча за всі гроші світу. Він повільно кивнув.

— Я буду разом з вами. Мені потрібно буде оглянути… гм… останки та переконатися, що ви все зробите правильно.

— Твої гроші — твої правила, — резюмував Михайло. На тому й порішили.

Домовилися зустрітися поблизу цвинтаря у найбільш глуху нічну годину — о третій, коли гарантовано посне все живе. Одразу після справи Михайло з напарником повинні були чкурнути додому, а Яків… Про себе організатор зухвалої ексгумації поки що не думав. Усе залежатиме від того, що вони викопають, та й чи викопають узагалі.

На місці злочину (а це, як не крути, був справжній злочин) не мало б зостатися жодних слідів, аби хасиди не забили відразу на сполох. Переполоху в містечку Яків не бажав хоча б тому, що його дивне зацікавлення історією життя Бешта та розмови з ребе Клойзом напевне наштовхнуть того на думку про особу, причетну до осквернення священної могили.

Яків намагався поки що не припускати, що ж саме може виявити в захороненні. Чи знайде там останки Бешта, а чи невідь-що? Чи й, зрештою, огляне останки, що півтора століття пролежали в землі?

Залишок дня, вечір і початок ночі Яків провів як на голках. Після того, як вони з Михайлом потисли один одному руки, він подався з корчми та, не розбираючи дороги, довго йшов просто аби йти, аби рухатися та перетворювати на рух усю свою тривогу. Думки не просто товклися в голові — вони крутилися в шаленому вихорі, з якого неможливо було вихопити анічогісінько. Це було й на краще. Якби зараз Яків узявся би ще й обсмоктувати всі подробиці нічної операції, то зсунувся з глузду чи заробив би серцевий напад.

Хвилини тягнулися нескінченно довго. Яків раз по раз сягав рукою по годинник, але стрілки немовби хто залив прозорою смолою. Начебто саме провидіння давало йому останній шанс зупинитися та не коїти непоправного. Попри це невгамовна цікавість щоразу вставляла власні «п'ять копійок», і Яків пошепки переконував себе, що чинить правильно.

— Я зайшов надто далеко, щоб ось так просто взяти й відступитися, — бурмотів він собі під носа, наче виправдовуючись перед власною совістю. — Потрібно вже поставити крапку в цій історії.

Яків навіть не уявляв, якою саме може бути та крапка і чи дасть вона нарешті змогу об'єднати в одне ціле розрізнені клапті його розслідування. Цілком звичайна подорож до Меджибожа перетворилася на гонитву за ефемерною таємницею. Замість прочитати кілька лекцій вдячним слухачам, посмакувати неймовірним пивом, насолодитися товариством Сімхи, Казакова, Єсіпова та відчути втіху від польоту він обрав пошук небесного вогню, що заводив його далі й далі вглиб років і засипав запитаннями без відповідей.

На ніч двері до свого будинку Шпацман зачиняв лише на внутрішню клямку, і Яків сподівався, що сьогодні чоловічок не надумає раптом порушити традицію та скористатися ключем. Звісно, завжди можна було спуститися з вікна цілком надійною ринвою, але краще вірити, що до цього не дійде.

Будинок давно заснув, а Ровнер усе сидів біля вікна та спостерігав за вулицею. Зникли поодинокі перехожі, закрилися всі до останньої крамниці, й навіть від корчми не долинало підпилих вигуків — Бройзман випроваджував останніх гуляк опівночі та замикав двері на масивну залізну штабу. Погасли ліхтарі, й вулиця нарешті зморено закуталася в темряву й тишу. Від річки підіймалися легенькі пасма туману, що було на руку новоявленим злочинцям. Ще й на небі майже непорушно зависли рідкі хмари, тож блідий молодик не давав світла. Все складалося якнайкраще, та Якова гризла тривога. Значну частину свого життя він виводив на чисту воду тих, хто чинить беззаконня, а тепер і сам набивався до їхнього гурту. Чоловік тішив себе слабеньким виправданням, що не замислив убивство чи пограбування, одначе визнавав залізну логіку: осквернення священного для хасидів поховання тягне на важкий злочин.

Нічний Меджибіж зустрів його вогкою від туману бруківкою та мертвою тишею. Чомусь не сюрчали всюдисущі коники. Та що там, навіть плавні не видавали жодного звуку. Лише безшелесно пролітали над головою стрімкі тіні кажанів і десь аж біля воріт фортеці, чи не у вартівні, горів бляклий вогник лампи. Яків підняв комір піджака — силкувався вгамувати дрижаки, але марно: він трусився не від холоду, а через неймовірне нервове збудження. Зуби поривалися цокотіти, і чоловік міцно стиснув щелепи — побоювався їхнім стукотом побудити всіх довкола.

Яків завбачливо обгорнув черевики ганчірками. Він не хотів наробити зайвого шуму, залишити сліди на цвинтарі та ще й вимастити взуття цвинтарною землею. Праця у поліції та безліч справ, що пройшли крізь його руки, наклали свій відбиток — почасти він міркував як справжній злочинець.

Дорога до цвинтаря здалася неймовірно довгою. Яків навіть кілька разів подумав, що заблукав у хитросплетінні хасидських кварталів. Із тихим відчаєм він вирішив, що в разі вимушеної втечі з місця злочину неодмінно влетить на чиєсь обійстя замість опинитися в центрі міста. Попри такі вагання, Яків продовжував переконувати себе, що все минеться і він спокійно повернеться до своєї кімнати з останками хасидського святого, аби в тиші та спокої дослідити поцуплене. Що він робитиме опісля, чи поверне рештки на місце — так далеко думками чоловік не сягав. Буде день — буде й пожива.

Поблизу цвинтаря буяли зарості бузини, і пізні грона прив'ялих уже ягід повнили все навколо густим ароматом. До призначеного часу зоставалося всього кілька хвилин, і Яків пригинцем пірнув у шумовиння найбільшого бузинового куща — Михайла зі спільником ще не було. В роті неприємно пересохло від тривоги: що, як його помічники не з'являться? Що, як навіть обіцяний червінець не спокусить розбишак на злочин? Та не встиг він стривожитися на повну, як поруч пролунав такий тихенький свист, як начебто скрикнула вві сні мала пташка.

Яків коротенько свиснув у відповідь. Мимовільному слухачеві це пересвистування видалося би просто звуками ночі, та лише не трьом злочинцям. Поблизу ледь чутно дзенькнуло залізо лопат — Михайло зі спільником виконали свою частину приготувань. Шелеснуло бузинове листя, і дві тіні шаснули під захист віт.

— Усе гаразд? — видихнув Яків.

— Як домовлялися, — чи не самими губами відповів Михайло. — Ти хоч знаєш, де його копати? Бо для мене всі ці камінці на один маньор.

— Мацеви…

— Га?

— Надгробні камені в них називаються мацевами.

— Та мені один біс, — прозвучало роздратоване.

— Знаю, знаю, не переймайтеся, — поквапився заспокоїти напарників Яків. — Ну ж бо за мною.

Могилу Бешта Яків назнав кілька днів тому, коли на закріплення вивіданих у ребе Клойза оповідок про життя цадика попрохав його показати й місце останнього спочинку хасидського святого.

Непоказна мацева посеред таких самих простих мацев, під якими покоїлися найближчі учні цадика, — поховання нічим не відрізнялося від десятків схожих. Хіба надгробний камінь над могилою стояв прямо, тоді як більшість древніх мацев похилилася від старості[1].

— Мусимо провернути все швидко й чисто, — попередив Яків, розстеляючи ряднину, приготовану для землі, — не залишати ж бо сліди.

— Гроші з тобою? — натомість озвався Михайло. — З післяплатою ми не працюємо.

— Зі мною, — буркнув Яків і дістав із кишені обіцяного червінця. На мить завагався, а тоді тицьнув його Михайлові.

— Не бойсь, — задоволено шепнув той і всадив рискаля в землю. — Ми не підведемо. Ану-но сунься, зараз ми його шви…

Та не встиг Михайло доказати почате, як зовсім поряд пролунало голосне та загрозливе гейкання і з-за мацеви зблиснуло тремке світло кількох смолоскипів.

— У ноги! — вереснув Михайлів спільник Вітько і першим дременув у темряву. Михайло та Яків вагалися рівно один удар сполоханого серця і теж рвонули слідом.

— Розділяйсь! — тільки й устиг кавкнути Яків, як зовсім близько, з того боку, де біг Михайло, почулося важке гупання та здавлена лайка спільника — у мерехтінні вогню той зосліпу налетів на майже прикриту травою мацеву і важко гепнувся долілиць. Яків не зупинився.

«Попалися, — лунко пульсувало в голові в такт диханню. — Попалися. Попалися. Попалися…»

Ні про що інше він думати не міг. Його шалений замисел провалився ще до втілення, і тепер залишалося одне — тікати, сподіваючись, що погоня здасться швидше, аніж йому забракне сил.

---

[1] Найдавніше поховання на старому єврейському цвинтарі Меджибожа датується 1555 роком.

Десь попереду заторохтіла підвода, і Яків шарпнувся вбік, а тоді здогадався, що то, певно, Вітько нарешті дістався коней і не став дочікуватися Михайла, а погнав схарапуджених коней геть. Позаду розлягалися розлючені голоси, і Яків похолов від припущення, що Михайло не встиг або й не зміг підвестися і тепер мусить віддуватися за всіх.

Одначе Яків не зупинився. Його тіпало від страху, огиди, збудження та розпачу: він попався, наче дитина на крадіжці цукерки. Без сумніву, ребе Клойз насторожився від надмірного та раптового зацікавлення Якова Бештом. А коли той до всього ще й запитав про місце поховання святого, ребе вирішив перестрахуватися та виставив біля цвинтаря охорону.

Звісно, ребе нічого не доведе, якщо тільки... Михайло втримає язика за зубами, в чому Яків був далеко не впевнений. Аби зберегти власну шкуру неушкодженою, підеш на що завгодно, а якщо випаде нагода прикинутися просто виконавцем, який ні в зуб ногою, що саме його змусили виконувати, то й поготів.

Яків здивувався, коли ноги безпомилково винесли його на Замкову. За хвилину він уже важко сопів, виймаючи скрученого клинцем папірця, який припасував у дверях до будинку Шпацмана. Ще кілька напружених хвилин, кілька рипів старих східців — і чоловік нарешті зачинив за собою двері своєї кімнати та зморено перевів подих.

Від шаленої гонитви боліло пересохле горло, серце важко гупало в грудях і через надмір адреналіну паморочилося в голові. Яків нашвидкуруч скинув піджак, нахилився до взуття та похолов: ганчірки розв'язались і згубилися дорогою. А що, як він лишив їх просто перед дверима та, немовби хлопчик із казки, позначив шлях власної втечі для переслідувачів?

Брязнуло, відчиняючись, вікно, і Яків мало не до пояса вихилився надвір, намагаючись розгледіти бодай щось у нічному мороці. Але натомість почув віддалений галас, достоту звуки морського прибою. То вирували хасидські квартали…

Серце бухнулося у п'яти, і Яків переляканою мишею заметався кімнатою, наче в пошуках чарівних дверей, які вели б якомога далі звідси. Він гарячково пригадував, чи називав Михайлові своє ім'я та чи взагалі прохоплювався, хто такий є. Можливо, біди ще вдасться уникнути?

Яків хутко роздягнувся та, незважаючи на тремтіння пальців, акуратно склав одіж, немовби вона лежала так іще звечора. Ковзнув під ковдру, мов дитина під захист, який урятує від будь-яких напастей, і накрився з головою. Тепла тиша огорнула зусібіч, і Яків завмер, дослухаючись до найменших звуків знадвору. Чи ж угамується хасидське море? Чи не знесуть круті хвилі моря розлючених вірян його самого разом із будинком Шпацмана? Колись подібні вчинки могли призвести до війни, але ж тепер не час глухого середньовіччя!

Поглинений думками на власне виправдання, Яків почав потроху заспокоюватися. Та ненадовго. Лунко брязнуло розбите скло — і він зірвався на ноги. Посеред кімнати лежала пожбурена знадвору, де колихалося тремке світло, каменюка: людський приплив таки дістався до нього.

Наступної миті десятки каменюк справжнім градом ударили в шибку, і Яків затулив обличчя руками, рятуючись від небезпечного скляного дощу. Щось боляче гупнуло в плече, і його аж розвернуло. Знизу долинало несамовите гупання в двері та гучні вигуки, які збудили, безперечно, все містечко.

— Тойт![1] — чулося знадвору. — Тойт!

Не потрібно було бути мудрагелем, аби здогадатися, що означає це коротке і страшне слово. А надто, коли його горлає знавіснілий натовп. Яків метнувся по одяг і відразу ж ковзнув босою ногою на склі, розмащуючи підлогою криваву пасмугу. Підошву проштрикнуло болем, і він відчув, що

---

[1] Смерть (*їдиш*).

звалюється в прірву паніки. Ще кілька каменюк влетіло до кімнати, і одна з них просвистіла за дюйм від його скроні.

— Ша! Вейзмір, ША! — заволало знизу, і Яків із невимовною радістю впізнав голос Шпацмана. Той гаркнув так голосно, що на мить перекричав увесь натовп, і подальших слів Яків не розібрав — треба було чимшвидше вдягнутися. Він не хотів зустріти смерть у спідньому.

Черевик ураз наповнився кров'ю, та Яків не зважав на млосне відчуття болю у підошві: будь-якої миті замість каменюк крізь висаджену шибку могли прохурчати палаючі смолоскипи. Він почувався так, ніби направду опинився в середньовіччі з його публічними стратами. Озвірілий натовп не зверне уваги на інших пожильців та й на самого Сімху в шаленому прагненні кривавої помсти.

У двері різко затарабанили, і Яків відскочив від них на безпечну відстань. Невже натовп удерся до будинку? Аж ні, зовні долинув переляканий голос Шпацмана.

— Пане Ровнєр, ви там?

Яків завагався з відповіддю та зрозумів, що мовчанкою не відбудеться — Сімха просто відімкне двері власним ключем, а то й зламає на вимогу хасидів.

— Тут, — простогнав він зрештою.

— Я шось мало не пойняв, якого милого тут коїться?! — вереснув Сімха. — Може, ви відчините та мені поясните?

— З вами там нікого немає?

— Я сам, як Давид проти Голіафа!

Яків повернув ключ, і до кімнати з кривою свічкою в руці, розхристаний і пом'ятий, ввалився Сімха.

— Якове Соломоновичу, мейн тейере[1], скажіть мені, вас із гезен[2] і чого то все, — він тицьнув пальцем крізь вибите вікно надвір, — хоче спалити мені хойз?[3]

---

[1] Мій рідний (*їдиш*).

[2] Що сталося (*їдиш*).

[3] Будинок (*їдиш*).

У Сімхи цокотіли зуби, він плутав слова, пересипаючи їх їдишем, бо думав швидше, як перекладав.

— Сімхо, я не… — почав було Яків, але Шпацман підскочив до нього майже впритул.

— Ви вже щось вкоїли? Мені там кричали, що ви осквернили цвинтар? Ви?

— Це правда, — прохрипів Яків.

— Як? Вейзмір, як?! — Сімха скинув руки догори. Зі свічки йому на волосся та бороду закапав віск.

— Ми нічого не встигли зробити, Сімхо…

— Ми? То ви ще й були не самі?!

— Не в тім річ! Ми нічого не зробили! Встигли лише ввігнати заступ у землю!

— Земля на цвинтарі священна! — мало не заголосив Сімха. — Невже ж ви цього не знали? Ви ж єврей…

— З мене такий єврей, як із Папи Римського… корчмар!

— Під кого ж ви хоч підкопувалися?!

— Під… — Яків знову завагався, але втямив, що правди однаково не втаїти. — Під Бешта.

— Під КОГО?!

Якову здалося, що очі Сімхи повилазять з орбіт, а серце вистрибне із роззявленого рота. Шпацман схопився рукою за груди і похитнувся. В шаленому шарварку галасу, що долинав знадвору, Яків моторошно чітко розрізнив його стогін.

— Вони вас розірвуть живцем…

Сімха не жартував, і Яків пополотнів від почутого. З однією людиною ще можна було спробувати домовитися, та коли надворі біснується кілька сотень розлючених хасидів, на яких не діють умовляння та переконування, час прощатися з життям. У вхідні двері будинку оглушливо гримнуло — нападники вирішили не чекати довго.

Зненацька надворі бабахнув постріл, за ним — ще декілька. Яків і Сімха водночас присіли, впевнені, що нападники перейшли від каміння до більш радикальних методів. Коли ж бруківкою зацокотіли підкови, розляглося кінське іржання та перелякані крики, стало зрозуміло, що відбувається щось інше.

Яків ледь не навкарачки підповз до вікна, вважаючи на розтрощене скло на підлозі, й краєм ока визирнув на вулицю. В сполохах смолоскипів, більшість яких уже лежала на землі, вулицею мчали вершники з нагаями та гвинтівками — черговий загін, залишений у фортеці, миттю зреагував на спробу погрому. Озброєна лава вершників кинулася на юрбу здичавілих хасидів.

— Вершники! — в голосі Якова бриніло неймовірне полегшення. Суд Лінча не відбувся, і це дарувало примарну надію на порятунок.

У двері знову затарабанили, і Яків укотре сахнувся в пошуках укриття. Але це був Єсіпов. Розхристаний штабсротмістр влетів до кімнати і в непевному світлі свічки намагався розгледіти Якова.

— Пане Ровнєр!

— Тут, — Яків озвався до приятеля.

— Ви живі! Пане Шпацман, — Єсіпов нарешті впізнав Сімху, — що тут відбувається? Вартовий сполошив усю фортецю звісткою, що ваш будинок беруть приступом.

— Так воно і є, — гаряче закивав Шпацман.

— Так, а який шлемазл[1] то все почав?

— Оно той, — Сімха без зволікань тицьнув пальцем у Якова. Єсіпов здивовано витріщився на Ровнєра, тоді перевів погляд на Сімху.

— Мені не до жартів!

— А мені, гадаєте, весело? — вибухнув раптом Сімха. — Той поц вирішив, що він має право осквернити священну землю бейт олам![2] Та й цього йому здалося мало, то він надумав викопати тіло самого Баал Шем Това!

---

[1] Дурень (*єврейськ. жаргонізм*).

[2] Буквально — дім вічності (*іврит*) — цвинтар.

Наспіла черга витріщатися Єсіпову. Він завмер у спробі роздивитися на обличчі Шпацмана бодай натяк на те, що все, зараз ним сказане, жарт. Повірити ж бо в те, що Яків Ровнєр — проскурівський хірург і поліційний експерт — скоїв злочин, йому не вдавалося.

— Якове Соломоновичу — то правда? Навіщо вам чинити таку несусвітню дурість? Адже для хасидів Бешт наближений до самого Творця. Він для них — святий! Усім воякам від першого дня перебування тут суворо наказано не вступати в релігійні суперечки з хасидами та не паплюжити їхні переконання. А ви…

Яків лише кисло скривився. Що він міг заперечити на своє виправдання, коли все вже вилізло назовні? Зоставалося знічено схилити голову, наче школяреві перед учителем, і вислуховувати справедливі докори.

Знадвору досі долинали крики та лунке цокотіння копит. Хасиди не бажали коритися й замість угамуватися — розбіглися центром нічного містечка в надії перечекати операцію кінноти та повернутися до облоги.

— Що робитимемо? — Єсіпов обвів поглядом чоловіків. — У будинку вам, Якове Соломоновичу, бути небезпечно.

— Спалять, — простогнав Сімха. — Азохн вей[1], спалять! З ними навіть я вже не домовлюся.

— Заберемо пана Ровнєра до фортеці. Мури ж вони не ризикнуть штурмувати?

— Ті можуть, — махнув рукою Сімха.

— Отже, вирішили, — Єсіпов дістав із кобури револьвер і підштовхнув Якова перед себе. — Пане Шпацман, а ви потурбуйтеся про постояльцеві речі, будьте такі ласкаві.

— Так-так, — кивнув Сімха й розпачливо захитав головою: кімната стояла розтрощеною, як і фасад його будинку. А судячи з того, що Єсіпов потрапив досередини, хасиди та-

---

[1] Розпачливий вигук на позначення горя (*ідиш*).

ки виламали вхідні двері. Хто компенсує йому втрати? Він сумнівався, що в Якова вистачить грошей, аби відремонтувати будинок.

Ранок Ровнєр зустрів у крихітній комірчині, яку йому люб'язно виділили в казармах фортеці. Місця тут вистачало на вузьке ліжко, стілець та широке підвіконня, яким можна було користуватися, наче столом. Але тут він принаймні почувався у безпеці: фортечні мури добре виконували свою основну функцію.

До світання вирувало заворушення в центрі містечка та під будинком Сімхи Шпацмана. Навіть після того, як озброєний Єсіпов вивів звідти Якова, хасиди не припиняли спроб потрапити досередини, жбурнути каменюкою в рештки скла чи просто плюнути на стіну. Закінчилося тим, що капітан чергового загону поставив біля Шпацманового будинку трьох озброєних гвинтівками вояків із наказом стріляти по ногах усякому, хто шкодитиме майну Шпацмана чи життю та здоров'ю інших його пожильців.

Займався ранок п'ятниці, а Яків нетерпляче чекав на захід сонця, коли в хасидів розпочнеться шабат і в містечку стане трохи безпечніше. Сьогодні ж він проведе цілий день за неприступними мурами, а завтра, певно, проситиме в командування персональну охорону. Або просто потай дасть драла до Проскурова, сподіваючись, що неприємна історія не просочиться за межі Меджибожа. Втім, знаючи людську пристрасть до перчених новин, перебрехана історія може дійти до Проскурова швидше, ніж там з'явиться сам головний «осквернитель могил».

Далеко по обіді, коли в Якова закінчилися курси, його розшукав вартовий.

— Пане Ровнєр, до вас прийшли.

— Хто? — з острахом запитав Яків. Невже навіжені хасиди вдумали вирядити до фортеці делегацію?

— Пан Шпацман. Ми знаємо, що ви проживали в його будинку, та про всяк випадок…

Якову відлягло від серця, і він пошкандибав слідом за вартовим до воріт. Перев'язана нога ледве поміщалася в черевикові та страшенно боліла. На глибоку рану довелося самотужки накласти десяток швів. Він утратив чимало крові й досі почувався причмеленим.

— Сімхо, ти щось хотів? — Яків мимоволі всміхнувся, побачивши Шпацманове обличчя. За час, проведений у Меджибожі, він так звик до того, що Сімха завжди ошивається десь поруч, що не міг звикнути до його відстутності.

— Хотів, — Сімха серйозно кивнув, учепився Якову за рукав і потягнув його вглиб фортечного двору, подалі від сторонніх очей і вух.

— Я слухаю тебе, друже.

— Нє, Якове Соломоновичу! То я вас слухаю. І тяжко хочу почути, навіщо вам здалися рештки Бешта!

РОЗДІЛ 11

24 серпня 1912 р., субота
Містечко Меджибіж Летичівського повіту

У двері обережно постукали, але Яків спав сторожко й умить скочив на ноги. Кілька секунд він ошаліло тер очі та намагався зрозуміти, де знаходиться та куди поділась звична кімната в будинку Сімхи Шпацмана. Події останньої доби здавалися йому незбагненною казкою, почутою в далекому дитинстві. Або ж жахіттям, від якого перехоплює подих, здавлює страхом горло, а тоді обкидає холодним потом, аж доки не приходить усвідомлення, що це його вимучує примара сновидіння…

Одначе цього разу біля серця заканудило: спогади виявилися справжніми. Вони гупнули в груди й умить пояснили нові стіни, чуже ліжко та вузьке вікно, прорізане в товстій стіні фортеці. А ось голос, що лунав з-за дверей, був тим самим, що й у минулому, — Сімхи Шпацмана.

— Пане Ровнєр! Посильний із Летичева прибув!

Яків відімкнув двері, але спросоння не втямив, хто й звідки прибув, ще й до чого тут Летичів.

— Хто? Який посильний?

— Добрий день, — розвів руками Сімха. — Вам таки камінь у голову вчора не прилітав? Так ви ж самі доручали мені лист для графа у Летичів!

— Лист! — ляснув себе по лобі Яків. За всіма подіями минулої ночі він геть забув про лист до графа Моркова.

— Ось о від графа відповідь, — Шпацман простягнув Якову грубенький пакунок, перев'язаний шворкою. — Що ж то таке, як не секрет?

— Тепер у мене від тебе жодних секретів не може бути, — невесело всміхнувся Яків. — Знаєш усі мої гріхи.

— Саме час рабином ставати. То що ж там граф вам передав?

Яків розгорнув пакунок і розклав на підвіконні кілька товстих зшитків. Аркуші були списані розмашистим почерком, пістрявіли виправленнями, закресленнями та ляпками. Видно, що писалося «на коліні».

— Сімхо, це графські записки про Кармелюка, які він збирав довгі роки.

Шпацман і собі погортав зшитки, один навіть підніс до очей і прочитав кілька рядків.

— І що ви хочете отут вичитати?

— Навіть не уявляю. Останнім часом тільки й живу, що казками. Спочатку про Кармелюка, тоді — про Бешта, далі — знову про Кармелюка…

— А тоді вас потягло на фарбрехн![1]

— Сімхо, припини. Не нагадуй мені того, що я сам згадувати не хочу.

— Однак роздивитися останки Бешта вам хотілося!

Яків не відповів. Із голосу Шпацмана можна було здогадатися, що він не лає Якова, а майстерно підводить його до чогось важливого. В очах Сімхи поблискували рішучі та зухвалі вогники, а вираз обличчя не залишав сумнівів: він таки щось вигадав.

— Вільно ходити Меджибожем вам тепер зась?

— Для пересування містом мені виділили вартового.

— І близько до цвинтаря наказали не потикатися?

— Мені моє життя дорожче.

— Але на останки Бешта ви би подивилися?

Яків витріщився на Шпацмана. Невже підприємливий Сімха наважиться запропонувати йому допомогу й таки

[1] Злочин (*ідиш*).

роздобуде тіло цадика? Але ж він сам мало не брав його за петельки, коли дізнався про невдачу на цвинтарі.

— Ти маєш що мені запропонувати? — Яків стишив голос до хрипкого шепоту, немов їх хтось міг підслухати.

Замість відповіді Сімха помахом руки підкликав його ближче, і за секунду вони вже перешіптувалися, наче справжнісінькі спільники.

— То домовилися? — розмова не зайняла й кількох хвилин.

— Ти ще питаєш! Ось тільки я сумніваюся, що заплачу тобі… — Яків із жалем згадав червінця, якого подарував харцизякам із Дашковець. Добре, що ті принаймні втекли живими, хоч Михайлові й нам'яли боки. Знову ж таки Сімха, який, здавалося, знав у Меджибожі все й про всіх, розповів Якову, що саме Михайло здав хасидам замовника страшного злочину в обмін на власне життя. Тепер чоловіки довго не з'являться у містечку, тож нехай той червінець послужить їм тимчасовою втіхою.

Оскільки в кишенях гуляли протяги, доводилося метикувати, де роздобути грошей хоча б на каву. Про сяке-таке відшкодування Шпацманові за потрощений фасад будинку навіть не йшлося. Сімха ще плекав надію на компенсацію від військового командування і гнув спину над паперами. А Яків сподівався лише на практику в Проскурові, хоча туди спочатку треба було повернутися.

— За гроші я поки не кажу, — підніс угору руку Сімха. — Сторгуємося.

На тому й порішили та вдарили по руках. Шпацман подався шукати потрібних для задуманого людей, а Яків розгорнув перший зшиток.

Почерк у графа був дрібний, проте рядки ряхтіли завитками та карлючками, немовби на папір хто поклав кошлату вовняну нитку. Яків мусив напружувати очі та читати повільно, виловлюючи в тому хитросплетінні знайомі букви, тож до обіду ледве осилив кількадесят сторінок записок.

І навіть ті вразили його. Точніше вразила історія Кармелюка. Звісно, то була не офіційна історія — суха, ділова та коротка, а радше зібрання переказів і побрехеньок про розбійника. Частково казок, у яких правди не знайти й на крихту. Але ж переповідав йому нещодавно ребе Клойз легенди про Бешта, у яких ішлося і про ангелів, і про зцілення накладанням рук, і про те, що перед мудрецем розступалися гори. І для ребе всі ті легенди були святою правдою! То, може, для когось і казки про Кармелюка правда?

Яків потер утомлені очі та відкинувся на спинку стільця. Щось йому видавалося спільним в оповідках про розбійника та про Бешта. Чи не те, що обох — і Кармелюка, і святого — вважали за надлюдину? Чи не те, що обоє мали якийсь дивний зв'язок із небом? Чи, може, те, що й за тим, і за тим пішли люди? Чи, зрештою, що і той, і той жили у місцевості, де побутують перекази про світло з неба?

І все ж Яків досі не міг стулити докупи все, що встиг назбирати за час перебування у Меджибожі. Факти перепліталися, виявляли спільні точки дотику, але, щойно здавалося, начебто відображають потрібний порядок, що ось-ось вишикуються в струнку лінію, як обвалювались і знову геть не трималися гурту.

Можливо, він намагається поєднати непоєднуване? Можливо, так заплутався в оповідках про небесне світло та у побрехеньках про Бешта й Кармелюка, що ліпить горбатого до плота? Але щось підказувало йому, що прямує правильним шляхом. Саме оте щось (непояснenne шосте чуття?), попри вроджений скептицизм, який ставав дибки у спробах усе спростувати, нашіптувало, що Яків рухається до розгадки.

Надвечір, коли очі вже зовсім відмовилися розрізняти слова, а в голові змішалося безліч історій про походеньки Кармелюка, знову завітав Сімха. Не встигли вони обмінятися й кількома словами, як у двері постукали та зайшов Єсіпов.

— Пане Ровнєр, ви тут ще не поросли мохом?

— Невпинно до цього наближаюся.

— Мої вітання, пане Шпацман.

— І вам гутн авент[1], пане Єсіпов. Багатенько сьогодні налітали? Бачили вас ін хімль[2], наче орла гордого!

— Пане Шпацман, ви ж знаєте, що я й половини ваших слів не розумію, — розреготався Єсіпов.

— То я можу й курси їдишу у фортеці зорганізувати! — Сімха потер долоні.

Зав'язувалася приємна балаканина «ні про що», за якою відпочиває голова та звеселяється серце. А Якову тільки того й треба було: голова йому справді пухла від надміру думок, а в очах двоїлося від цілоденного споглядання графських записок.

— Чи не податися нам на каву? — Єсіпов кивнув на двері.

— На каву! — Яків ладен був ризикнути власним здоров'ям і вперше після погрому встромити носа з фортеці (хоча до нього й приставили охоронця для супроводу, та скористатися його послугами чоловік якось не поспішав). Цілодобовий добровільний домашній арешт пригнічував його, а усвідомлення досі не розв'язаної загадки обтяжувало серце.

Біля вартівні Єсіпов і Шпацман запевнили охорону, що за годину-другу повернуть Якова цілим та неушкодженим і не спускатимуть з нього очей.

— Коли щось не так, кличте на допомогу, — капітан охорони подав Якову свисток. — Його чутно здалеку. Допомога прибуде миттю.

Яків покрутив у пальцях шматочок блискучого металу. За час добровільного ув'язнення у фортечних мурах моторошна пригода на старому цвинтарі поблякла в пам'яті та здавалася не такою вже й страшною.

Проте щойно товариство опинилося за воротами, Яків уловив краєм ока постать у чорному капелюсі та з довгими

---

1 Добрий вечір (*їдиш*).

2 У небі (*їдиш*).

пейсами. За якусь хвилю помітив другу — як і перший, цей хасид старанно вдавав, що просто прогулюється повз фортечний міст. За трохи неподалік вигулькнув третій «байдужий» до його персони, що прискіпливо розглядав вітрину кав'ярні, насправді стежачи за відображенням у блискучому склі. Отакої! Хасиди не полишили спроб дістатися Якова: злочин був надто кричущим, щоб отак легко про нього забути. Якби не ризик розв'язати повномасштабний конфлікт зі стрілянином та жертвами, що неодмінно би позначився на мирному житті хасидської громади Меджибожа, Яків давно б розпрощався з життям. Чоловік майже фізично відчував, як десятки та сотні злісних поглядів, сповнених неприхованої ненависті, звідусюди пропікають його.

— Ви тепер місцева знаменитість, — уколов Якова Шпацман.

— З кінця, — додав Єсіпов.

— Тепер мені до скону дорогу до Меджибожа заказано, — зітхнув Яків. Не те щоб він життя свого не мислив без містечка, та неприємний осад у душі гнітив. До всього ще й язикаті хасиди могли рознести новину по всіх усюдах, а тоді доведеться змінити ім'я, аби й у Проскурові в його двері не постукав якийсь ображений із їхнього племені.

— А як же ви, пане Шпацман? — запитав у Сімхи Єсіпов.

— А що я? — начебто не зрозумів запитання той.

— Вам же тепер теж життя не дадуть, — здогадався Яків. І справді, хто як не Шпацман допомагав злочинцеві уникнути покарання. Ще й запанібрата розмовляв із ним, замість підсипати товченого скла в їжу.

— Ой, та ніби мені вперше, — махнув рукою Сімха.

— А хіба не вперше?

— Нє, звісно, до такого, — він тицьнув пальцем у Якова, — не доходило. Тут ви ґройс орігінел[1]. Одначе бувало всяке…

---

[1] Великий оригінал (*їдиш*).

Принесли кави. Сімха й далі теревенив собі, а Яків уже з першим ковтком ароматного напою зауважив, що йому впевнено кращає настрій. Коли ж балакучий Шпацман із властивим йому гумором і примовками їдишем описував найсмішніший момент, чоловік на секунду уявив, що нічого кепського з ним не траплялося. От було б добре, зайди він тоді до кабінету Трингама на чверть години раніше, перед делегацією із Гречинець. Тоді уникнув би всієї капосної історії та просто працював би, просто ділився знаннями та просто відпочивав за чашкою кави у приємному товаристві.

А суботнє надвечір'я, як на зло, видалося просто неймовірним. Сонце звернуло на вечірній пруг і слало ласкаве скісне проміння, що не палило, а злегка пестило й укупі з теплим вітерцем огортало невимовною легкістю. О такій порі добре пити холодне пиво з рибою, смакуючи не лише ним, а й неквапливою неділею, коли без докорів сумління валяєшся в ліжку довше, ніж зазвичай. У такі миті хочеться, щоби вечір ніколи не закінчувався, адже здається, що у світі панує спокій та умиротворення, усі навколо привітні й трохи зморені довгим днем, а майбутні тривоги та клопоти ще дуже далеко.

Яків із жалем роззирнувся. Незабаром усе це стане спогадом, який поволі зблякне, а тоді забудеться. Може, то й на краще: за ці дні відбулося багато кепського та неприємного. Втім груди стискав притлумлений щем, такий буває, коли відриваєш від серця щось надзвичайно дороге. Воно й не дивно. Меджибіж звів Якова з Єсіповим і Шпацманом, подарував радість першого польоту на аероплані та дав змогу відчути себе вчителем, до слів якого прислухається кілька десятків чоловіків. Меджибіж, зрештою, зачарував незбагненною сумішшю сучасності й середньовіччя, де розкіш крамничних вітрин не дисонувала з аскетизмом хасидів, містична відстороненість яких живилася незбагненним вогнем узвичаєних століттями уявлень і принципів. Тут навчали та знаходили вічний спокій цадики — «живі святі», а поряд клопотався звичною працею простий люд, життя якого було розписане на щодень від народження й до смерті. Тут кожен камінь таїв у собі віддих тисячоліть, а на городі разом із бараболею легко було викопати навершя списа чи шматок іржавої кольчуги. Тут перепліталися історії, долі, життя та смерті тисяч і тисяч, немовби світ клином зійшовся на гострому мисові межибужжя, де води Бужка зустрічаються з неспішним плином Буга.

— Чудовий вечір, — Яків не звертався ні до кого. Він просто констатував факт.

Єсіпов і Сімха замовкли, тож якийсь час за столиком панувала тиша. Чоловіки неначе приглядалися до навколишнього світу — чи правду сказав Яків, чи можна вірити його словам.

— Затишшя перед бурею, — раптом мовив Шпацман.

— Ви про що? — не зрозумів Єсіпов.

— Та все про те саме, — Сімха кивнув на чорну капоту хасида, що метушливо віддалявся вулицею. Певно, біг додому: на часі завершення шабату. — Незабаром закінчиться шабат, і вони знову осатаніють.

— Думаєте, відновлять спроби помститися панові Ровнєру?

— Не думаю, знаю.

— До закінчення маневрів, а відповідно й курсів, залишилося зовсім мало, — невесело всміхнувся Яків. — Пересиджу у фортеці. А там — боягузливо вшиюся до Проскурова та сподіватимусь, що за мною ніхто з хасидів не поваландається.

— Хтозна, — почухав потилицю Шпацман. — Просто ви ніколи не були в їхній шкурі.

— А це якесь особливе відчуття?

— Як би вам пояснити?.. Це так, ніби ви живете в невеликій закритій громаді, де лише ви й ваші близькі знаєте та розумієте всю користь медицини загалом і хірургії зокрема, тоді як увесь світ потопає в невігластві та навіть близько не тямить, що таке — лікувати власне тіло від болячок. Уявили?

— Дуже поверхово. В голові таке не відразу вкладеш.

— Ото ж бо й воно. Хасидський світ — окремішній, і осягнути його за кілька днів неможливо. Це однаково, що намагатися стати хірургом за тиждень.

— Порівняння зрозумілі, але все те потрібно спробувати пережити, аби усвідомити.

Западав пізній вечір. У вікнах миготіли поодинокі вогники свічок, ось-ось мали засвітитися ліхтарі, та сонце все ще висіло над видноколом, ніби йому дуже не хотілося покидати цей світ. Наостанок воно розливало й розливало малинове проміння, що проштрикувало крони дерев і розфарбовувало призахідні хмари в усі кольори веселки. Зі сходу ж наповзала темрява, неначе кралася назирці, щоби вилучити момент, коли в сонця забракне сил, і заволодіти змореним світом, огорнути все живе сном та безроздільно панувати до самого світанку.

Попрощався та пішов Сімха — шабат стосувався і його. А Яків з Єсіповим ніяк не могли підвестися з-за столика: вечір так розслабив обох, що їм не ставало сил не те що підвестися, а й навіть поворухнутися.

— Сімха згадував, що ви сьогодні знову літали? — Яків порушив довгу мовчанку. — За фортечними мурами я не те що вас — світа білого не бачу.

— Сьогодні відпрацьовував цікаве завдання: перевірка можливостей аероплана в дальньому польоті з одночасною розвідкою умовних позицій супротивника. Дальність і висота польоту — максимально можливі.

— Судячи з того, що ви сидите поруч живий і здоровий, усе минуло успішно?

— Майже повний штиль сприяв тому, що я здійснив обліт Проскурова, а тоді взяв курс на Волочиськ[1].

— Це ж… — Яків підраховував, — майже дев'яносто верст в один бік!

---

[1] Місто на кордоні сучасних Хмельницької та Тернопільської областей. В описуваний час — прикордонне місто.

— Година польоту.

— Година! — голос Якова дзвенів від захвату. Майже доба дороги екіпажем, а тут усього дві години в обидва кінці!

— Зворотній шлях, щоправда, вийшов трохи довшим, бо двигун забарахлив, то я не витискав з машини запланованого. Але загалом усі поставлені завдання виконав блискуче. І заодно вкотре довів самому собі, що навіть після модернізації в двомісний апарат четверта модель поводиться чудово.

— А що з другою моделлю?

— Підозра на тріщину в лівій стійці шасі. Наші летовища — то справжні розплідники для кротів. А один раз потрапив у свіжу кротовину, і то вже справжня тобі біда. Саме для цього на обох моделях передбачено центральну лижву. Але ж випадки бувають різні. Ось і мені попався особливо майстерний кріт, — Єсіпов невесело всміхнувся.

— Добре, що є час на ремонт і… — Яків затнувся, бо щось неподалік відвернуло його увагу від бесіди. Галасували люди. Галас той не був схожим на штурханину біля корчми, товариські посиденьки за кавою чи навіть на лайку в одному з дворищ. Голоси, що долинали до їхнього столика, були схвильованими та навіть наляканими. Що ж могло статися?

Яків з Єсіповим закрутили головами у пошуках джерела шуму, та вже наступної миті обидва вклякли кожен на своєму місці: небо мало той відтінок, який буває лише безвітряного літнього вечора, коли розігріта земля віддає накопичене за день тепло. Від сходу до заходу воно мінилося із чорнильно-синього до червоно-помаранчевого, на місці сонця полум'яніючи краєчком хмари — то світило тягнулось останнім на сьогодні поглядом до змореного світу.

Та не красою неба замилувалися чоловіки, і не барвами хмар непокоїлася поблизька юрба. З невідомої точки на видноколі, на позір із південного сходу, вихопився бляклий промінь світла, який помалу набрав сили та перекреслив усе небо!

— Це ж… — Яків розгубився, добираючи слова. Він поривався пояснити Єсіпову те, про що той і сам здогадався, але не міг, бо все в голові перемішалося, залишаючи на поверхні одне: світло нарешті побачили над Меджибожем!

— Якове! — Яків здригнувся від голосу Єсіпова та від того, що приятель тряс його за плече. — Якове, ми мусимо перевірити!

— Що? — Яків не второпав, що від нього хоче Єсіпов.

— Ми мусимо злетіти!

— Злетіти? Але ж…

— Ніяких «але»! Або зараз, або ніколи. Другого такого шансу може ніколи не випасти!

Яків не думав довго. Тимчасова розгубленість змінилася хлоп'ячою рішучістю: Єсіпов говорить правду, і вони мусять злітати!

Наступної миті чоловіки рвонули геть, покинувши на столику порожні чашки та капелюх Якова. З дверей кав'ярні вискочив кельнер, але зухвальців уже й слід прохолов.

— Швидше, — Єсіпов намагався тримати темп, одначе миттєва зміна стану від розслабленого до вибухово-активного позначилася на витривалості: запалу вистачило на рвучкий старт, а далі забракло дихання.

— Помовчте! — хекнув Яків, і собі силкуючись призвичаїтися до швидкого бігу.

У крові кипів адреналін, очі раз по раз відшуковували на небі, що стрімко темніло, дедалі яскравішу смугу світла, а підошви черевиків лунко ляскали об бруківку. Ось нарешті й вуличка, що виведе до летовища. Але попереду ще добрячий шмат дороги. Тільки б не згасло кляте світло! Скільки там його спостерігали у Гречинцях — чверть години? А скільки вони з Єсіповим уже біжать? І скільки часу їм знадобиться, аби приготувати аероплан до зльоту?

У голові Якова вирувало безліч запитань, на більшість із яких він не знаходив відповіді. А тому вирішив краще зосередитися на бігові, аби в густих синіх сутінках не втрапити в яму та не дати сторчака.

Ось на тлі темного неба вималювалася щогла з мертво обвислим конусом — летовище.

— Аероплан на зліт! — Єсіпов пригальмував, аби зібратися із силами та втягнути в груди якомога більше повітря. — Аероплан! На зліт!

Із вартівні біля ангарів з'явився розхристаний вояк. Певно, він уже ладнався до сну, коли почув дикий крик.

— Пане штабсротмістр? — Чоловік підніс лампу над головою, та наступної миті Єсіпов з Яковом майже збили його з ніг.

— Аероплан на зліт! — вони підскочили до ангара, і Єсіпов люто смикнув за штабу, що навскіс перекреслювала ворота — ті стояли замкнені. — Ключ!

Переляканий вартовий не розумів, що відбувається, але без зайвих запитань кинувся до вартівні, звідки вигулькнув за мить зі зв'язкою ключів на дротяному кільці.

— Аероплан на зліт! — мов заведений, повторював Єсіпов.

— Але техніків немає! — розпачливо вигукнув вартовий. Брязнула штаба, і троє чоловіків учепилися в стулки воріт, немовби навіжені.

— До біса техніків! Допоможи лише викотити машину!

— Володимире! — Яків задихався після виснажливого бігу і ковтав слова. В'язка слина заважала говорити. — Володимире, це безумство. Надворі ніч!

І справді — довгий серпневий вечір поступився місцем ранній синій ночі. Сутінки западали так швидко, що дальній край летовища вже потопав у нічній темряві, а коротко викошена смарагдова трава перетворилася на сіро-чорний шорсткий килим.

— Ти хочеш розгадати загадку цього бісового вогню? — очі Єсіпова палали вогнем справжнім, і Якову здалося, що вони могли б незгірше фар освітити простір навколо. — Чи хочеш і далі гадати що й чого?

Він натис на потрібну точку. Яків вагався рівно три секунди, а тоді приречено махнув рукою. В його голосі бриніли моторошні веселощі.

— Один раз живемо. Але в цьому житті я волію розкрити цю кляту загадку!

На те, щоб викотити аероплан з ангара та встановити його на початку злітної смуги, Яків із Єсіповим згаяли п'ять хвилин, тож марнувати ще п'ять, чи й десять, на те, щоби перевдягнутися в льотні комбінезони, не могли. Вони лише схопили шоломи з пристебнутими окулярами та метнулися до машини.

Яків спритно ковзнув до кабіни, немов усе життя робив саме це. Слідом за ним прослизнув Єсіпов, притисся спиною до спини свого спільника, пересмикнув плечима, вмощуючись зручніше. Яків крутнувся через плече, намагаючись роздивитися злітну смугу, але побачив тільки нічну темінь, підвів голову й укотре здригнувся від захопливого видовища: небо перекреслював промінь, який немовби пульсував, щохвилини набираючи потужності.

— Готовий?! — Голос Єсіпова зривався від надмірного хвилювання.

Замість відповіді Яків за звичкою штурхнув приятеля ліктем — на слова не вистачало нервів.

— Контакт! — заволав Єсіпов до вартового, який виконував роль механіка і мусив допомогти розкрутити гвинт.

— Є контакт! — обізвався той.

— Від гвинта! — двигун оглушливо чмихнув і наповнив ніч сухим тріскотінням.

Єсіпов наддав газу, і аероплан, здригаючись на засипаних кротовинах, почав розбіг. Вони злітали в ніч.

РОЗДІЛ 12

24 серпня 1912 р., субота
Над містечком Меджибіж Летичівського повіту.
25 серпня 1912 р., неділя
Місце невідоме

Руки стискали холодний метал полички, а ноги відчували вогкість вечірньої роси на черевиках. Окрім цього Яків не міг зупинитися думкою ні на чому. Тільки непевне тоскне відчуття приреченості стискало серце, відчуття того, що цей політ буде його останнім. Пригадався візит до кабінету Трингама, пригадалося товариство старших офіцерів і перше знайомство з Єсіповим. Яку історію він тоді розповідав? Як заблукав у лісі? А ще переконував усіх слухачів, що пілотувати аероплан уночі неможливо, принаймні — це неабияка загроза життю.

Зараз же цей самий Єсіпов притулявся спиною до спини Якова та намагався злетіти з короткої смуги у майже повній темряві, ризикуючи в кращому разі застрягнути в невидимих з кабіни літуна кущах наприкінці смуги, а в гіршому… Про гірше Яків волів не думати. Блаженне незнання основ і технік пілотування, злету й посадки, керування аеропланом і маси тих нюансів, яким навчають пілота в льотній школі, давали йому змогу не надто перейматися ситуацією. Принаймні чоловік не гадав, як саджатиме машину, коли вартовий не допетрає розпалити кілька вогнищ для позначення летовища. Не замислювався, як узагалі знайде Меджибіж, коли під аеропланом замість звичної картини місцевості коливатиметься густе море чорнильної порожнечі. Не хвилювався, чи не вріжеться в темряві у вершечок тополі, коли не розрахує висоту за видимими орієнтирами й опуститься надто низько… Він лише відчував потилицею зростання сили вітру, який обдував до дрижаків і ліз під одяг.

Аероплан тим часом стрімко набирав швидкість — Єсіпов витискав із двигуна все, на що той був здатен, і машина працювала в екстремальному режимі, наближеному до бойового. За мить уже знайома легкість і неймовірна плавність охопили Якова — аероплан відірвався від землі. І відразу ж Єсіпов рвонув важіль на себе, одночасно круто беручи ліворуч. Не було часу на обліт містечка за звичною широкою дугою — важила кожна секунда.

Яків закрутив головою в пошуках орієнтира та виловив очима промінь. Він нікуди не подівся, ніби дочікувався, поки легкокрила машина злетить і ляже на курс зближення.

Тут — на висоті — крайнебо ще світилося помаранчево-багряною смугою, хоча сонце вже не золотило вершечків навіть найвищих тополь. Просто призахідними хмарами розливалося далеке світло згаслого дня. Незабаром зникне й воно, і аероплан залишиться сам на сам із нічними небесами та далекою землею, що поринула в сон.

Яків перехилився через борт у відчайдушній спробі роздивитися внизу бодай щось, але зумів розгледіти тільки кілька слабких вогників, які аж ніяк не могли слугувати орієнтирами. Що відчував цієї миті Єсіпов? Які думки роїлися в його голові? Яків спиною відчував до краю напружені м'язи пілота, неначе позаду була не жива людина, а спинка дерев'яного крісла.

А промінь, як насмішка, яскравою стрілою перекреслював темне небо. Він здавався якимось чудернацьким мостом, який тягнеться від одного краю неба до іншого, і Якову на секунду пригадалась оповідка про Кармелюка, що спускався з місяця сходами зі світла. Він примудрився здригнутися, хоча тіло й так потерпало від холоду й тремтіло, немов у лихоманці.

Яків одчайдушно намагався викрутити шию, аби нарешті розгледіти джерело неймовірного променя, але розвернутися в тісній кабінці не було змоги, а Єсіпов саме завершив маневр набору висоти та ліг на курс зближення.

— Що бачиш?! — Яків штурхнув приятеля ліктем, сподіваючись, що той розчує його крик за свистом вітру та торохтінням двигуна.

— Нічого! — Єсіпов відповів по паузі. Чи то не почув одразу, чи добирав відповідь. А вона Якову не сподобалася. Що означало те «нічого»? Джерело світла зникло? Але ж промінь усе ще розкроював небо! Чи пілот його просто не охоплює зором?

— В який бік ми летимо?! — Яків силкувався пригадати вже одного разу бачену з висоти місцевість, аби спробувати зрозуміти, де саме знаходиться джерело променя.

— Не знаю!

Яків розтулив було рота, але запитання застрягло йому в горлі — вони заблукали в чистому небі буквально на першій хвилині після зльоту! Ось тобі й нічні польоти! Ось тобі темний ліс, у якому не роздивитися й власної руки, ось тобі зліт і посадка навпомацки... Єсіпов мав беззаперечну рацію, коли переконував Якова та все товариство в тому, що нічні польоти неможливі. Та найкраще все пізнається на власному досвіді. Тепер Яків добре затямив, що вночі аероплан перетворюється на просто примхливу іграшку.

Проте зараз аероплан ще залишався машиною. Звісно, завдяки тому, що мета й основний орієнтир їхнього ризикованого польоту яскраво виділявся на тлі чорного неба. Призахідні хмари тим часом згасли, і тепер ніщо не вказувало на те, де саме лежать сторони світу. Яків знав, що орієнтуватися можна й за зірками та місяцем, одначе сьогоднішня ніч видалася такою хмарною, що надійно маскувала у високості не тільки зорі, а й тонкий серпик місяця.

Єсіпов заклав іще один віраж одночасно з набором висоти, і Яків здивовано осягнув, що аероплан стрімко мчить просто наперетин променю! Чоловік учепився промерзлими пальцями за облямівку кабіни, вивернувся ліворуч і до болю в очах спробував роздивитися кляте джерело світла. Звідки ж, урешті-решт, вихоплюється промінь? Адже не може він огинати всю земну кулю на кшталт кілець Сатурна. Та й що це були за кільця, коли вони то з'являються, а то зникають, щоб вигулькнути в зовсім іншому місці?

Раптом страшний здогад уколов Якова в серце. Він шарпнувся у відчайдушній спробі озирнутися до пілота, аби Єсіпов гарантовано почув його зойк.

— Не наближайся до променя!

— Чому? — аероплан гойднувся, наче пілот інстинктивно смикнув важіль праворуч, а тоді засумнівався у власному рішенні.

— Довго пояснювати! — від надсадного крику в горлі задерло. А ще ж кусючий холод пробирав до кісток. — Просто послухай мене!

Аероплан знову гойднувся і пішов паралельним променю курсом. Яків лише щойно збагнув, що майже забув дихати. Перед очима йому постали жовте коло висушеної трави просто під Кармелюковим кріслом і шкіра на власній руці — немовби попечена на сонці. А що, як цей клятий промінь і випалив траву? Що, як це нібито безпечне світло — та страшна зброя далекого майбутнього? Далекого? Яків знову затамував подих. Неначе повітря довкола наповнювало шкідливе випромінювання, що непоправно руйнувало його клітини.

Єсіпов досі тримався поряд із променем. Яків давно втратив лік усім поворотам, віражам і наборам висоти, тож зараз геть не знав, чи вони наближаються до джерела світла, чи Єсіпов так само, як і він, утратив орієнтацію та спрямовує машину в незвідане, змагаючись у швидкості зі світлом.

Раптом Яків усвідомив, що з променем щось відбувається. З ледь розсіяного він зненацька став до страшного різким і контрастним. Наче в небі справді висіла фізична конструкція, якої можна було торкнутися, якби вдалося підлетіти на відстань простягнутої руки. А тоді промінь різко сіпнувся вбік!

Це було до дрожу в кінцівках схоже на те, як смикаєш ліхтарем, а тоді промінь світла покірно скаче на потрібне тобі місце. Ось тільки промінь був тисячі верст завдовжки, і Яків навіть не уявляв собі той ліхтар, який міг би смикнутися десь неймовірно далеко.

— Що коїться?! — Яків розумів усю безглуздість запитання, але слово — не горобець. Єсіпов мовчав. Та й що він міг відповісти, коли сам не розумів, що відбувається.

А промінь тим часом різко стрибонув убік, неначе з огидою чи пересторогою відсунувся подалі від нахабного аероплана. І в Якова волосся заворушилося на потилиці, а в роті шорстко зашкребло від раптового жаху, що людський технічний геній не здатен на такі викрутаси зі світлом. І нехай йому тисячу разів торочитимуть, що він може не знати про новинки військової техніки з-за кордону, та Яків не просто знав, він *відчував*, що людина на таке не спроможна.

З неймовірною силою захотілося просто тут — посеред нічного неба — послати все до біса і скерувати машину на землю. І нехай промінь і далі шарпається в небесах, немов живий. Нехай інші міркують про його природу, а йому — Якову Ровнєру — досить нерозкритих таємниць!

Він мимоволі заплющив очі й обхопив закоцюблими руками голову.

— Дивися! — голосний зойк Єсіпова миттю повернув його до дійсності. А дивитися й справді було на що.

Із різкого та чіткого промінь поволі перетворювався на розмиту світлову доріжку — такий собі штучний Чумацький Шлях у мініатюрі.

«Невже все? — промайнуло в голові. — Скільки минуло часу? Невже спливло вже чверть години? Всього чверть години? Аж чверть години?»

Яків не йняв віри побаченому. Невже оце й усе, чого вони досягнуть? Просто побудуть у повітрі поблизу променя, який за лічені хвилини перетвориться на пшик? Відчуття дивної образи та несправедливості затопило його. Та водночас серце наповнилося полегшенням: світло погасне — і зникне сенс їхньої з Єсіповим небезпечної бовтанки в чорній порожнечі між небом та землею. І можна буде з чистою совістю спускатися на землю. Тепер його не лякали ані хасиди, ані можлива помста, ані сам дідько, аби лише торкнутися ногами твердої землі, повернутися до своєї комірчини й утомлено забутися під ковдрою. Ось зараз світло вичахне остаточно. Ось зараз…

— Що за?!. — Єсіпов не доказав. Від здивування та несподіванки він різко шарпнув важіль, і аероплан задер носа, а двигун натужно рикнув.

Та пілотові можна було вибачити необережний маневр, адже причина була більш аніж поважна.

Світловий промінь уже майже розчинився в навколишній пітьмі, коли сталося незбагненне (кінцівки Якова стерпли!) — розлите в ночі світло стяглося в одну неймовірно яскраву точку, що нерухомо застигла високо в небі, як достоту нова мініатюрна зоря.

— Як таке може бути?! — Яків знову не зважав на відсутність глузду в запитанні та розумів, що Єсіпов не матиме на нього відповіді, бо так само витріщається на моторошне світло. Однак він не очікував від приятеля на таку реакцію.

— А ось зараз ми про це дізнаємося! — аероплан ревонув двигуном, з якого витиснули по максимуму, та заклав такий віраж, що машина натужно зарипіла від титанічних навантажень, що припали на її тендітну конструкцію.

Та французькі творці крилатої машини не даремно їли свій хліб: аероплан гідно витримав таке безжальне до себе ставлення. Жодна тяга не обірвалася, жоден клапоть лакованого полотна обшивки не репнув, і жоден елемент каркаса не тріснув від кричущого перевантаження.

У Якова потемніло в очах — його організм, на відміну від надійної конструкції аероплана, почав давати збої. Він не готувався до подібної шарпанини. Попід горло підкотився клубок, згадалося неспішне кавування за зручним столиком, який залишився далеко внизу. Чи збоку, зважаючи на те, що Єсіпов продовжував утримувати машину в крутому розвороті.

Одного погляду вниз виявилося достатньо, аби переконатися, що думки про затишну кав'ярню у Меджибожі не відповідали дійсності: під ними давно не було нічого, окрім розлитої чорноти. Чи то в містечку погас останній вогник, чи ж їх занесло бозна-куди і тепер внизу мирно дрімали нічні плавні понад Бугом, чи Головчинецькі[1] ліси, а чи й плеса на Бужку під Ярославкою[2].

— Що ти намислив?! — машина нарешті вирівнялася, і Яків відчув шалене прискорення: спина Єсіпова нагадувала гранітну брилу, а потік повітря навколо кабіни натужно гув.

Приятель не відповідав. Але не потрібно було бути мудрецем, аби здогадатися, що пілот іде на зближення із плямою світла. Навіть попри застереження Якова не наближатися до світла.

Утім світло й не думало дочікуватися, поки зухвалий аероплан підлетить достатньо близько. Зірка в мініатюрі раптово блимнула, немовби гігантська повіка на мить прикрила яскраве око, а тоді, набираючи швидкість, подалася геть.

— Холера! — роздратовано гаркнув Єсіпов, а Яків лише міцніше вчепився за облямівку борту, коли аероплан знову відчутно прискорився.

— Ти знаєш, у який бік ми рухаємося?! — Яків не міг викинути з голови непроглядну чорноту під машиною. Зрештою, колись їм доведеться сідати, і було б добре знати, куди саме!

---

[1] Головчинці — село поблизу Меджибожа.

[2] Ярославка — село неподалік Меджибожа.

— Без поняття!

— Але ж…

— Зараз я думаю про одне — ми мусимо наздогнати те світло!

— А зможемо?!

— Спробуємо!

Єсіпов схилився над важелем, і — це здалося Якову неможливим — аероплан знову прискорився. Пілот нещадно катував машину, двигун ревів, і патрубок вихлопу розжарився до малинового кольору. Корпусом пробігали тремкі хвилі вібрації, немовби машину хапали судоми від перенапруження, і Яків насправжки занепокоївся, чи не розвалиться конструкція просто в небі.

Проте така відчайдушна гонитва дала результат — пляма світла потроху наблизилася.

— Ну ж бо ще! — від радісного збудження Яків щосили стис плече Єсіпова. Його шия задерев'яніла, руки зводила судома від холоду, а зуб не втрапляв на зуб. Але тілом прокочувалися гарячі дрижаки неймовірного збудження й азарту: адреналін вирував у крові та глушив страх і здоровий глузд.

У відповідь Єсіпов знову почав чаклувати над важелем, однак цього разу його зусилля не закінчилися успішно: аероплан рухався на межі, видаючи майже сто верст на годину, що було справжнім дивом. Одначе на цьому дива не закінчувалися.

Яків справді повірив у те, що вони зможуть наздогнати загадкову пляму світла. Він навіть перекрутився на своєму незручному сідалі й умостився на підігнуті ноги, аби лише не ламати шию в спробах розгледіти, що ж діється попереду. В такій позі йому доводилося сидіти буквально зібганим у три погибелі й упиратися лобом у потилицю Єсіпова, щоб хоч трохи сховатися від потужного потоку повітря. Та тимчасові незручності компенсувалися можливістю дивитися вперед, тоді як пілот здебільшого ховався за захисним вигином кокпіта.

Пляма світла повільно, але невпинно росла — вони таки наздоганяли дивну літальну машину, хай би чим та не була! Та вже наступної миті Якову мало не відвисла щелепа через непомірне здивування, а тіло зсудомило в раптовому нападі первісного страху перед невідомим. Пляма, що маячила просто по ходу аероплана, зненацька шугнула на кількадесят аршинів угору, а за секунду з невловимою для ока швидкістю перемістилася чорним небом іще кілька разів. Здавалося, що хтось щосили ко́пає м'яча, сплетеного з променів яскравого світла.

Зуби Якова зацокотіли від страху: жодна відома йому механічна конструкція, створена людиною, не могла так швидко рухатися небом! Тепер чоловік легко заприсягнувся би, що бачить перед собою не прожектор на аероплані, цеппеліні чи й навіть банальному аеростаті.

— Що відбувається?! — Єсіпов скинув голову. Він збавив газ, і двигун невдоволено чмихнув.

— Я… я не знаю! — Яків намірився гукнути приятелеві, щоб той повертав додому (пропади пропадом оте кляте світло, а їм краще задуматися над тим, як знайти своє летовище чи принаймні зручне для посадки місце), та за мить геть начисто втратив дар мови.

Пляма світла, що вже кілька разів хаотично шарпалася небом, зненацька прискорилася, за кілька секунд перетворившись на ледве помітну світлу крапку вдалині, а тоді блиснула та зникла. Скидалося на те, що комусь незбагненному та всемогутньому набридли ігри в переслідування і він подався собі у своїх справах, покинувши набридучий аероплан напризволяще.

Якову приверзлося, що зі зникненням світла нічна темінь, як жива, залила аероплан в'язкими патьоками, знерухомлюючи його посеред чорнильного безмежжя, немовби бурштин муху. І навіть стугін двигуна — до цього оглушливий і натужний — тепер звучав не голосніше за просто тихе бурмотіння. Аж раптом уже звичне бурмотіння почав переривати дивний і моторошний кашель.

Єсіпов сіпнувся, немов оперезаний батогом, згорбився над важелем, заходився несамовито щось смикати, крутити, а тоді взявся сипати прокльонами.

— Що сталося?! — Яків не розумів, кого батькує приятель.

— У нас пальне закінчується! — в голосі Єсіпова приховувана паніка мішалася з роздратуванням. — Звечора менше як чверть бака залишилося!

— І що ж тепер буде? — Яків сидів на диво спокійно. Нервове збудження зникло разом із плямою світла.

— Сідатимемо! — голос Єсіпова став холодним, як льодовик на полюсі. І хоча Яків не бачив обличчя приятеля, проте дуже чітко уявив собі, як загострилися його вилиці, вуста зліпилися в тонку риску, а між бровами залягла глибока складка напруження.

Сідати… Куди ж вони могли сісти, коли не знали навіть того, на якій висоті зависли, та що під ними — поле, ліс чи річка? Яків раптом до жахливого детально подумки простежив за тим, як їхній аероплан на шаленій швидкості врізається в землю, що виявилася набагато ближче, ніж розраховував пілот; ажурна конструкція зминається, наче картонна; крила з тріском зриваються з кріплень; дзенькають, ніби перетягнуті гітарні струни, розтяжки; а їхні з Єсіповим понівечені тіла зламаними ляльками перекидаються в купі уламків, яка мить тому була аеропланом…

Аж тут потік вітру приніс знайомий аромат — війнуло димом. Наступної миті Яків заволав, на радощах не тямлячи себе:

— Вогонь! Вогнище! Там вогнище! — він затарабанив Єсіпову по плечі, вказуючи ліворуч, туди, де далеко внизу миготів вогник, від якого стелився підсвічений шлейф диму: хтось вирішив пізньої години спалити на городі бараболиння.

— Бачу! — ревонув у відповідь Єсіпов і заклав різкий віраж на зниження, коли двигун знову важко закашлявся і… замовк. Пальне вийшло до краплі.

У тиші, що жахливо лунко ляснула по вухах, завивання вітру за бортами машини здалося химерною жалобною піснею, з якою ніч проводжала на той світ двох одчайдухів, що опинилися не в тому місці та не в той час. Однак ні! Єсіпов не планував отак безглуздо відійти у вічність — зовсім іншого він очікував від життя[1].

— Тримайся! — пілот обережно потяг за важіль, вирівнюючи машину, аби та не звалилася в піке. Яків, не надто обізнаний із законами аеродинаміки та повітроплавання, чомусь думав, що аероплан із заглухлим двигуном каменем упаде донизу, тож неймовірно здивувався, коли усвідомив, що машина й досі рівно ковзає повітрям, наче легкокрилий птах. А тоді пригадав собі гордовитих альбатросів, які на своїх міцних крилах годинами тримаються на висхідних потоках повітря, майстерно маневруючи та відшукуючи нові невидимі щаблі в небесній драбині, аби видиратися дедалі вище.

Яків учепився за облямівку кабіни посинілими від холоду й напруження пальцями, готовий до всього. Єсіпов же не зводив очей з єдиного орієнтира — полум'я на далекому городі. Цей вогник був справжнім провідним вогнем зі світу мертвих — світу темряви та страху — до світу живих, де ноги відчувають землю.

Звісно, сідати на перекопаний город чи поле зі збіжжям було вкрай небезпечно, але ще більшу небезпеку таїло приземлення наосліп (шансу на порятунок таке приземлення не залишало жодного). Тому Єсіпов легкими порухами важеля скеровував машину додолу, прикипівши поглядом до вогню.

Вітер свистів у вухах голосніше за ревіння двигуна. Тонкий і рівний його свист неначе сповіщав, що аероплан досі на шаленій швидкості долає темний простір і достатньо од-

[1] Володимир Єсіпов трагічно загинув 1 липня 1914 року, коли його аероплан утратив керування та врізався в землю. 5 липня з усіма почестями пілота було поховано на цвинтарі села Требухівці, що біля Меджибожа.

ного необережного поруху важеля, щоб він утратив ненадійну опору та перетворився на некерований шматок обтягнутого полотном дерева.

Самотній вогник унизу давав зовсім мало світла. Саджати аероплан за такого освітлення було немислимим. Одначе за відсутності інших варіантів і цей здавався непоганим.

— Не певен, що посадка завершиться успіхом! — голос Єсіпова зривався від напруження та хвилювання.

— Що мені робити? — Яків також вицокував зубами, переконуючи себе, що від дикого холоду.

— Передусім сядь нормально та пристебнися!

Яків поквапливо прилаштувався спиною до пілота, намацав біля крісла пасок безпеки та міцно затягнув його.

— Коли я скомандую, пригнися якомога нижче та захищай голову!

— Який шанс, що ми виживемо?

— Я не професор, щоб вирахувати тобі відсоток просто зараз!

— А все ж?

— Якщо втратимо швидкість до того, як вийдемо на потрібну траєкторію, загинемо стовідсотково!

— Розкішно! — Якова охопили нервові веселощі. Закінчити життя в авіакатастрофі — цілком екзотична смерть. Утім такої екзотики він не бажав.

— А ще коли втрапимо колесом у яму, коли зачепимо крилом дерево, коли…

— Досить! — Яків зрозумів, що, найімовірніше, робить останні кроки своєю життєвою стежиною, і волів зберігати сяку-таку тишу. Він хотів зібратися з думками.

Єсіпов продовжував потроху опускати заглухлий аероплан, водячи його колами довкруг рятівного вогнища. Попереду визначення лінії посадки — найважче завдання: полум'я освітлювало простір навколо на кілька аршинів, за якими згущувалася непроглядна нічна пітьма. А що, як десь зовсім поряд починається ліс? Чи тече річка, обрамлена скелястими берегами? Або й не скелястими, а навпаки — порослими густим очеретом, у якому аероплан застрягне, наче в справжнісінькому болоті. Такий варіант, щоправда, був би найкращим із найгірших. Попри безліч здогадок, треба було вибирати один із напрямків посадки.

Однак доля, в яку Яків не вірив, вирішила, що двом одчайдухам-аеронавтам випали ще не всі пригоди, і коли Єсіпов нарешті визначився з траєкторією та почав обережно заводити аероплан на посадку, хмари раптово порідшали і розійшлися, даючи волю місяцю.

— Яр! Курва! Там яр! — розпачливий зойк Єсіпова прорізав ніч, і Яків одразу зрозумів причину. У ріденькому місячному сяйві пілот помітив просто по курсу посадки глибоке чорне провалля яру, до якого лишалася якась дещиця! За таких умов посадка неминуче обернулася б катастрофою, і Єсіпов гарячково потягнув важіль на себе, з останніх сил задираючи ніс аероплана вгору.

Яків не втерпів, відстебнув пасок і крутнувся до приятеля.

— Перескочимо? — він відчув, що машина повільно, нехотячи почала підійматися. Розгону під час посадки вистачало, аби ненадовго набрати висоту. Але біля землі не було висхідних потоків, на яких можна було б утриматися, а тому такий набір висоти означав останню спробу вижити. Вдруге в такий спосіб обманути долю не вдалося б.

Чорна пащека яру промайнула під аеропланом, і Яків зі спокійною приреченістю зрозумів, що через спробу посадки та подальший вимушений набір висоти вони занадто далеко відлетіли від рятівного орієнтира — полум'я посеред городу. Тепер аероплан стрімко мчав назустріч невідомості: місяць знову вкрило тонке мереживо хмаровиння, що перетворило чорноту ночі з непроглядної на просто густу, в якій око розрізняло обриси землі внизу, але безпечно посадити машину однаково не давало змоги.

Оскільки на розворот аероплана не вистачило б ані висоти, ані швидкості, потрібно було або ризикувати та нарешті саджати машину, або кинути важіль і покірно чекати на смерть. Але військові літуни — не надто покірні люди. Ось і Єсіпов зовсім не погоджувався на безглузду смерть. Ні, він ще політає! А сьогодні посадить цей клятий аероплан!

Єсіпов здер з обличчя окуляри, які заважали роздивитися землю. Вітер умить вибив з очей сльози, але навіть крізь них було видно краще, ніж крізь запітнілі скельця. Попереду проглядалося щось схоже на рівну поверхню. Поле? Галявина, поросла травою? Околиці Меджибожа ж порізані річками, протоками, струмками, ряхтять болотами та ставками чи не в кожному селі, а тому — увігнатися в плавні можна завиграшки. Тільки б не найгірше — верхівки підступного очерету, які вночі здаються полем.

Зволікати далі не було змоги. Єсіпов відчував аероплан усім тілом і знав, що той довго не протягне. Не вдасться ширяти в небесах безкінечно довго, вилучаючи найбільш сприятливий момент і вибираючи місце для аварійної посадки. І так можна було вважати дивом, що вони зуміли так довго протриматись у повітрі із заглухлим двигуном.

Довго? А скільки часу минуло відтоді, як двигун кашлянув востаннє? Відчуття часу притупилося. Від злету начебто спливло кілька годин, хоча мозок підказував, що шалена гонитва не могла тривати більше як десять-п'ятнадцять хвилин. А без двигуна вони бовтаються у повітрі заледве хвилини три. Втім Яків не міг бути певен нічого, бо в цей момент від нього не залежало саме нічого.

— Тримайся! — раптово вигукнув Єсіпов, і Яків схарапуджено пригадав його поради щодо поведінки. — Йду на посадку!

Аероплан смикнувся носом донизу, вітер у вухах завив з потроєною силою, і за кілька секунд Яків відчув перший удар шасі об землю. Не встиг він видихнути, як машина струснулася, наповнилась оглушливим гуркотом і ніби від удару чийогось неймовірно дужого кулака ввігналася кокпітом у землю. Ніс машини проорав ґрунт, а хвіст задерся сторчма вгору. Оглушливо затріщали, зминаючись, крила. І останнє, про що встиг подумати Яків перед тим, як його викинуло з кабіни геть, що він забув удруге прив'язатися паском безпеки.

Свідомість поверталася разом із болем. Хтось стояв над ним і легенькими ляпасами по щоках допомагав йому отямитися.

— Якове! Прокинься! Чуєш, Якове! Ти живий узагалі?

— Живий, — видихнув Яків і скривився від болю. Здавалося, що боліла кожна п'ядь тіла.

— От і чудово! — в голосі Єсіпова почулося радісне полегшення.

— Ти… як?

— Мною не переймайся, — Яків помітив, як приятель махнув рукою. — Носа обдер і плече трохи забив. А ось ти…

— Що… я?

— Чого ж ти паском не прив'язався, як я велів?

— Я прив'язався. А тоді… відв'язався…

Єсіпов лише здавлено крекнув у відповідь, зняв шолом і провів рукою по змокрілому волоссі.

— Що зі мною? — біль почав локалізуватися в ногах, але Яків не міг зіп'ястися бодай на лікті, не міг підвести навіть голову, аби роздивитися, що ж із ним сталося.

— З того, що я бачу — маєш зламану ногу… — Єсіпов набув винуватого вигляду, немовби саме через нього Яків постраждав.

— Добре, що не шию, — спробував пожартувати Яків. І справді, хто йому винен? Треба було сидіти сиднем на своєму місці та прив'язатися паском. Тоді б напевне відбувся лише синцями. А тепер… Хтозна, чи разом із ногою він не зламав ще й кілька ребер.

Яків поворушив пальцями на руках, а тоді всією правою рукою — ніби все гаразд. Спробував зробити глибокий вдих і закашлявся від різкого прострілюючого болю в лівому боці. Так і є — постраждали ребра. Вочевидь, непогано приклався під час падіння. Добре, хоч на голові був шолом: вистачило б і невеликого камінця, щоби провалити череп.

Поволі Яків почав знову відчувати тіло та полегшено видихнув. Зламана нога та кілька потовчених ребер — невелика платня за нічну посадку наосліп. Важливо, що хребет залишився цілим, а все інше зростеться!

— Де ми?

— Розкішне запитання! — нервово реготнув Єсіпов. — Проти неба — на землі. І слава Богу, що на землі. А де саме, з'ясуємо. Де було полум'я, на яке ми орієнтувалися, я пам'ятаю. Найімовірніше, звідти й до житла недалеко.

— Що думаєш робити?

— Думаю влаштувати тебе максимально зручно та рвонути по підмогу.

Якусь мить Яків мовчав, міркуючи над словами Єсіпова. З ушкодженими ребрами йому буде складно рушити з місця. З поламаною ногою й поготів. Отож набиватися в товариство приятеля не випадало: навіть з його допомогою Якову не ступити й кроку. Тим паче вночі, у незнайомій місцевості й, очевидно, глушині.

— Маєш рацію, — нарешті вичавив він. — Тільки спробуй не баритися.

— Таке скажеш! — Єсіпов метнувся до темної купи, яка нещодавно була аеропланом. — Одна нога тут — інша там!

Наступні пів години чоловіки намагалися якомога зручніше вмостити Якова, котрий щохвилини дедалі більше оговтувався. Нарешті, остаточно з'ясувавши кількість і характер травм, Яків склав сякий-такий план дій. Зі шматка розламаної рами фюзеляжа Єсіпов виготовив шину для зламаної ноги, а ребра Яків спробував зафіксувати саморобним бандажем із лакованого полотна, що його приятель надер із розтрощеного крила.

— Я чую десь поряд річку, — озвався Єсіпов. — Ти, мабуть, пити хочеш?

Тільки після згадки про воду Яків уперше відчув, що його язик просто спух від спраги. І лише зараз до його вух долинуло ледь чутне дзюркотіння, ніби десь неподалік справді протікав струмок.

Зі шматка того самого полотна Єсіпов скрутив рурку і пірнув у темряву, туди, звідки линуло тихе жебоніння. Яків же залишився сам, отримавши нагоду повправлятися перебувати на самоті посеред пустки, поряд з уламками аероплана та до всього ще й із ушкодженою ногою.

Щойно кроки Єсіпова затихли вдалині, як нічна тиша накинулася на Якова звідусіль так хижо, що йому дико задзвеніло у вухах. Та ненадовго. Уже за кілька секунд ніч почала потроху виповнюватися звичними звуками: сюрчали цвіркуни, десь далеко плюскотіла вода, кумкнула наполохана жаба, подала голос розбуджена птаха. А десь неймовірно далеко, немов на краю світу, гавкав собака! І цей звук видався Якову наймилішим. Він навіть усміхнувся мимоволі — люди десь зовсім поруч. І Єсіпов обов'язково приведе допомогу. Зламані гомілкові кістки? Дрібниці! У фортеці повно майстерних лікарів, які складуть йому ногу за лічені хвилини. Ушкоджені ребра? Що ж, доведеться набирати в груди поменше повітря та рідше сміятися. Найважливіше, що вони з приятелем залишилися живі! Можливо, після першого в історії люства нічного польоту на аероплані! І після першої нічної посадки!

Повернувся Єсіпов. Рурка з авіаційного полотна виявилася непоганим кухлем, а річкова вода — чистою та смачною. Легкий присмак намулу не псував її, а навпаки підкреслював реальність і вкотре нагадував Якову, що він живий!

— Широченька річка, — Єсіпов присів біля приятеля та допоміг йому напитися. — І камені розкидані чималі, завбільшки з… коня! Ото якби ми ще трохи протягли, так би просто у воду гепнулися! І добре, коли б лише у воду. А якби ти ось так приклався до каменюки…

Єсіпов пересмикнув плечима.

— Справді пощастило, — погодився з ним Яків. — Я вже із життям прощався. А відбувся самою ногою. Дякую тобі.

— Ет, — пілот махнув рукою. — За що дякувати? За те, що зірвався у політ надвечір, як хлопчак безмозкий? Та ще й рівень палива не перевірив!

— Але ж я міг із тобою не летіти, — через біль усміхнувся Яків. — Міг би зостатися на землі. Зараз би сидів у корчмі, пив пиво й обговорював би останню новину — небесне світло над Меджибожем.

— І до кінця життя картав би себе за те, що вчинив це! Хіба не так?

— Так, — легко погодився Яків. — Краще зробити й устряти в халепу, ніж не зробити й щодня картати себе за нерішучість. Тому я й краплі не жалкую, що ми з тобою встругнули таку нерозважливу штуку.

— І переконалися, що пілотувати вночі не просто важко, а майже неможливо. Ще й смертельно небезпечно.

Яків мовчки кивнув, але з його насупленого обличчя було зрозуміло, що думає він про інакше.

— Але Володимире, що ж то був за вогонь, який так і не дався нам до рук?

Єсіпов без слів знизав плечима.

— Не могло це бути просто атмосферне явище, ти ж погоджуєшся?

Мовчазний кивок на знак згоди.

— І жодна інша жива істота, окрім людини… тобто я маю на увазі — окрім машини, створеної людиною… тобто… — Яків геть заплутався в словах і багатозначно глипнув на співрозмовника.

— Так, — озвався той, — ти кажеш слушні речі. То могло бути тільки творіння людських рук. Але я ніяк не вкладу це собі в голові!

Єсіпов роздратовано закрокував між уламками аероплана та лежбищем Якова.

— Я не можу пояснити самому собі, що це за апарат, який… Узяти хоча би швидкість, із якою він від нас відірвався!

— Ми ж витискали максимум?

— Максимум, — нервово реготнув Єсіпов. — Та я сам не відаю як, але витиснув із нашої пташки сто сім верст за годину![1]

— Сто сім верст! — Яків схопився за голову.

— А цей бісів вогонь драпонув від нас, немовби ми на місці стояли! Та він ішов усі триста верст![2]

— Триста… — в Якова буквально відвисла щелепа. Таку швидкість він навіть уявити не міг. Хіба здатен людський геній створити апарат, який спроможний досягти таких шалених швидкостей?

— А тоді ще ці хаотичні стрибки… Ти мене хоч ріж, а я впиратимуся, що не може відомий мені… та що там мені — людству — апарат так стрибати. Це ж не просто відштовхнувся, наче цвіркун від травинки, і — стриб! У повітрі немає статичної опори, а від потоку не відштовхнешся просто так…

Єсіпов продовжував метатися від аероплана до Якова й назад. Він розмахував руками, товк кулаком по розкритій долоні та гарячкував дедалі більше. Найгірше ж було те, що говорив він чисту правду. Від початку й до кінця він мав абсолютну рацію, попри те, що всі описані ним факти не підлягали поясненню!

— І почувалися вони вночі більш ніж упевнено, — зауважив Яків.

— Упевнено? Та вони немовби в себе вдома були. Це як у власній хаті вночі навпомацки пройдеш і жодного одвірка мізинцем не зачепиш, так і тут. Погралися з нами, набридло і — пурх!

---

[1] Сто сім верст — 114,1 км/год. За максимальної швидкості аероплана *Nieuport IV* — 104 км/год.

[2] 320 км/год.

— Ми мусимо доповісти про це панові полковнику!

— Мусимо. А як пояснимо?

— Без пояснень. Самі факти. Хтозна, чи не становить цей вогонь якої загрози?

— Ти тому велів мені не наближатися до променя?

— Почасти тому, але не тільки.

— Тоді чому?

— А що, як це справді шпигуни з-за кордону? — Яків застережливо підніс угору руку, коли Єсіпов розтулив було рота, щоб заперечити. — Зачекай, докажу. Може, вони таки оперують не знаною поки що нами технологією? Тоді це вже не просто незбагненне світлове явище в небі, а реальна загроза. Та ось тобі результат, — Яків махнув рукою у бік уламків аероплана. — Бойову та розвідувальну машину виведено з ладу.

— Ну, припустімо, виведено її з ладу через дурість пілота… — скривився Єсіпов і почухав потилицю. — Але ти знову маєш рацію. Ті австріяки разом із німцями… Щодня щось нове вигадують. Може, й цього разу над нами новий літальний апарат випробовують?

Яків розтулив було рота, щоб розповісти Єсіпову й про другу версію походження дивного вогню, але останньої миті зрозумів, що краще промовчить. За всієї поваги до Єсіпова, його розуму та допитливості Яків сумнівався, що приятель беззастережно повірить у те, у що він і сам не до кінця вірив. Після прочитання Флямаріонового «Неба» він ніяк не міг позбутися думок про інші заселені світи та про їхніх мешканців. А що як?.. Ні! Хоча й вичитане в серйозній книзі, усе воно аж занадто скидалося на казку, щоби бути дійсністю. Та й доказів немає жодних! Промінь світла на вечірньому небі? Пляма світла далеко попереду аероплана посеред глупої ночі? Випалене коло сухої трави на березі річки? Жоден із цих фактів не був прямим доказом. А тому не влаштовував Якова. Рішення, отримане на основі домислів і фантазій, нехай навіть на цілком реальні теми, загрожувало виявитися такою самою фантазією.

— Гаразд! — Єсіпов ляснув у долоні. — Зупинимося на шпигунах. Я рушатиму по підмогу, бо теревенями ані ситі не будемо, ані тебе на ноги не поставимо.

— Ну ж бо тільки швидше, — Яків хвилювався за ногу. Ушкоджена кістка нестерпно боліла, та й темрява не давала змоги ретельно обстежити місце перелому на предмет з'ясування можливості внутрішньої кровотечі.

— Рухатимуся по максимуму, — Єсіпов намагався бадьоритись, але Яків помітив, що приятель також виснажений без міри. Це він — Яків — увесь час шаленої гонитви лише те й робив, що совався на кріслі та витріщався в темряву ночі, щоб не випустити з поля зору пляму світла. А Єсіпов керував літальною машиною! Мертвою хваткою тримав важіль, стежив за приладами, роботою двигуна та, зрештою, витискав з аероплана шалену швидкість. Він же, не зважаючи ні на що, цілком успішно посадив останній! Його робота була титанічною, і цілком логічно, що зараз, стоячи на твердій землі та розуміючи, що основна небезпека — позаду, він дозволив організмові відчути втому.

Чоловіки махнули один одному на прощання, і за мить Єсіпов розчинився в чорнилі ночі. Кілька секунд його кроки шелестіли по траві, а тоді потонули в несамовитій, оглушливій і неймовірно голосній тиші.

А тоді з неї почали виростати звуки. Першою прокинулася річка. І хоча до цього Яків чув тихий плюскіт води об камені, зараз він повністю почув, відчув та уявив її десь зовсім поряд.

До плюскотіння річки додався тихий шурхіт очерету. Хоча ніч була майже безвітряною, очеретяним заростям вистачало й незначного поруху повітря, аби шорсткі зелені стріли зачинали неголосно перемовлятися. І було в тому шерхоті щось неприємне. Очерет ніби обговорював несподіваного зайду, що порушив звичну гармонію ночі. Яків пересмикнув плечима не так від холоду, як від відчуття чужих очей на власній потилиці. Очей *очерету.*

Третіми вступили цвіркуни. До цього лише найбільш одчайдушні з них насмілювалися перекривляти галасливих людей. Тепер же, коли залягла тиша, міріади цвіркунів затягли свою нескінченну пісню. І вона, така зазвичай заспокійлива, немовби колискова, діяла на Якова не найкраще. Шкірою пробігав мороз, а кожна хвиля сюрчання накочувалася мало не з погрозами.

— У мене гарячка, — пробурмотів Яків, аби тільки почути власний голос серед усієї цієї оглушливої «тиші». — У мене гарячка, і я за крок до чогось серйознішого…

Він приклав долоню до лоба, але той був крижаним.

А тоді хмари вирішили розступитися, і примарне зоряне світло вкупі з місячним відблиском трохи відгорнули непроглядну запону ночі.

Яків закрутив головою у спробах розгледіти місцевість навколо, але побачив лише темне громаддя чогось схожого на скелю за кількадесят кроків ліворуч. Дзюркотіння річки долинало з протилежного боку… Це що ж, Єсіпов примудрився посадити аероплан на неширокому річковому березі, обмеженому водою та скелями?

Яків умить спітнів — він надзвичайно реально уявив можливі варіанти їхньої посадки. Не такі вдалі. За одним із них унаслідок удару об прямовисний стрімчак скелі їхній аероплан зім'явся б, ніби картонна коробка для капелюшків, і тоді не минулося б однією зламаною ногою на двох…

За іншим посадка непристосованої для цього машини на воду гіпотетично могла відбутися за умови, якби йшлося про спокійну гладь, а не про брили, розкидані за течією. А Єсіпов стверджував, що каменюк у воді предостатньо… Вилетіти з кабіни, скрутити в'язи від удару об камінець і втопитися… Яків потрусив головою, наче у вухах вже опинилася вода.

Стривайте! Яків затамував подих і спробував повище звестися на ліктях, аби роздивитися річку. Єсіпов казав про каміння, розсипане плесом! А поряд вивищується до болю знайома скеля! Яків пополотнів. Не вистачало, щоби поряд знайшлося ще й пам'ятне коло випаленої трави! Він переводив погляд з річки, яку вже почав огортати легкий серпанок нічного туману, на темне громаддя скелі. Світла зірок було замало, щоб розгледіти деталі, але чоловік міг присягтися, що перед ним те саме Кармелюкове крісло, в якому він сидів зовсім нещодавно! От утрапили так утрапили! Не сказати, що ця місцина лякала Якова чи викликала неприємні спогади. Навпаки — тепер він знав напевне, що від місця авіатрощі до людського житла можна було дістатися досить швидко. Однак це не заспокоювало. Недоладне хвилювання потроху наповнювало його єство, хоча причини на те не знаходилося.

Раптом Яків зрозумів, що навколо нього померли всі звуки. Зненацька. Навіть плюскіт річки став якимось неживим. Немовби вода у ній перетворилася на неймовірно в'язкий, густий кисіль, що не міг дзюрчати на перекатах, а лише стиха шелестів.

Повітря зупинилося, поважчало та зволожилося, наче перед грозою. Яків навіть підняв очі догори в очікуванні далеких блискавок. Таких, як минулого разу, коли він навідався до Кармелюкового крісла. Але небо залишалось одноманітно темним, усіяним розсипами зіркового маку.

Цвіркуни замовкли, ніби за нечутною командою. Перестав шепотіти очерет (хоча це й здавалося неймовірним). Довкруг розлилася напружена, сповнена незбагненної загрози тиша.

Яків затамував подих. У голові видзвонювало, у грудях калатав важезний молот, і відлуння того дуету доходило до скалічених ребер, а тоді струмувало аж до пошкодженої ноги. Він відчував, що запросто може ковзнути в чорну прірву запаморочення, а тому з останніх сил учепився пальцями за густу траву. Та це не допомогло.

У височості просто над ним ураз яскраво спалахнуло сліпуче світло. Величезне його коло посилало справжні водоспади білих пекучих променів на скорчену у траві самотню фігурку.

Світло було такої сили, що змило довкола себе всі фарби, перетворюючи їх на відтінки сірого, та пульсувало, мовби живе. Пульсувало в цілковитій тиші. Жоден звук не забруднював вібрацією навколишню дійсність. Світ немовби застиг. Залишилося саме світло.

Яків заплющився, намагаючись урятувати очі: від раптового спалаху можна було осліпнути. Незахищеними одягом ділянками шкіри він умить відчув неймовірну інтенсивність випромінювання і несвідомо почав прохати невідь-кого, щоб це було всього лише світло. Чоловік скрутився на траві мало не в клубок і затулив голову руками. Пошкоджена нога лежала нерухомою дровинякою. Біль і страх перед невідомим наповнювали єство.

Світло ставало дедалі яскравішим.

А тоді прийшла благословенна пітьма.

РОЗДІЛ 13

Невідомо
30 серпня 1912 р., п'ятниця і пізніше
Проскурів

Низьке — на межі чутного — гудіння долинало звідусіль. І вібрація, з якою резонували кістки черепа. Боліла голова. Біль уже став майже звичним. Бо проривався з кожної клітини. Він був не різким, який не можна терпіти й від якого випірнеш із будь-якого забуття, а нудотним і тягучим. Таким, яким болить хворий зуб. До такого болю зрештою звикаєш і почасти насолоджуєшся ним. Так, як можна насолоджуватися болем.

Темрява пульсувала та рухалася. Хоча ні, вона залишалася на місці — рухався весь простір навколо, а темрява була тільки частинкою цього простору. Пульсація спричиняла нудоту й запаморочення. Хотілося заплющити очі, але вони вже були заплющеними. І усвідомлення цього факту лякало.

А ще було відчуття незбагненної легкості. І моторошної нерухомості водночас. Здавалося, що живе лише розум, тоді як плоть розчинилася в пульсації темряви. З'єдналася з вібрацією.

Людина намагалася пригадати, хто вона та що з нею відбувається. Людина намагалася пригадати власне ім'я та події останніх кількох секунд, але в її пам'яті цієї інформації не було. Людина спробувала усвідомити власне тіло і зрозуміла, що існує без нього. А чи була вона в такому разі людиною?

Але для болю потрібне тіло… Розум боліти не може. Він здатен страждати, а фізичний біль — відчуття винятково плотське. А це означає, що тіло було. Але його вкривала вібруюча темрява. Та низьке — на межі чутного — гудіння, яке резонувало з кістками черепа.

Його звали… Яковом.

І останнім, що він пам'ятав…

Було світло.

Світло в нічному небі.

Світло, яке було таким яскравим, таким матеріальним і справжнім, що буквально відчувалося на дотик. Воно перетворювало ніч на день, знищувало будь-які кольори, окрім сірого. І випалювало коло на траві…

Його звали Яковом. Він був людиною. І в нього було тіло. Тіло, що лежало на траві. Давно. В незбагненному минулому житті.

Біль стихав, хоча кістки продовжували резонувати й у голові не зникало гудіння. Але тепер, коли поверталось усвідомлення тіла, з'явився перший тонкий ланцюжок, що пов'язував з реальністю. Він мав тіло, і це тіло було ушкодженим. Його звали Яковом, він був людиною і потерпав від болю в ушкодженому тілі. Але крім болю, він переймався ще дечим. Спогадами про останні секунди до того, як накотилася пітьма. Його тіло лежало на траві, сірій під палаючим дощем зі світла. А тепер його тіло відчувало під собою метал.

Яків спробував ворухнути пальцем. І йому це вдалося з першої ж спроби. Окрилений таким успіхом, він спробував розплющити очі й зазнав поразки. Але не полишив спроб, і вже за кілька ударів серця — у нього було серце! — повіки здригнулися.

Перед очима плавала каламуть, наче Яків вдивлявся в дно брудної калюжі. Якоїсь миті він навіть подумав, що втратив зір, але зовсім швидко каламуть почала набувати форм і обрисів. Одначе полегшення це не принесло. Адже за той час, що плавав у первісній темряві, за той час, що його розум відокремився від тіла, всесвіт навколо змінився.

Поверталися запахи. І вони також відрізнялися від тих, які зафіксувала на останніх секундах перед темрявою його пам'ять. Тоді пахло росою, травою, вогкою близькістю річки, мастилом і парами палива з розтрощеного двигуна аероплана. Аероплан! Він летів на аероплані! Куди? Адже він не вміє керувати літальним апаратом. Чи вміє? Хто він?

Його звуть Яковом. І він не просто безлика людина. Він — лікар. І тепер він пам'ятав це точно. І він не вмів керувати аеропланом. Одначе позаяк аероплан у його спогадах був, мусив бути також і пілот. Та пам'ять послужливо підносила кавалок темряви, і все поверталося до початку.

А тоді все змінилося в одну-єдину мить. Темрява неначе втомилась боротися. Втомилася тримати його повіки заплющеними. Втомилася каламутити дійсність перед його очима та не давати пам'яті видобувати з комірок зафіксовані спогади. Темрява відступила непомітно. І наступної секунди він здивовано усвідомив себе живим. Його звали Яковом, і він був живим!

Перші кілька секунд, доки не отямився остаточно, Яків лежав горілиць і здивовано розглядав стелю, зроблену з незрозумілого на позір матеріалу. Над ним же мало бути нічне зоряне небо! Чи принаймні пляма світла, така яскрава, що її вогонь випалював очі. Та зараз погляд упирався лише в рівну — оком не зачепишся — стелю, що проливала приємне розсіяне світло.

А тоді повернувся біль. Щоправда, тепер він не струмував з кожнісінької клітини, як це було раніше, а зосередився у двох пекельних точках — нозі й ушкоджених ребрах. Разом із болем поверталася пам'ять. Забутий пасок безпеки, торкання шасі аероплана до землі, а тоді — голосний тріск і потужний поштовх, неначе йому хто вгатив неймовірного копняка.

Яків усміхнувся. Певно, то хасиди попрохали вищі сили, аби ті бебехнули його божественною ногою під цілком земне гузно. Спогади поверталися справжньою лавиною! Єсіпов!

Яків застогнав і звівся на один лікоть. Можливо, доки він був непритомний, приятель наспів з допомогою? І зараз він лежить у лікарні? Але чому тоді на ньому й досі старий одяг, забруднений землею та травою? І хто йому пояснить, звідки навколо так багато світла?

Попри те, що каламуть з-перед очей таки зникла, Яків не міг розгледіти навколо абсолютно нічого: простір за кілька аршинів від нього немовби відгороджував дивний молочний туман. Його завіса була такою щільною, що нагадувала справжні стіни. А може, то й були стіни, просто Яків почувався ще надто слабким, аби добре їх роздивитися?

У будь-якому разі навколо не проглядалося жодної живої душі. Як і будь-чого іншого. Це точно не лікарня, адже навряд чи лікарня в найближчому до Кармелюкового крісла Новому Костянтинові має такий вигляд. Там його принаймні поклали б на сяке-таке ліжко. Тут же він лежав просто на підлозі, що, на перший дотик, здалася металевою. Але наступної миті Яків уже зацікавлено обмацував підлогу, адже та була дивно м'якою, щоправда, лише на тому місці, де він лежав.

— Володимире… — хрипко покликав Яків і не впізнав власного голосу. Він був кволим, але вражало не це. Навколишній простір немовби з'їдав його крик, і той буквально тонув у молочному тумані. Повторювати спробу розхотілося. Яків не бажав іще раз почути, як його голос всотається в стіни та зникне без результату.

Яків якось геть забув про ногу. А з поламаною кісткою потрібно було щось робити. Нашвидкуруч склепаний бандаж був не надто надійним. На кілька годин вистачило б і його, але кістку треба скласти якомога швидше та нарешті накласти гіпс.

Яків сів, як тільки давали змогу туго стягнені полотном ребра, і торкнувся ноги. Кінцівку прошив спалах болю, що водночас неабияк збадьорив.

— Мене хто-небудь чує? — Яків усе-таки вирішив ризикнути. Невідомо, скільки часу він провів без свідомості. Невідомо, де він. А ушкодження вимагають до себе уваги. Було б повною дурнею втратити ногу тільки через те, що він — хірург! — вчасно не склав кістку!

Яків не надто сподівався на відповідь, але наступної миті, наче за порухом невидимої чарівної палички, туманні стіни розчинилися, і він побачив, що знаходиться у величенькому приміщенні, начиненому дивною машинерією. І тут були люди.

— Ох, як же ж добре… — знесилено видихнув Яків і відкинувся на лікті. — Хтось мені пояснить, де я та що відбувається? Наш аероплан здійснив невдалу посадку… Ви бачили Володимира Єсіпова? Це він мене сюди доправив?

Запитань було багато, але говорив Яків, у міру того, як до нього підходили помічені в приміщенні люди, дедалі повільніше. І було чого сповільнюватися. Точніше, було з чого дивуватися. Бо люди й самі були дивними.

Насамперед вражав одяг. Люди були вбрані в незвичайні комбінезони зі світлої матерії, що неймовірно точно повторювали обриси їхніх тіл. До слова — цілком людських, у цьому не було жодних сумнівів. Черевиків на них Яків не побачив: холошви комбінезонів продовжувалися й на ступню на кшталт жіночих панчіх. Не було видно також відкритих рук — рукави закінчувалися рукавичками з такої самої еластичної світлої матерії.

Та найбільше приголомшував не одяг, а обличчя — майже однакові, наче перед ним зібралися близнюки, та якісь неначе безживні. На мить йому навіть здалося, що люди для чогось вдягли маски, немовби збиралися на святковий карнавал. Але в такому разі для чого вони біля нього? Точніше, що він робить у їхньому товаристві?

— Я в лікарні? — запитав Яків і відразу ж сам зрозумів недоречність запитання. Порожня кімната з чудернацько вбраними людьми найменше нагадувала лікарняну палату. Але потрібно було щось запитувати, бо небезпечно близько підступала паніка через брак розуміння, що ж відбувається.

Люди мовчали, і це пробуджувало ще більшу ніяковість. Ніяковість? Чорт забирай, та Яків відчував, що його зуби від переляку вибивають нервовий дріб! Що ж його так лякало? Можливо, він просто переживав травматичний шок? Адже щойно довелося на власній шкурі зазнати всіх «принад» нічної гонитви за невідомим і катастрофи, яка могла стати останньою в житті. Та й травма — ніде правди діти — не була легкою подряпиною, а вимагала професійної лікарської допомоги. Безсумнівно у нього шок... Щоправда, мозок нібито працював цілком нормальною, принаймні не розучився вибудовувати причинно-наслідкові ланцюжки. А для шокового стану це дещо дивно.

Яків переводив погляд з одного лялькового обличчя на інше. Біля нього стояло шестеро, і з підлоги, на якій він лежав, вони здавалися просто гігантами по три-чотири аршини[1] кожен. Звісно, це було не так, але його мозок уперто відмовлявся те визнавати.

А тоді основний логічний ланцюжок у його голові нарешті вибудувався, і Яків вражено застиг — а що, як він потрапив на той самий літальний апарат-шпигун, про який волів не згадувати? Що, як за всіма казками, легендами, хасидськими переказами та в гонитві за незбагненним він свідомо відкинув очевидне — просте та цілком зрозуміле. Австрійський цеппелін-шпигун, достатньо потужний, аби знаходитися в небі по кілька діб без посадки. Оснащений новітніми пристроями, про які досі не знав ніхто, крім групки втаємничених. Справжня летюча цитадель, непідвладна ані негоді, ані ночі... А дивні люди... Хтозна, яким мав бути екіпаж надсекретного повітряного шпигуна! Чи ж вони обов'язково повинні бути вбрані в галіфе та хромові чоботи? Зрештою, якщо не присікуватися до деталей, то логічне пояснення досить легко вкладається в голові. Для чого вигадувати бозна-що, коли відповідь лежить просто під носом?

— *Verstehst du mich?*[2] — Яків не був певен у своїй німецькій, але кілька найпростіших слів зв'язати докупи міг. І затамував

---

[1] 213—284 см.

[2] Ви мене розумієте? (*Нім.*)

подих в очікуванні на відповідь. І була відповідь. Але була вона такою самою дивною, як і люди, що його обступали. Слова зазвучали просто в його голові, хоча жоден із присутніх — Яків міг заприсягтися — не розтулив уст.

— Ви у безпеці…

Кілька довгих секунд Яків осмислював почуте, чи то пак — відчуте. Він усіляко намагався пояснити складне доступними поняттями. Звісно, через шоковий стан його сприйняття дійсності відрізнялося від сприйняття здорової людини. Звідси й зорові та слухові галюцинації, звідси напади паніки та слабкості. Певно, гарний вигляд він зараз має в очах австрійців — дезорієнтований, переляканий, безумний… Наче дикун у полоні цивілізованих завойовників.

Ось тільки завойовників їм не вистачало! Захоплений міркуваннями та спостереженнями, Яків далеко не відразу втямив, що перебуває в полоні справжнісінького ворога. Порушення державного кордону. Нехай і повітрям. Шпигування за проведенням військових маневрів. Зрештою — викрадення громадянина сусідньої держави. Ох він і влип! Ще й клята нога, через яку він почувався зламаною лялькою! І лише після всіх цих панічних метань до нього дійшло, що йому відповіли зрозумілою мовою.

— Я… у безпеці? — він проковтнув раптом в'язку слину. — Але де я?

— Не хвилюйтеся…

Яків упіймав себе на думці, що голос, як і обличчя людей, також видавався штучним і неживим. З ним немовби розмовляла химерно сконструйована машина, якщо це взагалі було можливо! Таємничий співрозмовник добирав потрібні слова з помітним напруженням. Начебто вони для нього були нерідні.

Ну, звісно ж нерідні! Ось іще один доказ того, що він опинився у полоні австріяків! Яків відчув на лобі та скронях краплі холодного поту. Він не здогадувався, як поводитися, що казати й узагалі як бути.

— Що ви зі мною зробите? — чергове запитання було таким самим безглуздим, як і попередні, але Яків не міг не запитати. Хвилювання про власне життя було на першому місці.

— Не хвилюватися… — відповідь була очікуваною.

— Я не можу не хвилюватися! — захлинувся гарячкою Яків. Його починало затоплювати роздратування навпіл зі злістю. На нього витріщаються, немов на екзотичну пташку з підбитим крилом! Його везуть невідь-куди, на його запитання не відповідають, себе не називають, тож звісно — він не хвилюватиметься! Ось просто зараз закине руки за голову, вмоститься зручніше та безтурботно відпочиватиме!

— Покличте до мене вашого… командира! Якщо я ваш полонений, то прошу надати мені змогу поспілкуватися з командуванням! Я маю право знати…

— Ви не у полоні…

— Я хочу… — сенс почутого дійшов до Якова. — Тобто як це — не у полоні?

— Ви не у полоні…

— Тобто я можу… піти?

— Ви не можете цього зробити… фізично…

— Тобто… — здивовано почав Яків, підвівся на лікті й засичав від різкого болю в зламаній нозі — за всіма хвилюваннями він геть забув про зламану кінцівку. А вона не забарилася нагадати про себе пекельним болем. Чоловік заплющив очі й відкинувся на м'яку підлогу. — О, чор-р-рт!

— Вам потрібна допомога…

— Так, дідько вас візьми! — Яків не добирав слів. Штучний голос нервував його над міру. Співрозмовник немов запитував його та стверджував факт одночасно, і це не могло не дратувати. — Мені потрібна допомога! Ви хіба сліпі, не бачите, що нога в лубках?

— Лубках? — цього разу інтонація співрозмовника була відчутно запитальною.

— Йди до біса, — огризнувся Яків і заплющив очі. Якщо лежати непорушно, то гострий біль потроху спадав.

Про майбутнє він намагався не думати. Який сенс у тих думках, коли він не відає, що трапиться за хвилину?

Та навіть якби й знав, Яків нізащо б не повірив у те, що мало статися незабаром.

Чоловіки, які досі стояли півколом, розвернулися, і Яків залишився сам.

— І на тому добре…

Голова раптом обважніла та запаморочилася, немов він падав у глибоченну прірву. Хіба вітер не свистів у вухах. Шлунок підскочив до горла, і Яків на мить злякався, що не втримається і забруднить біля себе підлогу, однак усе тіло раптово стало легким — майже невагомим, у голові прояснилося, проте ненадовго. На нього накочувалася хвиля приємної слабкості, неначе…

«Ефір, — устиг здогадатися він перед тим, як поринути в забуття, — вони накачали мене ефіром».

Яків опритомнів із відлунням останньої думки в голові.

«Ефір!» — товклося в його мозку, немовби він здогадався про це всього лише секунду тому. А скільки ж часу тоді провів без свідомості?

Яків спробував підвестися на ліктях, роззирнутися, але пам'ятаючи про ногу — побоювався знову зрушити зламану кістку. Яке ж було його здивування, коли він не побачив грубої шини, виготовленої ним та Єсіповим зі шматків аеропланного каркаса та смуг лакованого авіаційного полотна.

— Навіщо? — він здивувався й обурився водночас. — Навіщо ви зняли шину?!

Яків звертався до порожнього приміщення: люди, що перебували тут зовсім нещодавно, зникли. Чоловік не повірив побаченому. Він лежав на прямокутному підвищенні просто в центрі безлюдного приміщення, стіни якого ховалися за вже знайомим туманом-молоком, що не давав змоги визначити його розмір. Можливо, його тюремники стояли просто за туманом — усе чули та… бачили?

— Є тут хто живий?! — Яків відчув, що його тіло налите важким жаром, наче десь поблизу топили піч чи камін. От лише повітря навколо було прохолодним, та й які печі на дирижаблі, навіть найсучаснішому? Певно, в нього починається лихоманка. Кляті костоправи не просто так позбавили його шини. Немає кращого способу знерухомити в'язня! В ньому знову, наче піна над молоком, піднялася злість.

— Ми вам допомогли… — від знайомого голосу, що зненацька прозвучав просто в його голові, Яків ледве не підскочив.

— Хто це говорить?! — Яків не бачив поруч нікого. Невже він і досі не може відійти від шоку? Чи це на нього так подіяв ефір?

— Ми вам допомогли… — незворушно повторив голос точнісінько таким самим тоном, що й секунду тому. Його немов записали на платівку. А може, так воно й було?

— Допомогли тим, що забрали у мене можливість рухатися? Гарна допомога — нічого не скажеш!

— Ви можете рухатися…

— Та що ви таке верзе… — Яків не закінчив, бо зрозумів, що зникла не тільки шина. Щез також і бандаж із його ребер. Одначе він не відчував різких прострілів у боці, які турбували його ще зовсім недавно.

Він обережно та без поспіху набрав повні груди повітря, щомиті очікуючи на різкий спалах, що змусить закашлятися. А від цього стане ще гірше. Але нічого не сталося. Легені наповнилися повітрям, грудна клітина й боки роздалися, ребра рухалися — без найменшого натяку на біль.

— Що за?.. — він знову розмовляв сам із собою та не зважав на це. — То в мене не було перелому? Що ж тоді? Міжреберна невралгія?[1] — Отже, під час авіатрощі він пошкодив хребет?

---

[1] Подразнення міжреберних нервів через стиснення у місці виходу зі спинного мозку. Супроводжується больовими відчуттями.

Яків немов опинився у власному кабінеті, хіба не походжав з кутка в куток у пошуках правильного діагнозу. Звісно, в такому стані, в якому він перебував після падіння аероплана, не гріх було й помилитися. Добре, що помилився він на самому собі, а не піддав небезпеці чиєсь життя. Хоча про небезпеку тут не йшлося, радше — про пересторогу.

Але як бути з ногою? Навіщо йому зняли шину? Він не міг помилитися — перелам був однозначно. Одначе його тюремники вирішили інакше.

— Ви можете рухатися… — знову пролунало в його голові, і Яків знову смикнувся з переляку. Та так різко, що ледь не зісковзнув з підвищення, яке подумки називав «ліжком». Від цього його ушкоджена нога посунулася, і він інстинктивно заплющив очі та болісно засичав, ладнаючись закричати від болю. Але болю не було. Не було жодних дискомфортних відчуттів. Узагалі.

— Цього не може бути… — пробурмотів він, обіруч беручись за стегно. — Цього просто не може бути…

Але це було. Він обережно, допомагаючи собі руками, звісив ногу з «ліжка», а тоді й сів на підвищенні. Ніякого болю в боці та нозі. Злегка паморочилася голова, але він не зважав на такі дрібниці. Торкнувся носаком черевика підлоги і знову чекав на постріл болю. Повністю наступив на ногу, але не переносив на неї вагу тіла. Болю не було.

— До дідька… — буркнув Яків і різко звівся.

Надміру запаморочилося в голові, зала попливла перед очима, гойднувся молочний туман, що заміняв стіни. Але болю не було. Його нога була цілком здоровою.

— Невже я неправильно поставив діагноз? — Яків продовжував розмовляти сам із собою. Це заспокоювало та створювало враження, немовби поруч стоїть друг. — Невже прийняв за перелам звичайний вивих?

Він заходився згадувати все, що трапилося після того, як опритомнів біля понівеченого аероплана, але спогади пістрявіли провалами. Чи й справді він відчув під пальцями зламану кістку, а чи просто злякався нестерпного болю та зробив поспішний висновок? Щось забагато припущень і помилок останнім часом… Певно, не так далеко той час, коли вони траплятимуться за операційним столом…

Яків спробував погамувати нервовий дрож, який стрясав тіло, але зуби продовжували цокотіти, немовби від лютого холоду, хоча в приміщенні було досить тепло. Ноги підгинались від огидної слабкості, а шлунок підскакував догори, немов зала якимось дивом провалювалась у глибокі повітряні ями. А чому, зрештою, й ні? Адже він мав би знаходитися на літальному апараті!

Яків спробував перебороти слабкість та озирнувся в пошуках бодай чогось, за що можна було зачепитися поглядом. Як і льотне вбрання дивних членів екіпажу, приміщення гондоли цеппеліна він уявляв собі дещо інакше. Влаштовувати абсолютно порожні зали на повітряному кораблі, певно, було не надто доречно. Та, зрештою, хто він такий, щоб судити про конструкцію надсекретного військового транспортного засобу. Ті австріяки, напевно, ще й не таке можуть!

Одначе що ж далі? Яка доля чекає на бранця, на що йому сподіватися? Одне добре — попри однобокість спілкування з членами екіпажу, вони його принаймні розуміють. Це все-таки краще, ніж намагатися на мигах пояснити власні бажання і безтямно витріщатися у відповідь на звернення.

Яків наблизився до однієї з «туманних» стін. Із кожним кроком туман прозорішав, доки зрештою не «перетворився» на цілком реальну стіну, що ледь чутно вібрувала під його пальцями.

— Ми таки рухаємося… А вібрація найвірогідніше…

Вібрація, вочевидь, була наслідком роботи двигунів. Яків уявив собі величезну сигару дирижабля з відполірованого до блиску металу[1]. Гігантські лопаті гвинтів упевнено женуть

---

[1] Насправді дирижаблі з металевою обшивкою з'явилися набагато пізніше описуваних подій.

конструкцію вперед, а під нею, далеко внизу, пропливає сонна земля. Його земля… На яку він, може, ніколи більше й не ступить…

— Як ви почуваєтеся? — голос, що раптово прозвучав за спиною, змусив перелякано сахнутися. Позаду стояв чоловік у вже звичному вбранні. Яків схопився за груди та перевів збите дихання.

— Цілком… пристойно… — кивком голови він подякував співрозмовникові. І вирішив поставити щемкі запитання. Зрештою, доки він ще сяк-так дає собі раду, варто дізнатися, як планують повестися з ним його нові знайомці. — Мені хтось пояснить, що на мене чекає? Я — ваш полонений? Куди ми прямуємо та що…

Чоловік не дав йому закінчити. Він підніс угору руку, обриваючи потік запитань, і легеньким кивком поманив за собою. Яків розтулив було рота, аби поцікавитися, куди саме його запрошують, коли з неймовірним подивом усвідомив, що приміщення змінилось до невпізнаваності. Від світлої зали з туманними стінами не залишилося й сліду, а перед очима постала радше кают-компанія з рядами вишикуваних уздовж стін шафок і полиць, а також розміщеною попід самою стелею складною конструкцією столу з бічними лавами, яку можна було опускати за потреби. Химерною та практичною водночас.

Тим часом поводир Якова підійшов до невеликих дверцят у дальній стіні й знову поманив його за собою.

— Долю краще не спокушати, — буркнув Яків і попрямував слідом.

Опинившись у наступному приміщенні, чоловік задумався над справжніми розмірами летючої фортеці, спроможної підіймати у повітря такі хороми: зала вражала своєю величиною.

Посилювало відчуття масштабності зали довге панорамне вікно у її дальній стіні. Втім, підійшовши ближче, Яків застиг: вікно виявилося неймовірно дивним. По-перше, за склом, де повинна би залягти ніч, мінилася шерехато-сіра картинка, начебто цеппелін заплутався у віхтях передсвітанкової хмари, коли сонце не позолотило навіть окрайця неба, а чорнота ночі вже потроху відступає. Це ж скільки часу минуло, якщо надворі вже ранок? Яків не пригадував, щоби відчував плин довгих годин. Хоча дивні провали у пам'яті, а також несподіваний «ефір», який змусив його поринути в сон, могли би пояснити втрату відчуття часу.

По-друге, після уважного огляду Яків спостеріг, що кожне з трьох «вікон» відображає іншу картинку, немовби вони обернені в різний бік!

«Хіба якась складна система дзеркал?» — нічого іншого на гадку не приходило. Від нереальності побаченого та пережитого Якову голова йшла обертом. Він немов сидів у «Модерні» — ілюзіоні, що не так давно відкрився у центрі Проскурова[1], під час перегляду кінокартини. Щоправда — у кольорі та зі звуком.

— Ви мали запитання? — із прострації Якова вивів голос. Поруч стояв чоловік у чорному комбінезоні, який на відміну від усіх інших, бачених до цього, членів екіпажу не ховав обличчя за неприємною маскою. Хоча назвати його обличчя гарним язик не повертався. Голений до блиску горбкуватий череп незнайомця здавався завеликим, а маленькі вуха й ніс — недоречними. Натомість очі вражали глибиною та кольором. Вони були, як і комбінезон, — вугільно-чорними з такими розширеними зіницями, що Яків одразу ж подумав про патологічний мідріаз[2].

Відрадно, що губи незнайомця ворушилися, тоді як у всіх інших — Яків пересмикнув плечима — маски облич залишалися застиглими.

— Так, — кивнув він. — І багато.

---

[1] Нині будинок у м. Хмельницькому, що стоїть на вулиці Проскурівській, 18. Ілюзіон «Модерн» було відкрито 1910 року.

[2] Медична назва розширення зіниць. Причинами виникнення останнього можуть слугувати різні захворювання, отруєння тощо.

— Ви отримаєте відповіді не на всі, — голос був категоричним, і з тону Яків припустив, що розмовляє з кимось на кшталт капітана повітряного судна. Манера поведінки, холодна впевненість і гіпнотичний погляд переконували, що він нарешті удостоївся честі розмовляти з командуванням.

— Тоді скажіть мені принаймні, що ви думаєте зі мною робити? — від хвилювання Яків плутався у словах. — Куди ми прямуємо та що це за місце?

У відповідь капітан лише мовчки заперечно похитав головою, мовляв, це запитання належить до розряду заборонених. Що ж, логічно. Ніхто не розповідатиме йому про секретну зброю. Хоча, якщо вдатися до логіки, шпигуни не надавали би справі такої секретності за наміру тримати його у полоні… Серце болісно стиснулося від усвідомлення можливості звільнення. Проте наразі то були просто його фантазії — капітан жодним порухом чи словом не виказав власних планів щодо бранця.

Раптове сильне хвилювання не минуло для Якова безслідно: його опанувала слабкість, у роті пересохло, а ноги стали ганчір'яними. Чоловік озирнувся в пошуках стільця чи хоча б чогось, на що можна було присісти, але не побачив у клятій кімнаті нічого принаймні віддалено схожого на стілець. Довелося йому без зайвих церемоній опуститись навколішки й усістися просто на підлогу.

— Ви погано почуваєтеся, — констатував капітан.

— Та ви що? — прошамкотів Яків. У грудях знову зринула хвиля злості на недоумкуватий екіпаж, на весь цей чортів цеппелін і на всіх шпигунів разом узятих. — А я гадав, що мені час лягати спати.

— Не розумію вас.

— То вчіть мову, — Яків прикрив очі, немов і справді волів спати. Тіло й розум огорнула дивна апатія. Здавалося, навіть якби йому зараз сказали, що за годину стратять, то й тоді він не поворухнувся би. Свідомість не озивалася жодним бажанням. Організм виснажив усі можливі ресурси й зараз перебував за крок від анабіозу.

— Приготуватися… — долинули уривки фраз. Чи то звучало в його голові? Яків не хотів дослухатися, але слова вперто товклися неначе в самісінькому центрі мозку. — Приготуватися до висадки.

«Висадка? — думки були в'ялими. — Кого це вони зібралися висаджувати? І куди?..»

Насправді ж відповіді Якова не цікавили. Просто в такий спосіб його мозок нагадував самому собі, що ще живий, що існує, адже здатен продукувати думку.

Перед очима йому потроху западала чорнота, як буває, коли втрачаєш свідомість. Але Яків не боявся. Чоловік немовби спостерігав за самим собою звідкись ізбоку. Ось він сидить на підлозі, незграбно спершись на праву руку та нагадуючи п'яницю, що хильнув зайвого, — голова важко похилилася на груди, очі напівзаплющені.

— До висадки готові, — знову пролунало поряд. Чи в голові?

По очах різонуло яскравим світлом, яке викликало спалах різкого болю. Яків умить замружився так міцно, що під повіками застрибали світляні «зайці», й одночасно нібито споглядав себе самого збоку. Його скорчену постать залило потоками світла, тіні зникли — їх пожерло неприродно потужне сяйво. Всі кольори вичахли за секунду, натомість запанували всі можливі відтінки сірого.

«Даремно вважають, що колір смерті — чорний, — кволо зміркував Яків. — Вона приходить у світлі».

Світло затопило все навколо.

Життя повернулося разом із сюрчанням коників. Вони були і поряд, і дуже далеко. Звуки їхніх пісень виповнювали простір ущерть, і Яків голосно застогнав.

— То я живий… — він підвів голову, навіть не уявляючи, де знаходиться. Куди поділася м'яко освітлена зала? Адже зараз ніч. І коники. А ще — холод, що бадьорить, пробираючи до кісток.

Яків зіп'явся на ліктях, перекотився на бік і незграбно став на коліна, не відриваючи голови від землі. Чи точніше — пригнутих до землі житніх колосків. Збоку могло здатися, що посеред нічного поля, просто в центрі акуратно витолоченого кола, де жито лягло химерними закрутами, молився невідомим богам зігнутий у три погибелі чоловік.

А навколо розливався ранній світанок. Той, коли до сходу сонця ще добра година, та небо вже позбулося нічної чорноти, зорі поблякли, а перші нетерплячі птахи відкрили свої дзьоби. Житнім полем прошелестів легкий вітерець, і Яків здригнувся, наче з ляку.

— Як я тут опинився?

Відповіді, логічно, Яків не отримав. Та й не сподівався отримати. Він знав, що на його запитання відповіді немає, ніколи не буде й не може бути у принципі. Чоловік повільно випростався на неслухняних ногах і роззирнувся. Він дивився на долину, порослу старим садом, і здивовано розумів, що впізнає місцину. Перед ним розкинулася дальня околиця Книжковець[1], місцина, де село межує з полем і звідки бере початок потічок, який живить сільські ставки.

Від Кармелюкового крісла до Книжковець було понад шістдесят верст по прямій. Звісно, для цеппеліна — не така вже й велика відстань, але геть нереальна зараз для Якова. Його мозок просто репав від надміру інформації: усіх тих загадок, запитань і таємниць. Але що найгірше — він не знаходив бодай якихось відповідей чи пояснень усьому, чого зазнав.

Попри все Яків був живий і вільний. Він обмацав себе слабкими руками, немовби переконувався, що нещодавні поневолювачі висадили його цілим і неушкодженим. Так ось про яку «висадку» вони торочили! Чоловік зібрався з силами та,

---

[1] Колишнє село на південь від Проскурова, що 1981 року стало територіально належати місту Хмельницький.

розгортаючи жито руками, повільно побрів до далеких хат, у вікнах яких уже світилися перші вранішні вогники.

Сімхо, дорогий мій… Певно, ти здивуєшся, коли отримаєш цього листа, але я прошу тебе швиденько пережити своє здивування та зробити мені послугу. Та спершу відповім на твоє запитання, яке, переконаний, уже висить у тебе на язиці. Запевняю, що живий і неушкоджений, якщо не брати до уваги нового сивого волосся. Але то дрібниці, які можна сховати під капелюхом. Тепер же до послуги.

По-перше, ти повинен відшукати пана Єсіпова та передати йому записку, що її вкладено до конверта. Прошу тебе, друже, перебори цікавість і залиш записку такою, якою вона була, — запечатаною. За нагоди я обов'язково поділюся з тобою всім, чого зазнав і довідався, бо вірю, що ти вмієш берегти таємниці. А тому — наберися терпіння.

По-друге, не вір чуткам про моє зникнення, хай там які б не ходили Меджибожем. Упевнений, що ніхто (ти чуєш мене — ніхто) не скаже тобі правди, скільки б не напружував мозок. Якщо ж ніхто нічого не згадує (і таке може статися, хоча я маю щодо того великий сумнів), тоді забудь про «по-друге» та переходь до «по-третє».

По-третє, переправ мої речі на головпоштамт Проскурова, вказавши моє ім'я.

І по-четверте, порахуй мої борги. Мені страшно чекати на ту цифру, але будемо чесними один перед одним — я тобі завинив. Сподіваюся, що не тримаєш на мене зла.

А також дай мені знати, як там наша оборудка.

Залишаюся твоїм другом.

Яків Ровнєр

Володимире, я сподіваюся, коли Сімха передасть тобі записку і ти почуєш, від кого вона, то не накоїш дурниць. Описувати тобі в листі все, що зі мною трапилося після того, як ти пішов по допомогу, однаково, що сліпому писати картину. Я — не письменник, тож краще за нагоди розповім тобі все те наживо за кухлем меджибізького.

Просто знай: я живий і неушкоджений. Як так сталося? Ти про все знатимеш. Принаймні те, що знаю я сам…

Коли почуєш з моїх уст усю історію, тоді й поміркуємо, варто виносити її на загал, а чи приховати надійно та ніколи й нікому не переказувати. Я вірю, що ми з тобою торкнулися величезної таємниці, але не нам із тобою її розгадувати.

Які настрої в гарнізоні? Як завершилися маневри та що там чутно про мою долю? Чи не вважають мене безвісти зниклим, дезертиром абощо?

Коли будеш у Проскурові, мусиш завітати в гості. Відмови я не прийму.

Щиро твій друг,
Яків Ровнєр

Якове Соломоновичу! Дорогий друже! Як же я зрадів, коли Сімха передав мені від вас записку!

Ви собі й не уявляєте, що я пережив, що пережили ми всі, коли не знайшли вас коло потрощеної машини. Вигадували таке, що й на голову не напнеш! А що нам залишалося? Хлопці навіть річку, шукаючи ваше тіло, уздовж і впоперек облазили. Та я чомусь вірив, що ви не могли зникнути просто так… Не з тієї ви породи, пане Ровнєр.

Із нетерпінням чекатиму на зустріч і на вашу історію. Впевнений, що не минулося без того клятого світла, за яким ми гналися та яке з нас отак познущалося. Мало йому здалося нашого сорому та катастрофи… Але не висуватиму припущень, однаково ж не вгадаю…

Хай як то дивно звучить, однак аероплан підлягає ремонту — і ми з техніками вже стали до роботи. А тому ми з вами можемо пишатися, що здійснили перший в історії нічний переліт і цілком успішно (закриємо очі на окремі особливі подробиці, хай їм грець) посадили машину. Коли б ще хтось згадав про пасок безпеки, то можна було б одразу вписувати наші з вами імена до книжок. Але не будемо про те, бо, зрештою, хто нам повірить?

Маневри завершились успішно, гарнізон повернувся на місце дислокації наступного ж ранку після нашої з вами невдачі. Ох і натерпівся я сорому перед командуванням… Але звістка про те, що машина ще літатиме, подіяла, і я отримав лише догану. Про вашу участь у цій авантюрі я й не згадував: не хотів завчасно вважати вас загиблим. І, як виявилося, мав рацію. Тому для всіх ви просто втекли до Проскурова, рятуючись від гніву хасидів. Саме таку версію ми з паном Шпацманом і підтримуємо. Поки всі вірять.

До Проскурова збираюся за тиждень-другий. Після того, як командування підсумує маневри, обіцяли дати короткочасну відпустку. Може, до того часу машина стане справна, а проскурівське летовище нарешті прийме свій перший аероплан. Ми з вами ще політаємо, пане Ровнєр!

Чекаю на зустріч.
Єсіпов В.

Якове Соломоновичу! Вейзмір! Побачив на конверті ваше ім'я і спочатку подумав, що мене хто дурить. Але ж потім учитався і допетрав, що ви таки живий!

У мене трусяться руки, а тому не зважайте на пролите чорнило.

Пишу вам відповідь, щойно повернувся від пана Єсіпова. Вони зараз пропадають на летовищі — аероплана ладнають. То якраз без зайвих очей минулося. А ви таки знаєте — машина літатиме! Принаймні пан Єсіпов у те вірить. Ох він і стрибав, як прочитав ту вашу записку. І що ви там таке настрочили? Але раз ви вважаєте, що це поки не моє діло, то мовчу.

Листа відправлю разом із чамайданами. Ніби всі ваші бебехи[1] *зібрав. Ви ж, як завжди, — акуратист.*

---

[1] Речі (*жарг.*).

У Меджибожі все тихо. Ото як ви до фортеці перебралися, то про вас нібито забули. Хоча кому я брешу? Хасиди не забудуть про вас до скону, а ще й онукам наказуватимуть пам'ятати про страшного Ровнера. Тому, на жаль, вам тепер до Меджибожа краще й не потикатися. Наразі всі вірять, що ви подалися додому. А я лише киваю головою та розводжу руками. Ну, коли щиро, то трохи й лаю вас поза очі. Нібито ви мені грошей винні були, а ніц не заплатили, бо втекли, п'ятe-десяте…

Але стаю навколішки перед вами, не подумайте мені думати (написав, а тоді сам побачив, що написав, але вже най буде), що я до вас із якимись претензіями! Я тут трохи поклопотався, кому потрібно нажалівся, де потрібно скривився… Словом — з вас я ні копійки не візьму, бо командування гарнізону обіцяло всі мої збитки відшкодувати. А тому вже домовляюся з майстрами за ремонт! Забудьмо за страшну цифру й обійдемося за нагоди якимось смачним наїдком, який ви мені запрезентуєте на правах того, що я — «особа постраждала», а ви — «особа винна». Ви ж мені не надумали на ті слова образитися? Дивіться мені!

А тепер перейдімо до нашої з вами справи…

Сімха помахом руки підкликав Якова ближче, і за секунду чоловіки вже перешіптувалися, наче справжнісінькі змовники.

Яків розповідав довго й намагався не зірватися на нервовий писк — тіло стрясали дрижаки. Варто віддати Шпацманові належне — той слухав уважно і не перебивав. Лише коли Яків замовк на довше, ніж потрібно було, аби набрати в груди повітря, він підніс догори пальця на знак, що говоритиме.

— То я вас так розумію, що ви не вважаєте Бешта за людину? Стривайте-стривайте… Але ж легенди, загалом, так про нього й оповідають.

— Але ж то *легенди*, Сімхо! Зрозумій! Народні бріхні!

— У кожній брехні є частка правди…

— Згоден, але брати на віру те, що Кармелюк спустився з місяця, а Бешт розводив руками гори, мені якось не хочеться…

— Кармелюк… — Сімха задумливо посмикав носа, а тоді скривив хитру фізію у подобі посмішки. — Я саме це й мав на увазі…

Яків не зрозумів, куди підприємливий Шпацман хилить.

— Я добуду вам останки Кармелюка.

— Ти? — Яків мало не зойкнув.

— Ш-ша, — Сімха замахав руками. — Не вистрибуйте з капців. А шо такого? Там же місцина глуха, за цвинтарем ніхто не наглядає… Самі ж казали.

Яків лише розвів руками. Крити було нічим. Про останки Бешта годилося забути — хасиди виставили біля могили цадика охорону, тож тепер не було й мови, щоб наблизитися до цвинтаря.

— А як ти це зробиш?

— То вже мій клопіт. Домовилися?

Чоловіки потисли один одному руки, і Яків відчув у грудях неприємний жар. Чим закінчиться ця справа? Та чи й закінчиться взагалі?

…Смію вас розчарувати, Якове Соломоновичу, але наша справа не вигоріла. Не довіряти моїм людям у Летичеві немає резону. А вони відписали мені, що… могила Кармелюка порожня. Не ховав його там ніхто, або ж, і в це я вірю більше, його тіло чи те, що від тіла зосталося, давно викопали вірні Кармелюкові побратими. Знаєте, я тепер намислив, а чи є в його історії хоч крапля правди? Чи тая правда така, що у брехню повіриш скорше?

Так чи не так, а мої люди перекопали всього того горбка, що звуть Кармелюковою могилою. Порожньо там. Ніби він назад на свій місяць подався…

А на сім залишаюся у Меджибожі, вірний вам,
Сімха Шпацман

ЕПІЛОГ

15 лютого 1919 р., субота
Проскурів

Та субота для Проскурова розпочалася цілком звично. Для багатьох же його мешканців вона так і не закінчилася…

— Петлюрівці!

Уранці цей крик багатоголосо ширився вулицями міста. Одні гукали радісно й піднесено, інші — тривожно, а декотрі — із цілковитим жахом.

Ясний морозний ранок суботи у Проскурові дзвенів кінськими підковами, скрипів колесами возів, відлунював собачим гавкотом і гримів підкованими чобітьми. Зі звичним гамором до міста входили загони Семесенка[1].

Входили вояки рівно та без поспіху, почувалися господарями. Але місто не надто зважало на них. Вистачало своїх справ, адже наспівав базар, час було відкривати магазини, ставати до праці: субота суботою, а копійка сама себе не заробить.

Єврейські квартали цвіли новим одягом і повнилися привітаннями з шабатом, одначе повітря обтяжувало незрозуміле напруження, що не давало всміхатися широко та вітатися голосно.

— Ви чули — Петлюра до міста ввійшов?

— Так-таки й сам Симон Петлюра?

— Нє, кажуть один із його… генералів…

---

[1] Іван Семесенко (1894—1920) — командир Запорозької козацької бригади ім. С. Петлюри.

— Не генералів, а командирів.

— Ага. І кажуть — хлопець зовсім[1].

— А вже командує!

Мало хто знав щось до пуття про військо, що вступило у місто. Перекидалися почутим і підслуханим, а часто — перебреханим кількадесят разів. Тож ставилися до події з чисто проскурівським спокоєм, мовляв, багато пережили і це переживемо. Проте командир військового загону мав на те свої плани.

Крики та постріли пролунали водночас. Місто враз стрепенулося. Нашорошило вуха, наче сторожкий звір у гущавині. Завмерло й затамувало подих. Стрілянина в середмісті?

Виляски пролунали вдруге, втретє, вдесяте — Проскурів охопила паніка. Вулицями бігли жінки, хтось голосив, хтось надривно кликав дитину, хтось ховався в найближчому дворі, шмигав у найближчі двері чи тарабанив у найближчу шибку. Ніхто не знав, що коїться та що робити. Знали одне — у місті стріляють, а куля не розбирає, хто перед нею…

Єврейські квартали кричали… Єврейські квартали спливали кров'ю та парували на морозі вительбушеними тілами… Єврейські квартали забарвилися червоним і божеволіли від жаху. А Семесенко розважався.

— Стій! Куди, жиде, намилився?

— Прошу вас, за що?

— А за те, що нам так схотілося. Нумо, хлопці, хто перший у пупа жидові поцілить?

Гриміли постріли, і на втоптаний сніг падало перетяте кулями тіло.

А тоді стало жаль набоїв і в хід пішли ножі та багнети.

Семесенко розважався…

Проскурів укляк від німого жаху. Вчепився змерзлими пальцями в землю, аби не провалитися до пекла. І чекав.

---

[1] На час подій у Проскурові отаману Семесенку було двадцять п'ять років.

А що він іще міг робити? Крім як просякати густою єврейською кров'ю, що лилася й лилася із сотень тіл. Здавалося, бурі струмочки ось-ось зіллються та дотечуть до самого Буга, упадуть у річку й понесуть криваву піну до моря…

Уже за кілька хвилин середмістя збезлюдніло. Захряснулися двері, засмикнулися фіранки на вікнах. На вимерлих вулицях не було видно навіть собак, що поховалися ще з першими пострілами. А в єврейських кварталах не вгавали дикі розваги.

Не рятували двері та фіранки, не допомагала навіть усемогутня магія ковдри, під якою можна сховатися від найбільших негараздів. Сп'янілі від крові та безкарності вояки чобітьми висаджували двері, прикладами гвинтівок вибивали вікна та витягали на сніг чергову жертву, що захлиналася криком. Крик змінювало хрипке булькотіння, щойно в хід пускали багнети, а поряд хтось заходився новим криком…

Кілька годин жаху[1]. Кілька годин кривавої вакханалії розперезаних вояків, які впивалися владою над чужими життями. Кілька годин, коли Бог дивився в інший бік…

Субота добігла кінця. Проскурів німував. Семесенківці забралися з міста так само раптово, як і ввійшли, але воно не наважувалося розплющити очі. Повіки прикипіли замерзлими на морозі сльозами. Їх залило загуслою кров'ю…[2]

— А де Яків Соломонович? Хтось бачив Якова Соломоновича?

— Де Ровнєр?

— Так на виклик же поїхав!

---

[1] За різними свідченнями різня тривала близько трьох годин.

[2] На сьогодні питання погрому євреїв у Проскурові, одного з найбільш ганебних моментів нашої історії, залишається дискусійним. За різними даними під час погрому було вбито від 1000 до 3000 євреїв Проскурова. Погромники не жаліли нікого — ані жінок, ані малих дітей.

— Куди?

— А я знаю?

— Господи, тільки б не…

— Куди, я питаю?!

— Казав, що десь біля синагоги…

Тіло Якова Соломоновича Ровнєра так і не знайшли. Серед сотень трупів, які залишили по собі семесенківці, десятки мали спотворені обличчя: кати вправлялися у поцілянні багнетами в очі. Після кривавих і ганебних подій проскурівського погрому євреїв у лютому одна тисяча дев'ятнадцятого року шлях Якова Ровнєра губиться…

ПІСЛЯМОВА

Шановному читачеві може здатися, що цей роман аж надто притягнутий за вуха. Однак я запевняю, що фантастики в ньому найменше з усіх трьох, присвячених Якову Ровнєру! Уявіть собі, що буквально все, про що ви прочитали на його сторінках, реальне тією чи тією мірою!

Почнемо, напевне, з того, що мені особисто подобається найбільше — з міст і містечок. А таких у романі є три, якщо на рахувати Проскурова, який читач уже знає. Це Меджибіж, Летичів і Новий Костянтинів, або ж Новокостянтинів, як він називається зараз. І — так, усі три міста існують і понині, хоча два з них — Меджибіж і Новокостянтинів — утратили статус міста, ставши селами. Але це аж ніяк не применшило їхнього шарму, привабливості та краси.

Меджибіж — перлина Подільського краю, древнє літописне місто, колиска хасидизму й арена безлічі історичних подій. Летичів із його старовинним монастирем — нині санктуарієм, руїнами старої фортеці, древніми церквами та… неймовірним рибним базаром! І Новокостянтинів, сьогодні знаний найменше з трьох, але завдяки прекрасній природі, неймовірної краси річці поблизу, валам старовинного городища Кудина та легендарному Кармелюковому кріслу — добре знайомий туристам. Ці три місцини, як ви вже здогадалися, і є головними дійовими особами роману. Живими, самобутніми, загадковими та вічно молодими, незважаючи на поважний вік.

На тлі цих монументальних головних героїв я зобразив інших — людей, які також зовсім не вигадка. Кармелюк,

Бешт, Трингам, Єсіпов, Казаков, Морков — це реальні історичні особистості, що отримали друге життя на сторінках роману.

Гаразд, — скаже особливо скептичний читач, — але ж уся ця «реальність» нівелюється вигаданим «променем» і… прибульцями?

І тут я також маю виправдання!

Якось у книзі чудового краєзнавця, співробітника Хмельницького краєзнавчого музею, Сергія Єсюніна «Незнане Поділля» я натрапив на цікавезну статтю, у якій ішлося про те, що в 1912—1913 роках країнами Європи прокотилася хвиля масового спостереження в небі загадкових літальних об'єктів. Тогочасні газети та часописи буквально пістрявіли статтями про дивні літальні апарати. І це тоді, коли аероплани лише «ставали на крило»!

Хай яким дивним це видасться, але чи не найбільше подібних свідчень було зафіксовано саме на Поділлі! Судіть самі: липень 1912 року, грудень 1912 року, січень 1913 року (кілька випадків), лютий 1913 року (кілька випадків), березень 1913 року, грудень 1913 року, січень 1914 року! І це далеко не всі випадки, коли нез'ясовані небесні явища помічені людьми!

Звісно, очевидці намагалися по-своєму пояснити побачене. Ось і з'являлися на сторінках газет «панки», «аероплани дивної конструкції», «різнокольорові вогні в небі», «світлові промені», «австрійські шпигуни» тощо.

На сторінках роману я не виношу остаточний вердикт тому, що спостерігали в небі Яків та Єсіпов. Чи був це австрійський аеростат-шпигун, чи чоловіки справді стикнулися з чимось непоясненим, вирішувати читачеві. Вишукуйте всі «за» та «проти», знаходьте в архівах і бібліотеках ті числа газет, що зазначені в зносках і в яких ідеться про нерозпізнані літальні об'єкти, провадьте власні розслідування. Хтозна, можливо, саме ви відкриєте походження доріжки світла в небесах?

Я можу написати ще кількадесят сторінок про Кармелюка та легенди, які пов'язані з ним. Можу довго переповідати вам хасидські байки й історії з життя Бешта — великого мудреця та філософа єврейського народу, можу... Але ж так буде нецікаво. Щось має залишитися втаємниченим, до чогось зацікавлений читач мусить докопатися самотужки, десь удатися до інтернет-пошуковиків. Адже наша історія така цікава, що не треба нічого вигадувати — краще просто черпати з її бездонного джерела!

ЗМІСТ

Розділ 1.. 7

Розділ 2.. 20

Розділ 3.. 46

Розділ 4.. 67

Розділ 5.. 87

Розділ 6.. 120

Розділ 7.. 141

Розділ 8.. 161

Розділ 9.. 189

Розділ 10 244

Розділ 11 267

Розділ 12 280

Розділ 13 304

Епілог 326

Післямова 330

Літературно-художнє видання

ДАЦЕНКО Юрій
І стало світло…
Роман

Головний редактор *С. І. Мозгова*
Відповідальний за випуск *О. В. Приходченко*
Редактор *О. А. Веремчук*
Художній редактор *Ю. О. Дзекунова*
Технічний редактор *В. Г. Євлахов*
Коректор *А. М. Фурман*

Підписано до друку 26.11.2021.
Формат 84x108/32. Друк офсетний.
Гарнітура «Minion». Ум. друк. арк. 17,64.
Дод. наклад 1000 пр. Зам. № 19/12.

Книжковий Клуб «Клуб Сімейного Дозвілля»
Св. № ДК65 від 26.05.2000
61001, м. Харків, вул. Б. Хмельницького, буд. 24
E-mail: cop@bookclub.ua

Віддруковано з готових діапозитивів на ПП «ЮНІСОФТ»
Свідоцтво ДК №3461 від 14.04.2009 р. www.unisoft.ua
61036, м. Харків, вул. Морозова, 13Б